Les Cinq Secrets

Du même auteur :

Les Dolce, La Route des magiciens, Don Quichotte éditions, 2011.

Frédéric Petitjean

Les Dolce

Les Cinq Secrets

Don Quichotte éditions

« Le hasard comble l'ignorance. »

Prologue

La première secousse arracha les habitants à leur sommeil, Rodolpherus ouvrit brusquement les yeux.
Un grondement soudain déferla vers les buttes avoisinantes. Sourde et gutturale, la plainte émergeant de la terre résonna pendant trois longues secondes. Cette force issue du dessous donnait le sentiment qu'un orage se préparait à l'intérieur même du sol. Le magicien sentit la température de son sang baisser, et ses membres se raidir. Les deux degrés de moins granulèrent sa peau, qui fut parcourue d'un frisson continu. Il connaissait ce phénomène : son corps, en provoquant sa propre asthénie, prévenait une agitation nerveuse, autrement plus dangereuse, qui n'aurait pas manqué d'avoir lieu après un réveil si brutal.
Où était-il ?
Le décor ne lui était pas étranger mais le tumulte brouillait encore sa clairvoyance. Ces paysages, l'architecture marquée des habitations, l'accoutrement des autochtones... Il ne pouvait se trouver qu'au Japon. Mais à quelle époque ?
La violence palpable alentour l'empêcha de réfléchir davantage à sa condition. Il aperçut écureuils, grues, chats, rats, insectes, chiens et renards qui tous, prédateurs et proies confondus, décampaient vers les hauteurs. À n'en pas douter, un tremblement de terre d'une rare intensité venait de commencer. Agir requérait lucidité et vivacité, deux aptitudes que la température du sang

9

du magicien ne favorisait pas. Il ressentait l'angoisse de tous les êtres, à des kilomètres à la ronde, grâce à un instinct animal le reliant de manière sensitive à la nature. Parvenu à se mettre debout, Rodolpherus vit les premiers habitants s'extirper de leurs habitations.

Les bruits et les cris qui accompagnaient la fuite incitaient les plus sceptiques à évacuer leur maison sur le champ. L'obscurité était par instant déchirée de regards perdus et de reflets fuyants.

La peur prit le pas sur la panique. Un véritable hurlement de monstre sortant de terre arracha des larmes aux enfants, qui se blottirent spontanément contre leurs parents. Pourtant, aucune secousse sérieuse ne suivit la caverneuse vague sonore, ce qui rassura, pour un bref instant, la population. Seuls les animaux, guidés par leur instinct, ne cessèrent pas leurs efforts, pressés de trouver refuge au plus haut des cimes.

Rodolpherus, lui, voyait clair dans cette noirceur de mauvais augure. Le soleil sur le point de se lever semblait retarder son apparition.

La deuxième secousse s'amorça moins d'une minute plus tard. Elle n'était en rien comparable à la précédente. Le bruit venant des entrailles terrestres retentit à l'instant même où les tremblements se firent sentir. Sa violence dépassait de loin celle de la première. Elle ébranla toute la population, qui s'affala comme un seul homme. Maisons, barrières, portes, pilotis, carrioles, arbres et murs, tout tremblait. Le bois, les métaux, la pierre et le verre se craquelaient, se brisaient, ou se fissuraient dans des crissements insoutenables. Les pleurs, les cris et les plaintes s'assourdissaient devant le chaos sonore provoqué par les éléments. Les petites éoliennes succombèrent d'abord, tombant comme des mouches les unes après les autres. Un vent violent emportait avec la même aisance les linges étendus et les plus imposantes toitures. La lumière émergeante s'épuisa en moins d'un souffle, assombrissant l'horizon. La terreur s'abattait à nouveau sur la région de Yokohama. Une plaque de bois qui servait d'abri se détacha et jeta au sol un vieillard et sa fille : après le choc, la malheureuse ne tenait plus que le bras de son père, dont le reste du corps avait été arraché. Rodolpherus assistait impuissant à cette manifestation infernale. La colère le saisit lorsqu'il aperçut, à quelques mètres de lui, un jeune enfant piétiné par des chevaux de trait échappés de leur enclos. Sa mère gisait inanimée un peu plus loin, face contre terre, victime du mouvement de panique générale alors qu'elle essayait de récupérer le corps broyé de son garçon.

Rodolpherus, au contraire de son épouse, n'avait aucune influence sur les éléments, il se sentait coupable d'une telle incompétence. La frustration, le dégoût et la haine s'associaient en un magma nauséeux, le privant de la quiétude pourtant nécessaire pour affronter la situation. À droite comme à gauche, devant et derrière lui, l'orgie macabre poursuivait son œuvre. Le sang du magicien se glaça tout à coup, le figeant sur place comme un arbre fatigué de résister aux assauts de la foudre.

Une pluie violente annonça la troisième secousse, la plus terrible. La boue recouvrit la terre en moins d'une minute, empêchant la progression des vieillards et des jeunes enfants, qui trébuchaient et tombaient les uns après les autres. Une vieille dame renversée par un porc affolé se noya dans la tourbe. L'étrange couleur électrique du ciel, écartelée entre le gris et un bleu presque noir, fondue à l'averse diluvienne qui s'abattait sur cet endroit maudit de la planète, empêchait de discerner quoi que ce fût à plus de cinq mètres de distance. Nul cri n'était désormais audible, tant la nature se déchaînait. Rodolpherus avait le sentiment d'assister à une lutte sans merci entre le ciel et la terre.

Un craquement horrible et inhumain recouvrit pour finir ce cataclysme sonore. La terre se déchirait, les rochers se brisaient, les arbres s'écroulaient comme un jeu de domino, balayant femmes et enfants sur leur passage. Le sang, les larmes, la souffrance muette de plaintes étouffées au fond des crevasses naissantes, les corps morts et abimés emportés par les flots boueux, la douleur d'une plaie ouverte s'ouvrant sur les limbes... Les trouées noires progressaient à la vitesse de l'éclair, meurtrissant le sol comme autant de serpents venimeux fondant sur leurs proies. Cette séquence d'apocalypse dura encore une interminable minute. Une faille béante et aussi large qu'une autoroute se forma alors aux pieds de Rodolpherus, engloutissant en une fraction de seconde, tel un ogre titanesque, un millier d'êtres humains. Leurs cris peinaient à émerger du hurlement minéral provoqué par le chevauchement des plaques terrestres. La poussière levée par l'écroulement des bâtisses désorientait les survivants dans un brouillard fatal. La résonnance des os qui se brisaient clôtura ce sinistre opéra.

Enfin, le silence fut total.
Un long, terrible et impudent silence.

La douleur humaine ne reprit ses droits qu'au bout de quelques secondes, à travers les braillements des enfants, les plaintes des mères disparues. Chaque cri disait les corps mutilés et les douleurs insoutenables.
Rodolpherus se tenait debout au milieu du chaos. La nature, avec qui, en tant que magicien, il partageait une essentielle symbiose, avait frappé cette fois sans prévenir. Un désastre. Témoin ridicule et désarmé face à l'horreur, il se sentait tel un soldat arrivé sur le champ après la bataille. S'il ne comprenait pas toujours les rouages à l'origine des événements terrestres, il savait pertinemment que le hasard n'existait pas. Il avait

émergé du puits magique à cet endroit et à ce moment précis pour une raison qui lui échappait. Autour de lui, il remarqua l'absence de fils électriques, de lumière aux fenêtres, de routes goudronnées et de véhicules motorisés. Ce paysage le renvoyait à de lointains souvenirs d'enfance. En quelle année se trouvait-il ?

Il n'eut pas le temps de s'interroger davantage. Les gens mouraient autour de lui. Il se rapprocha instinctivement d'eux, sans protocole ni manière. Ceux qui pouvaient encore parler s'exprimaient en japonais. Le temps des questions était révolu, il fallait à présent agir. Rodolpherus s'emploierait à sauver le plus de gens possible.

Sa connaissance parfaite de l'anatomie humaine lui permettait de stopper une hémorragie ou d'apaiser une douleur d'une simple pression de la main. Il concentrait la chaleur de son corps sur un ongle pour cautériser une artère. Il exerçait sur un muscle le frottement nécessaire pour l'endormir. Il déplaçait les nerfs coincés, pinçait les veines abîmées, remboîtait les épaules déplacées, contractait les cœurs arrêtés et accélérait la coagulation des plaies béantes. Il se moquait éperdument de la rete nue que son statut de magicien réclamait d'ordinaire, et du regard de ceux qui ne comprendraient pas. Il devait sauver des ruines ce qui pouvait l'être, comme un avocat déchu se lance à corps perdu dans la bataille pour une cause perdue. Chaque corps disparu, chaque vie éteinte avait pour lui le goût d'une défaite.

Alors qu'il s'affairait depuis de longues minutes sur les chairs meurtries, une voix le tira de son application : « Bienvenue en mille neuf cent vingt-trois, cher Rodolpherus. »

I

1

Leamedia ouvrit les yeux alors que la nuit était tombée. Elle était allongée, en position fœtale, dans une ambiance baignée d'humidité. L'air qu'elle humait, le sol sous ses membres, tout son épiderme, ses cheveux et ses vêtements en étaient saturés. Joue contre terre, elle observait sans réfléchir une coccinelle qui tentait courageusement l'escalade d'un brin d'herbe sous son nez, en activant la loupe naturelle de ses yeux, faisant rapetisser ou grossir l'insecte d'un simple clignement des paupières.

Un clapotis léger tintait tout contre son oreille, ourlant une vaste étendue d'eau qui portait jusqu'à la jeune fille les sons nocturnes : entrechoquement, au loin, des plats-bords de quelques embarcations amarrées de conserve, vol des insectes aquatiques, brusques prédations des carpes ou des tanches, qui trouaient la surface de leurs bonds. Le froissement d'innombrables feuillages entamés par l'automne et les arabesques du vent dans les branchages un peu secs combinaient un contrepoint sylvestre aux bruits venus du lac. Plus loin encore, la rumeur de la circulation, rythmée par l'aigu des avertisseurs, cernait l'horizon sonore.

Sa vue s'accommoda rapidement à l'obscurité, ses pupilles se dilatèrent. L'eau noire reflétait la lueur orangée des lumières de la ville. Par-dessus la masse obscure des grands arbres qui entouraient le lac, elle distinguait les formes quadrillées de jaune brillant des gratte-ciel, parmi lesquelles pointaient deux bouts d'oreilles de lapin : les deux sommets de l'Essex House.

Elle en déduisit qu'elle se trouvait quelque part sur la rive du grand réservoir de Central Park, un lieu qu'elle n'avait jamais rêvé de fréquenter la nuit. Elle jouit intensément de sa situation inédite. Sa mère, Melidiane, aux ires retentissantes, adorait régenter la vie des siens, avec une petite tendance paranoïaque, selon ses enfants. Leamedia, à sa grande fureur, n'était même pas autorisée, en temps ordinaire, à sortir en boom avec ses amies de collège Lee et Valente. Alors une excursion nocturne dans l'endroit le plus *hard* de la ville...

Mais Melidiane ne se trouvait pas dans les environs pour le moment, non plus que les autres membres de sa drôle de famille. Depuis toujours, Leamedia percevait physiquement la présence des siens, même si ses pouvoirs ne lui permettaient pas encore de communiquer avec eux par la pensée et, en cet instant, elle savait qu'elle était parfaitement seule. Elle huma de nouveau l'air new-yorkais avec d'imaginaires délices, et savoura la rare conjonction de liberté et de familiarité qui s'offrait à elle. On l'avait arrachée à New York, cette ville qu'elle adorait et qu'elle considérait comme une partie d'elle-même, on l'avait contrainte à déménager dans la ruralité américaine profonde, tout ça pour rien, puisque la fameuse Guilde noire, dont ses parents et son grand-père Melkaridion agitaient continûment le spectre, avait fini par les dénicher et les pourchasser de nouveau. Il avait fallu se jeter dans l'eau d'un puits souterrain, y être aspirés et secoués comme dans le tambour d'une machine à laver géante, après quoi Leamedia avait perdu connaissance. Mais les « égouts magiques », comme elle les désignait *in petto*, avaient rendu justice à sa préférence : ils l'avaient expulsée de leurs boyaux mystérieux en plein dans sa ville d'adoption, elle était rentrée chez elle ! Seule, en fille assez grande pour s'émanciper, comme elle désirait l'expérimenter depuis si longtemps. N'avait-elle pas, en réalité, seize ans, même si les apparences lui donnaient l'air d'une fille à peine pubère de onze ans ?

L'intensité même de ses perceptions, anormale, lui rappelait qu'en outre elle était désormais une magicienne décoiffée, depuis son tout récent anniversaire. Elle savait, par sa mère, que l'année qui suivait la cérémonie du cheveu blanc, son corps ne cesserait de progresser comme de la surprendre. Et en effet, présentement, la moindre rutilance lui permettait d'éclaircir son champ de vision. Son odorat déployait un bouquet d'identités olfactives, essences forestières, humifères, aquatiques et urbaines. Et plus elle se concentrait sur son oreille, plus sa perception se rapprochait de l'infiniment petit. Elle pouvait définir sa capacité d'écoute à l'image d'un zoom d'appareil photo. En se concentrant, elle percevait la sève couler dans les veines boisées des ormes environnants, comme le crissement des tiges vertes et vigoureuses du gazon sauvage se rétractant pour la nuit. Melkaridion, son grand-père, parlait souvent aux plantes, ce n'était pas du gâtisme, après tout, celles-ci devaient lui répondre. Elle entendit la mastication des insectes, le glissé des coléoptères sur l'air nocturne, le patient cheminement des invertébrés, une immense microfaune active tout autour d'elle et sous elle, une vie qui ne se cantonnait pas uniquement aux mammifères.

« Je ne mangerai jamais plus de salade », décida-t-elle, écœurée.

Elle se concentra sur les sensations intérieures que lui renvoyait son corps encore douloureux. Les magiciens intronisés avaient la faculté de s'adresser à tous leurs membres, cellules et tissus. Ces derniers répondraient-ils, si peu de jours après son décoiffage ?

« Il y a quelqu'un ? »

Naïvement, elle attendit une réponse provenant de ses pieds, de ses mains, de ses os ou de ses nerfs, mais rien ne vint. Elle soupira de dépit. Toujours patienter ! Elle était lasse jusqu'à la nausée de ronger son frein, en attendant de se déployer.

Alors, une invraisemblable quantité d'eau sortit violemment de sa bouche. Elle recrachait tout le liquide emmagasiné dans ses poumons, lors de son voyage souterrain dans les labyrinthes aquatiques. L'énorme inspiration qui suivit ce rejet lui brûla l'œsophage. Passer d'une respiration liquide à une respiration ventilée arrachait aux nouveau-nés leurs premiers cris. Leamedia, de ce point de vue, n'avait pas vraiment grandi. Elle vagit de toute sa puissance, séchant d'une seule fois la coccinelle qu'elle venait d'inonder, se déplia sur le sol, étirant son corps, comme pour une deuxième naissance puis, essoufflée, se redressa enfin.

Les pores de sa peau se dilatèrent d'eux-mêmes pour que l'oxygène ambiant qui s'y trouvait retenu s'échappe d'un coup de son épiderme. Le souffle asséch son corps et ses vêtements sur-le-champ.

« Génial ! », concéda-t-elle. Elle avait vu son frère Antonius procéder ainsi au sortir de la baignade, et les autres Dolce ne se servaient jamais des serviettes qu'ils emmenaient pour imiter les humains ordinaires à la plage ou à la piscine, mais elle-même réussissait ce mouvement pour la première fois.

Elle resta quelques instants, pour voir si un membre de sa famille jaillirait soudainement, comme elle, du lac, tout en subodorant que rien ne surgirait de cette eau obscure. Le réservoir de Central Park constituait manifestement l'une des issues du réseau aquatique des labyrinthes, mais ceux-ci sillonnaient la terre entière et les autres Dolce avaient pu être expulsés n'importe où. Elle scruta sa mémoire parfaite de magicienne à la recherche des dernières images dont elle se souvenait, avant d'être aspirée dans le puits. Elle n'était pas sûre d'avoir compris pourquoi le frère de sa mère, Guileone, un psychopathe assoiffé de sang qu'elle rencontrait pour la première fois, leur en voulait à ce point. Il faisait maintenant partie de la Guilde noire, cette association de sorciers dont le but était de détruire leur famille, bien qu'ils fussent les derniers magiciens au monde. En revanche, elle avait goûté le combat qui avait suivi, même si les images qu'elle se repassait ne lui montraient que des perspectives mouvantes et des moulinets confus. Son âme indépendante et rebelle ne put se retenir d'un pinçon d'admiration et de fierté en revoyant Melkaridion, l'ancêtre, échapper par la ruse à leurs persécuteurs et se fondre dans l'élément aquatique, pour émerger du puits telle une puissance naturelle prête à terrasser leurs ennemis, avant de les entraîner tous dans des cavités naturelles où l'eau circulait à une vitesse phénoménale... Puis plus rien.

Totalement concentrée sur ses souvenirs, Leamedia avait omis de laisser ses sens veiller pour elle. Aussi perçut-elle trop tard l'odeur forte de sueur et de violence.

« On se promène, beauté ? »

Celui qui lui barrait le chemin s'approcha tout contre elle avec des gestes peu équivoques. Le cœur battant à cent à l'heure, reculant d'un pas, elle feignit l'aplomb. Selon son intime conviction, le prédateur qui la scrutait ne devait pas appartenir à la Guilde noire. Sa confrontation avec Guileone et les sorciers qui l'entouraient lui avait laissé une tout autre impression, la conviction que la mort planait au-dessus de chacun des membres de leur groupe. Il ne s'agissait en rien de la même panique, de la même frayeur. Elle tenta de le raisonner :

« Je suis encore mineure ! Vous allez au-devant de sérieux problèmes juridiques. »

Le rire gras que déclencha sa phrase la glaça.

« Génial, je vais me régaler ! »

Les mots ne résoudraient pas l'épreuve, cela devenait au fil des secondes une pathétique évidence. Paniquée, elle voulut s'aider de ses pouvoirs de magicienne, mais elle ignorait encore le fonctionnement maîtrisé de son cerveau, le principal outil des Dolce, comme le lui répétait sans cesse son père Rodolpherus. Pas de baguette magique, aucun dragon planqué derrière un arbre... Le plus curieusement du monde dans un moment aussi tendu, le visage d'Harry Potter se présenta à elle. Sa réalité ne ressemblait malheureusement pas à une fiction.

Un éclair l'éblouit d'un seul coup, ses pupilles étaient encore en mode obscur. L'homme venait de faire jouer une lame. Il avança sa main vers elle pour lui attraper le bras.

Elle recula encore et perçut la voix de son grand-père flotter autour d'elle.

« Ne cherche pas à t'opposer à ses gestes, accompagne-les. » Son agresseur réagit en propulsant violemment son bras gauche pour lui saisir la gorge, elle appliqua aussitôt le conseil de son ancêtre en se courbant en arrière au point d'avoir son buste pratiquement d'équerre avec son bassin. Ses vertèbres jouèrent de manière fluide. Elle céda encore du terrain, suivant toujours les consignes de Melkaridion qui lui parvenaient de l'intérieur de son corps. L'autre, emporté par son élan et ne trouvant devant lui que le vide, trébucha.

Les yeux de Leamedia s'étaient accommodés aux nouvelles conditions lumineuses et le miroitement du couteau tenu par la main droite du malfaiteur suffisait amplement à la jeune magicienne. Elle voyait clairement autour d'elle. À la manière d'une sauteuse de haies, elle bondit au-dessus de l'homme à terre et se mit à courir le plus vite possible.

Mais elle commit l'erreur de jeter un regard derrière elle pour s'assurer de son avance.

Elle fut stoppée net.

« T'es pressée ? »

L'épaisse et large main qui emprisonnait son bras lui comprimait la chair au point qu'elle perçut, en elle, la plainte du muscle qui se tenait juste sous les doigts étrangers. Le nerf à proximité hurla à son tour, perturbant la jeune Dolce qui se retrouvait prise entre deux feux, à l'extérieur et à l'intérieur.

« Je suis un gars fidèle en amitié, fit la voix grasseyante. Voir mon pote humilié, par terre à cause d'une gamine, ça me fait de la peine. Je sens que j'vais pas le supporter. »

L'haleine fétide de son bourreau la pétrifia autant que la frayeur provoquée par son étreinte forcée. Elle se sentit défaillir en constatant que celui qui la tenait se trouvait au beau milieu d'une demi-douzaine d'autres compagnons, plus glauques les uns que les autres. Œil crevé, crâne mal rasé, crasseux, balafrés et édentés, les membres de cette improbable brigade d'assassins sortis tout droit de la cour des miracles observaient, avides et carnassiers, Leamedia se débattre inutilement. Avant qu'elle ne s'en rende compte, celui qui l'empoignait et répondait au surnom de « Truck », scandé presque religieusement par ses douteux associés, lui administra de sa main encore libre une claque violente et sonore, qui assomma pratiquement sur l'instant la trop jeune magicienne.

Précipitée au sol sous l'effet de l'énorme gifle, ses molaires menaçant de se suicider en groupe en se déchaussant volontairement, Leamedia luttait pour ne pas perdre conscience, au milieu d'un cercle rigolard et alcoolisé, où elle reconnut celui qui avait tenté de l'attraper en premier et qui venait de rejoindre le reste de la troupe. Sa dernière minute sonnait assurément dans son crâne. La joue brûlante et la peur nouée au ventre, elle n'osait plus remuer.

Melkaridion restait muet cette fois. En désespoir de cause, elle se décida à jeter un sort. Son seul exploit, à ce jour, avait consisté à transformer un poteau électrique de Brooklyn en sculpture d'avant-garde, provoquant un gigantesque happening et la fuite éperdue de la famille, sous prétexte qu'il fallait vivre cachés et ne pas révéler leur nature de magiciens. Elle se concentra pour retracer mentalement la méthode qu'elle avait improvisée, au soir de son décoiffage, pour réussir ce tour de force. Les désirs exaspérés qu'elle nourrissait d'une vie plus libre, moins surveillée, épanouie, qui s'épanchaient jusque-là dans sa révolte adolescente et semblaient prendre le visage même de David Dandridge, le séduisant batteur du groupe des Dirty Devils, avaient soudain convergé pour prendre l'aspect d'une volonté souveraine, impérieuse, qui sortait d'elle pour s'imposer à la matière et y sculpter l'éclatant symbole punk d'une tête de mort.

La contrepartie avait été le subit endormissement de la totalité des membres de la famille, sous la puissance du sort, qui avait asséché les énergies des cinq derniers magiciens vivants. Ils n'avaient dû leur salut qu'à leur compagne, Simone, la souris pluricentenaire, qui en activant la procédure d'évacuation, leur avait permis de fuir Brooklyn dans le bus qui leur servait de maison.

Leamedia n'hésita pas. Ni David Dandridge, ni son frère Antonius, ni aucun autre Dolce ne viendraient à son secours en cet instant. Elle préférait se servir de la magie et périr inconsciente, plutôt que d'assister à sa propre torture et succomber dans la souffrance. Une anesthésie générale lui convenait parfaitement ! Elle ne prit même pas le temps de songer aux quatre autres Dolce qui s'endormiraient immanquablement, où qu'ils soient, dès qu'elle userait de la magie. Sa seule inquiétude fut de savoir si la peur et la haine feraient un combustible capable d'imiter la force du désir exaspéré.

Unissant en elle les énergies du désespoir, du dégoût et de la rage, de tout son cœur, elle commanda aux ormes centenaires des alentours d'abattre aussitôt leurs immenses ramures sur ceux qui la menaçaient.

Rien n'arriva. Pas une feuille des vénérables ulmacées ne frémit au diktat de l'adolescente.

« Tu ne peux ordonner à la nature de tuer. » Melkaridion lui parut plus lointain.

La peur s'installait si rapidement en son être qu'elle était incapable de discerner si la voix émanait d'un souvenir, ou lui parvenait en réalité.

« C'est bien le moment, pour une leçon ! », pensa-t-elle, en réponse à son grand-père. Elle eut le sentiment étrange et nouveau de ne pas vivre à la même vitesse que ses adversaires. Elle prenait le temps de penser sans que les secondes s'égrènent.

Le plus vieux des assassins qui la dominaient brisa la bouteille vide de Lagavulin qu'il tenait, obtenant ainsi un menaçant tesson de verre.

Il fallait tenter encore autre chose, ne pas attendre inerte le supplice. Rageuse, elle intima mentalement à tous les moustiques du lac de foncer sur les huit brutes penchées sur elle, mais la nuée espérée n'arriva pas. Leamedia ne savait pas s'adresser aux végétaux, ni aux espèces vivantes, Melkaridion ne lui avait pas encore transmis sa méthode.

Tout convergeait vers la panique.

Elle devinait des mains transgressives qui l'approchaient comme les tentacules d'un unique monstre répugnant. Elle se contracta si violemment de peur qu'elle diminua de volume à l'œil nu. Ses os, ses muscles, ses nerfs, ses veines et sa peau ne faisaient pratiquement plus qu'un, se raidissant par crispation. Elle s'était totalement densifiée, son corps était durci comme un petit rocher. Leamedia n'était plus qu'une carapace. Toutes les molécules de son être se pressaient les unes contre les autres, évacuant le vide qui contribuait à son volume ordinaire. Quand celui qui tenait le tesson frappa le bras de la jeune Dolce, pour lui infliger une plaie ouverte, le verre, au lieu de s'enfoncer dans la peau de l'adolescente, glissa par résistance dans la main de l'homme, coupant toute sa paume d'un seul trait. Il poussa un gémissement bestial et se redressa en tenant son coude. Le sang coulait abondamment le long de son bras, ce qui provoqua un mouvement de recul des sept autres. Le corps rétracté de la jeune fille, sa peau durcie et résistante provoquèrent un flottement évident parmi eux. Leamedia en profita pour se déployer entièrement et courir droit devant elle. Ses jambes, encore petites, moulinaient si vite l'ambiance fraîche et humide de Central Park, que le son de leur pénétration dans l'air devint audible à l'instar de deux sabres déchirant l'atmosphère. Elle s'enfonça hors des sentiers et des chemins, dans la végétation la plus dense du parc. Les branches, les rameaux et les buissons semblaient s'effacer sur son passage, fluidifiant sa course. Ses poursuivants, lourds, gauches et moins rapides, rencontraient au contraire les pires difficultés pour progresser dans une nature visiblement hostile.

Les mots qu'Antonius avait prononcés, lorsque, quelques jours auparavant, les deux adolescents avaient été coursés sur le pont George-Washington par des tueurs en moto, résonnèrent à ses oreilles : « Concentre ton flux sanguin vers tes muscles inférieurs et envoie de l'oxygène dans tes cuisses. » Leamedia appliquait en cet instant même cette recommandation fraternelle et elle fendait l'air en ne cessant d'augmenter sa vitesse. Ses membres avaient retrouvé leurs volumes initiaux. Chaque molécule occupait la bonne place, elle sentit ses cuisses s'étirer et ses côtes s'ouvrir complètement sous la pression de ses poumons, libérant son sternum. Une ivresse encore inconnue s'emparait d'elle. La peur cédait sa place à l'exaltation de sentir son corps exister si violemment. Elle réprima les petits cris frénétiques qu'elle sentait s'échapper de sa gorge de peur d'être encore repérable.

À l'approche de Central Park West, elle ralentit, et emprunta au petit trot l'une des rues transversales qui reliaient le parc à Columbus Avenue. Cette énorme artère urbaine parcourait Manhattan du nord au sud de Central Park, comme la corde large et tendue d'une contrebasse. Le trafic, à cette heure, y était encore dense. Leamedia se fondit entre les files de voitures et se mit à descendre l'avenue, afin de semer définitivement ses assaillants. Elle atteignit bientôt Columbus Circle, un énorme rond-point à l'angle sud-ouest du parc, où convergeait tout ce qui possédait au moins une roue à New York. Vélos, rollers, voitures, bus, skates, carrioles, calèches, trottinettes, monocycles et Segways se croisaient sans interruption dans cette agora contemporaine. Elle s'autorisa à souffler, et à savourer son triomphe.

Arpenter les rues de New York à nouveau la rassurait.

Elle en aurait crié sauvagement. Elle venait de prouver qu'à seize ans elle pouvait se débrouiller seule, comme elle en avait toujours eu l'intuition. Sa force de caractère, sa détermination, la perfection de son emprise sur son corps lui avaient fait trouver les meilleures stratégies. Seule, et sans l'aide de la magie, elle avait battu à plates coutures huit adversaires déterminés et dangereux. Un sentiment de toute-puissance exalta son esprit, et elle jubila de se sentir, jeune et pleine de force, livrée à elle-même dans la grande ville qu'elle aimait, et surtout libre ! Libre de ses mouvements, de ses choix, de ses fréquentations. Elle avait toujours aspiré à l'autonomie que ses parents lui refusaient. Elle ferait sa vie, elle montrerait qu'elle pouvait se gouverner librement. L'air nocturne, saturé des mille ondes sonores, olfactives, ou colorées de l'ambiance urbaine, lui parut un nectar, l'immensité du labyrinthe des rues lui sembla un terrain propice au déploiement d'elle-même, proportionnée à la richesse de sa personnalité. Elle se réjouissait de sa force, de son énergie indomptable. Dès le lendemain, elle volerait vers David. Il comprendrait qu'elle était une vraie femme et non une jeune collégienne : n'avait-elle pas, depuis son décoiffage, réussi à se redessiner, par la force de sa pensée, une silhouette plus avantageuse, malgré sa petite taille ? Elle avait hâte de constater l'effet de ses charmes sur son petit ami, de mesurer sur lui l'emprise et la fascination qu'elle exercerait désormais.

Leamedia, voulant se mirer dans la première surface réfléchissante venue, entraperçut alors son reflet sur l'immense baie vitrée d'un des bus qui reliaient Columbus Avenue à la 9e Avenue. Horrifiée, elle se précipita vers un Starbucks Café à l'imposante vitrine.

Elle en aurait hurlé de rage et de dépit.

Son imagination ne pouvait rien concevoir de pareil.

Elle qui entretenait le culte des tenues minutieusement millimétrées et pensées, elle avait l'aspect d'une gueuse avec son jean déchiré de haut en bas, aux franges généreuses, son tee-shirt maculé de boue séchée et lacéré de toutes parts. Ses cheveux, qu'elle avait choisi de faire friser aussitôt qu'elle avait été une magicienne disposant du pouvoir de modifier sa morphologie à volonté, s'étaient raidis, mais cela n'aurait été rien encore : ils semblaient n'avoir ni poussé en même temps, ni sur le même crâne.

Pire, la rétractation du corps, comme son étirement, provoquaient visiblement des effets corporels que la magicienne débutante ne maîtrisait en rien. L'aguichant minois parfaitement symétrique, aux yeux en amande et au petit nez, qu'elle avait scruté chaque jour de sa tumultueuse adolescence à la recherche du moindre défaut, paraissait avoir été bousculé par un peintre débutant. Son œil droit se trouvait maintenant légèrement plus haut que le gauche. Ses oreilles présentaient des tailles et des degrés d'implantation un soupçon différents. Ses jambes s'étaient étirées sous l'effet de la course, tandis que sa poitrine était réduite à un torse de garçon et que ses hanches, affinées, faisaient corps avec sa taille. Quant aux ongles de ses doigts, ils pointaient exagérément vers le sol, comme ceux d'un rapace endormi.

« C'est drôlement bien fait ! On dirait un Picasso »,
osa une des clientes de l'établissement, une touriste
sirotant un caramel *latte* de l'autre côté de la baie vitrée.
« Ce n'est pas plutôt un Francis Bacon ? »
L'ouïe suraiguisée de Leamedia ne lui laissa malheureusement pas ignorer ces obligeants commentaires.
D'ailleurs, elle n'était pas sûre de savoir qui était Picasso.
Par contre, elle avait assisté, dans le cadre de son école, à
la grande rétrospective du peintre britannique, organisée
à l'été 2009 au Metropolitan Museum de New York, au
cours de laquelle elle avait exaspéré son enseignante en
multipliant les commentaires insolents sur les formes
dégoulinantes captées par l'artiste contemporain.

Leamedia toucha le fond. La dernière-née des Dolce
éprouva une haine envers son corps tout aussi soutenue
que l'exaltation qui la traversait quelques minutes auparavant. Elle aurait voulu se cacher, disparaître, s'effacer
de la rue. Elle balaya les alentours, à la recherche
du premier objet venu qui lui permettrait de se couvrir, même un de ces cache-pluie jaune en plastique à
50 cents que les promeneurs abandonnent après l'ondée
aurait fait l'affaire. Rien ne pouvait être pire. Elle fut
submergée par le désir d'être humaine, mais il était
trop tard : elle ne pouvait plus revenir en arrière, son
intronisation ayant eu lieu. Elle se rejeta dans l'ombre
d'une rue adjacente, cherchant où s'abattre pour se
livrer à l'ivresse de son chagrin, mais les blocs la reje-
taient, les coins sombres ne voulaient pas d'elle. Elle
se traînait maintenant, affamée et assoiffée, hantée par
la vision qu'elle avait eue d'elle-même, ne sachant où
diriger ses pas.

À un moment, son regard désolé et fuyant s'arrêta
sur un panneau numérique de la municipalité, qui indiquait le programme à venir du Madison Square Garden,
centre culturel immense qui se trouvait à proximité. Ce
qui la frappa encore plus âprement que tout le reste

s'inscrivait en quelques chiffres sur le présentoir digital :
« 2012/11/6 », 6 novembre 2012.

La date qui figurait sur le panneau déroulant électronique ne pouvait être la bonne. Voici moins d'une
heure, selon sa perception du temps, elle plongeait
dans un puits magique, guidée par son grand-père, afin
d'échapper à Guileone, le pire des sorciers. On était,
alors, le 26 juin 2011. Elle ne pouvait avoir passé que
quelques minutes, au plus un quart d'heure, dans ces
tourbillons aquatiques, avant de ressortir à New York
sur la berge du réservoir.

Or, à en croire le panneau, seize mois s'étaient écoulés.

Elle avisa un couple attardé, qui voulut s'esquiver en
voyant venir à lui cette figure inquiétante et tragique,
sans doute une junkie au dernier degré de la déchéance.
Elle se planta néanmoins résolument devant l'homme,
un trentenaire à la mise conventionnelle :

« On est en 2011, ou en 2012 ? »

Le piéton rougit, mais sa compagne lui pressa le bras :

« Laisse, chéri, dis-lui ce qu'elle te demande. Elle n'a
pas l'air dangereux, juste un peu... partie.

— Je veux seulement savoir si le panneau donne la
bonne date », plaida Leamedia. Elle désignait l'affichage
numérique.

« La municipalité n'a pas l'habitude de trafiquer le
calendrier, que je sache », fit l'homme d'un ton sec,
après avoir jeté un coup d'œil au panneau incriminé,
avant d'entraîner son amie et de tourner en hâte l'angle
de la rue, laissant Leamedia désemparée.

Son cerveau fonctionnait à plein régime, mais aucune
réponse ne venait soulager la foule de questions qui
bousculaient les tempes de son crâne. Elle ne put faire un
pas de plus et se laissa choir sur le premier seuil venu.
La tête entre ses deux mains, elle tentait de réfléchir,
et pour la première fois de son existence s'en trouva
incapable. La magicienne novice était vaincue. Plus
aucun de ses membres ne répondait à ses sollicitations.

L'absence vertigineuse de cohérence empêchait son être d'évoluer même mécaniquement. L'alchimie quotidienne et permanente qui permettait aux corps humains comme à ceux des magiciens de fonctionner sans y penser avait disparu. Le cerveau de Leamedia cherchait exclusivement à comprendre comment seize mois avaient pu se dérouler en une demi-heure. Et elle, avait-elle seize ans ou dix-sept ans ? Une précieuse année de sa vie s'était écoulée, sans elle...

Des heures passèrent, scandées avec régularité par l'affichage digital. Les nuages continuèrent de glisser lentement vers Ellis Island, les voitures se raréfièrent, sans jamais interrompre leur va-et-vient, les dîneurs finirent de rentrer chez eux, la rue fut déserte, à l'exception de noctambules divaguant. De nouveau, le métronome habituel rythmait d'une cadence acceptable cette vie que Leamedia ne contrôlait plus du tout. C'était une maigre satisfaction, mais elle s'avéra suffisante pour lui donner la force de se remettre en route. Instinctivement elle se dirigea vers le sud. Brooklyn, le quartier où elle avait résidé avec ses parents toutes ces dernières années, où se trouvait son collège et où vivaient ses amis, était à quelques heures de marche. Elle éprouvait un besoin urgent de repères. Sa famille lui manquait. Elle se sentait misérable et désemparée comme elle ne l'avait encore jamais été dans sa vie. Tout le courage, les certitudes et l'énergie qui pulsaient violemment dans ses veines quelques heures auparavant, lorsqu'elle avait senti la ville s'ouvrir devant elle pour l'accueillir, s'inversaient maintenant, dans son esprit abattu, en l'illusion délirante d'une puissance ironique, malsaine. Longtemps avant l'aube, elle se retrouva dans la 53ᵉ Rue. Là où avait été leur maison, un chantier de construction se dressait, un nouvel institut culturel parrainé par une certaine Fondation 18, dont Leamedia n'avait jamais entendu parler. Même les anciens panneaux peints, qui avaient dissimulé le bus magique durant des années, en lui donnant l'apparence d'une paisible bicoque à pans de bois installée sur un petit terrain vague, avaient été évacués. Oui, plus d'une année avait dû s'écouler.

En cet instant, la cadette des magiciens observait sa vie assise dans le fauteuil nouveau de la solitude. Elle qui cherchait constamment à se fondre parmi les normaux, jusqu'à envier leur absence de pouvoir, réalisait à quel point sa vie, son histoire, sa famille et ses références demeuraient uniques et particulières.

Sa nostalgie et ses regrets s'immisçaient dans les questions provoquées par ses nouveaux pouvoirs. Elle refusait l'idée qu'un des membres de sa famille puisse lui manquer, mais elle ne pouvait s'empêcher de leur en vouloir. Ne pas être là dans un moment pareil signifiait un réel abandon. Elle n'avait pas choisi d'être magicienne et se trouvait désormais confrontée à l'enchantement, à la sorcellerie, au surnaturel et à son propre corps sans qu'aucun des quatre autres ne lui donne la moindre clef, la moindre explication, ni le moindre chemin. Ni sa mère, ni son père, et encore moins son grand-père, ne l'avaient initiée. Ils n'en avaient pas eu, à vrai dire, le temps. La formation magique ne débutait qu'après le « décoiffage », la perte du cheveu blanc. Antonius, après le rituel, avait passé de longues heures seul avec Melkaridion, quelquefois Rodolpherus et plus rarement Melidiane. Il savait comment utiliser son corps et dissimuler ses pouvoirs. Elle l'avait constaté lorsqu'ils avaient été en danger de mort, tous les deux, coursés par une BMW blanche.

C'était en sortant de chez Lee, sa meilleure amie, avec Valente... Ses pas épuisés la portèrent, au fil des rues, devant un bâtiment qui lui, au moins, était identique à lui-même, sinon son enseigne qui était maintenant numérique. Les fenêtres hautes, les murs noircis par la pollution, et surtout l'énorme porte en bois en forme de bouclier médiéval donnaient à son ancien établissement scolaire une touche monacale. Si sa famille l'avait abandonnée, Leamedia était certaine que ses copines seraient au rendez-vous. Le jour ne cognait pas encore à la porte de la nuit. Elle se blottit dans le renfoncement de l'entrée d'un immeuble d'habitation situé en face, sur le trottoir opposé. Les trois marches et le petit perron en pierre offraient une ombre suffisante pour y devenir presque invisible. La teinte de sa peau s'assombrit, tel un caméléon, sans qu'elle le commande à son propre corps, devenant presque l'ombre d'elle même. Valente se pointerait dans quelques heures, affublée de son sac Kothai et de ses Converse rouges, Lee était pour sa part toujours habillée en noir. Leamedia sentit un sourire redessiner sa bouche adolescente.

Quand elle ferma ses paupières meurtries par la fatigue, c'est l'image de Melidiane qui s'imposa avec force à son âme ; de sa mère, qui pilotait la famille avec une fermeté proche de la dureté, toujours au bord d'une colère torrentueuse, maniant la menace d'obscurs périls que Leamedia se plaisait à considérer comme imaginaires ; sa mère dont elle avait haï la férule, mais dont elle avait toujours intuitivement senti la profonde fibre de protection de sa famille et de ses enfants.

Elle se revit, au dernier soir de leur vie tranquille, écoutant en haut de l'escalier du bus-maison la conversation des parents dans la cuisine, et l'énigmatique sentence qu'avait prononcée Melidiane, à propos de Leamedia : « Elle me fait peur... Elle sera toujours tentée par l'autre côté. Comme ma mère, comme moi. C'est ainsi dans notre lignée. »

Aujourd'hui, comme alors, Leamedia se demandait ce que Melidiane avait voulu dire.

2

Sous une pluie battante, assise sur les marches en pierre grise du petit kiosque à colombages du Soho Square Garden, Melidiane récupérait. La folle plongée dans les labyrinthes aquatiques, trop longue et trop éprouvante, se payait au prix fort maintenant. Elle était lessivée, au sens propre comme au figuré. Absolument nue sous son imperméable d'emprunt, elle respirait sans régularité, victime de son épuisement, lasse.

En faisant surface, telle une naïade fatiguée, entre les nénuphars flétris par les gelées automnales du Ladie's Pond de Hampstead Heath, elle avait su immédiatement qu'elle se trouvait à Londres. Elle connaissait ce lieu, cette douceur froide de l'air, cette inimitable hygrométrie de la capitale anglaise qui gorgeait l'atmosphère et les pelouses moelleuses omniprésentes. Par deux fois, elle avait habité la cité britannique. La première coïncidait avec les années ayant suivi les jours tragiques de sa naissance, quand son père Melkaridion avait dû l'emporter avec lui en se séparant de son épouse Veleonia, restée dans la petite maison de la forêt de Trente où Melidiane venait de voir le jour. La magie avait plus de puissance chez les magiciennes, mais cette puissance même les menaçait et la parturition rendait chacune encore plus vulnérable. Veleonia avait malheureusement basculé dans la sorcellerie à la naissance de sa fille. Elle avait cessé d'être une magicienne, ne reconnaissait plus les membres de sa famille pour les siens, et, si elle était encore en vie, n'avait sans doute d'autre but que de les pourchasser, pour les attirer dans son camp ou les détruire.

Melkaridion et ses enfants, Melidiane et Guileone, fuyant Veleonia, s'étaient fondus dans la capitale anglaise au début des années 1850, à l'époque, théâtre d'une lutte sans merci entre les deux guildes, celle des magiciens et celle des sorciers. Bram Stoker viendrait bientôt y nourrir son imaginaire fantastique dans le quartier de Whitechapel, là même où un soir d'octobre, durant la prime adolescence des deux jeunes enfants, Melkaridion stopperait la série macabre d'un certain Jack. Ne pouvant le tuer au risque de devenir encore plus cruel que son prisonnier, il remettrait le serial killer à la famille royale, pour qu'ils nettoient leur linge sale en famille. Porteurs d'un si lourd secret, les trois magiciens fuiraient une nouvelle fois et déserteraient le pavé de Westminster.

Le Ladie's Pond, étang réservé à la baignade des dames, comme l'indiquait son nom, accueillait même en hiver des nageuses intrépides, une douzaine de sportives que rien, sinon le gel, ne rebutait. Après avoir barboté quelque peu, rejoindre, d'un air dégagé et d'une brasse gracieuse, le petit appontement et le *pool house* ne présentait donc pas d'obstacle majeur pour Melidiane.

Sortir de l'eau et exhiber ce qu'il restait de son linge de corps effrangé, après un séjour dans les centrifugeuses souterraines, avec le même aplomb que s'il se fût agi d'une création à la dernière mode, s'était avéré plus complexe, mais la superbe et le charisme léonin de la belle magicienne avaient fait merveille.

Se sécher, en créant discrètement une petite brise tourbillonnante qui évaporait les gouttes d'eau de son corps, avait été l'affaire d'un instant. Melidiane *était* l'air, comme Melkaridion était l'eau. Orienter l'air et ses éléments, à cette minuscule échelle, ne réclamait ni flux magique, ni la présence des quatre autres Dolce. Emprunter, en passant par le vestiaire, aux élégants imperméables des nageuses – nécessité faisant loi – assez de fibres d'excellente gabardine de coton, pour s'y confectionner, par la force de la pensée, un intemporel trench-coat couleur sable, à la fois seyant, classique et recouvrant, afin de se fondre dans la capitale anglaise, avait occasionné un petit conflit intérieur, les magiciens répugnant à voler ; mais dans ce cas, elle ne dépouillait personne. Tout juste si un ou deux pouces, à l'envergure ou au genou, feraient désormais défaut. En revanche, improviser des socques *trendy* à semelles compensées, en recyclant, par l'imagination, une bouée de sauvetage de l'embarcadère faite de liège brut et de cordelette, avait été un jeu d'enfant pour une magicienne de la puissance de Melidiane. Les matières naturelles ne résistaient pas au pouvoir des Dolce.

Ainsi parée de manière minimale, et s'étant débarrassé de ses sous-vêtements en loques, elle avait vagabondé au petit bonheur dans les rues du nord de la capitale, s'abandonnant à la déclivité qui penchait vers la Tamise.

Rien n'avait apparemment changé, dans la ville, depuis le deuxième et dernier séjour qu'y avait effectué Melidiane. La magicienne paraissait alors avoir vingt ans, même si son existence magique en accusait déjà plus de cent, et elle avait connu des années heureuses et insouciantes dans le Londres des *swinging Sixties*, auprès de ses soupirants, Paul McCartney et John Lennon, tandis que Rodolpherus, avec qui elle était fiancée mais non encore mariée, achevait sous le magistère de Melkaridion sa formation, en se rendant fréquemment à Séville ou en d'autres hauts lieux connus de l'ancien conseiller en sorts de Louis XI. Comme autrefois, Londres mêlait le classicisme vestimentaire le plus rigoureux et l'extravagance. À mesure que Melidiane s'était rapprochée des quartiers du centre, par Camden et Regent's Park, elle avait pu admirer des bottes hautes en vinyle et des minijupes moulantes sur des collants multicolores, qui n'avaient rien à envier au pur style des années soixante.

Jusqu'aux magasins et aux voitures, qui semblaient avoir conservé cet esprit londonien inimitable, frais et joyeux, tout enchantait et troublait la magicienne dont la lassitude grandissait d'heure en heure sous l'afflux d'émotions. Dès ce moment, une impression d'inquiétante étrangeté s'empara d'elle, comme si elle eût subitement glissé hors du temps.

Son âme se nourrissait, au contact de la ville autrefois aimée, de mille détails familiers lui rappelant l'époque rêvée qu'elle revisitait, mais son esprit travaillait, désemparé, sur sa famille dispersée, sur son frère, Guileone, qui leur avait été rendu dans les circonstances les plus violentes. Sans relâche, jusqu'à l'épuisement, elle se repassait ces retrouvailles sanglantes au bord du puits, ce frère chéri métamorphosé volontairement en démon, brandissant le chef détaché du tronc de son propre fils, le neveu qu'elle ne connaîtrait pas.

La nuit comme le froid prenaient possession des rues noyées de pluie. Elle avait échoué, à bout de forces, dans le square de Soho, sans savoir que faire, ni où aller. Elle n'aurait pu avancer d'un pas de plus, et pour la première fois, elle comprit que ce n'était pas normal. Les magiciens, même éloignés des sources d'énergie, rassemblées sous le nom de « route Zéro », qui alimentaient leurs forces et leur donnaient un pouvoir phénoménal, savaient gérer leur corps avec une intelligence inaccessible à la plupart des humains, et reposer leurs membres en temps utile, l'un après l'autre. Jamais un magicien ne dormait totalement, il endormait l'une après l'autre les parties de son corps, à mesure qu'il ne les utilisait pas. A fortiori, les magiciens pouvaient connaître une lassitude profonde, surtout en ces temps de traque et de raréfaction du flux magique, mais l'épuisement absolu des forces qu'expérimentait Melidiane, dans son corps comme dans son âme, constituait une aberration.

Elle s'en avisa, mais sans y prêter autrement attention. Elle s'en fichait un peu, au fond. Elle sentait la pluie

froide ruisseler autour d'elle, imprégner son imperméable depuis longtemps transpercé. Elle éprouvait
désormais le besoin de rester sans penser à rien, dans
une léthargie consentie, de s'en remettre, pour une
fois, à ce que les humains ordinaires nommaient le
« hasard ». Un tel concept, fondateur du goût humain
pour les paris, n'existait pas chez les magiciens : la
nature reliait tous les éléments entre eux, une puissante
logique était à l'œuvre en toute chose. Mais alors, pourquoi ne pas laisser le destin choisir, puisqu'il était déjà
écrit ? Si le hasard n'existait pas, pourquoi se battre
pour influencer l'avenir ? Elle eut un faible sourire en
pensant à son mari : Rodolpherus aurait réfuté cette
argumentation.

Oui, il l'aurait fait, sans doute. Quant à elle, elle était
lasse jusqu'à l'écœurement de contrôler, de choisir. Elle
avait influencé la route durant de longues années, imposé
le rythme pour tout un clan. N'avait-elle pas mené à
bien ses tâches, envers et contre toutes les difficultés ?
Surmonté par deux fois la plus grande épreuve pour une
magicienne, la naissance de sa progéniture, sans céder
à la tentation, même si elle en connaissait désormais
la couleur, le goût et l'odeur ? Le plus difficile avait été
accompli. Melidiane et Rodolpherus avaient mené leurs
enfants à leur première étape. Le deuxième accouche-
ment, celui du décoiffage, s'était bien déroulé, même
s'il n'avait tenu qu'à un fil. Sa dernière fille, Leamedia,
était désormais une magicienne même s'il lui restait à
comprendre et à maîtriser ses dons.

Et si tout cela avait été en vain ? Si ce combat d'une
communauté finalement ne se résumait qu'à des moulins
à vent ? Les dés avaient certainement été jetés depuis
très longtemps. La fuite permanente, encore, toujours,
la submergeait d'amertume. Un sentiment d'injustice
presque enfantin l'effleura. Il était temps de s'arrêter.
Elle n'avait rien fait d'autre durant sa vie que de filer
au travers des mailles d'un filet de plus en plus serré.

Tandis que la nuit finissait de l'envelopper, un air de douceur altéra fugitivement ses traits tirés. Elle songeait à Debby Dandridge, cette amie humaine qu'elle s'était faite, les derniers temps, à Brooklyn, en dépit de tous les principes de précaution qu'elle s'imposait, ainsi qu'à sa famille. Elle aurait voulu discuter avec elle, lui demander si c'était mal de ne pas penser à ses enfants, même quand ils étaient livrés à eux-mêmes. Après tout Antonius avait presque vingt-cinq ans, quoiqu'il en parût moins de vingt, et Leamedia entamait sa dix-septième année, même si pour les normaux il n'était question que de la douzième. Ne les avait-elle pas trop protégés ? À leur âge, elle avait connu bien d'autres épreuves.

La nuit était complètement tombée, la pluie redoublait. Le souvenir de sa mère, Veleonia, vint la hanter avec force. La mémoire parfaite des magiciens, acquise dès son premier jour, permettait aussi, malheureusement, d'entretenir des douleurs impossibles à enfouir. Lui apparut le petit cloître aux ogives gothiques avec en son centre une femme luttant contre la furie des éléments sous le ciel zébré, dans sa robe bleu-vert détrempée qui sculptait ses courbes puissantes et harmonieuses, jusqu'à l'éclair fatal. Frappée, la femme se redressait, apparemment indemne, se tournait vers elle, impuissante dans son couffin, comme pour la serrer contre elle. Mais quand, d'un mouvement impatient, la mère repoussait son opulente crinière dans son dos, c'est un regard rouge sang qu'elle dardait sur le bébé.

Melidiane n'avait jamais accepté cet abandon de lien, total et irréversible, qui venait de se reproduire avec Guileone. Il devait exister une passerelle... En revoyant son frère, elle n'avait pas eu le temps de fixer son regard. Aussi rouge et satanique fût-il, elle restait persuadée d'être capable d'en tirer quelque chose. Mais l'inflexible volonté de la magicienne ployait désormais sous les questions. Que restait-il de l'enfance de Guileone dans

Guileone ? Avait-elle sa place ? Fallait-il devenir... une sorcière, pour le savoir ?

Elle se sentit vertigineusement attirée vers la sorcellerie, une fascination permanente chez les magiciennes. Le sombre de son être se nourrissait du doute et de la tension. Ce côté obscur venait cogner à sa porte de plus en plus souvent. Rodolpherus, son compagnon de toujours et son mari, le savait, et faisait tout pour la soulager, mais rien n'empêchait le pire de s'inviter régulièrement. À quoi bon faire semblant... Elle expulsa tout l'air de ses poumons, jusqu'à la dernière particule... ne plus réfléchir, se laisser porter. Abandonner le poids d'une caste, pour s'ouvrir à la légèreté, l'espace d'une respiration. Ne plus décider de rien.

Elle se sentait entre deux mondes. Elle s'y trouvait. Elle attendrait. Quelle que soit la couleur de la providence, elle l'accepterait.

« Tu étais où ? » fit une voix, tout près d'elle.

Melidiane ouvrit les yeux. À quelques mètres, un jeune homme, au visage indiscernable dans l'ombre humide de la rue, venait de rejoindre une femme qui se tenait de dos, et qui achevait de parler. Ce timbre féminin parut à la magicienne curieusement familier, sans qu'elle puisse réellement l'identifier.

« ... tout l'après-midi avec Paul... sera vert quand il apprendra que je sors avec toi ce soir. » La magicienne distinguait mal les mots du garçon, qui parlait tout en fumant, sans vraiment articuler. Néanmoins, il avait une manière de ponctuer ses phrases de légers rires expressifs, qui contribuaient à son charme irrésistible, auquel Melidiane se sentit immédiatement réagir.

Intriguée, elle plissa les paupières pour mieux voir et se redressa imperceptiblement. Les deux jeunes gens devaient n'être qu'amis car ils échangèrent un baiser furtif sur la joue, avant de s'éloigner en direction de Carlisle Street sans se tenir la main, la fille moulée, sous son trench rase-pet, dans d'interminables bottes noires terminées par d'invraisemblables talons.

Pourquoi Melidiane décida-t-elle de les suivre ? Elle n'aurait su l'expliquer. Mais c'était comme si le destin venait de toquer au carreau. Elle était prête.

Le couple devait avoir vingt-deux ou vingt-trois ans tout au plus. Comme ils obliquaient à gauche dans Dean Street, allègres et insouciants sous la pluie insistante, elle hâta le pas pour s'approcher d'eux, comme aimantée par le timbre de la jeune femme.

« Et vous avez travaillé, ou juste fumé ? »

À chaque fois que celle-ci prononçait une phrase, le corps de la magicienne se mettait à vibrer comme un diapason. Cette sensation toute nouvelle la déstabilisait.

Le garçon gloussa :

« On est de la vieille école, on a bu ! »

Ils éclatèrent de rire.

Melidiane était stupéfaite. Ce tic, glousser avant de répondre, il lui semblait le connaître par cœur. Le jeune homme ajouta :

« Et on a composé une chanson sur toi... »

Sa compagne le coupa, enthousiaste.

« Tu me la feras écouter ?

— Demain si tu veux. »

Melidiane perçut dans son intonation qu'il devait être sérieusement épris, ce qui la fit sourire, mais sa curiosité passionnée cédait peu à peu la place à une sensation de malaise. Ses yeux s'embrumèrent, comme s'il pleuvait en elle. Elle reconnaissait ce moment et avait la certitude ambiguë d'avoir déjà assisté à cette scène. Elle tenta d'entrer dans leurs pensées à distance, ce qu'elle faisait fort bien d'ordinaire, mais s'en avéra incapable. L'épaisse fatigue qui pesait sournoisement sur elle devait en être la cause. Néanmoins, elle réfléchissait si fort que le garçon esquissa un geste pour regarder dans son dos. Elle ralentit aussitôt le pas et baissa la tête, se laissant à nouveau distancer.

« Stupide », pensa-t-elle. « Personne ne va te reconnaître ici. » Le couple descendait toujours Dean Street et venait de dépasser le croisement avec Bateman Street. Depuis un instant, Melidiane éprouvait même du mal à entendre la fille. Elle voulut se rapprocher, mais elle devait redoubler d'énergie à chaque pas gagné, comme si elle nageait à contre-courant dans un flux de plus en plus puissant à proximité des deux jeunes gens. Son énergie diminuait à vue d'œil. Ses muscles refusaient de lui obéir. Même l'air, son élément, s'éloignait d'elle. Une sorte de bulle protectrice et invisible semblait les séparer, comme si la jeune femme était protégée. Rien ne se faisait normalement. Dans le cas de la jeune inconnue dont elle ne voyait toujours pas le visage, sa pensée résonnait avec un tel écho qu'elle ne pouvait distinguer correctement ni les mots, ni les phrases. Qui était capable d'émettre un tel brouillage cérébral, sinon une magicienne ? Melidiane, adulte, n'en avait jamais croisé d'autre que les membres de sa famille à ce jour. Sa gorge s'asséucha d'un coup.

« Quelle puissance… », pensa-t-elle, admirative.

Le couple suspendit alors sa course devant un disquaire, là où Dean Street se jetait dans une rue transversale. La magicienne, sur le point de suffoquer à quelques mètres derrière, eut la force de relever la tête pour apercevoir le reflet de la fille, éclairée en plein par un lampadaire voisin, dans la vitrine. Elle manqua en perdre conscience.

La fille n'était autre qu'elle-même.

Melidiane suivait Melidiane.

Elle étouffa, tant le choc fut violent, et fut prise d'une quinte de hoquets furieux, haletant après l'oxygène, ce qui provoqua un mouvement de tête de la jeune femme vers elle. La vagabonde n'eut que le temps de détourner sa face. Il fallait à tout prix éviter de croiser le regard de cet autre soi-même. Cela la tuerait sur place. Affronter son double dans un espace-temps modifié affectait la raison, brûlait les sens, effaçait les pensées et anéantissait les corps.

Elle s'écarta précipitamment et, pantelante, laissa le couple s'éloigner à droite, en direction de Wardour Street, sans les suivre. Pourquoi eût-elle continué ? Elle savait où ils allaient, et quel jour on était.

L'expérience de revivre son passé avait littéralement obnubilé sa mémoire parfaite, l'empêchant, jusqu'au moment terrible, de comprendre ce qui lui arrivait. Dire qu'elle avait nourri l'illusion naïve que le Londres des années 2010 pouvait ressembler à ce point à la ville des *sixties* ! Fallait-il qu'elle eût eu l'intelligence bouchée tout au long de son vagabondage urbain ! Maintenant, il lui suffisait de convoquer sa mémoire du 14 janvier 1963. Elle se rappelait ce rendez-vous dans le parc de Soho, du concert vers lequel elle se rendait en compagnie de John Lennon, au Flamingo Jazz club de Londres, pour assister au premier concert des Rolling Stones. Elle se souvenait de tout. De la salle enfumée, de l'odeur des Lucky Strike qui se fumaient par deux. Des videurs roux, du « G » de Flamingo qui clignotait à cause d'un faux contact, des sièges en velours rouge délavé, de John profitant sans en avoir l'air de l'absence de Paul Mc Cartney pour essayer de lui attraper la main. Elle se souvenait du son un peu trop saturé et des reprises de Muddy Waters, Willie Dixon, Jimmy Reed et Bo Diddley, que le groupe de rock réinventait à fond, sans se soucier des codes ancestraux du blues qu'ils revisitaient.

Peu à peu, elle retrouvait la maîtrise de son esprit. L'air revint, les muscles répondaient à nouveau et ses pensées s'éclaircissaient. Elle se redressa difficilement, comme une vieille personne, se déplia, et s'efforça d'apaiser son souffle. Elle s'approcha de la vitrine qui avait attiré l'attention des jeunes gens. Elle se colla contre elle et chercha l'endroit exact où le reflet lui était apparu. Il lui fallait faire le tri entre toutes les images furtives que le verre conservait durant un court moment. Elle y débusqua le reflet de son double. Les traits à peine plus fermes. Le regard plus bleu.

Melidiane était retournée dans le passé. Dans son propre passé.

Melkaridion évoquait souvent, autrefois, les couloirs temporels des labyrinthes aquatiques. Le voyage dans le temps dépendait du puits, du sens des eaux, de la rotation de la planète au moment de l'immersion et d'innombrables données que seul son père savait maîtriser. En cet instant, elle le détesta du plus profond de son âme.

Les yeux hagards, elle scruta de nouveau la vitrine. Le reflet du couple s'était évaporé, révélant à Melidiane son propre visage présent. Elle se trouva vieillie. Son regard était plus terne, sa peau plus fragile, moins tendue, ses épaules plus voûtées. Elle crut d'abord que c'était pour s'être contemplée plus jeune, l'instant d'avant. Mais en observant ses cheveux attentivement, elle remarqua que les racines de ses longues mèches noires blanchissaient à vue d'œil. L'angoisse monta d'un seul coup. Melidiane vieillissait de seconde en seconde, beaucoup trop vite. Elle regarda ses mains. La peau s'était plissée et se resserrait autour de ses phalanges. Quelques taches apparaissaient, ses ongles s'allongeaient.

Avoir croisé son propre être provoquait l'emballement de son processus vital. Elle venait d'engager une course accélérée vers la mort. Elle comprit soudain pourquoi la fatigue l'accablait tant. Plus elle s'approchait de son autre soi, plus ses cent soixante-deux ans la rattrapaient. Cette conclusion terrifiante la foudroyait avec lenteur, comme un long éclair qui prendrait son temps pour traverser sa cible.

Il ne fallait pas rester sur place. S'éloigner de son double était la seule chose à faire pour stopper, inverser ou du moins retarder le processus fatal engagé.

Sans hésiter, elle s'engagea dans Old Compton Street,

dans la direction opposée à celle qu'avaient empruntée les jeunes gens. Elle savait où aller. Tout en avançant, elle raisonnait ses membres, leur intimait l'ordre de ne pas paniquer. Non, la fin n'était pas proche. Il fallait juste reprendre quelques forces, si possible, afin de comprendre pourquoi une telle épreuve lui était infligée. Pourquoi avait-il fallu, à elle qui se défiait d'elle-même au plus profond, depuis son enfance, qui n'avait cessé de lutter, toute sa vie adulte, contre la partie obscure de son propre corps, de son propre être, offrir la matérialisation de son angoisse intérieure dans cette rencontre périlleuse, peut-être mortelle ?

Que s'agissait-il d'affronter, cette fois ?

Moins d'une minute plus tard, elle était à l'angle d'Old Compton Street et de Moor Street. Elle franchit le seuil de l'immeuble, légèrement fébrile et haletante, sans pouvoir s'empêcher un sourire un peu crispé. Quel âge physique avait-elle, en cet instant ? Cent ans ? Cent vingt ans ? « Je suis une magicienne, cent cinquante ans, c'est très jeune ! », se persuada-t-elle en affrontant l'escalier qui desservait les étages. Elle gravit péniblement les cent dix-neuf marches qui menaient jusqu'au palier bien connu. Arrivée là, elle se courba, posa les mains sur ses cuisses pour récupérer.

Elle se trouvait juste sous les toits. Un autocollant fantaisie, sur la porte, indiquait le nom de « Rigby ». Elle palpa de la main l'arrière de la conduite d'eau chaude qui traversait le plafond de la cage d'escalier, peint d'une teinte cadavérique, trouva la clef, ouvrit la vieille porte en bois qui grinçait en *si* bémol, comme Paul l'avait noté. Une lettre à l'enveloppe jaunie, adressée à Melidiane, avait été glissée sous la porte. Elle la ramassa machinalement et avança dans le petit logis, séparé en deux pièces reliées entre elles par un passage voûté sans portes. Un immense poster de *Docteur Jivago* dominait un matelas à même le sol dans la chambre du fond. Une cage à oiseau presque sans barreaux était suspendue au plafond.

Là, pour la première fois de la journée, elle put reprendre quelques maigres forces. D'innombrables plantes en pot avaient élu domicile dans tous les endroits, surtout sur l'étroit balcon qui terminait l'une des deux fenêtres. Melidiane savait qu'elles venaient toutes de la route zéro, et servaient à conserver un minimum de flux magique dans une ville où il se faisait rare. Elle se souvenait du parfum de chacune. C'est pour se ressourcer près d'elles qu'elle était venue, à dessein, en ce lieu pour le moment inoccupé.

Elle aimait cet endroit, évocateur de sa dernière liberté, ses dernières insouciances. Le poids de sa lignée de magicienne s'imposa à elle, avec la lutte, la mort jamais très loin et la tristesse souvent au rendez-vous. La différence se payait cher en ce monde. Que signifiaient alors tant de précautions ? La magie lui parut soudainement désuète, dépassée et source d'éternels conflits. Elle revit sa famille décimée, sa mère disparue et son frère devenu leur pire ennemi. À quoi bon lutter, s'acharner ? Ils n'étaient plus que cinq. Les Dolce ne portaient pas un nom de guerriers, bien au contraire.

La magie n'était pas un don heureux... Elle revit Leamedia, la veille de son anniversaire, défiant toute sa famille en clamant qu'elle ne voulait pas être magicienne. Elle non plus n'avait pas choisi. « Leamedia... Je t'aime, ma fille. Puisses-tu entendre mes mots, même si tu n'es pas encore née. » Elle savait que les sons ne mouraient pas. Ils erraient. Les humains n'avaient pas assez de fréquences pour les percevoir. Elle laissa sa phrase disparaître et voler peut-être au travers des années.

Cette nostalgie mêlée au dépit la courba encore davantage. Elle releva la tête en prenant une vive inspiration. Elle se rappelait, grâce à sa mémoire parfaite enfin recouvrée, que la première Melidiane rentrerait un peu avant onze heures du soir. Elle avait près de trois heures à sa disposition pour reprendre quelques forces avant l'arrivée de l'autre, en comptant une marge de trente minutes pour être certaine de ne pas la croiser. Le péril s'avérait immense, elle ne voulait pas le frôler. Vieillir une fois de plus subitement lui coûterait la vie.

Au moment où, intriguée, elle se demandait enfin pourquoi la lettre trouvée sous la porte était adressée à Melidiane, alors que tout le monde à Londres, en 1963, la connaissait sous le pseudonyme de Rigby, à l'exception de Melkaridion et de Rodolpherus, elle perdit conscience, vaincue par son corps, et s'écroula sur le parquet, comme une simple humaine endormie ou évanouie.

Elle n'avait même pas eu la force de se sécher d'un simple tourbillon d'air.

3

Les lèvres de Virginie restèrent collées à celle d'Antonius pendant une longue minute. Le baiser vital et nécessaire n'en était pas moins doux et délicieux pour la jeune femme. Ses yeux se fermèrent paisiblement afin de ressentir pleinement chaque sensation : la texture de sa bouche, son parfum naturel et envoûtant, sa peau, et son désir. L'évidence s'imposait malgré la timidité des deux jeunes gens. Les frissons succédaient aux frissons, parcourant l'épiderme de Virginie comme une partition subtile et saisissante. Elle sentait son corps s'éveiller pour la première fois de sa vie, jouant, sur le même diapason que son partenaire, la musique sensuelle d'une harmonie parfaite.

« On la perd ! » La phrase avait claqué comme un coup de fouet, tirant Virginie de sa volupté. Cette voix qui résonnait ne dégageait rien de familier à son oreille. Elle décida de se concentrer sur le baiser que lui donnait Antonius. Mais les lèvres de son amoureux avaient disparu. Elle ouvrit alors les yeux : un noir total et sans nuance l'entourait. Le néant.

« Chargez à deux cents ! » Encore cette voix inconnue, qui n'émanait pas d'Antonius. Elle cligna des paupières plusieurs fois, sans parvenir à sortir des ténèbres qui l'enveloppaient. Elle ferma donc les yeux plus longuement dans l'espoir de retrouver son compagnon. Il semblait s'être fondu dans cette obscurité phagocytante. Elle prit soudain conscience de ne posséder aucun repère, ni visuel ni sensitif. Ses pieds comme ses mains flottaient dans le vide et une apesanteur surnaturelle lui donna tout à coup la sensation de chuter.

« Maintenant ! » Le choc fut terrible. La décharge de deux cents volts qui traversa le cœur de Virginie éclaira son monde avec violence, provoquant une photophobie douloureuse, lui brûlant les pupilles. Ses globes oculaires désormais ouverts en grand dévoilaient à ses yeux qui n'étaient plus habitués à la lumière le décor improbable d'une rue, d'un fleuve, d'une ambulance. Une demi-douzaine de médecins, d'infirmières et de pompiers s'agitaient autour d'elle dans une langue inconnue. Ces accents toniques si particuliers et les mots usités lui évoquaient vaguement un voyage effectué avec son père. Cependant, la douleur qui lui déchirait la poitrine empêchait toute pensée de se développer. Où se trouvait Antonius ? Que faisait-elle allongée sur le bitume ? Les questions se succédaient dans un galop d'incertitudes. Le contraste brutal entre sa vision qui fonctionnait difficilement et son cerveau qui bouillonnait lui donnait la nausée. Elle sentait l'urgence de ces gens vêtus de blanc, qui s'agitaient frénétiquement autour d'elle. Les sons et les mots incompréhensibles lui parvenaient naturellement, tandis qu'elle peinait toujours à analyser ce qu'elle voyait.

« On la tient, on ne la lâche plus, on la stabilise et on la transporte. » L'homme qui dirigeait cette étrange troupe immaculée esquissa un sourire. Il se pencha sur le visage de Virginie. Il articulait avec excès, en vain : elle ne comprenait pas un traître mot de son langage. Pour capter son attention, il claquait des doigts au-dessus de sa tête. Elle sentit les muscles de son dos se détendre et se rendit compte à quel point elle était crispée. Ses sensations corporelles revenaient petit à petit. La vitesse à laquelle les sons et les images affleuraient à sa conscience redevenait normale, bien qu'aucune pensée cohérente ne se formât encore dans son cerveau. Elle expira longuement de dépit, incapable de communiquer d'une manière plus compréhensible. Puis elle tourna la tête vers la gauche pour se reposer de la minute exténuante qu'elle venait de vivre. Impuissante, elle subissait son corps, encaissant les douleurs éparses et multiples qui la transperçaient. Une image lui traversa furtivement l'esprit : elle était la cible d'archers invisibles et habiles, qui lui décochaient sans répit des volées de flèches. Son regard éreinté se posa alors sur une petite plaque en métal bleu l'informant du nom de la rue où elle gisait : « quai des Orfèvres ».

Elle relut tant qu'elle put cet écriteau, puis ferma les yeux, entraînée dans un sommeil qu'elle sentait vertigineux. Malgré l'attraction, elle savait au fond d'elle qu'il lui était vital de ne pas y sombrer. Soudain, elle ouvrit les yeux, au moment où les pompiers déployaient un brancard. Elle reconnut Paris.

Comment pouvait-elle être en France ?

« Antonius. » Elle perdit connaissance en prononçant son nom.

Virginie, pour une humaine, avait supporté sans trop de peine le grand périple dans les eaux souterraines des puits magiques. Pourtant, la distance qui séparait les continents américain et européen n'était pas négligeable. Le réveil avait cependant été plus difficile...

Antonius, caché au coin de la rue, regardait s'éloigner l'ambulance qui emportait son amoureuse. Le couple avait échoué à quelques mètres de là, au pied d'un monument gothique vaguement familier au jeune magicien : il l'avait aperçu quelques jours plus tôt, dans les larmes que son grand-père avait versées alors qu'il évoquait le supplice de sa mère Lancelia, un soir de 1791, à Paris.

Pendant la durée de leur trajet aquatique, Antonius avait pris soin de conserver sa bouche collée à celle de sa compagne, afin de lui fournir l'oxygène nécessaire pour l'empêcher de suffoquer. Puis, en émergeant dans les eaux du fleuve, il l'avait hissée, inconsciente, sur la berge. Était-elle endormie ou évanouie ? En tout cas, son cœur battait, c'était l'essentiel.

Il avait contemplé sa Belle au bois dormant, navré de lui voir le teint si pâle, de sentir son pouls si faible et arythmique. Elle ne frissonnait même pas malgré la fraîcheur de l'air.

Heureusement, les touristes de toutes nationalités qui passaient par là et les Parisiens en promenade s'étaient aussitôt portés à leur secours.

« Que quelqu'un appelle la Samu ! Vite !

— Il y en a d'autres dans l'eau ? »

Sonné, Antonius avait tenté de protéger Virginie de la curiosité des gens alentour. Les idiomes résonnaient autour de lui. Contrairement à son père Rodolpherus, il n'avait pas encore assez lu pour assimiler la totalité des langues humaines, mais il savait assez de français pour comprendre la teneur de certains des propos qui fusaient autour d'eux. Puis les sirènes de l'ambulance avaient couvert le concert des voix. À l'approche des médecins, il s'était éloigné, sans perdre de vue Virginie, jusqu'à ce qu'elle fût dûment sanglée sur son brancard, emmaillotée dans des couvertures de survie et casquée d'un masque à oxygène. L'ambulance l'avait conduite à l'hôpital de l'autre côté du parvis de la cathédrale.

Les gardiens de la paix entrèrent alors en scène. Ils considérèrent Antonius comme un jeune touriste américain. Au moment où ce dernier tentait d'expliquer qu'il avait perdu ses papiers, une vieille dame hurla :

« Il s'est jeté à l'eau pour sauver la jeune fille ! » Ses vêtements en lambeaux et la coupure à son lobe d'oreille qui saignait abondamment confirmaient ses dires.

« Vous avez été blessé ? »

Antonius leur fit comprendre qu'il allait bien. Simone

avait dû planter ses minuscules crocs à cet endroit quand tous trois avaient été malmenés dans les remous du fleuve, sous l'arche du pont au Double.

La secrétaire perpétuelle de son grand-père Melkaridion, une souris pluricentenaire et dépressive, déplorait d'avoir survécu à leur immersion prolongée et reprochait à Antonius de l'avoir protégée dans le creux de sa main. Le jeune magicien avait en effet détendu sa peau pour la rendre étanche, afin de fournir assez d'air à la rongeuse pour tenir le choc. Mais, lorsqu'ils avaient émergé des flots, la vieille Simone, curieuse de voir la terre, avait quitté son abri, et une vague l'avait obligée à s'agripper de toutes les forces de sa petite mâchoire à ce qu'elle avait pu.

S'éteindre dignement, oui, dériver comme un petit chiffon rose, non – Simone avait depuis longtemps perdu sa douce fourrure d'autrefois.

« Si, si. Ça saigne. Il faut panser cela. »

Le policier tentait d'observer la blessure sous les cheveux d'Antonius, qu'il portait mi-longs pour dissimuler l'antique rongeur. Mona couina d'inquiétude.

« Ce n'est rien, dit le jeune homme dans un français très correct, en mimant un fort accent américain.

— Regardez, chef, il ne saigne plus ! »

Antonius avait ordonné à ses tissus de hâter leur cicatrisation.

Les policiers se contentèrent de ses déclarations : « Antony Sweet – étudiant – 53ᵉ Rue – Brooklyn, New York – En résidence à : hôtel Notre-Dame, 1 quai Saint-Michel. » Le bâtiment s'affichait au-dessus du Petit-Pont, bien visible. Antonius n'avait eu qu'à épeler les gros caractères des enseignes, à quelque distance derrière l'épaule du scribe.

Ils lui abandonnèrent une couverture pour abriter sa quasi-nudité, qu'ils avaient observée frissonnante, après s'être assurés, par ses réponses, qu'il avait à Paris les amis nécessaires pour parer à son actuelle détresse.

D'ailleurs, un étudiant qui s'offrait un hôtel à plus de cent cinquante euros la nuit n'était pas à plaindre.

Peu après, le petit attroupement se disloquait, et chacun se réorientait vers son but initial.

Antonius cessa de feindre aussitôt qu'il se trouva seul, D'un geste mental presque imperceptible, il maîtrisa le tremblement qu'il avait artificiellement provoqué, pour donner de la vraisemblance à son personnage sorti des eaux...

Peu après, ayant traversé au pas de course, sous le regard des touristes chinois ou russes, l'esplanade qui mettait en valeur la majestueuse cathédrale, il évoluait dans les corridors de l'Hôtel-Dieu, l'antique hôpital qui recouvrait une bonne partie de l'île de la Cité, sans que nul n'ait songé à questionner ce beau jeune homme aux longues boucles noires, drapé dans une couverture réglementaire, arpentant les couloirs à la recherche des Urgences.

Virginie, toujours inconsciente, reposait entre des draps blancs sur un chariot garé à proximité d'une salle d'attente. Le visage niché dans un masque à oxygène, elle respirait sagement. Anxieux, mais confiant dans la compétence des médecins, il s'installa non loin d'elle, parmi d'autres parents de malades qui somnolaient ou chuchotaient fébrilement dans leur téléphone.

À peine une demi-heure plus tard, on l'installait dans une chambre à l'étage supérieur. Antonius suivait son aimée à distance. Il réduisait l'impact de ses pas en orientant le poids de son corps, respirait silencieusement et n'émettait aucune odeur. Même visible, personne ne le remarquait. Vers le début de l'après-midi une troupe immaculée pénétra dans la chambre. Resté dans le couloir il concentra toute son énergie sur son audition. L'homme qui semblait diriger le groupe pencha son front entièrement dégarni, qui donnait une touche de couleur rosée à cet environnement blanc, sur le visage de Virginie. Il fit ôter le masque à oxygène après s'être assuré qu'il pouvait l'être sans risque et claqua des doigts au-dessus de la tête de la belle endormie pour capter son attention.

« Tentative de suicide ? lança-t-il à la cantonade, sur le ton de l'évidence.

— Négatif, docteur. Nulle trace de lésion ou d'auto-mutilation, nul empoisonnement, pas de médicaments, rien.

— Pas besoin d'adjuvants ou de substances, pour se jeter à l'eau, marmonna le directeur du service. Quel est le tableau clinique ?

— Asphyxie. Hypothermie, récita l'infirmière-chef. Et anémie.

— ... Bref, elle a passé un peu trop de temps dans l'eau.

— Plus que quelques minutes, sauf votre respect, intervint le laborantin, une liasse en main. L'analyse du bol alimentaire, qu'on a prélevé pour contrôle, est pour le moins surprenante. Les aliments présents dans son estomac ont plus de seize mois, mais ne sont toujours pas digérés. Comme si on venait de les ingurgiter.

— Impossible.

— Certes... Mais ça existe, c'est là ! rétorqua le biologiste, tout heureux de moucher un médecin.

— Si près de Notre-Dame... Plus rien ne m'étonne, fit le mandarin, philosophe.

— C'est comme si tout ce qui était étranger à son corps avait vieilli, mais pas elle. »

Les seize mois évoqués ne choquaient pas Antonius outre mesure. Il croyait savoir que le temps n'était pas aussi linéaire qu'il paraissait l'être. Les couloirs aquatiques qui traversaient la terre dans toute sa circonférence défiaient le temps. Suivant le sens dans lequel on y dérivait, le jour, le mois, l'année où même le siècle où l'on atterrissait pouvaient changer. Sa mémoire parfaite lui restituait des échanges survenus entre son père, Rodolpherus, et Melkaridion, son grand-père, alors qu'il n'était qu'un enfant. Seul le premier connaissait la mécanique de ces corridors secrets et pouvait l'expliquer. Sa maîtrise des sciences, ajoutée à l'empirisme du grand-père, en faisait un érudit redoutable. Mais Antonius n'avait pas eu le temps de recueillir ce savoir. Ignorer à ce point les fondements de la magie pénalisait l'aîné des enfants Dolce. Si savoir permettait d'agir, son rayon d'action s'avérait encore mince.

Il scrutait intensément les pensées de sa bien-aimée. Comme certains membres de sa famille, il avait le pouvoir d'écouter les consciences. Explorer l'âme de Virginie le déchirait, il lui avait solennellement juré de ne jamais entrer par effraction dans son esprit, afin de respecter l'intimité et le for intérieur de celle avec qui il se voulait lié pour la totalité de son destin. Il y avait de la beauté, à laquelle Antonius souhaitait contribuer, dans une relation construite sur les signes volontairement livrés par les partenaires, respectant la part de mystère et la pudeur de chacun. Mais l'esprit de Virginie était-il encore là ? Était-elle en mesure de se faire entendre, de se défendre, tandis que son corps innocent était livré à l'œil clinique d'une classe d'impétrants internes ? Antonius n'hésita pas : tant que Virginie n'était pas consciente, pas en état de se prendre en main, il lui revenait de recueillir, s'il le pouvait, sa volonté, pour la faire accomplir, quoi qu'il arrivât.

Il ne perçut d'abord rien, sinon d'imperceptibles modifications de l'état d'âme, liées à la décontraction musculaire, qui s'installait après l'intense crispation interne liée au stress de la quasi-noyade. Un intense flot d'images lui parvenait, provoquant en lui une sensation de gêne : c'était la première fois qu'il écoutait ainsi les pensées d'une personne en réanimation. Il rougit : l'empreinte du premier baiser qu'ils avaient échangé sous l'eau, tandis que Virginie était sur le point de suffoquer, imprégnait l'âme de la jeune fille, qui se ressourçait en profondeur à l'intensité vitale de la douceur de ce baiser qui avait aussi représenté, pragmatiquement, l'apport d'oxygène indispensable pour la maintenir en vie.

« Elle a ouvert les yeux ? Prononcé une parole ?

— Le rapport des infirmiers atteste qu'elle était inconsciente quand elle a été sortie de l'eau. Très pâle.

— Le rythme cardiaque ?

— Il s'est stabilisé dans les minutes qui ont suivi son hospitalisation. Elle est sous contrôle. »

Antonius s'apaisa. D'ailleurs, les premières pensées construites émergeaient dans le théâtre mental de la jeune fille, pour autant qu'il pût en juger. La douleur et l'abattement prenaient beaucoup de place, mais des pensées plus positives s'installaient. Virginie prenait conscience de son état et de la présence des médecins auprès d'elle, même s'ils ne le voyaient pas. Derrière les interrogations pointait, jumelée à l'allégresse de la rencontre avec Antonius, le choc affreux de l'assassinat, survenu quelques jours avant la scène du puits, de son père, l'historien érudit Philippe Delondres, que le jeune magicien n'avait jamais rencontré. Avide de tout ce qui touchait à son amie, il scruta la grande et belle figure du vieux professeur, telle qu'elle hantait la conscience de Virginie. Cette dernière semblait accorder beaucoup d'importance à une série de carnets, rédigés par le vieil homme, subtilisés après son décès, semblait-il.

Ces carnets avaient un lien évident avec l'histoire des Dolce, mais le caractère erratique et fragmentaire de la pensée de la jeune femme empêchait Antonius de construire la corrélation. En revanche, le principal impératif catégorique qui hantait la pensée de son amie le fit sourire : « Humphrey », qu'une lancinante interrogation concernant son ravitaillement ramenait régulièrement au premier plan des pensées de la jeune femme, devait être un gros et majestueux félidé qui habitait la maison où elle avait vécu avec son père.

Il eut aussi accès à des fragments, trop vagues pour

être décryptés, concernant une fille, Paula, un stage dans un journal de New York, ainsi qu'une certaine Fondation 18. Rien de tout cela n'était clairement articulé.

La pensée qui structurait manifestement en profondeur cette âme blessée par la vie, égarée dans sa propre douleur, le concernait, lui.

Ce fut d'ailleurs le premier mot qu'elle prononça.

« Antonius ? »

Il en fut ému aux larmes, et manqua de rentrer dans la chambre. Il se contenta d'envoyer mentalement tous les signaux d'amour dévoué et tendre qu'il pouvait imaginer, en direction de la jeune accidentée.

Cependant, le chef de service n'avait pas manqué d'observer l'accentuation marquée de la prononciation. La fille devait être une des touristes si nombreuses dans ce quartier parisien.

« Antonius, c'est son nom ? On a le dossier d'identité ?

— Rien. Elle est sortie de l'eau quasi nue, vêtue de hardes en loques. Elle n'avait aucun papier sur elle. » L'infirmière-chef compulsait sa chemise.

Le ponte se tourna vers le laborantin :

« Vous qui êtes si malin : russe ? suédois ?

— Je dirais américain, sauf votre respect, docteur Bryja.

— Mon respect vous importe tant que cela ? Cela fait deux fois que vous me l'envoyez au nez. Éclairez-nous.

— L'accent. Le mot est presque réduit à un accent tonique. C'est typiquement *british*.

— Américaine ou Britannique ? Faudrait savoir.

— Il faudrait tester.

— Andrew est dans les parages ? demanda le docteur.

L'infirmière-chef n'eut pas besoin de compulser ses dossiers.

« Il avait une appendicite.

— Lui, malade ? C'est le comble.

— Non non, une opération.

— Voyez s'il peut nous rejoindre. Vite. »

Antonius n'avait rien perdu de cet échange, tout en écoutant, navré, les pensées de la jeune fille. Maintenant, défilaient en elle un chaos d'émotions mêlées, passion, trahison, deuil, solitude, loyauté. Antonius avait du mal à suivre. Visiblement, la Belle au bois dormant cherchait à s'éveiller, les pensées de surface se croisaient en un imbroglio indéchiffrable avec les tendances profondes. Il aurait voulu la rassurer.

Un homme en pyjama bleu et socques blanches, une toque de la même couleur surmontant ses taches de rousseur, surgit au bout du couloir et fonça vers eux.

« Merci Andrew. On vous a expliqué ? Le chirurgien américain opina du chef.

« Notre noyée énigmatique est sur le point de se réveiller en terre étrangère. Accepteriez-vous de jouer les enquêteurs et les interprètes ? Je vais faire patienter votre appendicite.

— Pas le choix, de toute façon... observa en français le jeune interne texan. Qu'est-ce qui vous fait croire qu'elle est Américaine ? » Il faisait des efforts visibles pour ne pas commettre la moindre faute de grammaire, ce qui lui donnait un débit beaucoup trop lent pour le chef de service, qui s'agaçait en essayant de deviner la fin des phrases de son interlocuteur.

— La forme de son front et la longueur de ses doigts, répliqua, impassible, Damien Bryja.

— C'est le gène américain ?

— Allez-y. Si au moins on pouvait obtenir son nom... « Antonius » n'est pas un prénom féminin, si ? »

Il prononçait le prénom à la française.

Andrew s'inclina vivement vers la jeune fille et lui prit la main, privauté superflue aux yeux d'Antonius.

« *Not so easy to kill ?* », plaisanta-t-il. La tonalité des mots provoqua une résonance si familière dans les limbes que Virginie explorait avec indolence, que son corps marqua un soubresaut nerveux. Antonius perçut une vaste interrogation et un effort de formulation.

Le chirurgien texan fut récompensé : la patiente ouvrit subitement des yeux égarés.

« Antonius...

— *I'm Andrew. I'm American... Maybe like you ? You've had a small accident, but everything's OK now. You just have to be patient for a little while, here in the hospital. Can you tell me something about you ? What's your name ?* »

La jeune femme articulait faiblement, la voix pâteuse :

« *My name is Delondres. Virginie Delondres. I live in the district of Long Island.*

— Si quelqu'un pouvait traduire ? maugréa à voix basse Damien Bryja. Elle vient de Londres, c'est ça ?

L'interne texan avait pris entre les mains de l'infirmière-chef une feuille d'analyse, emprunté le Bic piqué dans la poche de poitrine de sa blouse, et griffonnait à mesure les informations.

— *Ok Virginie, don't be afraid, you're all right. Now, I need some more informations, if you are strong enough to talk. Can you tell me where are your family or friends, here in Paris ?*

Antonius perçut l'énorme interrogation avant même que la jeune fille, remuant faiblement, bouleversée, ne reprenne la parole. Elle ne comprenait pas ce qui lui arrivait.

— *Paris... You mean... It's impossible.* » Le panneau de la rue aperçu avant son évanouissement lui revint en mémoire.

— Je crains qu'elle ne fasse une amnésie, articula soigneusement Andrew, elle ne sait plus ce qu'elle fait à Paris. »

Virginie s'agitait de manière visible.

« *I was not alone... there was a young man.*

— *Ok, keep quiet please. You're in Paris, France. As far as I can see, you were brought here alone.* Il se tourna vers Damien Bryja : elle dit qu'elle n'était pas seule. Il y a un autre noyé ?

— Pas à ma connaissance.

— *You were alone*, dit-il, à l'adresse de Virginie.

— *It's impossible. Insane. I should wake up... I must be mad.*

Son ton s'était élevé dans les aigus, malgré sa faiblesse. Elle remuait avec violence, tentait d'arracher sa perfusion.

« *What am I doing in Paris ? Where's Antonius ? Help !* »

L'infirmière en chef, sur un signe de Bryja, arracha prestement l'emballage d'une seringue qu'elle avait saisie dans un des tiroirs du praticable médical voisin. Elle perça l'opercule caoutchouté d'une bouteille transparente, vérifia qu'aucune bulle d'air ne se trouvait dans l'aiguille, éjecta un excédent de produit et piqua sans hésiter Virginie

La jeune femme se calma instantanément, puis dans l'inspiration suivante sombra dans un sommeil lourd, comme assommée.

« Je ne sais pas ce que vous lui avez dit, Andrew, mais je vous conseille de changer de méthode désormais. »

Le jeune Texan, incapable de deviner si son supérieur plaisantait ou non, se défendit :

« J'ai son nom, et je sais où elle habite ! Ce n'est pas ce que vous vouliez ? Elle ne comprend pas ce qu'elle fait à Paris, c'est tout. Maintenant, mon appendicite m'attend. Trouvez-vous un traducteur, je confirme qu'elle est Américaine. »

Bryja était embarrassé.

« Transmettez à l'administratif, fit-il en grattant son crâne chauve. Elle se réveillera dans deux heures. Elle sera encore faible, mais elle pourra quitter l'hôpital en fin de journée. On n'a pas de lit en surnombre, n'est-ce pas ? L'ambassade américaine devrait la recueillir en attendant que sa famille se présente, puisqu'on n'a rien d'autre sur elle. Veillez à ce qu'elle ne reste pas seule et amenez un traducteur ou un interprète, on doit bien avoir ça en magasin. »

Antonius avait perçu, impuissant, la souffrance, le doute et l'angoisse envahir le cerveau de sa fiancée. Il s'avérait habile à pénétrer les pensées mais demeurait encore incapable de s'adresser à une humaine sans être obligé d'émettre un son, ce qui l'aurait contraint à révéler aux médecins qui il était. Il aurait voulu lui dire qu'il maîtrisait la situation, qu'elle ne devait pas paniquer ainsi. Il avait senti son cerveau prêt à basculer dans le vrai doute, celui dont on ne revient jamais. Il aurait voulu la rassurer, la bercer, lui dire combien elle ne risquait rien tant qu'il resterait à ses côtés et surtout qu'elle n'était pas folle. Il ignorait comment procéder. Surtout, une énorme inquiétude venait de prendre toute la place. Aux dires du laborantin, seize mois s'étaient écoulés. Un rapide coup d'œil à une revue abandonnée dans la salle d'attente lui confirma qu'on était le 7 novembre 2012. Pourquoi Melkaridion avait-il dispersé la famille ? Où étaient les autres, en ce moment ? Tous étaient-ils sauvés ? L'aïeul avait sans aucun doute soustrait les Dolce à la Guilde noire : rester aux États-Unis en 2011 n'était plus possible, dès lors qu'ils avaient été repérés. Mais qu'attendait-il de son petit-fils ? Le cœur déchiré de laisser Virginie endormie loin de lui, Antonius se résolut à sortir, à la recherche d'informations. Que s'était-il passé de si capital, après juin 2011, pour que les Dolce fussent contraints de sauter un considérable laps de temps et de franchir des océans ? Il erra dans le couloir à la recherche d'un ordinateur derrière un bureau. Se connecter, s'informer...

Il se méfiait d'Internet et de sa traçabilité. Si la Guilde rodait, elle pouvait aisément retrouver les requêtes qu'il effectuerait. Ne pas se précipiter, rester prudent... Il ne savait quelle décision prendre. Le nouvel espace de liberté, comme le nommait sa génération, demeurait à ce jour celui qu'on pouvait surveiller le plus facilement. Plus de vingt minutes s'étaient déjà écoulées depuis la piqûre infligée à Virginie, s'il voulait être de retour pour veiller, même de loin, sur son réveil, il n'y avait pas de temps à perdre. D'un pas élastique, il quitta les urgences, récupérant un pyjama de chirurgien qui traînait sur le dossier d'une chaise.

Il devait exister une raison bien précise pour qu'il se trouve en plein Paris. Il lui suffisait simplement de trouver laquelle...

Jamais il ne s'était senti aussi démuni.

4

« Virginie Delondres, retrouvée en France sans parents, amis ni argent. Ne se rappelle rien. Tu peux voir si on a un dossier ? L'ambassade demande le nom d'un contact. Le commissariat de Long Island prétend que la fille a disparu depuis plus d'un an. »

L'inspecteur Ruffalo soupira.

« Papier, ou informatique, le dossier ?

— Si je le savais, je te le demanderais pas », graillonna Brenda. Ruffalo répondit par un rictus qui, dans l'intention, devait appartenir à la famille des sourires de circonstance.

Brenda, la responsable du service des archives, une quinquagénaire épuisée par trente ans d'allers et retours entre les bureaux des inspecteurs, portait saison après saison des baskets Nike montantes, un pantalon de jogging noir large comme une voile de trois-mâts et le tee-shirt délavé des Yankees. Sa voix nasillarde oscillait entre le disque rayé et la coupure de secteur. Le chewing-gum qu'elle triturait inlassablement entre ses dents tartrées ponctua sa phrase d'une bulle à la couleur improbable.

Voilà qui promettait une agréable journée.

Il y avait eu un moment, dans sa vie, où l'inspecteur Ruffalo traitait les affaires, menait des enquêtes, sillonnait les rues de New York, poursuivait des criminels ou des délinquants. « Tes deux principaux instruments, p'tit, c'est le nez, l'odeur du bitume, le parfum chargé des prostituées au petit matin, et tes semelles de crêpe que tu dois user sur les grilles d'aération du métro, pour qu'elles deviennent silencieuses quand tu files un client. » Cette phrase, prononcée par son père maintenant à la retraite, restait à ce jour la meilleure des formations qu'avait reçues le trentenaire, et résumait sa nostalgie présente.

La grande réorganisation des services lancée en juin 2011 l'avait touché comme tous les autres. Il avait été déplacé plusieurs fois, changeant d'affectation ou de commissariat, avant d'être nommé quatre mois auparavant au poste central des archives de la police, sorte de mer des Sargasses de l'administration où échouaient immanquablement, comme des déchets ballottés par des courants sous-marins, les employés non reclassables. On accédait par une double porte grinçante à l'immense salle grise et poussiéreuse où se croisaient sans discontinuer voyous, flics, paumés et clochards. Le charivari des plaintes, des injures, des cris et des sonneries de téléphones portables l'avait contraint à adopter des bouchons de silicone souple qu'il se fourrait dans les oreilles. Ses collègues le snobaient ou le raillaient suivant l'humeur, mais le relatif silence obtenu ainsi donnait à la scène l'allure amène d'une série télévisée sans la bande-son. Quoique populeux et animé, le placard n'en était pas moins un, pour le jeune enquêteur prometteur de naguère.

Virginie Delondres. Ce nom avait claqué dans sa mémoire comme les pas de Gregory Hines dans *Tape dance*. La seule cassette vidéo achetée par sa mère durant son enfance. Delondres... Il se rappelait le visage de la jolie petite brune, jeune journaliste, qu'il avait rencontrée après le cambriolage de sa villa à Shelter Island, en juin 2011, juste avant sa mutation. Ses souvenirs se bousculèrent confusément. Le père de la jeune fille, professeur à la retraite, venait d'être assassiné à Brooklyn, un coup de couteau reçu sur le site d'un gigantesque happening, dont les auteurs n'avaient jamais été identifiés. Pourtant, transformer un banal poteau électrique datant des années 1970 en une imposante sculpture abstraite évoquant le symbole gothique d'une tête de mort, le tout en une nuit, sans sectionner les câbles que supportait le vieux mât de sapin, avait dû mobiliser des moyens techniques considérables. Une foule populaire s'était rassemblée sur les lieux à la nuit tombée. Philippe Delondres avait été retrouvé, percé d'un coup de lame très sûr, non loin de la sculpture. Il était décédé quelques heures plus tard, à l'hôpital.

Le policier frémit de l'excitation du chasseur qui subodore une piste, un picotement nerveux et une brusque accélération du flux des pensées qu'il n'avait pas éprouvés depuis longtemps. Au moment de sa mort, Philippe Delondres n'était pas un inconnu pour lui. Le vieil érudit semblait avoir été mêlé à une affaire de vol d'un inestimable grimoire exposé au Metropolitan Museum. C'est à cette occasion que l'inspecteur l'avait rencontré pour la première et dernière fois, avant d'apprendre son décès. Peu après, sa fille avait appelé la police pour signaler le vol des précieux carnets du vieil historien.

Ni le père ni la fille ne lui avaient tout dit, il en avait la conviction. Le problème était que sa hiérarchie ne lui avait pas donné l'occasion de poursuivre l'enquête. La municipalité réorganisait totalement sa police, suite à l'accord signé entre les édiles et la Fondation 18, une puissante association caritative. Au terme du contrat, celle-ci, en échange d'une concession de 99 ans sur l'exploitation des sous-sols de la ville, investissait massivement dans la réhabilitation des locaux de la mairie de la grande pomme. Elle finançait aussi avec largesse un programme de formation professionnelle des employés municipaux, tel qu'il n'en avait jamais été mené, qui devait entraîner une modernisation radicale et une optimisation des ressources humaines destinées à faire de la grande ville américaine le laboratoire du service public du troisième millénaire. S'était ensuivie une pagaille monumentale, du point de vue des fonctionnaires, délogés de leurs locaux vétustes, envoyés en stage, puis recasés dans des équipes neuves, contraintes de s'adapter à marche forcée à un nouveau matériel ultra-sophistiqué.

Le service des archives était l'un des derniers bastions de l'ancienne administration. Il disparaîtrait aussitôt que les dossiers récents auraient tous été numérisés, tandis que les cartons stockant les pièces relatives aux affaires plus anciennes seraient recueillis dans un local ultra-sécurisé des sous-sols. Dans l'intervalle, l'ancien système, par fiches que géraient une escouade de documentalistes, coexistait tumultueusement avec le nouveau logiciel de traitement informatique des données. Le papier, comme outil de travail, appartenait désormais au passé, au grand désarroi du policier qui avait appris son métier au contact de son père qui notait tout sur un vieux carnet, à l'ancienne. Cette informatisation à outrance le gênait. Il passait comme ses collègues la plupart de son temps à *downloader* la nouvelle version *release* de leur système de croisement de fichiers.

D'un geste du pied, Ruffalo fit glisser sa chaise en arrière pour s'éloigner de son écran. Il ressentait le besoin de comprendre et, pour ça, devait s'écarter de tout ce qui ressemblait de près ou de loin à un appareil électronique.

« Il suffira d'une simple coupure d'électricité prolongée pour que tous les casiers judiciaires disparaissent. » Il avait pensé à haute voix, et ses voisins lui lancèrent des regards agacés.

Pourquoi avait-il ignoré la volatilisation brusque de la fille ? Parce qu'il avait été dessaisi, à ce moment-là, lui souffla sa mémoire. Il s'étonna, en tapant le numéro de dossier sur son poste de travail, de ne voir aucun compte rendu d'enquête apparaître. La disparition avait été signalée par l'employeur de la journaliste, un certain

Edward Ropp, le directeur du *Brooklyn Daily Eagle*, une feuille de chou de Brooklyn. D'après la maigre main-courante, l'enquêtrice avait été envoyée à La Guardia, en équipe avec une photographe, Paula Linski, pour couvrir l'événement médiatique de la fin juin.

Il sourit. Personne n'avait oublié les images surréalistes du bus londonien survolant Downtown New York au bout d'un filin relié à un hélicoptère d'hélitreuillage de l'armée, voguant dans le crépuscule entre les buildings de Manhattan. La vidéo rencontrait sur YouTube un succès encore estimable. Les événements suivants étaient plus flous. Ils coïncidaient, pour Ruffalo, avec une première réaffectation, dans un commissariat du Queens, le quartier où il avait grandi, et le policier n'avait guère eu le loisir de suivre l'actualité. Il croyait se souvenir que le bus, qui avait été déposé à La Guardia, avait filé, puis disparu, en dépit d'un énorme engouement sur les réseaux sociaux et des milliers d'internautes qui avaient scruté toutes les routes du Nouveau Monde dans l'espoir d'ovationner l'autobus héroïque. Il poussa un nouveau soupir, plus profond. Le mystère ne s'épaississait pas, il se consolidait, se figeait en un obstacle dur, qu'on ne savait comment aborder.

Il parcourut du regard la fin du rapport. Il était daté du mercredi 29 juin.

« La susnommée DELONDRES Virginie aurait dû partir à La Guardia, le samedi 25 juin en fin de journée, pour effectuer un reportage comme envoyée spéciale. M. ROPP Edward, le déclarant, n'a plus eu de nouvelles de la jeune femme depuis. L'article n'a jamais été remis. Elle ne répond ni sur son téléphone portable, ni sur son téléphone fixe.

Le déclarant souligne le sérieux, les qualités professionnelles de son employée et estime cette disparition suspecte. Il demande que des recherches soient engagées. Il ajoute que LINSKI Paula, reporter photo free-lance travaillant occasionnellement pour le *Brooklyn Daily Eagle*, a disparu au même moment. Néanmoins, le caractère « fantasque » et « rebelle » de la jeune photographe, aux dires du déclarant, pourrait expliquer, dans son cas, une fugue sur un coup de tête. »

Le rapport se terminait là, après les conclusions d'usage.

« Elles ont dû tomber amoureuses l'une de l'autre et changer de vie », pensa, amusé, Ruffalo, qui avait revu récemment *Thelma et Louise* au cours d'une des moroses soirées DVD de location-plateau repas qu'il multipliait depuis que sa vie professionnelle s'était ralentie, comme émoussée.

Ces conclusions avaient sans doute été partagées par le policier qui avait reçu la requête, puisque aucun complément d'enquête n'avait été effectué. Ou, si c'était le cas, rien ne figurait dans les archives informatiques. Nulle autre pièce n'était versée au dossier numérisé.

Par un mouvement de curiosité désœuvrée, il entra dans le formulaire de recherche : « DELONDRE Philippe ».

« Requête nulle. Il n'existe pas d'entrée correspondant à la demande que vous avez formulée dans la base », lui fut-il répondu.

Stupéfait, Ruffalo pensa devenir fou. Il se souvenait d'avoir lui-même saisi le nom du professeur, dans son rapport préliminaire d'enquête sur le vol du Metropolitan Museum. Et il était impensable que sa mort violente n'ait pas fait l'objet d'un rapport. En juin 2011, les services utilisaient déjà l'informatique, enfin !

Très énervé, il s'apprêtait à signaler le bug, quand il s'aperçut de son erreur : il avait omis le « S » final au nom de Delondres. L'erreur de graphie avait entraîné la nullité de la requête.

Il retint un énorme soupir, il ne voulait pas ressembler à Brenda qui avait fait de ses expirations puissantes un mode d'expression à part entière, capable de dire toutes les nuances de l'exaspération, du désenchantement, du mépris, et de la négativité en général.

Il reformula sa requête, et cette fois le dossier sortit. Mais il ne s'attendait pas à ce qu'il découvrit.

Le dossier était classé : non consultable sans clef d'accès.

Et le plus surprenant : il était classé au titre des accidents de la circulation.

Ruffalo, isolé par ses bouchons d'oreille, se prit lentement la tête à deux mains. C'était lui qui devenait fou ?

Dans la minute suivante, il frappait à la porte de son supérieur, n'attendant pas que ce dernier l'autorise à entrer.

« Dans ce cas, c'est pas la peine de frapper ! » L'obèse commandant Bowell, afro-américain au crâne lisse et plat comme une toile cirée, ne souriait jamais. Les murs de son bureau étaient surchargés d'une multitude de cadres poussiéreux et dissemblables où voisinaient diplômes de police, photos de promotions, souvenirs de famille, trophées de pêche et stars de la chanson, parmi lesquels ne figurait pas un chanteur noir. Britney Spears, Justin Bieber, Jamie Cullum et Katy Perry donnaient à cette pièce austère une touche de ridicule. Bowell prétendait à ceux qui s'étonnaient de ses goûts que la décoration de la pièce avait été réalisée par sa fille.

« J'ai un gros problème, commandant.

— On est tous au courant, Ruffalo, ce n'est pas la peine de vous agiter pour ça », répondit l'imposant policier qui passait un mouchoir élimé sur son front ruisselant.

« Je suis sérieux, j'ai essayé de consulter un dossier cet après-midi dans les archives numérisées. Il est donné pour classé, alors qu'il s'agit d'une affaire d'agression avec décès.

— Où est le problème ?

— L'usage veut qu'on ne classe pas un dossier

d'agression ayant entraîné la mort, même après un an, si ? »

Bowell eut un geste vague.

« Normalement, non. Bon. C'est quoi, alors, le nom de la victime ? fit le commandant, d'un air exagérément las.

— Delondres. Avec un « S ». Prénom : Philippe.

— Voyons. » Il lut l'écran qui s'affichait sous ses yeux. « Un accident de la circulation ». Il haussa le ton. « Vous avez décidé de vous payer ma tête, Ruffalo ? »

Sa colère montait, tandis qu'il tenait ses yeux fixés sur son écran, parcourant manifestement le dossier, dans lequel il venait d'entrer grâce à son code d'utilisateur privilégié. Son visage de bouddha peu expressif se durcissait. Des ondes presque palpables de tension contractaient sa masse gélatineuse, rappelant la force qui pouvait habiter ce grand corps, qui n'avait pas toujours été celui d'un Hercule avachi.

« Vous savez combien d'accidents de la circulation ont lieu chaque jour à New York ? Vous voulez des statistiques ? Et la police devrait pister tous les délinquants en moto ou en 4x4 ? Vous voulez quoi, un agent derrière chaque piéton pour l'empêcher de sortir des clous ? » Il hurlait presque maintenant. « Et c'est quoi, cette histoire d'agression ? »

Ruffalo tint bon.

« Il ne s'agissait pas d'un accident, et il n'y avait pas de voitures. Il y a eu blessure par arme tranchante.

— Et d'abord, comment vous le savez ? contre-attaqua Bowell.

— Un cambriolage a eu lieu chez lui au moment des obsèques. J'ai été chargé de l'enquête et j'ai eu accès au dossier à l'époque.

— Cela fait plus d'un an ! clama l'officier. Vous confondez. D'ailleurs, qui vous a permis d'ouvrir ce dossier, aujourd'hui ? ajouta-t-il soudain attentif. Son visage avait repris l'expression d'ours en guimauve qui lui était habituelle.

— Sa fille, Virginie Delondres, vient d'être retrouvée à Paris.

— Paris, Texas ?

— Paris, France.

— Et alors ? La gamine n'a pas le droit de visiter le vieux continent ? Ma fille, à moi..., fit-il, désormais patelin.

— Mais Virginie Delondres avait disparu depuis plus d'un an, coupa Ruffalo.

— À son âge, on séjourne à l'étranger. Je ne vois toujours pas où est le problème.

— Elle a perdu la mémoire.

— Pauvre petite. Sans doute les suites de la mort de son père. Et comment vous le savez ? Vous n'êtes plus enquêteur, si ? Vous n'avez pas été affecté aux archives ?

— Justement. L'ambassade des États-Unis à Paris nous demande des informations.

— Eh bien, je me charge de les appeler, conclut Bowell d'un air ennuyé. Maintenant, dehors ! La prochaine fois que vous entrez dans ce bureau sans attendre mon autorisation, je vous suspends une semaine, c'est clair ?

— Mais...

— Sortez ! »

Ruffalo regarda son commandant dans les yeux sans dire un mot, puis se dirigea vers la porte du bureau. Quand il l'ouvrit pour sortir, la voix grave du commandant Bowell bloqua son geste.

« Et mêlez-vous de ce qui vous regarde à l'avenir... C'est un conseil. »

La mâchoire raide, le poing serré, Ruffalo referma doucement l'huis.

Bowell était de la vieille école, lui aussi. Un flic réputé honnête, mais aux méthodes pour le moins peu conventionnelles. Qu'avait-il voulu dire ? Il jeta un dernier regard à son supérieur, en vain. Ce dernier lui faisait immanquablement penser au capitaine Dobey, l'imposant capitaine de *Starsky et Huch*.

Ruffalo regagna lentement son poste de travail. Puis il prit une grande inspiration, décrocha le téléphone filaire, et attendit que le standard réponde.

Il s'apprêtait à passer outre les consignes de son supérieur. Mais après tout, Paris avait demandé des informations et il n'avait aucune raison de ne pas les fournir. Il avait personnellement approché Virginie Delondres.

« Oui ? fit enfin la voix, aux intonations brèves et flûtées, d'une opératrice.

— Ici Ruffalo, service des archives. Pouvez-vous m'appeler l'ambassade des États-Unis à Paris ? Notre correspondant habituel du service des ressortissants américains. »

La fille calcula prestement : « 10 heures locales... Il doit être 17 heures à Paris. On a encore une chance de les joindre. Ne quittez pas. »

La tonalité d'attente retentit longuement. Ruffalo, d'abord soûlé d'adrénaline, eut le temps de penser aux ennuis qu'il allait s'attirer. Il jouait avec le destin. Si l'appel n'aboutissait pas, il laisserait définitivement tomber. Après tout, il était déchargé : Bowell avait théoriquement pris l'affaire en main. Que lui importaient un vieux grimoire tout moisi et une petite jeune fille qui l'avait brièvement ému, dans sa détresse, un soir sur Shelter Island ? Le monde était plein de gamines à la dérive, il n'allait pas se prendre pour Don Quichotte.

Il s'apprêtait à raccrocher quand une voix masculine prit le relais.

« Jefferson Bird, section des ressortissants américains, ambassade des États-Unis à Paris. Je vous écoute.

— Inspecteur Ruffalo, souffla le policier. Archives de la police, New York. Vous avez signalé un cas. Delondres, Virginie.

— En effet, une jeune ressortissante américaine, sauvée de la noyade dans le centre historique de Paris, a été amenée aux urgences en début d'après-midi.

— La fille a été vue pour la dernière fois le samedi 25 juin 2011. Je ne suis pas en mesure de vous en dire plus. Il n'y a pas eu enquête.

— Ah oui ? fit son interlocuteur, poliment surpris.

— Vous savez, nos services ont connu pas mal de réorganisations... des bouleversements, depuis seize mois, faut comprendre, tenta d'excuser Ruffalo. Et rien ne permettait de penser qu'il ne s'agissait pas d'une fugue. Elle a plaqué son boulot de journaliste à Brooklyn et quitté son domicile, cela arrive à un tas de gens. Bref, elle est sans famille. Son père, son seul parent, est mort. C'est tout ce que je peux vous communiquer de tangible. En revanche, j'aimerais que vous nous informiez de ce qu'elle dira, si elle retrouve la mémoire... »

C'est alors qu'il franchit le Rubicon. Le petit fleuve avait la réputation d'empêcher tout retour en arrière, comme ne l'ignorait pas Ruffalo, qui, à l'école, s'était intéressé à l'histoire romaine :

« En effet, il se pourrait que sa disparition soit liée à une ou deux affaires non élucidées. Comprenez-moi, il n'y a absolument rien contre elle. A *priori*, elle est seulement une jeune femme bien sous tous rapports, fraîchement diplômée de Columbia...

— Hmm ! » apprécia, connaisseur, le fonctionnaire de l'ambassade. Le prestigieux diplôme de journalisme de l'université new-yorkaise avait fait la fierté de Philippe Delondres et de sa fille.

« ...Mais le père est mort dans des circonstances qui n'étaient pas accidentelles. Je soupçonne sa fille de savoir des choses qu'elle n'a pas dites.

— Ah ! fit, laconique, l'expatrié.

— Bref. Surtout, tenez-moi au courant de ce qu'elle pourra vous dire. Tout peut être significatif, conclut Ruffalo, pas trop mécontent de sa rhétorique et de sa persuasion. Je vous en serais très reconnaissant.

— Cela va être facile... Nos agents sont allés la

chercher, elle ne devrait plus tarder maintenant. Je vous recontacterai. »

En raccrochant le vieux combiné gris qui jurait avec la débauche de technologie qu'arborait son bureau. Ruffalo eut l'étrange sensation de flirter à nouveau avec sa vocation.

5

Le livreur de lait, les éboueurs et les premières voitures brisèrent les uns après les autres le silence fragile d'un Brooklyn endormi. Le gris opaque et brumeux des lumières matinales lissa les bâtiments émergeant d'une nuit trop courte. Un marcheur, puis deux ouvrirent le ballet ininterrompu des passants qui irriguerait jusqu'au soir d'un mouvement continu les rues de la ville, pareil à la sève chamarrée coulant dans les veines d'un arbre de bitume.

Leamedia n'avait pas dormi, elle n'en avait pas besoin. Profondément absorbée par les tourments de son âme, la jeune magicienne attendait pleine d'espoirs l'heure où elle retrouverait ses amies. La reconnaîtraient-elles ?

« Ça va durer longtemps ce cirque ? »

La petite voix nasillarde s'était distinguée des autres sons environnants. Le premier réflexe de l'adolescente fut de balayer du regard les alentours à la recherche d'un interlocuteur. Personne. Un souffle de dépit émana alors d'une zone imprécise de son corps. Pour la première fois, Leamedia avait entendu un de ses nerfs lui parler.

La station prolongée dans une position inhabituelle qu'elle avait imposée à ses membres, en se réfugiant dans l'encoignure d'une entrée d'immeuble, avait occasionné d'intenses picotements dans sa cuisse gauche.

« Pitoyable » commenta ce qui lui parut être un muscle.

« Bon, ça va ! », pensa-t-elle pour faire taire ses organes. Elle se redressa et fit quelques pas afin de soulager ses jambes ankylosées. D'innombrables soupirs de soulagement parvinrent à sa conscience. Elle se sentit tel un directeur d'une petite entreprise, manageant ses employés.

« Manager, c'est vite dit ! » répliqua le chef des nerfs sur un ton revendicateur.

Leamedia ne s'offusqua pas pour autant : au moins, elle n'était plus seule. Car le sentiment de liberté tant attendu avait un arrière-goût amer. La solitude s'avérait bien plus pesante que prévu.

Désolée et furieuse à la fois, elle désirait ardemment que son aspect physique se fût amélioré. Heureusement, elle communiquait désormais avec son corps. Aussitôt, elle se concentra pour repenser sa silhouette et redessiner son visage. Elle connaissait par cœur celui-ci, pour avoir passé des heures à le scruter dans des miroirs. Elle se revit, avant le voyage dans les puits, essayant ses pouvoirs et réussissant à se former par la pensée un corps de petite bombe sexy sous une tignasse insolemment frisée. Après tout, elle avait seize ans, en dépit de son physique d'adolescente à peine pubère.

Seize ans ? Ou dix-sept ?

Elle ne savait plus.

Mais le doute qui l'avait envahi avait interrompu le processus de remodelage de sa plastique. Impatiente, elle promena son regard dans la rue en quête d'une vitrine où vérifier ce qu'elle avait accompli sur son corps. Elle aperçut son reflet dans la fenêtre avant d'un pick-up noir, garé devant le perron qui lui servait de refuge. Elle s'immobilisa, s'observant avec concentration. Elle se sentit alors attirée par cette illusion, comme aspirée par un siphon géant. Ses talons étaient rivés au sol, mais la sensation hallucinante d'être aimantée par sa propre image persistait. Soudain, son regard s'engloutit goulûment dans son reflet. Son corps était immobile, sa vision seule s'était déplacée.

La jeune magicienne se contemplait depuis son reflet et se trouvait face à sa propre personne, et elle put noter ses yeux interdits devant tant d'étrangetés. Elle percevait l'air froid qui tombait sur ses épaules, le poids de son être sur l'asphalte, mais son regard provenait désormais de son image. Elle avala sa salive, sentit le liquide s'engouffrer dans l'œsophage, remarqua le léger mouvement de son cou à la déglutition. Elle se vit hurler, rager, piétiner et finalement s'approcher de la vitre pour tenter de réintégrer son enveloppe corporelle.

« Vous avez un problème ? » L'énorme voix venait du pick-up.

« Si vous avez des points noirs, allez les éclater ailleurs ! » Cette fois, c'était la femme sur le siège passager, plongée dans l'ombre, qui s'outrait de voir une jeune fille tout contre la portière de son compagnon, jusqu'à écraser son nez sur la vitre. Le chauffeur du véhicule, un Afro-Américain d'une trentaine d'années, descendit sa glace électrique. Le reflet disparut, et avec lui le problème de Leamedia. Son regard réintégra son corps, et la jeune magicienne recula de quelques pas. Se retrouver nez à nez avec le chauffeur l'avait surprise autant que le retournement de sa vue.

« Tu la connais ? enchaîna la fiancée, un rien méfiante.

— Je te jure que non ! répondit, embarrassé mais sincère, le propriétaire du Ford noir.

— Alors pourquoi elle s'est collée à toi ?

— Ce n'est pas à moi qu'elle s'est collée mais à la vitre ! rétorqua le chauffeur en démarrant.

— Tu me prends pour une imbécile ? » Leamedia vit s'éloigner le véhicule d'où les hurlements de la jeune femme résonnaient encore.

Depuis son échappée de Central Park, elle ne cessait de découvrir les subtilités physiologiques consécutives à son décoiffage, mais elle les subissait avant tout. Elle eut l'impression étrange d'avoir manqué des cours.

Elle se rassit, impatiente. Les filles n'allaient plus tarder maintenant. Elles la reconnaîtraient, c'était désormais certain.

*

Tournant le dos à l'hôpital, Antonius, drapé dans sa couverture, n'eut que quelques pas à faire pour se trouver sur le parvis de Notre-Dame de Paris.

Il n'avait pas encore parcouru le monde, et ne connaissait à ce jour que les bâtiments aperçus aux États-Unis. Il n'avait jamais rien vu de si vieux, en dehors de son grand-père. L'édifice médiéval le dominait. Ses angles, ses arêtes et les siècles d'histoire que transportait la cathédrale dans chacune de ses pierres lui donnaient le sentiment d'une immense gravitation. Il n'y avait rien de figé ni de monumental dans ce qu'il contemplait, mais l'essence même d'un cortège humain brisant les siècles.

Tout ce qu'il avait admiré auparavant sentait le neuf, la propreté, mais en aucun cas l'histoire. L'émotion un peu agaçante de Melkaridion, lors de leur visite au Metropolitan Museum de New York, qui avait tout déclenché en juin 2011, lui parut soudain pleine de vérité et de grandeur. Le vieil homme percevait, dans les reliques exposées, la sève vivante du passé, qui s'articulait avec sa propre existence millénaire. Pris de vertige, Antonius dut affermir son ancrage au sol. La crémation à vif de Lancelia, en place de Grève, le 21 janvier 1793, tandis que toutes les cloches de Paris sonnaient à toute volée, la tentative désespérée de centaines de magiciens réunis pour sauver cette arrière-grand-mère, lui apparurent dans un tourbillon assourdissant. Les plaintes, les pleurs et les larmes émergeaient de ces pavés. Il n'osait plus bouger de peur de les fouler... La terre lui transmettait le pas des chevaux, la clameur de la foule inquiète et nerveuse, l'angoisse de cette femme qu'on menait au bûcher en compagnie de son fils, Melkaridion. Il fit quelques pas. En fonction des pavés sur lesquels il marchait, les sensations s'avéraient confuses ou claires. Ces derniers ne dataient pas tous de la même époque.

C'était donc ainsi sur le vieux continent. L'histoire cognait à chaque angle de rue, les humeurs, les chants, les odeurs et les plaintes se mêlaient aux bâtisses. Ces terres avaient connu la magie et elles s'en étaient imprégnées. Antonius eut le sentiment profond et organique d'appartenir à cette histoire. Le sang qui coulait dans ses veines transportait le souvenir de milliers de destins, de souffrances, de négociations et de batailles qui forgeaient le présent.

Il se sentit magicien pour la première fois. Debout face à la cathédrale, ses pieds ancrés au sol communiaient avec la terre qui supportait le poids des hommes. Ses jambes se figèrent comme s'il devenait minéral, sa densité augmenta fortement, ainsi que son poids, alors que son volume demeurait inchangé. Il devenait la terre, là où ses ancêtres avaient marché des siècles plus tôt. Il devenait rocher là où Lancelia avait transmis les cinq secrets à son fils.

Il savait que, comme tous les magiciens, il trouverait un jour son élément. Antonius assimilait maintenant que la terre représentait la substance qui le constituait, comme l'eau pour Melkaridion, ou l'air pour Melidiane. Il en prenait conscience et donnait au présent cette forme d'éternité fragile qu'il parvenait à saisir.

Le son des cloches de Notre-Dame l'extirpa de son adoubement. Il se sentait fort mais épuisé par l'ivresse des sensations qui l'avaient traversé. Un bout de banc libre lui permit d'endormir brièvement ses jambes, pour les reposer. Quelques gouttes de pluie vinrent se mêler à l'instant. Il resserra sans même y penser les pores de sa peau pour s'imperméabiliser. Il commençait tout juste à restaurer ses forces, quand une voix familière mais à peine audible chatouilla ses oreilles. Il se concentra et évacua les bruits des voitures, des passants, du vent comme de la pluie, et se trouva presque enveloppé d'un silence absolu. La voix subsistait au loin comme un murmure sans forme. Le monde et ses humains, quels qu'ils soient, empruntaient à peu de chose près la même vibration sonore pour s'adresser les uns aux autres. Ils ignoraient qu'on pouvait donner des routes différentes aux bruits et aux sons. Ce que certains normaux prenaient pour de la télépathie n'était en réalité qu'une meilleure et plus large utilisation des ondes. La fréquence sur laquelle l'on s'adressait à lui en cet instant était rare et personnelle. Seul un élément de son clan savait qu'il pourrait la capter.

Enfin, la communication se fit nette, presque énorme, tant il avait amplifié son audition pour la percevoir.

« Albert de Cologne. »

Antonius sursauta.

« Albert de Cologne », pensa de nouveau la souris Simone.

— Quoi, Albert de Cologne ? articula exagérément Antonius.

— La dernière fois que ton grand-père m'a parlé... »

— ... Ralentis, Mona, tu penses trop vite pour moi, je n'arrive pas à suivre ton débit. »

Mona pesta dans un langage qu'Antonius ignorait, puis reprit plus posément.

« Avant que ton grand-père ne s'échappe du bus pour trouver le puits, il m'a demandé de bien me souvenir de ce nom. Albert de Cologne.

— Et ?

— Il faudrait savoir si je vais trop vite ou trop lentement ! » Mona s'énerva pour de bon, elle s'était déjà occupée de l'émancipation de Melidiane, ce n'était pas à l'aube de son septième siècle qu'elle allait recommencer une formation complète. « Je ne sais rien de plus ».

Elle laissa passer un temps, avant d'avouer, piteuse :
« En fait, j'ai oublié. Il s'est passé trop de choses
depuis. »

Antonius fronça les sourcils. Melkaridion savait exactement ce qu'il faisait, même quand il divaguait. L'unique
certitude à cette minute résultait de l'absence évidente
de hasard. Antonius devait nécessairement se trouver à
Paris. Pourquoi ? Il eut le sentiment que le nom d'Albert
de Cologne lui donnerait la réponse.

« Qui est Albert de Cologne ? », demanda-t-il à Simone
en se levant. La pluie avait cessé. Le trottoir humide
brillait, renvoyant les reflets entremêlés des bâtisses
environnantes.

« Je ne suis pas un disque dur ! Je te rappelle que je
ne peux stocker que trois à quatre années de mémoire.
Le reste est dans mes archives. Perdu avec le bus ! ». Elle
s'occupait à l'élaboration d'un hamac près de l'oreille
gauche de son maître et n'entendait manifestement
plus être dérangée.

Antonius franchit le Petit-Pont et s'approcha d'un
plan de ville affiché dans le présentoir vitré d'un arrêt
de bus. Il écarquilla les yeux pour saisir le plan d'un
seul regard et le photographier mentalement. Il repéra
aussitôt la bibliothèque Byzantine, rue Lemoine, mais
à moins d'un centimètre sur le plan un nom attira son
attention. Il s'agissait de la rue Maître-Albert. Cela pouvait n'avoir aucun lien avec Albert de Cologne mais il
décida de vérifier. Il mémorisa le plan, calcula l'échelle
en fonction de sa taille. En marchant discrètement mais
rapidement, il n'en avait pas pour plus d'une dizaine
de minutes.

Le temps pressait. Dans moins d'une heure, maintenant, Virginie se réveillerait. L'impatience lui fit gagner
presque quatre minutes, arrachant à quelques passants
des regards admiratifs devant ce sprinteur étonnant
habillé en chirurgien. Il s'en voulut. La discrétion
demeurait vitale, pour les magiciens. Se fondre dans

la masse... Le précepte, scandé par ses parents, avait hanté son enfance et son adolescence. À l'angle du quai de la Tournelle, la rue Maître-Albert s'allongeait étroitement sur deux cents mètres avant d'obliquer. Un édifice sur la gauche affichait sur son enseigne « Atelier Maître Albert ». Ce signe l'encouragea à continuer. Les bâtiments, visiblement anciens, étaient frappés pour certains d'alignement, accusant un embonpoint à leur base pour s'élever ensuite légèrement penchés vers l'arrière sur quatre étages. Il n'eut à faire que quelques pas pour tomber sur une plaque commémorative, qui célébrait « Albert de Cologne » surnommé saint Albert le Grand. Sa première impression en lisant le plan avait été la bonne. Son instinct, comme le lui répétait sa mère, était le meilleur des guides. « Plus tu suis ton instinct, plus tu le développes. » Le timbre de Melidiane se dispersa dans ses souvenirs. Où se trouvait-elle ? Il était sûr qu'elle s'inquiétait pour lui et sa sœur. Il aurait voulu la rassurer à distance, lui dire que tout allait bien, qu'il maîtrisait à peu près la situation.

D'après l'inscription, l'homme avait vécu dans ce bâtiment au XIIIe siècle. Œuvrant pour l'Église, il avait étudié les écrits d'Aristote avant de les contester. Melkaridion l'avait forcément connu. Il devait être jeune à ce moment-là... À peine quatre cents ans. Le rez-de-chaussée de la bâtisse abritait désormais un restaurant. Antonius soupira. Cela ne servait à rien d'y pénétrer.

La porte qui jouxtait l'établissement attira son œil. Basse, épaisse, et repeinte de multiple fois, elle devait dater. Un digicode en interdisait l'accès.

*

Lee arriva la première. Même ses ongles affichaient un vernis noir. Ses yeux en amande, pas tout à fait bridés mais presque asiatiques, lui attribuaient sans contestation possible une allure d'espionne de haut vol.

Elle était la seule du lycée à éviter le mariage pitoyable du noir et du gothique. Celle qui osait la surnommer « Mercredi » pouvait prendre immédiatement rendez-vous chez l'orthodontiste. Pour la première fois depuis bien longtemps, Leamedia sourit franchement. Elle se sentait revivre.

« Lee ? »

À l'énoncé de son prénom, la jeune fille se retourna et changea de visage en reconnaissant Leamedia. Ses yeux s'éclaircirent et une émotion véritable empêcha le moindre son de sortir de sa gorge. Elle articula silencieusement le prénom de la jeune magicienne. Les deux adolescentes s'étreignirent avec fougue, profitant l'une de l'autre sans aucune retenue, plongées dans une ivresse complètement émotive. Puis l'étreinte se desserra pour laisser place aux premiers mots. Lee contempla la tenue vestimentaire de son amie.

« T'es *overdress* ! », fit-elle en désignant l'imper jaune en plastique légèrement transparent à l'effigie de New York que Leamedia avait récupéré dans une poubelle en face du café.

— J'ai rien trouvé avec Mickey dessus. »

Elles piquèrent un brusque fou rire, puis Lee insista :

« Non, mais c'est quoi, ce nouveau style ?

— C'est pas un style, mais un accident.

— Tu me rassures !

— Vraiment ? » railla Leamedia.

Du temps où elles se fréquentaient chaque jour, le soin du détail comme objectif quotidien leur assurait pour le moins une bonne dizaine de crises de fou rire par jour. La jeune magicienne se sentait revivre.

« Je t'ai détestée. » Lee parlait doucement tout en tenant son amie contre elle, la tête sur son épaule. « Avec Valente, on était mortes d'inquiétude, qu'est-ce que tu as fait pendant un an, sans donner aucune nouvelle ?

« C'est long à expliquer, biaisa Leamedia. Tu termines à quelle heure ? »

Elle devait inventer une histoire crédible. Elle n'avait rien préparé.

« T'es folle ? Tu crois que je vais aller en cours alors que je viens de retrouver ma meilleure amie !

— Le bureau des absences va envoyer un e-mail chez toi ! Ça ne fait rien ?

— J'ai changé tous les *passwords* ! Et le seul numéro de portable qu'ils ont, c'est le mien. J'ai tout blindé. Je fais gagner du temps à mes parents comme ça. C'est du management parental !

— Ils seraient d'accord pour que je m'installe quelque temps chez toi ?

— T'as oublié que ma mère et son mari sont *stewards* ? Là, elle est en Chine et lui vient de décoller pour Sydney. La maison est à nous. À condition de ne pas la détruire ! »

Leamedia ne comprit pas l'allusion. La dernière fois qu'elle avait vu Lee chez elle, deux tueuses étaient venues dénicher les enfants Dolce, mais pour la jeune magicienne l'affrontement avait eu lieu hors de la maison, d'où Antonius et elle s'étaient enfuis. Elle enchaîna :

« Valente n'est pas avec toi ?

— Elle est malade !

— C'est grave ? s'inquiéta la jeune Dolce.

— Elle s'est fait larguer par Brian. Elle n'a surtout pas envie de le croiser. Elle a collé le thermomètre sous l'eau chaude et a obtenu une température de 40 degrés.

— Wouah ! fit Leamedia, ébahie.

— Viens, on va la chercher. »

Elles éclatèrent d'un rire de pure joie, et se mirent à courir comme des folles. Leamedia veillait à ne pas distancer sa copine.

*

Tournant au coin de la rue qui donnait sur le collège, Debbie Dandridge faillit faire un écart au volant de sa vieille Golf jaune décapotable, en croyant reconnaître Leamedia Colde.

C'était impossible.

Les Colde avaient quitté Brooklyn sans retour depuis plus d'un an. Elle-même avait vu leur autobus rouge sur le point de verser du pont George-Washington dans les eaux de l'Hudson River. Depuis, plus de nouvelles. Le médecin scolaire freina si fort que son véhicule s'arrêta net. Elle perdit ensuite du temps à se parquer, poussée par un concert de klaxons, puis à desserrer sa ceinture de sécurité qui s'était bloquée sous l'effet de son coup de frein. Quand elle ouvrit enfin la portière et jaillit sur le trottoir, au milieu de nuées d'élèves qui convergeaient vers l'entrée du collège pour le début des cours de 8 h 30, elle ne vit plus rien.

Une hallucination, sans doute. Son amitié pour Melidiane et son intérêt pour les enfants Colde souffraient du deuil non refermé de leur disparition. Ils n'avaient jamais donné la moindre nouvelle. Elle espérait de tout son cœur qu'ils étaient en bonne santé, protégés. Elle avait assisté à la fusillade qui avait visé les deux enfants sur le pont George-Washington et comprenait qu'un destin spécial touchait cette famille exceptionnelle.

Pensive, elle se gara dans le parking réservé aux employés du campus. Puis, elle saisit son portable et composa le numéro de son fils David, mais se ravisa aussitôt... À quoi bon le perturber. Il avait pris la disparition d'Antonius pour un abandon. À quelques jours de leur concert pour la soirée d'Halloween sur le campus, il ne valait mieux pas faire ressurgir de mauvais souvenirs. David parlait peu. Elle savait que Doug, qui avait remplacé Antonius au sein des Dirty Devils, n'occupait que la place de guitariste, pas celle d'ami, restée toujours vacante.

*

Antonius regarda précisément quelles étaient les touches du digicode les plus sales, il y en avait quatre. Il commença par la plus marquée. Celle qu'on enfonçait le plus vigoureusement était toujours la première. La dernière possédait souvent la trace la plus fine, car on enlevait son doigt juste après. Il ne restait plus qu'à déterminer les deux chiffres du milieu et tenter les deux formules. La seconde déclencha l'ouverture de la porte.

Il pénétra dans le sombre couloir, satisfait de sa déduction.

Il n'y avait pas d'ascenseur, juste un vieil escalier aux marches lourdes et courbées qui lui faisait face. Il entamait son ascension quand Mona, qui en avait enfin terminé avec son hamac, interrompit son élan :

« Que comptes-tu trouver là-haut, son appartement ? »

— Pourquoi pas ?

— S'il existe encore, il a été refait cent fois. La seule chose qu'on ne rénove jamais, c'est la cave. »

Frappé par la justesse de la remarque, il bifurqua sans discuter en direction d'un petit couloir qui prolongeait le hall vers l'arrière de l'immeuble. Une porte fermée par un simple crochet protégeait l'accès au sous-sol.

Il s'engouffra dans l'escalier sombre et étroit qui ne cessait de descendre. L'humidité ambiante le saisit. Il lui semblait évoluer dans une odeur chargée d'ombre, fraîche et profonde. L'éclairage électrique ne fonctionnait pas mais ses pupilles dilatées lui permettaient d'avancer quand même sur le sol en terre battue, inégal et parsemé de graviers. Il suivit le couloir, rythmé d'épais panneaux métallisés, de facture récente, sécurisant les alvéoles des caves : leur surface polie renvoyait faiblement dans la nuit épaisse du couloir de pâles reflets métalliques que captait sa prunelle aiguisée. Il faillit se décourager. User de magie était impossible sur des matériaux ayant subi un processus de transformation complexe, des alliages industriels. De plus, il risquait de s'endormir et de mettre en danger les autres, pour un résultat très aléatoire. Il allait rebrousser chemin, quand il sentit un courant d'air, filant entre ses jambes, s'engouffrer dans un petit couloir adjacent. De ses prunelles de chat, il vit l'arrière-train d'un rat disparaître sous une cloison en brique qui fermait l'appendice.

« Pouah ! fit Mona, qui avait vu aussi le rôdeur. Aucune élégance. »

La faible lumière ambiante déclenchait naturellement chez tous les magiciens le déploiement des autres sens. Il perçut les pattes du rongeur s'éloigner avec un écho qui laissait envisager un autre couloir derrière le muret. Ayant inspecté la paroi rongée par le salpêtre, il entreprit de gratter les joints. Les briques se détachaient si facilement, qu'en quelques minutes à peine il avait ouvert une brèche qui lui permit de faire basculer le reste du mur, dans un nuage de poussière.

Gris de la tête aux pieds, il s'avança prudemment sous une voûte fissurée, qui laissait du sable s'échapper de ses anfractuosités. Que ferait-il si elle s'écroulait sur eux ? Enfin, il aperçut une antique porte de bois, très petite. Elle était rongée à sa base et laissait passer un jour de plusieurs centimètres. Quand il la toucha, les gonds qui supportaient son poids depuis trop d'années cédèrent au premier mouvement, faisant basculer le battant, qui se brisa au sol sans bruit tant elle était vermoulue.

Antonius agita ses bras pour dissiper l'épais nuage de particules qui gravitait autour de lui. La cache était vide. Ni sac, ni coffre, encore moins un trésor. Il palpa les vieux murs pour sentir s'ils ne dissimulaient pas un renfoncement, une cachette, mais ne rencontra rien d'autre que des substances fines ou gluantes dans des anfractuosités. Il dut renoncer. Albert de Cologne ne devait être qu'une des lubies supplémentaires de Melkaridion.

Comme il tournait sur lui-même pour se dégager de l'endroit, il sentit sous son pied une vague dépression.

« Un trésor ça se déterre ! »

À genoux, il gratta la terre. Mona, qu'il avait posée provisoirement au sol, observait la scène avec détachement. Mais Antonius avait beau creuser, la terre se durcissait et rien ne laisser espérer la présence d'un coffre quelconque. La rongeuse gratta de sa petite patte armée de griffes pour évacuer le sable. Une légère stridulation accompagna son geste. Antonius après quelques secondes s'empara d'une boîte de biscuits ronde en métal toute rouillée, de la taille d'une assiette. Elle ne datait pas du XIIIe siècle, de toute évidence. Malgré tout, l'expression qui se peignit sur son visage renvoyait à l'enfance, tant la satisfaction de trouver un trésor le remplissait d'émoi. Il se releva, n'omettant pas de charger Mona sur son épaule.

Il essaya d'ouvrir sans attendre la boîte qui, sous son aspect rouillé et cabossé, brillait à ses yeux comme un butin de pirate.

Le frottement du couvercle et du réceptacle en fer produisit une sonorité discordante digne d'un train à vapeur en plein freinage d'urgence.

Il ôta enfin le couvercle, légèrement fébrile, et faillit lâcher la boîte, tant il fut surpris par ce qu'il voyait.

À l'intérieur se trouvait une vieille enveloppe jaunie, frappée d'un sceau japonais. La cire craquelée témoignait de son ancienneté.

Elle était adressée à Antonius Dolce.

*

« Et sinon, Valente, comment elle va ? »

Lee et Leamedia, s'abreuvant de paroles, venaient d'entrer dans la rue où habitait Valente. Lee par amitié ne lui disait pas tout, mais Lea, qui venait de plonger dans le cerveau de sa copine, feuilletait en toute impunité son album de souvenirs. Valente s'était sentie trahie, trompée, bafouée et ignorée.

« Je ne l'ai jamais ignorée », protesta maladroite-ment Leamedia, bouleversée par le cambriolage cérébral qu'elle venait de faire. C'était la première fois qu'elle explorait ainsi le cerveau d'une autre personne. Seuls sa mère, son frère et son grand-père, à sa connaissance, savaient lire ainsi dans les esprits.

« Hein ? » sourcilla Lee, qui porta immédiatement sa main à sa tempe droite. « Je ne sais pas ce que j'ai, mais je viens de choper un mal de crâne en deux secondes ! »

La jeune magicienne, encore inexperte, avait pro-cédé sans douceur ni précaution. C'est exactement comme si elle était entrée et sortie du cerveau de Lee en claquant violemment la porte. Melidiane, sa mère, possédait un doigté et un empirisme infinis sur ce sujet, elle pouvait passer des heures dans le cerveau d'une personne sans éveiller le moindre soupçon. Sa fille ne maîtrisait pas la technique, Lee en faisait les frais, devenant à son insu le champ d'expérimentation de sa copine.

« Attends. »

Elle stoppa son amie et posa ses deux mains sur les tempes de Lee. Elle concentra toute la chaleur de son corps dans ses paumes et transféra l'électricité statique de ses cheveux dans le bout de ses doigts. Elle avait vu son père pratiquer ce geste des milliers de fois.

« Woaaa c'est magique ! s'écria Lee radieuse, toute douleur envolée.

— C'est ça », commenta malicieusement Leamedia.

Les deux filles se retournèrent. La maison de leur amie s'offrait à elles. La porte en était ouverte et Valente se tenait droite et interdite dans l'encadrement. Elle avait reconnu la voix de Lee en allant se servir un verre de lait dans la cuisine. Debout dans son jogging blanc, elle observait Leamedia en train de marcher vers elle.

Elle n'en croyait pas ses yeux. Elle voulait retenir les larmes qui vitrifiaient ses yeux, mais ne les empêcha pas de s'échapper sur ses joues rondes. La magicienne dépassa les deux bouleaux qui ornaient la petite allée pavée qui menait jusqu'à l'entrée. Lee resta en retrait.

Leamedia et Valente se retrouvèrent en face l'une de l'autre sans dire un mot, se regardèrent quelques secondes dans un silence tendu par l'émotion. Puis Valente leva un bras, comme pour appliquer une gifle magistrale à son amie, mais son geste retomba de lui-même, et elle éclata en sanglots. Elle pivota sur ses talons, rentra dans la maison et lui claqua la porte au nez.

En matière d'intuition, Leamedia n'était pas encore très au point.

*

Le son particulier du métal cherchant à s'enclencher dans la serrure tira Melidiane de sa torpeur.

La porte ne s'ouvrait pas.

La magicienne décolla péniblement sa joue du vieux parquet sur lequel sa tête reposait. La clenche résistait toujours.

Melidiane, soudain très réveillée, se tourna vers l'entrée. La clef qu'elle avait utilisée, demeurée dans son logement, bloquait l'autre.

« On dirait que c'est fermé de l'intérieur », fit une voix surgie du couloir.

Elle sentit ses membres se contracter, et ses cheveux se hérisser. Melidiane s'entendait parler à travers la porte. Elle jeta un bref regard au cadran du réveil mécanique posé sur la table basse du salon et constata qu'il était déjà 22h50. Un second timbre, plus éraillé, de chanteuse de blues prit le relais.

« Tu es sûre que tu as la bonne clef ? »

Melidiane connaissait aussi cette voix, mais son

affolement l'empêchait de chercher à qui elle appartenait. Peu importait. Il fallait qu'elle se cache sans le moindre délai.

« La clef que je cache derrière le tuyau a disparu ! Il y a quelqu'un dans l'appart !

— On peut pas appeler les flics, je suis chargée comme un cargo ! », reprit celle qui accompagnait la jeune magicienne.

Melidiane, traquée, regardait tout autour d'elle.

Elle savait que la clef était en fer forgé, sans alliage, Melkaridion ayant veillé à équiper l'appartement de sa fille d'un maximum de matières brutes et naturelles, de manière à pouvoir agir dessus. La magicienne, dans quelques secondes, aurait résolu le problème en utilisant sa pensée.

Ses yeux s'arrêtèrent sur la seule issue.

La fenêtre.

Peu après, la porte s'ouvrait.

« On t'a cambriolée ! hurla l'invitée.

— Il n'y a rien à voler ici », répondit la voix de la jeune Melidiane. Ses pas se déplaçaient dans les deux pièces, ses brèves aspirations disaient qu'elle cherchait la trace d'une visite dans l'air.

« Il n'y a que ma propre odeur. Personne n'est venu. T'as raison, t'es chargée comme une mule. Whisky, bière et gin, je le sens d'ici.

— T'es marrante, tu bois jamais. Faut bien que j'assure pour les deux ! En plus ils n'avaient même pas de Southern Comfort, ces *rednecks* !

— On n'est pas en Louisiane ici, Janis ! » plaisanta la locataire en s'approchant de la fenêtre légèrement ouverte. Des gouttes de pluie maculaient le parquet à cet endroit. Elle repoussa les battants.

« De toute façon, John et Paul débarqueront d'une minute à l'autre.

— Tu t'imagines qu'ils arriveront seuls ? fit la voix de chanteuse de blues de l'invitée.

— Mince, j'ai pas de verres… propres. »

Melidiane, réfugiée sur la pente raide du toit en zinc, dans le vent et l'humidité, au-dessus de la fenêtre, essoufflée, fourbue et grimaçante, pour une épreuve physique qui ne lui aurait même pas coûté une respiration dans son état normal, ne put s'empêcher de sourire. Elle revoyait le repas partagé avec les Dandridge, lors de leurs derniers jours à Brooklyn, qui se déroulerait quarante-huit ans plus tard. Elle avait dû improviser des verres en un tour de main, à partir de couverts en bois d'olivier, pour honorer la bouteille de Graves que ses invités avaient cru bon d'apporter. Les magiciens ne buvaient jamais. La composition chimique particulière de l'eau qui constituait leur matière ne tolérait aucun mélange. Les conséquences de l'absorption d'un quelconque fluide, hors de la seule eau des puits, pouvaient être terribles. Le soir de la visite des Dandridge, Melidiane avait réussi à faire évaporer le précieux liquide de son verre et de celui de Rodolpherus, grâce à sa maîtrise de l'air.

« On s'en fout, on boira à la bouteille ! » cria à l'intérieur Janis, déjà bien éméchée.

La pluie avait cessé. Heureusement, car Melidiane n'aurait pas eu la force de créer assez de chaleur autour de son corps pour la faire évaporer avant qu'elle ne la touche. Les informations arrivaient moins vite à son cerveau, tous les gestes, même le plus infime, lui demandaient un effort. Le fait de ne pas voir son double rendait la tâche moins compliquée, heureusement, et elle supportait sans suffoquer de se trouver à quelques mètres d'elle et de ressentir tous ses mouvements. Mais au moindre regard échangé, son corps ne résisterait pas. Elle n'avait d'autre choix que d'attendre. Elle était de toute façon trop faible pour sauter du toit, dans son état physique. Elle patienterait jusqu'à ce que son autre soi quitte l'appartement. Et ce serait…

Elle voulut consulter sa mémoire parfaite. Mais un

léger mal de tête lui apprit que s'opérait une mise à jour. Son passé venait de changer. La clef subtilisée, la porte bloquée, l'étrangeté du non-cambriolage n'existaient pas auparavant dans ses souvenirs.

Fébrile, elle se posa une question :

« Il y a des conséquences sur le reste de ma vie ?

— Pas pour le moment », rétorqua la mémoire, placide.

Soudain, la fenêtre s'ouvrit largement. L'invitée de la jeune Rigby s'adossa au balconnet de la fenêtre, côtoyant presque sans le savoir la magicienne. Imperceptiblement, Melidiane se raidit et recula pour ne pas être à la portée d'un simple mouvement de tête. La chanteuse sortit son Zippo de sa poche et alluma une cigarette qu'elle venait juste de rouler. Sa première bouffée arriva, portée par l'air, jusqu'aux narines de Melidiane. Le tabac y était mêlé à d'autres substances.

« Tu devrais arrêter de fumer cette merde, Janis, fit son hôtesse, qui avait perçu le parfum empoisonné de la clope.

— Tu parles comme mes vieux. Je suis née au Texas et j'ai entendu ça toute mon adolescence, fais pas ci, pas ça ! Je suis partie de Port Arthur pour cette raison, et en plus l'herbe m'aide à composer ! »

Melidiane, sur le toit, se rappelait cette conversation. Elle aurait voulu, de toutes ses forces, intervenir. Elle ne pouvait ignorer que sa meilleure amie, une âme d'élite et une artiste hors pair, mourrait quelques années plus tard d'une overdose d'héroïne. Une subtile torture lui était imposée, puisqu'il lui était impossible de communiquer avec son autre soi, pour que ces idées passent par la jeune magicienne. Elle ferma brièvement les yeux, navrée, impuissante.

« Tu sais que Leonard Cohen a promis de composer une chanson pour moi ? » reprit Janis, dans une deuxième bouffée. La plus âgée des deux Dolce sur son toit savait de quelle ballade elle parlait : « Chelsea

Hotel n° 2 », que le compositeur créerait en 1974. Mais Janis, disparue, ne serait pas là pour l'entendre.

Melidiane écoutait la dernière amie humaine qu'elle ait eue, avant Debby Dandridge, respirer. Janis et elle avaient usé les mêmes bancs de l'université à Austin et couru ensemble sur les trottoirs de Lombard Street à San Francisco. Elle n'avait pas pensé à profiter davantage de son amie à l'époque, à mieux la savourer. Elle pensait alors que l'éternité se partageait. L'insouciance chez les magiciens existait aussi. Une larme perla sur sa joue pour éclater un peu plus bas sur la gouttière du toit. Le visage de Janis en émergea, dans la brume typique des pleurs magiques, qui enfermaient de minuscules scènes animées.

Après sa disparition, la fille de Melkaridion s'était interdit tout contact poussé avec les normaux. L'on ne s'habituait jamais à les voir disparaître. Les vies trop longues des magiciens cumulaient les peines, comme un oiseau aux ailes toujours plus lourdes, condamné un jour ou l'autre à ne plus jamais voler.

Debby Dandridge restait à cet instant l'unique exception... Elle n'était même pas encore née.

« Je vais perdre la tête », pensa la magicienne en se plaquant au zinc glacé par la pluie.

« T'as raison Rigby, c'est trop fort ce que je fume, je commence à délirer, je me suis vue dans un nuage ! » dit Janis dans un rire contenu en se retournant depuis la fenêtre vers son hôtesse. La larme avait explosé juste sous elle...

*

« Alors ? » Valente, le visage fermé, regardait Leamedia droit dans les yeux. « J'espère que tu t'es musclé les bras, parce que tu vas ramer, ma pauvre ! » La jeune magicienne entendait ses pensées, elle ne pouvait croire que sa deuxième meilleure amie lui en veuille à ce point.

Lee et Leamedia, à force de parlementer, avaient réussi à se faire ouvrir la porte. Les trois « sœurs », comme elles aimaient se surnommer, fêtaient dans la cuisine rutilante, aux meubles en inox brillants comme dans un office de grand restaurant, leurs retrouvailles.

« Alors, quoi ?

— J'ai de l'eau dans la bouche moi aussi, tu nous prends pour des gourdes ? renchérit Lee.

— On n'est pas partis en vacances non plus... » ronchonna la jeune Dolce, qui trouvait injuste le ressentiment de Valente et ne s'attendait pas à affronter le tribunal de ses amies. « De toutes façons, vous ne me croirez jamais.

— Il y a de fortes chances, oui », souligna Valente.

Leamedia savait qu'elle devrait affronter le tribunal de ses meilleures copines. L'amitié pouvait subir les pires traitements. Valente, le visage fermé, attendait. Leamedia fit semblant d'avaler sa salive, elle avait vu des camarades de classe le faire quand elles étaient mal à l'aise. Les normaux adoraient les signes extérieurs d'anxiété.

« Colde n'est pas notre vrai nom, et mon père est agent secret », fit-elle, en jouissant de son fantasme. Les magiciens ne pouvaient mentir sans dommage, mais cette affabulation n'en était presque pas une.

« Ton père ? commenta la pseudo-malade, dubitative.

— Avec ses lunettes ? » ajouta Lee.

Leamedia jeta un regard assassin vers elle.

« Quoi les lunettes ? C'est interdit ? Justement, ça fait partie du rôle qu'il joue. »

Elle n'avait pas besoin de tricher. Mime génial, Rodolpherus s'inventait à loisir une silhouette un peu falote, en rétrécissant sa démarche, en voûtant ses épaules, en choisissant des costumes ternes, pour éviter d'attirer l'attention. Seule sa femme savait quelle beauté virile émanait de lui dans l'intimité de leur relation.

Lee semblait mordre à l'hameçon plus fermement que sa voisine, elle reprit :

« Tu sais que tu peux nous parler. On comprendra. »

Leamedia sentait les verrous sauter. La partie n'était pas encore gagnée, mais elle avait l'avantage.

« Tu te rappelles la BMW blanche ? fit-elle à l'intention de la jeune Eurasienne.

— Si je m'en souviens ? Les deux passagères ont défoncé ma porte d'entrée, mes parents ont tiré une tête... »

Elle passait sous silence la gifle qu'elle s'était prise et le coup de talon à la tempe essuyé par David, les deux adolescents n'avaient rien pu faire de plus pour protéger la fuite des jeunes magiciens. Leamedia entrevit leur héroïsme et en eut, brièvement, les larmes aux yeux.

Valente écoutait de toutes ses oreilles. Elle n'avait pas assisté à la scène.

« Eh bien, mon frère t'avait tout dit ce jour-là. On était repérés.

— Il ne m'a rien dit ! C'est moi qui ai demandé si quelqu'un vous en voulait.

— C'était le cas. Mon père a été obligé de quitter la ville en urgence pour nous protéger. C'est ultrasecret... Si quelqu'un l'apprend... On a été de motel en motel, sur la route en permanence, le temps de se faire oublier.

— Par qui ? » Même si le ton était moins inquisiteur, la question de Valente embarrassa Leamedia. C'est Lee qui miraculeusement répondit à sa place.

« Mais enfin, t'as rien compris, comment veux-tu qu'elle le sache ?

— C'est vrai, mon père nous dit le strict minimum pour nous épargner.

— Déjà je l'aimais bien avant mais là, je vais carrément le surkiffer ! » conclut Lee.

Valente vint rejoindre sa copine toutes les trois se serrèrent, heureuses de communier enfin. Leamedia avait un peu honte de dissimuler la vérité à ses meilleures amies, même par amitié. Mais comment expliquer seize mois en quelques minutes, un grand-père de mille ans, une souris qui parle et des nerfs qui se syndiquent ? D'ailleurs, elle devait s'avouer son entière ignorance de ce qui s'était passé, et de ce que son frère et le reste de la famille étaient devenus. C'est pourquoi elle put répondre en toute sincérité à la question suivante de Valente :

« Au fait, il est pas avec toi, ton frangin ?

— Il est avec mes parents », bredouilla Leamedia.

Ce n'était plus vraiment un mensonge... Presque une hypothèse.

« Je ne sais pas où ils sont », ajouta-t-elle, la voix fêlée par une détresse non feinte.

Elle profita pleinement de l'étreinte de Lee et de Valente. La chaleur de cette amitié sonnait vrai. Cette famille-là était bien présente et ne la laisserait pas seule face à son destin.

« C'est pour ça que tu es sapée comme un clochard ? fit Valente, émue.

— Tu croyais que c'était étudié ? » lui sourit piteusement Leamedia.

Elle vérifia, mine de rien, que leur cerveau avait évacué tout doute. Valente interrompit l'étreinte pour reprendre sur un ton sincère, abandonnant définitivement la suspicion :

« On a vraiment cru que t'étais morte. Vous vous étiez volatilisés comme ça. Toi, ta famille, même ta maison.

— On a eu les flics pendant deux jours ! C'était un peu le mess chez moi, j'ai eu droit à un vrai interrogatoire, par un enquêteur super-beau, reprit Lee. Un grand, qui avait une petite licorne tatouée sur le poignet.

— Ils ont entendu tout le monde, même au lycée, compléta Valente. Ils nous ont posé des questions sur toi, tes parents, ton frangin, et puis après plus rien. Pas une nouvelle, pas un mot, pas un mail, même pas un SMS... »

Une sourde rancune, pas encore totalement éteinte, la travaillait.

« Allez, on va trinquer », voulut la distraire Lee, qui avait senti sa frustration renaître.

Valente, qui n'absorbait que des produits bio, tira du frigidaire un pack de jus d'églantine rosâtre, tandis que l'Eurasienne saisissait trois grands verres.

« Vive la liberté ! » firent en riant les deux amies, en brandissant leur boisson à bout de bras.

Leamedia tenait son verre sans le porter à la bouche. Ne pas boire. Elle savait que ce principe était primordial chez les magiciens, dont le corps parfait n'avait pas besoin de se réhydrater, même si elle n'avait jamais creusé la question. Mais comme toute adolescente digne de ce nom, en lutte contre ce qui de près ou de loin pouvait ressembler à une règle, Leamedia se sentit aimantée par la transgression. On ne pouvait pas mourir de deux ou trois gorgées de liquide, sa mère le lui aurait dit.

Résolument, elle approcha le breuvage de sa bouche. Il dégageait une odeur étrange, mais elle succomba. La toute jeune magicienne découvrait pour la première fois de sa vie la sensation de liquide dans sa bouche. Le jus humidifia toutes les parois de son palais. Elle fit tournoyer le nectar avant d'oser l'avaler vraiment. Téméraire, elle le fit glisser au fond de sa gorge et le laissa s'engouffrer dans l'œsophage pour atterrir dans l'estomac. Une fraîcheur incroyable envahit tout son être. Elle avait l'impression de plonger dans une piscine mais à l'envers, comme si l'intérieur du corps était à l'extérieur. Elle étouffa un petit rire tant la sensation était jouissive.

« Ça va, c'est qu'un jus de fruit », commenta Lee.

L'épiderme, le sang, les muscles, les nerfs, les os, le foie, le cerveau... Tous les membres du corps de la jeune magicienne guettaient la moindre réaction, mais rien ne survenait. Elle reprit une gorgée, résolue à se conduire comme les humains normaux.

« Le plus dingue, c'est que dans ta rue, maintenant, il y a un poteau électrique qui a la forme d'une tête de mort, comme le tatouage de David, observa Lee.

— David aussi, à propos, il a dégusté. Pas une nouvelle d'Anto, plus de traces de toi...

— David », murmura Leamedia. Elle espérait tant le moment de le revoir.

Valente et Lee échangèrent un regard embarrassé. La jeune Dolce, aussitôt en alerte, scruta sans scrupule les cerveaux de ses amies, mais n'y distingua qu'une perplexité gênée.

« Comment lui dire... »

« Qu'est-ce qu'il y a, au sujet de David ? » fit-elle brusquement.

Les deux filles regardèrent Leamedia, stupéfaites. Elles n'avaient pas prononcé le moindre mot, ni émis le plus petit signe. Et pourtant elle avait réagi. Leamedia sentait qu'elle devait arrêter d'abuser de ses nouveaux savoir-faire, si elle voulait éviter de perdre définitivement l'amitié si précieuse qu'elle venait de reconquérir. Elle se justifia :

« Vous pensez tellement fort ! Vous me prenez pour une lofteuse, ou quoi ? »

Valente baissa la tête et se dévoua pour parler :

« David a souffert. Il s'est muré dans son silence pendant des semaines. Je t'assure, il allait super-mal. »

La néo-magicienne interrompit la torture :

« Comment elle s'appelle ? »

Elle fixait les yeux de Valente pour y voir les dernières images, elle ne put remonter que sa matinée, le temps suffisant pour la surprendre en train de fumer une cigarette au bord de sa fenêtre de toit et de planquer le mégot dans la gouttière. Elle ne voyait pas plus loin qu'avant et toujours beaucoup moins que sa mère, capable de lire une année entière dans les regards.

« Marietta Chin, fut-il enfin lâché, du bout des lèvres.

— Quoi ? Cette pouf ! Elle a redoublé deux fois !

— Question soutien-gorge elle est plutôt en avance... », commenta Lee.

Leamedia se sentait trahie, abandonnée, une fois de trop. Toutes les émotions vécues ces deux derniers jours remontèrent à la surface en même temps. Pour une fois, elle ne trouvait rien à dire. Un vague écœurement la forçait à se recroqueviller sur elle-même. Elle souffrait d'une crampe d'estomac. Elle se retint de gémir et pressa ses mains contre son ventre. Disparaître lui semblait la meilleure solution.

« Tu sais quoi, Lea, il est presque dix heures, les Dirty Devils vont commencer leur répétition », dit doucement Valente.

Redressant la tête, Leamedia trouva la force de protester :

« Ils ont continué sans Anto ?

— C'est un certain Doug qui a pris la guitare. Il ne joue pas aussi bien que ton frère, mais il se débrouille. » Dans la tête de Leamedia, tout se bousculait. Le frère comme la sœur avaient été remplacés, oubliés... Un spasme involontaire la tordit sur sa chaise.

Valente poursuivit :

« David ne pouvait pas laisser tomber Brian et Elton, tu comprends ? Mais ce serait bien qu'on y aille, tu pourrais croiser David... Ça m'étonnerait que Marietta y soit.

— Lea ? interrogea Lee. Tu es sûre que ça va ? »

Elle ouvrit les yeux. Un à un, ses longs cheveux noirs se détachaient de son crâne et se répandaient lentement sur la table, certains recouvrant déjà le verre de jus d'aubépine à demi consommé.

Valente, cependant, continuait, toute à ses réflexions amicales :

« C'est pas la peine de dramatiser, tu sais, quand il va te voir, il sera aussi bouleversé que toi. »

Leamedia se leva d'un seul coup malgré l'épuisement qui pesait sur ses deux épaules.

« Ne te mets pas dans des états pareils, Lea, c'est juste une aventure pour lui.

— Non... Là, je me sens vraiment mal.

— Regarde, ses yeux.

— On dirait l'exorciste. Lea ! Tu nous entends ?

— Tu as ajouté quoi, dans ton jus d'aubépine ?

— Je comprends pas, il n'y a même pas d'alcool... »

Lcamcdia était tétanisée. Elle se dirigea en titubant jusqu'à la porte de la petite salle de bains qui se trouvait dans l'entrée, s'enferma à double tour et se laissa tomber sur le couvercle du siège des toilettes. Un épuisement soudain frappa tous ses membres comme si un énorme coup de poing venait de l'atteindre. Elle était littéralement K.O.

« Ça va ? s'inquiéta Valente, de l'autre côté de la porte.

— T'inquiète, je gère, souffla Leamedia qui ne comprenait pas ce qui lui arrivait.

— C'est l'églantine ? suggéra Lee.

— Voilà... », se contenta de répondre la jeune Dolce.

Lee et Valcnte se regardèrent, solidaires.

« L'églantine, c'est sournois ! » Pendant que scs deux copines se forçaient à rire, Leamedia eut la bonne surprise de sentir ses crampes d'estomac cesser dans la seconde. Le soulagement fut immédiat même si la fatigue persistait.

« Y a des rouleaux de papier sous l'évier, dit Valente compatissante.

— Tu sais quoi, on va aller chercher David, annonça Lee. Il faut qu'il sache que tu es de retour. Tu tiendrais le choc, Valente ? Ça ne te fait rien, pour Brian ?

— Pour Lea, je veux bien mc dévouer, fit la néo-célibataire d'un ton pincé.

— C'est ça... allez-y sans moi », répondit Leamedia, bien plus concernée par son nouvel aspect que par la répétition des Dirty Devils.

Tout, pour rester seule. Et disparaître.

En s'approchant du miroir qui surplombait le lavabo,

elle venait de s'apercevoir qu'elle avait perdu presque tous ses cheveux. Ce qui en restait pendait par touffes sales. Son teint verdâtre et ses dents jaunies lui firent horreur.

« À tout de suite ! Surtout, tu nous attends ! » lança Valente.

La porte claqua.

Réfugiée dans la petite pièce d'eau, elle ne répondit rien. Elle prenait conscience de sa vie interne de plus en plus concrètement.

« Tout le monde sait que boire est interdit », observa, vexé, le représentant des muscles.

« C'était stupide ! Puéril ! » commenta l'épiderme.

Leamedia aurait voulu qu'on la laisse tranquille, mais elle ignorait encore comment diriger sa pensée. Rien qu'à l'idée que tout son corps pouvait désormais l'entendre et s'exprimer la révoltait. Où se trouvait son intimité ? Où était passé son droit au secret ? D'autres habitaient à l'intérieur de son corps. Elle se sentait différente à chaque minute avec la certitude de laisser filer le contrôle de l'ensemble. Les nerfs s'agaçaient, les humeurs montaient, les endorphines se mobilisaient pour parer à toutes réactions un peu plus virulentes. Les muscles se contractaient, les articulations gémissaient, la peau se distendait pendant que les cheveux restants frisaient d'énervement. Leamedia affrontait sa première grève interne ! Son corps bougeait de manière complètement désordonnée, l'anarchie gagnait. Leamedia eut la sensation qu'elle était en train de se démonter. Elle respira profondément et hurla à l'intérieur d'elle-même sans qu'aucun son extérieur ne trahisse la violence de son cri.

« Stop ! »

Elle savait que retrouver un aspect normal ne pouvait s'obtenir que de deux manières : se plonger dans un des cent puits magique pour se régénérer et avaler la seule eau qu'il leur était permis de boire, ou bien user de magie.

Elle ignorait où se trouvaient les puits. Restait la

dernière solution. Concentrée, elle fit en sorte que son corps expulse le moindre résidu de jus d'aubépine, depuis les fibres qui tapissaient son estomac jusqu'aux plus minces nutriments qui avaient déjà entamé leur voyage dans son sang, et surtout les molécules d'eau étrangère qui s'étaient dispersées dans ses tissus, y occasionnant les dégâts observés.

Cette fois, elle réussit son sort. Ses cheveux repoussèrent d'un seul coup, ses dents reprirent leur blancheur parfaite et son teint de peau se régénéra. Elle libéra tous ses sens en une seule fois, absorbant toute l'énergie qui l'entourait. L'électricité de la maison sauta d'un seul coup et Leamedia s'assomma, s'enfonçant immédiatement dans un sommeil brutal.

Silence radio soudain. Ni nerfs, ni muscles, ni veines n'osèrent la moindre revendication. La quiétude.

*

L'ambassade des États-Unis se trouvait à proximité du palais de L'Élysée. Virginie, assise sur la banquette arrière du véhicule officiel dévalant la rue de Rivoli toutes sirènes hurlantes, profitait des rayons timorés d'un soleil qui perçait timidement. La présence des deux militaires américains dans la voiture la rassurait. Elle sentait son esprit s'apaiser et retrouver sa lucidité. Les pavés de la Concorde occasionnaient un tremblement régulier de l'habitacle qui empêchait de se faire une image nette du paysage extérieur. Virginie avait la sensation que tout allait trop vite. Son réveil, le rêve, et ce cauchemar... La voiture s'arrêta pour les vérifications d'usage à l'entrée de l'ambassade. Le flottement qui empêchait jusqu'à présent la jeune femme de dissocier la réalité du songe s'estompait. En l'espace de quelques minutes, elle avait réussi à calmer ses terribles angoisses pour les muer en questions cohérentes.

La voiture redémarra lentement pour se garer dans la cour quelques dizaines de mètres plus loin.

Un vieil homme d'une stature imposante attendait Virginie en haut du perron. Le plus petit des deux gardes qui l'escortaient saisit sans grand ménagement le bras de la journaliste encore un peu faible. Certes, elle se sentait convalescente, mais l'hématome qui se formait sous la poigne ferme du militaire lui causait une douleur supplémentaire dont elle se serait volontiers passée.

« Si vous voulez bien me suivre », lui proposa le géant en esquissant une révérence. La mission des gardes s'arrêtait là. La jeune femme gravit seule les hautes marches de l'escalier en marbre qui menait aux appartements de l'ambassadeur, un exploit dans sa condition physique. Finalement, un secrétaire la fit asseoir dans un confortable fauteuil club en cuir gold – en s'y enfonçant, elle se dit qu'elle n'était pas certaine de pouvoir en sortir. L'effort lui avait fait tourner la tête et la sorte de douce ivresse dans laquelle elle se trouvait fit monter un sourire à ses lèvres. Le décor luxueux mais trop orné à son goût alternait velours rouge et marbre beige, cernant d'immenses tableaux représentant des présidents américains. Au bout d'un moment, et pour la première fois depuis son réveil, elle se sentit rassérénée : tout était revenu à la normale. Sa respiration baissa de rythme, son cœur aussi. Elle passa en revue ses dernières heures : New York, le coup de téléphone avec Antonius, le voyage en voiture avec Paula, leur entrée dans la grotte, leur capture, l'étreinte échangée par son amie avec Torque, que Guileone avait ensuite assassiné froidement, la liquéfaction de Melkaridion, le combat engagé par les autres magiciens, leur saut dans le puits, l'immersion dans l'eau, le baiser d'Antonius, le réveil, l'hôpital, le malaise, Paris... Et l'ambassade.

Elle trouvait inconcevable qu'autant de choses lui soient arrivées en si peu de temps. Elle se mit à douter de ses propres perceptions. Quelle était la part de vrai ? Antonius semblait presque irréel, car trop insaisissable. Comment avait-elle pu se laisser embarquer dans une histoire pareille ? Seize mois. Ces deux mots s'imposaient à elle avec plus de force alors même qu'elle les évitait. Seize mois. Elle s'enfonçait de plus en plus profondément dans le fauteuil club en cuir craquelé, véritable sable mouvant, à mesure qu'elle réfléchissait.

« Mademoiselle Delondres. » La voix la saisit tout entière. Le moment tant redouté était arrivé : s'extirper du fauteuil. L'employé qui se tenait droit dans son costume gris à quelques mètres d'elle mit un peu trop de temps, selon la journaliste, à lui proposer son aide. Il lui tendit finalement une main salvatrice qui lui permit d'échapper aux griffes redoutables de la ventouse des coussins. Le danger se terrait dans les objets les plus insolites. On lui ouvrit une immense porte en bois sculpté pour la faire pénétrer dans un bureau qui rivalisait par la taille avec un terrain de tennis. Le décorum baroque et classique contrastait violemment avec le mobilier, résolument moderne. Les décorateurs avaient dû se succéder sans jamais se consulter. L'homme qui se tenait en face d'elle était de taille moyenne mais d'un âge certain. Il lui fit signe du bras pour l'inviter à se diriger côté salon, plutôt que vers le bureau austère. Elle sourit puis obliqua légèrement sur sa droite pour se diriger à nouveau vers deux fauteuils club, il s'agissait donc d'un élevage. Placés en face l'un de l'autre, les deux prédateurs en cuirs étaient légèrement tournés vers une table ronde où les plus grandes marques de whisky figuraient. L'alcoolisme s'entretenait avec élégance dans l'administration.

« Vous désirez boire quelque chose, mademoiselle ? » Elle fit un léger signe négatif de la tête, ce qui n'empêcha pas le vieil homme de se servir un verre. Il devait avoir au moins soixante-dix ans. Elle fut étonnée de constater qu'on pouvait encore être en poste à cet âge-là.

Virginie se posa avec précaution sur le fauteuil, s'attendant à être engloutie dans la seconde. Probablement un effet secondaire de l'antistress que lui avait injecté l'infirmière, à peine une heure auparavant.

« À mon âge, les excès deviennent obligatoires, hâtons-nous de céder à la tentation avant qu'elle ne s'éloigne, comme disait Épicure. » commenta le vieil homme souriant, en lâchant un glaçon dans son breuvage. Il s'assit finalement à son tour en croisant les jambes, le buste légèrement en arrière, complètement adossé. Virginie tenait pour sa part les jambes parallèles et serrées, mains posées sur les genoux, comme une élève du premier rang.

« Vous avez tellement grandi. » La remarque de l'ambassadeur la laissa muette. Le vieil homme ne changea pas d'expression, il la dévisageait, sûr de son effet « Vous ne deviez pas avoir plus de sept ans, huit tout au plus. Votre père adoptif vous portait dans ses bras. Vous sembliez minuscule entre les mains de ce géant. » L'évocation de Philippe assécha la gorge de Virginie. Cet homme connaissait son père. Elle n'en avait aucun souvenir. Elle ne savait pas par quoi commencer.

« Mon père ? » L'ambassadeur afficha un large sourire. Il sentait la jeune femme déstabilisée, et, bienveillant, ne voulait pas faire durer plus longtemps ce moment délicat.

« Nous avons mené nos études d'histoire et de géographie de concert. Il a choisi l'enseignement, j'ai opté pour la politique étrangère. Nous sommes restés proches durant de longues années. Son abnégation, sa volonté et son honnêteté restent encore, en ce qui me concerne, de véritables modèles. Je ne me suis pas privé de le consulter durant toute ma carrière quand un doute m'envahissait. Il ne s'est jamais dérobé, exprimant un avis que j'ai très souvent suivi. Il aurait pu être à ma place s'il l'avait désiré. » Il avala une gorgée de son whisky et continua, en l'absence de commentaire de son interlocutrice.

« Je vous présente toutes mes condoléances. J'ai appris son décès l'année dernière. » Virginie répondit d'un sourire de circonstance, tiraillée entre une peine encore vive d'un deuil trop proche, pour elle, ça ne datait que de quelques jours... et sa désorientation temporelle. Il était la deuxième personne à évoquer une année complète écoulée. Elle se racla la gorge.

« Je vous remercie, monsieur l'ambassadeur. » Le vieil homme se mit à rire spontanément.

« Primo, Virginie, ayez la grâce de me nommer par mon prénom. Je me nomme Alvin Stenberg, et secundo je ne suis pas ambassadeur. Je suis beaucoup trop vieux pour me prêter au jeu des mondanités diplomatiques, disons que je suis... un conseiller un peu spécial. » Virginie allait de surprise en surprise. Elle n'avait pas le temps de digérer une information qu'une autre, tout aussi surprenante, lui parvenait à une cadence accélérée. Elle se redressa pour se donner une contenance qu'elle ne possédait en rien. Elle plissa son front bien trop lisse pour former de véritables rides.

« Je ne sais pas par quoi commencer... » Alvin s'empêcha de commenter, il savait par expérience, qu'il ne fallait pas interrompre une mise à l'eau. Quelle que soit la taille du navire, il était à ce moment-là toujours fragile. Elle mit presque une minute à continuer sa phrase, le temps de choisir si elle dirait la vérité ou non.

« ... Mon père est mort, il y a seulement trois jours. Quand je me suis réveillée ce matin... On m'a fait comprendre que j'avais disparu depuis plusieurs mois. Je pense que l'effet des médicaments altère mes perceptions, encore maintenant.

— Excusez-moi. » Il se leva promptement malgré son âge et se déplaça jusqu'au bureau où il saisit une chemise cartonnée bleue qui était posée en évidence. Il attrapa une petite bouteille d'eau au passage et remplit le verre vide qui se trouvait sur la desserte en bois laqué à côté de Virginie. Il revint s'asseoir en face d'elle, ouvrit la chemise, en tira une première feuille et se mit à la lire de manière monocorde.

« Votre disparition a été signalée le 29 juillet 2011, par vos employeurs du journal le *Brooklyn Daily Eagle*. Votre téléphone portable a été retrouvé dans le New Jersey. Votre dernière conversation de plus de trois heures date du 28 juillet du même mois, avec une cabine téléphonique dans ce même état du New Jersey, à proximité d'une vieille usine de retraitement de déchets désaffectée appartenant à la Fondation 18. »

À l'évocation de ce nom, Alvin jeta un œil discret vers la jeune femme totalement absorbée par l'énumération ; en l'absence de réactions particulières il continua : « Votre carte de crédit n'a plus été utilisée depuis votre signalement, diffusé aux antennes de police, aux douanes et aux administrations. Durant seize mois, elles n'ont reçu aucun signalement vous correspondant, jusqu'à votre apparition soudaine aux urgences de l'hôpital parisien dans lequel nous sommes venus vous chercher. » Il releva la tête, se pencha à son tour vers elle pour conclure plus chaleureusement : « Que vous ayez disparu est un fait incontestable. Que vous ayez été enlevée est une supposition probable. Que vous soyez perdue est une évidence tout à fait compréhensible. » Il s'adossa à nouveau dans son fauteuil, ce qui signifiait par le geste qu'il lui laissait la parole. Une seule question lui brûlait les lèvres.

« Parlez-moi de mon père s'il vous plaît... Alvin. » L'homme ne marqua pas d'un rictus spécial la requête de la jeune femme, mais il prit quelques secondes avant de réagir.

« Je pourrais vous parler de lui durant des heures, vous expliquer comment à Baltimore nous avons obtenu notre dernier grade de professeur ensemble, ou vous décrire l'illumination de son visage quand pour la première fois il vous a présentée juste après votre adoption. Mais surtout... comment j'ai mis en lieu sûr le double des carnets qu'il avait pris soin d'écrire pour que vous continuiez son travail.» À ces mots elle lâcha le verre d'eau qu'elle venait de saisir, qui se déversa sans se briser sur l'épaisse moquette grise.

« C'est pourquoi nous n'utilisons plus de carrelage... », dit-il en souriant. Bouche bée, elle demeurait incapable de dire le moindre mot.

« Nous n'avons que peu de temps Virginie. C'est moi qui entrerai en contact avec vous. Faites-moi confiance... Mes amitiés à Humphrey.» Il se leva en emportant la chemise bleue et se dirigea vers la porte que l'employé ouvrit. Il se retourna une dernière fois vers elle.

« Inutile de vous préciser que cette conversation n'a pas eu lieu», lui dit-il doucement dans un sourire bienveillant avant que la porte ne se referme.

*

Le campus avait autorisé les Dirty Devils à répéter chaque matinée, de dix heures à midi, pendant le mois de novembre, dans le grand gymnase, en vue de leur prochaine prestation lors de la grande soirée de clôture de la semaine d'Halloween.

Le bâtiment se trouvait à l'angle d'une pelouse qui servait de salle d'étude à l'air libre les après-midi d'été indien. Nombre d'étudiants venaient s'y asseoir seuls ou en groupe pour réviser leurs partiels, au son des pies qui se disputaient, avec les écureuils, les glands tombés des trois immenses chênes qui cerclaient l'endroit.

À l'intérieur, un mur d'escalade dominait un terrain de basket au parquet parfaitement huilé. Les gradins montaient sur une trentaine de rangées. Assise au premier rang, Marietta Chin minaudait, tandis que Elton, Brian, David et Doug peaufinaient les enchaînements de « Let's die together ». Le morceau commençait par une intro à la basse sur le modèle de « *Come as you are* » de Nirvana. Elton maîtrisait l'enchaînement que Brian, toujours caché derrière sa grande mèche noire, soutenait au bout de quelques mesures par trois accords main gauche.

Enfin, David et sa caisse claire venaient soutenir les premières paroles que Doug, le nouveau membre du groupe, chantait en s'appuyant sur sa Gibson « SG Standard Héritage » couleur « Cherry ».

Walking alone like a shadow
Moving slowly as a cloudy sky
Winter comes
No leaves, no green, empty trees
And the fucking cold wind.
Boys and girls walk alone.
Always alone.

Far from us far from you,
She forgets love and me too.

Don't ask me why...
Tears are mine.
Don't try to convince me...
Tomorrow is not so lovely.

Far from us far from you,
She forgets love and me too.

Walking alone like a shadow
Moving slowly as a cloudy sky
Winter comes.
You're free to go, free to leave.
You wake up in the morning.
Far from me, still waiting

Far from us, far from you,
She forgets love and me too.

David ne pouvait s'empêcher de penser à Antonius quand il entendait cette chanson. Ils l'avaient composée ensemble, texte et musique. Le souvenir des mots communs plaqués aux accords que l'aîné des Dolce trouvait sans difficulté lui manquait. Après seize mois, il oscillait toujours entre la déception, la colère et la tristesse, sans jamais être capable de choisir. Les répétitions étaient une épreuve et non plus un plaisir. Il fut soulagé en écoutant le dernier accord plaqué par Doug résonner jusqu'au plafond de la salle. L'écho lointain de la musique fuyante fut interrompu par des applaudissements qui lui firent tourner la tête. Valente et Lee étaient entrées sans qu'ils s'en aperçoivent, tandis qu'ils exécutaient le morceau. Marietta Chin, petite mais debout sur la pointe des pieds, hurlait des « yep » et des « yeah » agaçants.

« Faut qu'on te parle, David », entama Valente sans plus de façons pendant que Marietta s'emparait de son bras, auquel elle se pendit, et qu'Elton embrassait Lee comme il avait l'habitude de le faire, sans délicatesse aucune. Brian de son côté ne jeta pas un regard vers Valente. Le couple avait rompu sur une dispute ridicule concernant les White Stripes qui représentaient le nouveau rock pour Brian, alors que Valente ne voyait en eux que la pâle copie d'un Marilyn Manson échoué à Nashville. « C'était trop joli, *sugar* », susurra Marietta qui faisait danser ses mèches blondes autour du batteur. David regardait Valente sans vraiment s'occuper de son horripilante groupie, il sentait son amie différente : sérieuse.

« *Elle* est revenue », murmura-t-elle sans en dire davantage en le regardant dans les yeux. David comprit immédiatement que sa copine parlait de Leamedia. Confiant ses baguettes à la jeune Latino pour qu'elle lui lâche le bras, il saisit son blouson en cuir noir qui recouvrait le tabouret sur lequel il était assis.

« Qui ça, "elle" ? s'enquit Marietta en fronçant les sourcils et en rajustant sa jupe écossaise.

— L'inspiration ! répondit David. On y va ? »

Lee abandonna le baiser étouffant du bassiste et courut rejoindre ses deux amis qui franchissaient déjà la porte d'entrée. Elton et Brian se regardèrent sans que « l'ex » de David ne comprenne quoi que ce soit.

« Tu devrais parler à Valente, dit Elton. C'est toujours à cause des White Stripes ?

— Ils ont vendu plus d'un million d'albums, argumenta avec conviction le synthé des Dirty Devils.

— Pfff... Laisse-lui une chance, souffla Elton.

— Tu me vois sortir avec une fille qu'a pas d'oreille ?

— Elle a bien accepté un mec qui porte une queue-de-cheval devant ! »

Marietta assistait sans mot dire au dialogue des deux musiciens.

« C'est qui, l'inspiration ? », osa-t-elle.

La basse et le synthé interrompirent immédiatement leur conversation. Brian se cacha derrière sa mèche. Elton, aux cheveux courts, se vit dans l'obligation de répondre.

« J'en sais rien, je compose pas ! »

*

La petite porte opposée à l'entrée principale, placée derrière le bureau de l'ambassadeur, s'ouvrit. Un homme d'une quarantaine d'années, dont le ventre proéminent tendait les boutons d'une chemise blanche, pénétra dans la pièce. Sa nervosité était palpable. Virginie se leva de son fauteuil, plus facilement cette fois-ci.

Elle vit le regard de l'homme se poser sur le verre de whisky presque vide.

« On avait une petite soif ? » Elle se retint de tourner les yeux vers la sortie empruntée par Alvin, et se contenta de fixer son nouvel interlocuteur.

« Oui.

— Vous avez bien fait », assura-t-il en lui offrant une poignée de main molle qui agaça Virginie. Enfin, il s'installa derrière son bureau et fit signe à la jeune Américaine de prendre place en face de lui.

« Vous êtes l'ambassadeur ?

— Tout à fait », répondit-il sans lever le nez du dossier qu'il venait d'ouvrir.

Elle osa alors jeter un œil à la grande porte. Qui était vraiment Alvin Stenberg ? Est-ce que l'ambassadeur savait qu'elle s'était entretenue avec ce dernier ? Il était le premier à lui avoir inspiré confiance depuis le début de cette étrange journée. Cet homme en imposait, tout comme son père, ce qui l'avait toujours un peu impressionnée. Alvin avait des ennemis : s'il était encore en vie, contrairement à Philippe, c'était au prix d'une discrétion totale.

« Vous êtes en sécurité avec nous. Nous allons vous faire regagner le pays, dans quelques jours, le temps pour vous de passer les derniers examens médicaux obligatoires, de remplir quelques formulaires et de répondre à deux, trois questions. Vous avez une personne à prévenir en priorité ?

— Non. » L'ambassadeur cocha une case dans le dossier qu'il tenait entre ses mains. « D'habitude, ce n'est pas moi qui m'occupe de cela, mais un quart du personnel est malade, l'autre en vacances et le reste pas encore formé ou sur d'autres dossiers... On n'est pas près de gagner la guerre. » Le sourcil de Virginie se courba.

« Nous sommes en guerre monsieur l'ambassadeur ?

— Réveillez-vous, jeune fille ! Nous le sommes tous ! Guerres économique, religieuse, démographique, environnementale, financière, et je ne parle pas d'Al-Qaïda ! Vous y croyez, vous, à la prophétie Maya ? Ma femme et moi y pensons tous les jours. J'ai d'ailleurs fait construire un abri antiatomique dans notre jardin. » Elle était ébahie : comment un homme occupant une telle fonction pouvait être assez naïf pour imaginer survivre à la fin du monde grâce à une chape de béton ?

« Non je n'y crois pas », répliqua-t-elle simplement. Il continuait de remplir les cases du document.

« J'allais oublier de vous demander. Vous a-t-on enlevée, ou avez-vous fugué ? » La question déstabilisa Virginie. Aucune des deux hypothèses n'était la bonne. Pour elle, quelques heures à peine s'étaient écoulées depuis son saut dans le puits de l'usine désaffectée. Elle ne se faisait pas à l'idée que, pour tous, elle avait disparu depuis plus de seize mois. Elle pensa alors à Humphrey. Elle espérait que quelqu'un avait pu le nourrir tout ce temps durant.

« Je n'ai pas fugué, si ça avait été le cas, j'aurais pris mon chat avec moi.

— Je vous crois. Les formulaires administratifs m'obligent à vous poser la question, ne vous offusquez pas. Je ne cesse d'expliquer à Washington que demander à un touriste s'il a été criminel de guerre ou s'il est mortellement contagieux avant de la laisser entrer sur le territoire manque cruellement de tact. En vain. » Il lui tendit un papier qu'il prit soin de tamponner au préalable.

« Voici votre carte d'identité provisoire. Un taxi vous accompagnera à l'hôpital américain pour les examens dont nous avons parlé puis vous reconduira ici, où la CIA vous prendra en charge. Ces gens ont tendance à s'autoriser certaines familiarités, ne vous en offusquez pas. » La désinvolture de l'ambassadeur aurait pu être amusante, si Virginie ne s'était pas sentie comme un paquet de linge sale dont il voulait se débarrasser au plus vite.

*

Seize heures trente venaient de sonner au clocher d'une église quand Antonius émergea des caves, rue Maître-Albert.

Alors qu'il quittait les sous-sols, et au moment même où il songeait avec angoisse que sa sœur, où qu'elle soit, pouvait à tout instant décider d'utiliser la magie, comme elle l'avait déjà fait un certain soir de juin à Brooklyn, un énorme coup de fatigue l'avait saisi. Il s'était évanoui et était tombé au sol, sous la voûte fragile.

Simone, bousculée dans la chute, avait maugréé : « Encore un coup de cette satanée gamine ! »

Si Melkaridion avait commis l'imprudence de la laisser livrée à elle-même à la sortie des labyrinthes aquatiques, elle serait pire que la plus dangereuse de leurs ennemis.

Puis, guère rassurée par le voisinage du gros rat qu'elle avait toisé, quelques minutes plus tôt, du haut l'épaule d'Antonius, elle s'était escrimée à réveiller le jeune magicien en hurlant de toutes ses maigres forces sur la fréquence grâce à laquelle ils communiquaient d'habitude. Après de longues minutes, Antonius émergea de son évanouissement. L'esprit encore embrumé, mais cornaqué par Simone, il se mit debout, chercha l'issue, et revint à la lumière du jour.

Il lui restait moins d'un quart d'heure pour regagner l'Hôtel-Dieu. Il avait mentalement promis à Virginie d'être à ses côtés lorsqu'elle se réveillerait, ce qui se produirait sous peu. Il tenait dans sa main la lettre trouvée dans la boite en métal. Intrigué, il l'ouvrit.

Rends-toi immédiatement sur les Champs-Élysées. Une fois que tu auras retrouvé Virginie, conduis-la et laisse-la sans plus attendre au 53, boulevard de Montmorency. Elle y sera en sécurité.

Alors seulement tu pourras t'immerger.

Ton père qui t'aime
R.

Il resta la bouche ouverte une bonne minute. Il ne comprenait pas comment Rodolpherus avait réussi un tel prodige. Il regarda autour de lui pour voir si son père ne se trouvait pas à quelques mètres.

« Et si je n'avais pas trouvé la boite ? réfléchit Antonius à haute voix.

— Tu oublies que ton père est magicien, précisa Mona en levant les yeux au ciel. Maintenant un rien vous étonne, c'est pitoyable, tout fout le camp ! » Elle avait fini par râler, signe chez elle d'une forme excellente.

Tant pis pour la discrétion. Il courut sur les trottoirs, bondissant par-dessus les obstacles dans un style parfait. Son père n'écrivait rien par hasard. Il y avait urgence.

*

Quand Valente ouvrit la porte elle fut surprise de trouver une énorme flaque d'eau qui recouvrait tout le carrelage de l'entrée. Elle avança sur la pointe des pieds pour ne pas tremper ses Converse, suivie par David et Lee. La porte des toilettes était fermée à clef. L'eau coulait sans discontinuer de dessous le battant et on entendait, à l'intérieur, une petite cataracte, comme si un robinet était grand ouvert.

« Lea est de retour..., commenta Lee, très pâle.

— Qu'est-ce qu'on fait ? » fit Valente, tétanisée.

David prit les choses en main.

« Elle est supposée être là-dedans ?

— Ben, oui. Peut-être, dit Lee.

— Tu crois qu'on a bien fait de lui en parler ? » demanda, terrifiée, Valente.

Elles échangèrent un bref regard.

« Qu'est-ce que vous racontez, là ? » fit David, très nerveux.

Valente prit le relais.

« À un moment il a bien fallu lui dire...

— Lui dire quoi ? s'impatienta David.

— Bah... Pour toi et Marietta. »

Elle eut à peine le temps de terminer sa phrase que David explosa...

« Mais vous êtes tarées ou quoi ? Votre meilleure amie disparaît pendant plus d'un an, et le seul truc que vous arrivez à lui dire, c'est que je suis sorti avec Marietta Chin !

— T'es plus avec ? sursauta Lee qui avait noté la tournure au passé employée par le garçon.

— Il n'y a que ça qui t'intéresse, Lee ? » Valente s'interposait entre les deux. « On est désolées, David, c'est venu comme ça dans la conversation. Elle a vraiment insisté pour savoir. On n'allait pas lui mentir, quand même.

— C'est pas de notre faute si tu l'as trompée ! »

David esquissa un geste d'énervement mais dériva sa colère contre la porte, qu'il frappa à grands coups.

« Lea ? Tu nous entends ?

— Lea ! » crièrent les deux filles, de plus en plus affolées.

David recula, prit son élan, et se jeta de toutes ses forces contre la porte.

Elle résista.

« Il n'y a pas d'autre moyen pour entrer ? Une fenêtre ?

— Elle est garnie de barreaux ! » Valente se tordait les mains.

« On appelle ton père ? Il est pas commissaire de police ?

— Il va me tuer ! gémit Valente.

— Ça vaudrait mieux, s'il est arrivé quelque chose à Lea, cria David.

— Non mais arrêtez ! Vous êtes complètement débiles ? On est potes depuis le primaire, on va quand même pas se battre !

— OK, on y va, tous les trois. »

Ils s'unirent pour se jeter contre la porte, qui céda et sortit de ses gonds.

Un jet d'eau s'échappait du tuyau qui reliait l'alimentation aux toilettes. Visiblement, et sans raison aucune, le petit ballon d'eau s'était décroché du plafond, provoquant la fuite. L'électricité ne fonctionnait plus et des milliers de cheveux flottaient un peu partout.

Sur le sol, Leamedia, ses traits endormis dessinant un visage harmonieux et détendu, fin et presque adulte, sa chevelure intacte épanouie autour d'elle, gisait sans connaissance au milieu d'un glacis liquide. Elle avait changé, était devenue plus belle encore.

David se précipita pour fermer l'arrivée d'eau, puis tomba à genoux et posa sa main sur son avant-bras dénudé. Le contact de sa peau l'électrisa. Elle ne se réveillait toujours pas. Il secoua délicatement son bras, prononça son nom plusieurs fois mais rien ne se passait. Ému, il écarta de son front quelques mèches et la contempla un instant. Puis, sans tarder, il prit son téléphone.

« Qu'est-ce que tu fais ? demanda Valente, qui était restée sur le seuil, sans oser entrer, et serrait contre elle Lee terrifiée.

— J'appelle ma mère, elle est médecin. »

*

Couchée sur le toit de zinc de l'immeuble d'Old Compton Street, son énergie s'écoulant d'elle comme une hémorragie, Melidiane entendit qu'on sonnait à la porte. Les pas des filles firent résonner le parquet, se portant vers les visiteurs.

Plus d'une heure avait dû s'écouler. Elle avait eu une absence, comme si l'un de ses enfants avait employé la magie. Jamais Rodolpherus ni Melkaridion n'aurait eu cette imprudence. Les rares forces qu'elle avait puisées dans le voisinage des plantes magiques de l'appartement avaient été consumées dans la déperdition qui avait résulté de la décharge magique. C'était un miracle qu'elle n'eût pas glissé sur le zinc rendu glissant par la pluie persistante.

La vieille magicienne eut le sentiment d'avoir passé un

cap supplémentaire dans le vieillissement. Le processus ne s'était pas arrêté. La fin se propageait en elle avec une lente certitude. La proximité avec son autre soi lui coûtait chaque minute de précieuses années de vie. Elle rampa sur la pente, pour s'éloigner de la fenêtre, craignant à tout moment de glisser et de s'écraser au sol. Son corps ne lui répondait plus qu'imparfaitement. Elle sentait la vie diminuer en elle, en même temps que la liberté retrouvée se propageait comme un poison fulgurant dans ses veines. La force lui manquait pour s'échapper. Elle se voûta, ses cheveux entièrement blancs jetés sur son visage. Vaincue, elle renonça à toute forme de lutte et ferma les yeux. Plus aucun geste ne lui était permis. Elle ne pouvait qu'écouter et s'abandonner à ce qui s'invitait en elle.

Cependant, John et Paul étaient entrés dans l'appartement, accompagnés d'un troisième garçon. Il s'agissait d'un guitariste prénommé Éric, à qui John proposait d'intégrer leur groupe pour sortir un peu du blues dans lequel, selon eux, ils s'enfermaient. Il était question de la tournée américaine qui se préparait, du mariage de George Harrison et Patty Boyd, que les deux compositeurs observaient d'un œil méfiant. Melidiane écoutait parler son double et se rappelait difficilement les moments qu'elle avait vécus, en 1963, dans cet appartement. Sa mémoire s'éteignait petit à petit, comme une pile en fin de vie. Les visages se mélangeaient, les voix se mêlaient, elle ne ressentait plus la moindre émotion. Les sensations s'évaporaient.

« Je suis en train de glisser », pensa Melidiane, paralysée sur son toit.

*

Quand Leamedia se réveilla, elle était couchée entre des draps inconnus dans une chambre tapissée des effigies des meilleurs batteurs de la planète, John Bonham, Neil Peart, Keith Moon et Stewart Copeland.

Assise sur le bord du lit, souriante et tenant un bol de thé fumant entre ses mains, elle reconnut Debby Dandridge, la mère de David.

« Bonjour Lea. C'est Debby. Il faut boire sinon tu vas être déshydratée. » La jeune magicienne se demanda durant quelques secondes si elle ne se trouvait pas au beau milieu d'un rêve. Les Dandridge... Debby sourit et tendit le bol à son invitée.

« Ça va aller, madame Dandridge, je n'ai pas soif.

— Voilà trois heures que tu dors, et tu as vomi, chez Valente. Je t'assure, il faut boire. »

Elle eut soudain l'impression que quelque chose manquait à son corps. La confusion régnait à l'intérieur d'elle-même. Ce désordre ne concordait pas avec son réveil. Qu'est-ce qu'on lui avait fait ? Elle se redressa d'un coup, assez maladroitement comme si elle était en équilibre. Cette sensation ajoutait à sa confusion physique.

Elle s'aperçut qu'elle portait un nouveau tee-shirt propre, beaucoup trop grand pour elle.

« Nous n'avons pas beaucoup d'habits pour les jeunes filles comme toi ici, c'est un vêtement de David. » La jeune Dolce ne put s'empêcher de sourire, puis dans la seconde qui suivit le nom de Marietta Chin vint cogner à ses tempes et un pli écœuré déforma sa bouche.

« Ne t'inquiète pas, Lea, c'est moi qui t'ai changée.

— Merci pour tout ce que vous faites, madame Dandridge. Je boirai un peu plus tard, ma gorge me fait encore un peu trop mal. »

En effet, sa gorge était tapissée de sécheresse.

Debby posa le bol sur la table de nuit.

« Qu'est-ce qui m'est arrivé ?

— David t'a trouvée évanouie avec Lee et Valente. Ils m'ont téléphoné de suite.

— Il m'a vue comme ça ? » s'écria Lea en portant

la main à sa tête. Elle se rassura immédiatement ses cheveux étaient revenus.

— Oui, il était très inquiet », répondit maternellement Debby Dandridges. Lea avait beau scruter le regard de la mère de David, elle était incapable de remonter assez loin pour voir la tête qu'elle avait en arrivant.

« J'ai de la chance d'être tombée sur vous », répondit Lea dans un élan de sincérité.

Debby continua, heureuse d'aider la fille de son amie : « Je suis médecin, tu le sais, tu peux me faire confiance et tout me dire. Je t'ai fait une prise de sang tout à l'heure, j'aurai les résultats dans un instant... »

Ces mots éclairèrent la jeune magicienne sur son état. Son déséquilibre, cette sensation de manque à l'intérieur d'elle-même ne pouvaient venir que de ce prélèvement. Elle l'avait assez entendu répéter à son père, les magiciens ne perdaient par leur sang. Leur coagulation parfaite et leur peau rapidement cicatrisante évitaient tout danger d'hémorragie. La moindre goutte manquante modifiait leur équilibre.

« Tu veux voir David ? Il est à côté. Il a eu la gentillesse de te prêter sa chambre.

— Surtout pas, madame Dandridge », fit-elle avec ferveur.

Une lueur d'incompréhension attristée passa dans les yeux de la doctoresse.

« Bon, repose-toi encore un peu. On avisera ensuite. Il faudra sans doute contacter la police », dit-elle en refermant la porte derrière elle.

La jeune magicienne, paniquée, voulut se lever, mais le sol manqua sous ses pieds. La pièce tanguait. Elle l'ignorait, mais Rodolpherus aurait pu lui expliquer précisément ce qui lui arrivait : la fabrication d'hémoglobine, pour compenser la perte de la prise de sang, se faisait au détriment de l'eau interne de son corps. Ce conflit interne au métabolisme des magiciens ayant perdu de leur sang, lié à l'obligation de réguler un taux d'eau et de sang qu'ils ne pouvaient régénérer qu'en buvant l'eau des puits magique, donnait au magicien qui le subissait l'impression d'être ivre.

Elle voulut se houspiller, gagner l'armoire, pour emprunter de quoi s'habiller et s'enfuir. Elle ne put que se traîner au pied du lit, et retomba, la tête lui tournant. Elle réussit néanmoins à ouvrir la fenêtre.

Elle n'avait pas entendu qu'on avait poussé la porte. Deux bras se refermèrent doucement sur elle.

« Lea... qu'est-ce que tu fais ? fit une voix bien connue, tendre et douloureuse.

— Laisse-moi, David. Il faut que je parte. »

Sa voix manquant de fermeté trahissait son inquiétude.

« Lea, je suis tellement désolé. Marietta ne m'a pas lâché pendant des mois, et comme je n'avais aucune nouvelle de toi...

— C'est ça, je m'en vais deux jours, et tu me remplaces.

— Plus de seize mois, tu veux dire ! Sans un SMS, rien ! »

Dans l'entrée, un portable sonna.

« Oui ? fit la voix de Debby, très fort... Évidemment, que tu peux me parler... Qu'est-ce qu'il y a ? »

David voulut la presser de nouveau contre lui mais la jeune Dolce, décidée à fuir, lança un bras vers le chambranle de la baie ouverte. Elle voulut se faire basculer. Son poids l'emportait. La peur s'empara d'elle et la seule main qui la tenait encore à la fenêtre décrocha.

David la saisit immédiatement et la ramena doucement vers le bord pour la faire revenir contre lui. Terrifiée, elle se laissa faire.

Le jeune homme la serra contre elle. Son cœur se stabilisa immédiatement.

Dans le couloir, Debby avait repris :

« Tu es sûre de n'avoir pas mélangé les prélèvements ? C'est complètement incroyable. »

Délicatement, David l'écarta de lui pour la faire asseoir sur le lit. Elle baissa la tête et fit un effort pour ne pas pleurer. Si jamais une larme éclatait avec ses images animées, elle ne trouverait pas la force de la justifier. Il se mit à genoux pour que leurs deux visages soient à la même hauteur.

Dans le couloir, on n'entendait plus rien.

« Dans quelques jours, dit à voix basse David en la regardant dans les yeux, on joue sur scène, dans le cadre des festivités d'Halloween. J'aimerais bien que tu sois là. »

Le cœur partagé entre la joie et la colère, Leamedia n'eut pas à répondre. La porte de la chambre venait de s'ouvrir fermement sur Debby, suivie de Bob son mari. La mère de David semblait bouleversée.

« Lea. Il faut qu'on parle. Peux-tu m'expliquer pourquoi la laborantine qui a analysé ton prélèvement prétend que c'est celui d'un bébé de deux mois ? »

Leamedia, la tête ballante, le regard vide, ne répondit rien.

« En vingt ans de carrière, je n'ai jamais vu ça, Lea. Il faut que je fasse un nouveau prélèvement. »

« Non ! » cria la dernière des Dolce.

Les Dandridge échangèrent un bref regard entre eux, étonnés par l'angoisse perceptible dans le ton déchirant de l'adolescente. Debby, décontenancée, la raisonna.

« Je comprends que l'on n'aime pas les piqûres, même à ton âge, mais avec un peu de crème cicatrisante, tu ne sentiras rien.

— Elles n'auraient pas consommé des substances ? interrogea Bob, le psychiatre, un sourcil levé, tourné vers son beau-fils.

— Cela m'étonnerait, Antonius est contre, ajouta David.

— Mais Leamedia n'est pas son frère. Tu devrais appeler ses copines, par acquit de conscience.

— Quoi qu'il en soit, fit Debby, très inquiète et se sentant responsable de la fille de son amie, il faut pousser les examens. »

Leamedia ne savait plus quelle attitude adopter. Son corps en déséquilibre ne répondait plus précisément. Elle était perdue, se sentait acculée. Elle se laissa glisser au sol, baissa la tête et se replia sur elle-même, éprouvant le sentiment d'être devant un tribunal. Les personnes totalement bienveillantes qui l'entouraient allaient-elles se révéler ses pires ennemis ?

« Je vous en conjure ! Non ! » eut-elle encore la force de supplier.

Elle ne maîtrisait pas sa magie, n'entendait plus les autres penser, et n'arrivait même plus à réfléchir, mais elle était certaine d'une chose : un nouveau prélèvement la tuerait.

Elle se sentit de nouveau perdre conscience. Son corps serait livré au bon vouloir de la plus bienveillante des doctoresses.

II

« Il te faudra choisir un jour. »

La voix enveloppa Rodolpherus de la suavité d'une caresse et de la vigueur d'un coup de griffe calculé pour toucher au plus juste.

Comme chaque nuit, isolé dans l'observatoire qu'il s'était bâti tout en haut de la modeste demeure à flanc de colline, le magicien s'attardait derrière sa lunette astronomique, l'œil rivé à l'objectif. Rien ne l'arrachait jamais à ses inlassables recherches, ni l'aspect charmant du village d'Usuki, peuplé de statues de Bouddha sous un mince croissant de lune, ni le murmure frisé que chantait la mer du Japon sur la grève. Tout juste si, au lever du soleil, avant d'aller détendre son mètre quatre-vingt-dix sur la couche qui jouxtait la cloison, il s'autorisait un regard ému aux sources d'eau chaude fumant le long des chemins, habillant le point du jour d'un mystère chaud et rassurant, ou aux samouraïs, installés nombreux dans ces environs, qui travaillaient leur souplesse et leurs prières, dans des gestes d'une harmonie précise et admirable, près des maisons de bois sur pilotis.

Il ne découvrit la forme féline, aux gestes d'une suprême élégance et d'un brûlant érotisme, que lorsque celle-ci, dans un mouvement dansé avec une extrême lenteur, fut proche à le frôler, oscillant près de sa hanche et de son épaule, qui devinrent brûlantes. L'épaisse et soyeuse chevelure d'ébène composait une cascade éphémère et onduleuse jusqu'à mi-cuisse.

« De quoi veux-tu parler ? », balbutia-t-il embarrassé, les joues en feu, sans pouvoir totalement contrôler les réactions de son corps. En même temps, il levait les yeux vers Dianaka.

À chaque fois, son visage lui causait une émotion profonde. C'était une beauté japonaise, aux traits fins et délicats, à la peau claire et onctueuse, qui attirait même la lumière à elle. Ses yeux en amande, qui avaient la particularité d'être couleur de saphir, son sourire à peine marqué, hypnotique, équilibraient harmonieusement un visage qu'aucun peintre n'aurait osé reproduire, de peur de l'altérer. Le pendentif qui plongeait entre ses seins délicats et ornait son ventre, petite vasque en or blanc chapeautée d'un opercule de pierre, avait bouleversé Rodolpherus la première fois qu'il l'avait découvert : tous les magiciens portaient le même, durant leurs cent premières années ; il contenait le cheveu blanc de leur décoiffage, et Rodolpherus n'en avait plus jamais vu exhiber qu'à sa propre famille, depuis près de soixante ans. À sa connaissance, les cinq Dolce étaient les derniers magiciens sur terre... En 2012... En 1923 ils étaient encore dignement représentés. C'est en prononçant cette date que la belle Japonaise avait accueilli le magicien juste après le tremblement de terre.

Depuis, Dianaka l'avait assisté en tout, sans sourciller ni jamais protester, comme l'épouse nippone qu'elle se promettait de devenir. Ne s'étaient-ils pas connus enfants, aux dires de la jeune femme, et n'avaient-ils pas été promis l'un à l'autre alors qu'ils étaient deux tout jeunes adolescents, dans les années 1890 ? En retrouvant Rodolpherus, malgré le temps écoulé, en 1923, elle ne l'en avait pas moins identifié. Le magicien, âgé de plus de cent cinquante ans, en faisait à peine quarante ; quant à sa compagne, c'était une ravissante femme qui paraissait dix-sept ans, bien qu'elle en eût davantage, comme magicienne. C'est grâce au dévouement de celle-ci qu'il avait pu construire l'observatoire, ainsi que l'indispensable atelier, non loin de la route Zéro, à l'extrémité de Kyushu, la plus méridionale des îles japonaises, là où le sable était le plus fin.

« Tu aimes donc tant te baigner ? » lui avait naïvement demandé Dianaka. Rodolpherus s'était contenté de sourire. Le sable était indispensable à la fabrication du verre, base des instruments qu'il entendait produire, pour l'atelier situé dans la partie la plus basse de la petite maison étagée sur la colline, et qui complétait l'observatoire. En son centre figurait une imposante machine, qui impressionnait les visiteurs et à laquelle Rodolpherus consacrait presque tout son temps. Entre les deux, un étage médian était réservé à Dianaka et à la vie commune. Dianaka y avait installé une chambre, et une large pièce, partiellement découverte, faisait office de salle à manger. La magicienne y recevait ses connaissances et ses alliés. Dans ces cas-là, Rodolpherus contraignait sa taille et accentuait la fente de ses paupières, tout en atténuant la proéminence de son nez.

« Le plus intelligent des magiciens ne saisirait-il pas le sens de mes propos ? », fit-elle, une nuance à peine plus rauque dans la voix.

Elle arborait un voile noir et gris qui laissait deviner sa silhouette sans la marquer et avait adopté une coiffure et une teinte de cheveux corbeau qui évoquaient de manière troublante Melidiane, l'épouse tendrement chérie de Rodolpherus depuis tant d'années. Dianaka avait dû scruter ses pensées : son attitude, son regard soutenu, jusqu'à ses traits subtilement altérés suggéraient le souvenir de la fille de Melkaridion. Sa jambe, avec la légèreté d'une aile, se souleva et un pied d'une mignonne délicatesse, deviné sous la longue tunique, se posa sur le dernier barreau de l'unique chaise de bois de la pièce, où était assis le magicien. La soie fluide s'écarta, dévoilant jusqu'à l'aine le galbe parfait d'une cuisse à la peau légèrement hâlée. Le vêtement hésitait, au bord de l'indécence.

Jamais elle ne l'avait mis à pareille épreuve. Dianaka savait certes jouer avec son corps et manipuler celui des autres, et dès le début elle avait exercé sur lui ses charmes, amusée de repousser toujours plus loin ses résistances. Rodolpherus, plus d'une fois, avait été sollicité de céder à la séduction qu'exerçait la Nippone, en dépit de la légendaire possessivité de son épouse, mais succomber à une créature aussi délicieuse n'avait pas traversé l'esprit du magicien : nulle autre femme que Melidiane n'avait eu le privilège de le voir dans son plus simple appareil. Mais cette nuit toute ambiguïté était écartée, et c'était une femme sûre de son pouvoir et décidée à briser ses ultimes résistances qui le toréait dans une arène saturée de sensualité, où même le fait de respirer parcourait son corps de mille sensations, en dépit des mini-détonateurs qui éclataient de toute part dans son crâne à la pensée du châtiment qu'il aurait à endurer lorsque sa femme scruterait ses pensées, lors de la joie des retrouvailles. Mais l'affolement qui résultait des conséquences prévisibles de ce qui était sur le point de se produire, au lieu de le ramener à lui, acheva de lui faire perdre la tête.

« Non... », supplia-t-il d'un ton qui avouait le contraire.

Dans un geste d'une souveraine douceur, les yeux plissés, la jeune femme fit glisser sa cuisse près de la gauche du magicien.

« Ou vous cédez tout de suite, ou vous céderez dans quelques minutes. Quatre-vingt-huit années vous séparent de votre ancienne vie. Un éloignement d'un siècle n'est-il pas suffisant pour accepter de se livrer à l'extase ?

— Un siècle, c'est cent ans », observa stupidement Rodolpherus, qui se débattait encore et multipliait les exploits de négociation interne pour calmer ses nerfs et rester détendu.

Les fines lèvres cerise s'approchèrent de son visage.

« Sois mien désormais », fit-elle d'une voix qui était comme une volupté liquide, s'insinuant par le cornet de son oreille le long de tous ses nerfs et les faisant chanter.

À cet instant, venu du seuil, un timbre fluet et grinçant, qui évoquait l'humilité impérieuse d'un subalterne dévoué, en même temps que la gêne, fit :

« Senseï ? Je vous prie modestement de m'accorder une minuscule seconde de votre très précieux temps.

— Oui ! » gémit Rodolpherus, s'arrachant au prix de mille morts au délicieux coma dans lequel il s'apprêtait à sombrer.

L'atmosphère brûlante de la pièce s'ouvrit comme un rideau, l'encerclement était rompu. Dianaka, parfaitement soumise sous sa tunique retombée en plis gracieux sur sa silhouette stylée, se tenait maintenant, les mains jointes et le buste légèrement incliné, en retrait de la chaise du magicien. Celui-ci, se secouant, franchit d'un bond la pièce.

Le minuscule individu qui se tenait debout, courbé et fatigué, les yeux rivés sur l'extrémité de ses chaussures poussiéreuses, à l'entrée de l'observatoire, offrait trois petites choses dans la paume ouverte de ses mains.

« Je suis désolé et plein de honte de faire irruption à cette heure tardive. Ma seule excuse, s'il en est une, pour cette impardonnable indélicatesse est que vous m'avez commandé de vous remettre absolument sans délai, dès mon retour, ce que vous aviez demandé. »

Il lui tendit les précieux objets, s'inclina très bas, et se retira à reculons de plusieurs pas. Avant de tourner les talons, il fit une pause, s'inclina à nouveau, et ajouta :

« J'espère qu'une grande satisfaction sera tirée de ce modeste échantillon. »

Rodolpherus, bouleversé, toute pensée amoureuse maintenant envolée, regardait avec une émotion grandissante les petits tubes opaques, scellés, qu'il maniait avec précaution. La sensualité qui avait empli la pièce l'instant d'avant venait d'être balayée, comme une brume rêveuse chassée par un grand coup d'air venu du large. Une excitation d'un tout autre genre avait pris sa place.

Il s'agissait d'échantillons de pluie collectés à New York.

On était au début de l'été 1924. Un an s'était presque écoulé. Le premier de ses trois émissaires était de retour, après de longues semaines de périple.

Dès sa première rencontre avec Dianaka, alors que la terre résonnait encore de sa furie, la jeune magicienne l'avait troublé par sa beauté, mais aussi par ses révélations.

Elle avait pris le temps de lui confectionner un vêtement, un long kimono noir bordé de gris, comme si elle l'attendait depuis toujours. C'était le cas.

« Vous n'avez rien de plus moderne, et discret ? osa Rodolpherus.

— En 1923, à Yokohama, tel est le style usité. »

En guenilles et presque nu après le séisme, elle ne s'était nullement détournée, le temps qu'il ajuste son vêtement, profitant durant quelques secondes encore de la nudité qu'il offrait bien malgré lui.

« Évidemment, il est composé de fibres de plantes cueillies sur la route zéro », le renseigna-t-elle. Il l'avait su aussitôt : le tissu faisait corps avec son propriétaire, et avait adopté une teinte plus bleutée, conformément aux préférences de Rodolpherus. Il s'était allongé d'une coudée, aussi, pour cadrer avec la haute stature du magicien.

« Il serait opportun de brider vos paupières et de rapetisser d'une bonne vingtaine de centimètres », fit son troublant mentor.

Ses yeux en amande, soutenus par la ligne noire de ses cheveux coupés à la perfection juste au-dessus de son regard, donnaient à son visage une forme envoûtante, un triangle parfait. La courbe partant de son épaule jusqu'à ses hanches semblait avoir été dessinée d'un trait de maître. Ses jambes infinies semblables aux tiges d'une rose sans épine effleuraient à peine le sol.

Rodolpherus, le temps d'un regard, sentit le trouble l'envahir.

« Rapproche-toi toujours de celui que tu crains. » L'enseignement de Melkaridion résonna en lui. Quelque chose l'avertissait qu'il devait se méfier de cet être à la perspicacité suspecte. Sentant cette tension, elle lui sourit.

« Si mon désir était de vous nuire, j'aurais profité du séisme pour vous attaquer. Je me nomme Dianaka. C'est Anademe, votre père, qui m'a prénommée ainsi.

— Vous connaissiez mon père ? demanda-t-il, du ton le plus détaché qu'il put.

— Oui. Et vous aussi. C'est une longue histoire. Si nous faisions quelques pas dans les rues ? »

Rodolpherus restait muet. Il aurait voulu posséder les pouvoirs de son épouse, interroger le regard de l'autre, y retrouver les images, tous ces instruments d'intrusion dont il était privé.

« C'est un privilège souvent féminin. » Elle lisait dans son esprit, ce qui, le temps d'une respiration, agaça le magicien. Il se mit à chantonner « *Yesterday* » dans sa tête pour brouiller les impulsions électriques de sa pensée. C'était un truc vieux comme le monde, que pratiquaient les jeunes magiciens. Dianaka esquissa un sourire.

« Jolie chanson.

— Ils ne sont pas encore nés. »

La magicienne ne cacha pas son intérêt à la réponse qu'il venait de faire.

« Je comprends maintenant. Vous n'auriez pas pu vieillir si vite. J'ai aussi remarqué que vous ne portiez plus votre pendentif, ce qui signifie que vous avez plus d'un siècle et que nous n'avons plus le même âge. Pour cela il vous a fallu voyager dans le temps. Aucun de nous, ici, ne maîtrise encore ce secret.

— Je vais être honnête avec vous. Moi non plus. C'est mon premier voyage. Depuis longtemps, je n'avais pas vu porter ce pendentif par d'autres magiciens que les membres de ma propre famille, avoua-t-il.

— Nous sommes encore nombreux dans notre contrée », fit-elle, une ombre d'inquiétude passant sur son front pur. « Trois familles complètes gèrent le sud de Fujisan. La Guilde blanche est majoritaire dans notre région, mais la cité d'Hakoné, gardienne du Fujisan, a été gagnée par la Guilde noire depuis la rébellion de Satsuma en 1877. Saigo Takamori a exterminé beaucoup des nôtres. Plus de trente mille samouraïs ont péri durant cette bataille. Ils garantissaient notre liberté. Même après cinquante ans, le pays s'en remet à peine... Malheureusement, nous n'aurons pas le dernier mot. Nous battre a causé trop de passages vers la sorcellerie. » Un silence pesant suivit le constat de la magicienne. Rodolpherus ne pouvait lui dire à quel point elle était dans le vrai.

« Votre lucidité vous honore, mais elle est pénible à entendre », se contenta-t-il de remarquer.

Ils marchaient tous les deux, aux portes de la ville où elle l'avait emmené. Les plaintes sourdes des blessés alignés le long du chemin accompagnaient leur tournée médicale. Le claquement sur le pavé des *geta*, ces sandales en bois que portaient tous les Japonais, rythmait leur promenade. Les rizières d'un vert vif coloraient les rives de manière uniforme. Les jonques déambulaient lentement au gré d'un vent absent, laissant le temps décider des choses. Le chaos n'était presque plus. Les stigmates des maisons effondrées jonchaient leur parcours, mais une quiétude étonnante regagnait l'endroit.

« Vous ne vous souvenez donc pas de moi ? Nos familles se fréquentaient beaucoup quand nous étions enfants. »

Rodolpherus fronça les sourcils. Non seulement il possédait une mémoire parfaite, comme tous les magiciens, mais ses innombrables lectures avaient fait de lui un érudit hors pair, au savoir plus qu'encyclopédique. Rien de ce qu'il avait vu, vécu ou lu ne se perdait. Aurait-il pu oublier un souvenir le touchant de si près ?

« Vous savez que les clans s'unissaient par consentement mutuel... » Par pudeur, elle ne continua pas son explication, mais Rodolpherus saisit immédiatement l'allusion. Elle et lui avaient été promis l'un à l'autre. C'était ainsi que la guilde fonctionnait autrefois.

« Je vous ai reconnu aussitôt. Je vous attends depuis toujours. Notre différence d'âge n'est pas un obstacle », murmura-t-elle, les paupières délicatement baissées.

Comment pouvait-elle ignorer l'existence de Melidiane, si elle scrutait les pensées du magicien ?

« Mon père était le garant de la carte des puits. Il est vrai que nous parcourions le monde, j'étais si petit », fit-il prudemment.

Il cherchait des images de ses premières années, mais peu lui venaient, curieusement. Il conservait une sensation facile et presque trop linéaire de cette période. Il se souvenait de nombreux voyages, mais d'aucune aventure particulière. La terrible scène d'avril 1906 où il avait vu son propre père le dévisager, le regard vide, sans le reconnaître, avant de tomber sous la balle du meilleur ami de Rodolpherus, Guileone, semblait avoir occulté les années de la prime enfance, qui se floutaient d'une nébulosité opaque quand il voulait les approcher. Certes, il avait jusqu'alors contourné cette partie de sa mémoire, pour éviter de souffrir. Mais maintenant qu'il essayait de retrouver une image distincte, comme il devait en être capable, les mêmes journées revenaient en boucle, les mêmes goûts, les mêmes visages.

La conjonction se fit instantanément avec un fait troublant survenu peu après leur fuite récente de New York, mais avant la descente dans le puits. Melkaridion, son père adoptif et le maître de sa jeunesse, lui avait conté l'histoire de Sissenia, magicienne qui avait été la seconde épouse de son père Anademe et qui avait procuré à Rodolpherus sa formation initiale, lui transmettant la totalité de son savoir. Mais nulle trace de cet épisode de sa vie, pourtant si fondamental, ne figurait dans les souvenirs du magicien échoué au Japon.

Une évidence troublante naquit au fond de sa conscience, si dérangeante que Rodolpherus défaillit, sous l'effet d'une émotion dévastatrice. Nerfs, muscles, veines, tissus, moelles, plus rien n'échappait à ce vertige qui le priva temporairement de sa coordination parfaite. Il bascula vers l'arrière sans réagir. Son crâne aurait heurté l'arête tranchante du quai qu'ils longeaient si la main ferme et effilée de la magicienne n'avait fermement saisi son bras pour le ramener vers elle. Il revint à lui.

« On dirait que vous êtes attiré par l'eau, en ce moment, plaisanta, tendue, la magicienne. Quand sa mère est morte, c'est nous qui avons recueilli votre sœur.

— J'ai une sœur ? », fit-il stupéfait. Son équilibre semblait difficile à tenir. Il attribua cette nouvelle défaillance aux émotions qui se succédaient pour lui. Son malaise grandissait. Il demeurait incapable de le contenir. Il chercha où s'asseoir. Il transpirait de manière abondante, ce qui chez les magiciens restait exceptionnel et même dangereux, puisqu'ils ne pouvaient se réhydrater comme les humains ordinaires.

« C'est vous qui lui avez donné son nom. Fille de Sissenia, la seconde épouse d'Anademe, elle n'est que votre demi-sœur et se nomme Adeliande. Je suis désolée, dit-elle sincèrement.

— Ce n'est pas vous, soyez rassurée. »

Pourtant, elle avait suivi pas à pas la montée des questions dans le cerveau de Rodolpherus, qui s'irrita de cette intrusion. La magicienne le perçut.

« Je vous prie de m'excuser », s'inclina-t-elle, avant de s'écarter de quelques pas. Pour prouver sa soumission et sa bonne volonté, elle se mit à chantonner un air doux et mélancolique, aux accents prenants. Ainsi occupée, elle ne pourrait explorer l'esprit de son compagnon. Le mari de Melidiane apprécia cette discrétion bienvenue. Ce qu'il entrevoyait était tellement considérable, que les fondements de son savoir lui paraissaient vaciller.

Pour la première fois, il affrontait avec une courageuse lucidité une évidence si énorme qu'il l'avait jusqu'à présent manquée.

Pourquoi Anademe l'avait-il regardé, dans la foule du village tenu par la Guilde noire ?

Pourquoi dévisager son fils et nul autre, si sa mémoire, comme Rodolpherus l'avait toujours cru, s'était enfuie en cet instant où il venait de tuer un homme, se sacrifiant pour sauver Melkaridion ? Pourquoi, sinon parce qu'il savait pertinemment que s'il mourait sous ses yeux, son fils éviterait durant toute sa vie de se rappeler son enfance pour ne pas souffrir ?

Tout convergeait : Anademe, son père, avait sciemment maquillé la première partie de sa vie. Pour quelle raison ? On ne pouvait effacer la mémoire, seulement la disperser, la masquer. Le cerveau comportait autant de connexions neuronales qu'il existait d'atomes dans l'univers. Il devait donc pouvoir reconstituer ses souvenirs d'enfance.

Une autre pensée, non moins troublante, traversa le cerveau du magicien. Jusqu'à quel point son père n'avait-il pas tout contrôlé ? Bien plus qu'un sacrifice, la mort d'Anademe devenait tactique. Rodolpherus vit avec une aveuglante clarté ce qui avait été occulté jusqu'à présent : un secret était lié à ses années d'enfance, si terrible ou dangereux qu'Anademe avait pris soin de sceller sa mémoire juste avant de partir.

Debout sur le quai de Yokohama, où les blessés les plus graves étaient évacués par bateau, sa jeune compagne continuait sa chanson triste et douce, décidée à respecter son for intérieur, il prit enfin conscience qu'il incarnait sans le savoir l'une des clefs de la lutte contre la Guilde noire, plus encore qu'il ne l'avait jamais soupçonné, plus que n'importe quel autre Dolce, peut-être. Son allure discrète, sa vie, son éducation, tout l'amenait à s'effacer en permanence. Ce dessein avait été travaillé sciemment par Anademe et achevé par Melkaridion.

Quelle était donc cette incroyable révélation qu'il possédait en lui ?

Trop fatigué pour trouver une réponse cohérente, il observa ses mains rougies.

Durant dix jours, sans jamais dormir, faisant reposer les parties de son corps successivement, il avait opéré des centaines de personnes, pansé des milliers de plaies, soutenu activement le moral des innombrables martyrs d'un territoire endeuillé, créé un véritable hôpital de campagne en transformant des arbres abattus, en densifiant le sol, en filtrant l'eau d'un ruisseau voisin grâce à des plantes, et en introduisant une circulation d'air dynamique interdisant la stagnation des bactéries. Le flux magique était puissant en ces terres, encore largement peuplées de magiciens. Un exercice sans contrainte de la magie y était possible. Ainsi, la toiture du bâtiment était composée d'une vigne vierge que d'innombrables témoins avaient vue pousser à une vitesse défiant l'entendement.

Le Japon avait connu le pire tremblement de terre de son histoire. Le 1er septembre 1923 resterait gravé dans les mémoires nippones comme une date noire. Rodolpherus pensait à Fukushima... l'histoire ne faisait que bégayer.

La main délicate de Dianaka s'était posée sur l'épaule de Rodolpherus.

« Notre empereur aimerait vous recevoir », lui dit Dianaka dans un sourire d'une bonté parfaite. Son esprit s'adoucit en parcourant ce corps sans stigmates, cette peau sans blessure, ce visage sans tourment.

« Il y a encore beaucoup de malades à soigner, objecta-t-il, en se détournant.

— J'ai réuni assez de médecins et de chirurgiens pour vous suppléer. Du matériel a été apporté. »

Elle saisit son bras pour l'entraîner vers une calèche. Chemin faisant, Dianaka lui avait appris la situation du pays. De nombreux temples avaient été détruits. Celui de Miyajima en fait partie.

« La porte de l'éveil ? » se rappela Rodolpherus.

Tous les magiciens connaissaient ce lieu symbolique, porte majestueuse posée sur les eaux, qui offrait dans son axe une arrivée inoubliable sur un temple en bois, à fleur d'eau, aux reflets orangés. L'île de Miyajima abritait l'un des cent puits magiques. Le plus profond. Rodolpherus savait que le lieu avait disparu dans le tremblement de terre de 1923.

« Le temple abritait le premier grimoire », répondit-elle.

Rodolpherus s'arrêta, comme foudroyé par cette information. Dianaka respecta son émotion, elle connaissait la portée de ses paroles.

« Nous avons pu le sauver », ajouta-t-elle.

Il ne l'ignorait pas : le grimoire avait été épargné, puisque c'est celui-là même que Melkaridion avait pu contempler à New York lors de son exposition en juin 2011, avant qu'il ne soit volé. Ce qui le bouleversait était que l'énigme de sa propre présence au Japon en 1923 était enfin résolue. Melkaridion avait dû abriter le premier livre à Miyajima vers la fin du XVIIIe siècle, peu après le supplice de Lancelia, sa mère. Non, le hasard n'existait pas. Le plus vieux des Dolce avait bien fait les choses. Miyajima et son temple se trouvaient dans la baie d'Hiroshima, à quelques kilomètres de la ville qui serait le théâtre de la plus horrible catastrophe que le Japon allait subir. Rodolpherus savait que dans vingt-deux ans, le 6 août 1945, la première bombe atomique exploserait ici même. Plus rien ne subsisterait. Le grimoire n'avait aucune chance de résister au déluge de feu, à moins d'avoir été déplacé... Rodolpherus venait de comprendre pourquoi il se trouvait ici.

Il aida Dianaka, qui avait scrupuleusement respecté sa méditation en chantonnant un air ancien, à grimper les trois petites marches en bois qu'un soldat avait disposées, pour s'installer dans la voiture aux armoiries de l'empereur. Le cocher fit claquer son fouet.

En attendant l'audience impériale dans une antichambre aux murs recouverts de soie bleue, dont les étroites fenêtres laissaient entrevoir des jardins d'une sérénité parfaite, Dianaka, penchée vers lui, avait murmuré :

« C'est un immense honneur d'être ainsi convoqué.

— Je ne l'ignore pas. Que connaît-il de notre guilde ?

— Assez pour qu'une multitude de conseillers essaie de nous exterminer. Il semble que le vingtième siècle n'admette plus les valeurs ancestrales. On nous traite de charlatans, de comploteurs, ou de sorciers.

— Quelle ironie...

— C'est pourquoi nous sommes entrés par une porte dérobée. Cette entrevue n'est pas officielle. »

Elle lui fit signe de se taire. Un panneau, à peine visible dans l'épaisseur de la cloison, venait de pivoter, et un serviteur courbé en deux les invitait à entrer. Tous deux s'inclinèrent pour pénétrer dans la salle de l'empereur.

Parmi les boiseries sombres, cerclées d'or, et les panneaux de soie rouge ondulant au-devant des nombreuses fenêtres, Taisho Tenno se tenait assis dans un immense fauteuil de velours de même couleur. Arborant son uniforme noir constellé de décorations, il regardait droit devant lui. Son chapeau, orné d'une plume ébouriffante, était posé sur une petite table ronde à la droite du fauteuil.

Rodolpherus, en érudit, connaissait le protocole nippon. Il ne devait ni parler, ni soutenir le regard du souverain.

Les yeux au sol, le magicien sentit l'homme en mauvaise santé. Il percevait son isolement comme sa détresse. Son immense fatigue se trahissait par des signes physiques perceptibles pour lui, rougeurs masquées par un maquillage trop blanc, yeux bouffis, cernes appuyés, un grain de peau épais, autant d'indices d'une lassitude évidente face à la maladie. Quatre guerriers vêtus de leur armure aux mille reflets veillaient à chaque coin de la pièce sur la sécurité de l'empereur, semblables à des statues tant leur immobilité était parfaite. Debout derrière celui que les Japonais assimilaient à un dieu, se tenait, simple et solennel, un petit homme mince et juvénile, que Rodolpherus reconnut pour être le prince Michi. Son assurance, la fermeté de ses traits, sa démarche assurée quand il s'avança vers eux, disaient assez qu'il était déjà celui qui dirigeait le pays, décidait, régnait. Rodolpherus ne put empêcher un instant d'émotion quand celui qui deviendrait l'un des plus grands empereurs du Japon, Hiro-Hito, s'arrêta devant lui pour le saluer.

« Votre présence ici est un honneur. Votre rôle au sein de notre empire dans ce terrible moment de douleur a été héroïque. »

Il fit une brève pause. Une voix dans sa tête, au même moment, fit écho :

« Votre retour à mes côtés est une douce récompense à la patience que votre père m'a enseignée. Il doit être fier de vous. »

Il sentit Dianaka vibrer, un pas en retrait de lui.

Le prince continua : « L'empereur vous offre l'hospitalité à jamais. Vous êtes désormais citoyen du Japon selon les lois de Royaume. Tout homme vous traitant de Gaijin sera puni et condamné. »

Rodolpherus approfondit la courbe de son dos pour marquer qu'il appréciait à sa valeur l'honneur qui lui était accordé. Aucun étranger avant lui n'avait eu ce privilège.

Le régent poursuivit son allocution.

« L'érudit, l'homme de science et le médecin que vous êtes se voit accorder le droit de consulter la bibliothèque sacrée de Nara sans restriction aucune. » Sur ce dernier mot, le futur empereur claqua des mains. Une jeune servante accourut prestement, profondément inclinée, portant un rouleau scellé qu'elle déposa dans les mains du magicien.

Le régent regagna sa place : l'entretien était terminé.

Les deux magiciens, en se retirant, n'échangèrent pas un regard. Lui comme elle savaient ce que le privilège de la bibliothèque signifiait. L'empereur comme son régent connaissaient le statut de Rodolpherus et de Dianaka. Devant ses quatre maîtres de guerre, la moindre allusion à la magie était impossible. Un pays misant sur le développement moderne et l'excellence ne pouvait se permettre de sympathiser avec les valeurs qui animaient la Guilde blanche. Malgré plusieurs familles influentes, la magie faisait partie du monde des fables pour les cartésiens de la nouvelle classe politique nippone. Mais Taisho savait ce qu'il devait aux magiciens, son fils également. Ouvrir les portes de la bibliothèque impériale revenait à leur indiquer clairement : « Mettez le grimoire en lieu sûr à Nara. »

Moins de trois heures plus tard, ils embarquaient dans le port de Shiba sur une jonque de mer dont le bois verni reflétait comme un miroir les vaguelettes. Longer les côtes japonaises jusqu'au port de Tsu, à une journée de cheval de Nara, semblait le plus raisonnable. Les routes restaient impraticables, voire dangereuses : la Guilde noire pouvait avoir eu vent du transfert, comme l'avait fait observer Dianaka, et les territoires traversés étaient peu sûrs.

La magicienne avait laissé Rodolpherus gagner seul le port. C'est une jeune femme sublimement élégante qui le rejoignit sur le pont, d'une démarche ondulante, un petit paquet entouré d'un simple linge blanc sous le bras. Le magicien avait admiré dès le début la jeune femme, mais il n'avait pas encore mesuré la séduction qu'elle était capable de déployer. Pour la première fois, il comprit que son épreuve ne faisait que commencer et il maudit Melkaridion. En contrebas du château arrière de la jonque avait été ménagée une couche surmontée d'une toile tendue accrochée en trois points.

« C'est très intime, commenta en s'allongeant langoureusement dans les coussins, Dianaka, qui ne cachait plus sa volonté de reconquérir l'homme qui lui avait été promis autrefois.

— Trop », répondit laconiquement Rodolpherus, embarrassé.

La magicienne lui tendit le précieux paquet.

« Parlez-moi de mon passé », fit-il, sans accepter le don.

Le visage de la jeune femme marqua la surprise.

« J'en ai besoin. Mon esprit ne se détachera pas suffisamment de ses préoccupations si vous ne me dites pas tout ce que vous savez. Après seulement, je serai capable de recevoir un tel objet. »

Ce que Dianaka lui avait dit, ce jour-là, avant qu'il ne prenne en main le grimoire, le brûlait encore d'une évidence poignante. Il ne serait plus jamais le même.

Puis, il avait reçu l'objet entre ses mains. Rodolpherus se souvint de l'émotion de Melkaridion en apprenant que le livre serait exposé au public. Il savait désormais qu'il contenait le deuxième secret : la fabrication du démon. La transformation de Guileone, dans le puits, témoignait combien la Guilde noire avait progressé sur cette sinistre technique : la force et les pouvoirs de son ancien ami démontraient qu'il maîtrisait la deuxième énigme.

« Ça va ? » lui demanda Dianaka. Rodolpherus ne répondit pas, il savait que la magicienne explorait déjà son cerveau. Il doutait. La Guilde noire avait mis la main sur le grimoire, sans préciser où elle l'avait trouvé. Le livre avait été transféré de Londres mais rien ne stipulait l'origine de la découverte. Les méandres du temps. Changeait-il le passé, ou le construisait-il ? Dianaka sourit.

« Vous vous demandez s'ils le trouveront à cause de vous, ou s'ils ne le trouveront pas grâce à vous ?

— C'est exactement cela. Je ne sais pas si je change l'avenir ou si je fabrique celui que j'ai déjà vécu. » Rodolphcrus sourit. Le hasard n'existait pas.

En enlevant le linge qui recouvrait l'ouvrage que leur adversaire s'approprierait plus tard, il ne put se défendre d'une profonde admiration. Le cuir de la couverture semblait provenir d'un autre monde, vigoureux, puissant, équilibré. Il le caressa et ne fut pas surpris de constater que cette peau répondait en se détendant. L'épaisseur de la structure était étonnante. Il n'avait jamais vu l'animal à qui appartenait ce cuir, mais il devait être aussi impressionnant que gigantesque. La paume à plat sur la couverture, il sentit sa chaleur se diffuser dans le livre. L'ouvrage bougeait imperceptiblement, comme s'il respirait.

Il saisit entre le pouce et l'index l'épaisse protection et découvrit la structure étonnante du papier. Ses yeux lui permettaient de voir que la fibre de chaque feuille se devinait au travers de la texture, comme une nervure, une peau plus mince, un corps ou un être vivant. Il savait que les pages étaient rédigées dans un sabir, un mélange de langues, qui ne formait un texte complet qu'au prix de la possession des trois grimoires et de leur superposition.

« Je me demande si un jour je serai témoin d'un tel événement, dit-il en supputant, rêveur, la réaction de ces trois peaux réunies.

— Est-ce souhaitable ? » suggéra Dianaka, qui contemplait l'objet et l'énergie qui s'en dégageait.

La remarque dénotait une sagesse inattendue chez une aussi jeune magicienne.

Il s'intéressa au texte. Même si, dans le sabir qui le

constituait, était encodé, de manière lisible, le deuxième secret, à condition de disposer d'une clef minimale de lecture, aucune des séquences n'était déchiffrable en soi. Toutefois, en les parcourant des yeux, il sentit une réelle incidence sur son cerveau. Le grimoire était une clef. Chaque signe lu indiquait un chemin, un son, un écho. Les formes manuscrites éveillaient en lui des sensations, comme s'il possédait de quoi les décoder. Il s'attardait sur chaque lettre. Même incompréhensible, ce langage était fait pour lui.

Le visage de son père envahit son cerveau d'un seul coup, puis celui de sa mère.

« Evrena... »

Il prononça son nom sans même s'en apercevoir. Il percevait le visage de la disparue dans une brume de souvenirs, comme si sa mémoire s'évadait en plein brouillard. Rien n'existait plus autour de lui, ni le temps, ni l'espace. Il voyageait en son intérieur.

Volontairement, il s'attarda moins longtemps sur les signes. D'autres images apparaissaient sans le captiver entièrement. Il maintenait une distance avec cette sensation. Les visions étaient moins nettes mais chaque signe engendrait un fragment du passé, pas seulement du sien propre, mais d'une histoire beaucoup plus vaste. Il vit Lancelia, la mère de Melkaridion, découper une peau large, extrêmement épaisse. Deux jeunes enfants l'aidaient, son fils et Anademe. Ils ne devaient pas avoir plus de dix ans d'aspect... Mais quel âge cela signifiait-il, pour un magicien, à cette époque ? Les deux pré-adolescents pouvaient totaliser à eux deux trois ou quatre cents ans, si les images dataient des temps pré-modernes. Il vit ensuite son père assis sur un tabouret devant un pupitre, écrivant avec minutie sur des feuillets caractéristiques. Rodolpherus assistait à la fabrication du grimoire, il s'en rendit compte en s'absorbant dans cette image. Il savait qu'il perdrait à nouveau toute notion du temps en procédant ainsi, mais le trait que son père, enfant, était en train de tracer, l'intrigua. Plus il approchait de la feuille, plus le vertige le gagnait. Il distingua enfin ce que le travail représentait. Il s'agissait de son propre visage. Anademe dessinait le visage de Rodolpherus, des siècles avant sa naissance.

Comment cela était-il possible, sinon en voyageant dans l'avenir ? Lancelia, Melkaridion et Anademe maîtrisaient le temps à la perfection. Les révélations pleuvaient sur lui comme de véritables lumières. Il renouait avec les siens et retrouvait son histoire. Son père avait enfoui une partie de ses propres souvenirs dans les trois livres ! Rodolpherus sentit une ivresse émotionnelle le gagner.

Puis, tout s'évapora en une fraction de seconde. Son état second se dissipa.

« Rodolpherus ? »

La voix de Dianaka, légèrement angoissée, le ramena à la réalité. Il était allongé à même la couche. Le ciel, très noir, menaçait.

« Pardon, durant quelques secondes, j'ai... »

Elle l'interrompit :

« Voilà plus d'une heure que j'essaie de vous réveiller ! Que s'est-il passé ? ajouta-t-elle doucement, consciente qu'il venait de subir une épreuve.

— Le grimoire, les signes... Ils me parlent. »

À ce moment, un heurt terrifiant avait ébranlé la jonque. Les matelots galopaient sur les ponts. Un deuxième choc fit trembler le bâtiment dans toutes ses structures. Rodolpherus tenait à peine sur ses jambes, encore hanté par son voyage dans le passé. Il ne savait plus où commençait la réalité extérieure.

« Nous sommes attaqués ! » hurla Dianaka, debout à la proue.

Au moment où un troisième coup titanesque éventrait la coque, il serra le grimoire sur son cœur et courut vers Dianaka, tandis que la jonque s'inclinait rapidement, prenant l'eau. Elle se mit à basculer par l'arrière pour s'abîmer. Au moment de se jeter à la mer, ils virent le reflet de la lune éclairer un œil entre les eaux, environné d'une peau noire aussi lisse que parfaite.

« Une orque !

— Elles sont trois », corrigea Dianaka.

Son regard croisa celui de Rodolpherus. Les trois tueurs paraissaient obéir à une volonté commune, guidés par des consignes. Les sorciers les plus puissants maîtrisaient le langage animal, mais personne auparavant n'avait rapporté que de tels mammifères marins se conduisent en véritables tueurs.

Le bateau sombrait rapidement, tandis que l'un des trois prédateurs bondissait pour le coup de grâce, comme une ombre plus noire sur le ciel presque entièrement obscurci. Les deux magiciens n'avaient pas le choix. D'un geste vif, Rodolpherus plongea, avant que la carcasse du bateau n'explose en miettes sous le poids de l'agresseur.

Sous l'eau, ils devinrent des petites proies. Rodolpherus avait palmé ses mains, pour gagner en mobilité, mais il dut lâcher le grimoire, qu'il aperçut s'enfonçant doucement vers les profondeurs : l'une des orques s'apprêtait à le saisir entre ses mâchoires. Le magicien voulut sauver l'objet précieux en allongeant un coup de pied foudroyant dans la gueule du monstre. L'impact dégagea une telle force, que les deux adversaires s'éloignèrent l'un de l'autre de plusieurs mètres. Le livre, libéré, coulait vers les abysses. Il voulut plonger. Mais Dianaka, en difficulté, s'enfonçait à son tour. Sa tête avait été heurtée par l'un des mâts au moment de leur plongeon, et l'épuisement de la lutte avait eu raison d'elle. Non loin, le plus gros des trois épaulards s'apprêtait à lui briser les reins.

Rodolpherus choisit Dianaka. Il réussit à soustraire la jeune magicienne à son assassin, puis fonça à la vitesse d'une torpille vers les côtes, ondulant tel un dauphin entre deux eaux, là où la glisse était optimale. En sûreté sur la grève, il déposa la Nippone, inconsciente, sur les galets. Le corps de la jeune femme s'abandonnait, comme si le profond désir de celle-ci s'exprimait dans ce moment violemment intime. L'air, le vent, les bruits, tout invitait à l'apaisement. Il ne sentait ni danger ni menace. Que du désespoir. Il avait certes sauvé la magicienne, mais le précieux grimoire était perdu.

Pas entièrement toutefois. Il tira de la poche de poitrine de son kimono un feuillet plié. La double page, détachée pendant la bataille, était en sa possession. Il la déploya. Son œil s'éclaira d'émerveillement. Pour la première fois de sa vie, Rodolpherus regardait la carte complète des cent puits. Le trésor était au moins aussi important que le second secret.

Un sourire se dessina sur ses lèvres. Le hasard décidément n'existait pas.

Il regarda les étoiles pour noter avec exactitude à quel endroit il se trouvait, en calculant sa position stellaire. Puis observa attentivement l'endroit d'où il venait. Il serait aisé pour un scientifique de sa trempe de calculer la dérive du livre suivant son poids, les courants et la profondeur de l'endroit. Les entrailles de l'océan formaient finalement la meilleure des cachettes.

Rodolpherus voyait clairement désormais la ligne de conduite à suivre. Le voyage à Nara n'avait désormais plus d'objet. Pour commencer, il lui fallait se rapprocher d'un site offrant un sable exceptionnellement fin. C'est ainsi que Dianaka et lui s'étaient installés, depuis octobre 1923, à Usuki sur l'île de Kyushu.

Le sable entrait dans la composition du verre, indispensable à la réalisation des optiques capables d'équiper un observatoire perfectionné, ainsi qu'à la confection d'un matériel de laboratoire de base.

Le temps, allié naturel des magiciens, lui paraissait interminable. Il se sentait prisonnier mais savait que la tâche qu'il devait accomplir ne pourrait se faire que d'ici. Il y consacrait tout son temps, même si parfois quelques mages nippons passèrent saluer le héros du tremblement de terre. Il commença par bâtir sa demeure, à l'aide du bois de la route ancestrale, qui se travaillait comme nul autre, sans avoir à recourir aux clous ni aux marteaux. Savoir parler aux conifères suffisait. Sa connaissance de la terre et de la géologie lui avait permis d'extraire un peu d'or, que recelait la roche alentour, pour financer ce qu'il ne pouvait fabriquer.

Il avait compris depuis longtemps que la lumière véhiculait des images insondables, mais n'avait réussi à modéliser l'art de les observer qu'en 2011. Quelques jours plus tard, les Dolce quittaient Brooklyn en catastrophe, sans qu'il ait eu le temps de mettre en pratique cette manière subtile de voir, aussi précisément que si un film en avait été pris, le passé le plus lointain.

Mais ses travaux sur le potentiel de la lumière permettaient d'autres applications. Désormais en possession de la carte des cent puits, qu'il ne montra jamais à personne, pas même à Dianaka, il entreprit de cartographier le

labyrinthe des canaux qui retenaient dans un flux inces-
sant l'eau des origines. Parfois enfoui à des dizaines de
kilomètres sous terre, d'autres fois affleurant presque,
chaque puits communiquait avec les autres. Le sens
des flux permettait de définir plusieurs zones : les premiers accès, les voyages profonds, les accélérateurs et
les circonférentiels. Ces derniers, conduites naturelles
géantes, proches de la surface, correspondaient à la
route Zéro, qui leur devait son existence. Bénéficiant
des vapeurs engendrées par cette eau souterraine d'une
richesse séminale, la végétation et la faune développaient
leurs luxuriances au sol, permettant à l'œil exercé de la
repérer. Certains de ces tunnels aquatiques formaient
des vrilles, que Rodolpherus interpréta dans un premier
temps comme des accélérateurs de flux, comme il les
nomma. Cela expliquait que certains voyages changeaient le temps suivant la direction que l'on prenait.
La vitesse exponentielle de ces anneaux surpassait celle
de la rotation de la terre : en tournant en sens inverse,
l'on pouvait revenir en arrière dans le temps.

« Fabuleux », pensa Rodolpherus. Quand il fut certain de sa trouvaille, il calcula sur la carte le nombre
d'anneaux qui séparaient le puits duquel il était sorti
de celui d'où il provenait. Quatre-vingt-huit années.
Plus le labyrinthe vous ramenait dans le temps, plus
le nombre d'anneaux s'avérait énorme, et plus le tube
s'amincissait. Rodolpherus se souvenait de s'être senti
confiné à la fin de son périple.

Il supputa ensuite la trajectoire des autres membres
de sa famille pour établir l'époque à laquelle ils étaient
arrivés. Seules quatre destinations s'avéraient envisa-
geables : Yokohama fut éliminée. Restaient Londres,
Paris et New York. Pour ces deux dernières villes, les
magiciens devaient parcourir la totalité des labyrinthes,
ce qui prendrait, selon une hypothèse moyenne, plus
de quatre cent cinquante jours, c'est-à-dire seize mois.

Au lieu de voyager dans le passé, ceux-là anticiperaient sur l'avenir.

À partir de là, il se lança dans la réalisation de l'appareil qui allait prendre place dans le laboratoire, en bas de la maison sur la colline. Entièrement réalisé à base de matériaux provenant de la route Zéro, il comportait un cylindre aussi grand qu'une capsule spatiale. Une tubulure de verre partait de son sommet pour aboutir à une sorte d'alambic géant installé à proximité, dans lequel flottait un liquide bleu roi. Un très long serpentin en roseau reliait la lunette optique de l'observatoire et le cylindre de l'atelier. Constitué de petits cercles réguliers d'une vingtaine de centimètres de diamètre, il donnait de loin l'impression que les trois niveaux de la demeure étaient reliés par un ressort géant.

En parallèle, et à l'aide de la lunette astronomique qu'il avait réalisée, il étudiait chaque lumière nocturne d'étoile. Il en cherchait une assez proche, dont le rayonnement ne mettait pas plus de six cents ans à venir scintiller dans la nuit terrestre. Quand enfin il la trouva, il bloqua définitivement son objectif dessus afin de capturer sa lumière.

Il fit alors venir trois hommes sûrs, recrutés par Dianaka.

Celle-ci le secondait avec dévouement. Elle avait pris à cœur, depuis leur aventure maritime, d'épouser ses moindres desseins. Elle avait toujours été séduite par Rodolpherus, mais désormais elle était une femme amoureuse.

Elle avait assisté à la réalisation de la machine du laboratoire, puis elle le vit fabriquer un papier au grain d'une finesse extrême, et à la transparence quasiment parfaite. Il l'épaississait progressivement au fur et à mesure des semaines jusqu'à obtenir une opacité complète.

« Quel est l'usage de ces feuilles et de cette machine ?

— Elle permettra de jouer avec le temps, Dianaka. »

La réponse subjugua la Japonaise. Rodolpherus ne se refusa pas le plaisir de lui expliquer :

« Quand la lumière d'une étoile nous parvient au bout de six siècles, il suffit de rediriger son flux lumineux sur un endroit pour observer ce qui s'y passait, par exemple six cents ans auparavant. En inversant le cours de la lumière à l'aide d'un miroir, tu n'accèdes plus au passé, mais à l'avenir. Le dispositif que j'ai construit doit accomplir cela. Il ne restera plus qu'à filtrer cette lumière pour ajuster l'époque à observer. C'est le rôle des feuilles. Plus mon filtre est précis, plus je peux choisir le temps que je veux explorer.

— Mais à quoi servira l'eau de pluie ? »

Elle évoquait les émissaires qu'elle avait fournis à Rodolpherus. Ce dernier les avait envoyés dans chacune des trois villes où se trouvaient les autres Dolce, afin qu'ils en rapportent des échantillons d'eau pluviale provenant de sites aussi nombreux et espacés que possible au sein de chaque cité. Les extraits recueillis seraient enfermés et transportés dans des récipients opaques et imperméables, afin qu'ils ne soient jamais exposés à aucune autre lumière, puis rapportés à Usuki.

« L'eau a la capacité d'enfermer les images, comme l'attestent les larmes des magiciens, où figurent des scènes douloureuses. En exposant ces échantillons à la lumière des étoiles, je compte observer ce qui se passe dans la ville d'où ils proviennent au temps que j'aurai choisi. »

Avec le retour du premier émissaire, le moment crucial était venu.

Rodolpherus s'était préparé à ce moment, savait filtrer au jour près et connaissait précisément la quantité d'eau nécessaire. Délaissant Dianaka, il installa la boîte qui provenait de New York dans un verseur mécanique qui distillait les gouttes automatiquement. Le filet d'eau se mit à couler dans le serpentin de roseau qui menait au cylindre installé dans le laboratoire. Il savait que le processus d'accélération de l'eau prenait plus d'une minute. Il positionna rapidement le miroir de sa lunette optique pour que la lumière de l'étoile repérée des semaines plus tôt s'oriente exactement sur la seule ouverture que le cylindre possédait. Enfin il installa fébrilement les filtres nécessaires pour observer la période automnale de l'année 2012. Dianaka le vit redescendre si vite qu'elle ne put même pas lui adresser un mot. Il s'était déjà enfermé dans le cylindre maintenu à température.

À l'intérieur, la chaleur ambiante commençait à monter. Quand la vapeur se formait et qu'elle touchait la toiture en verre opaque du cylindre, des gouttelettes se formaient jusqu'à tomber à nouveau et se transformer encore en vapeur. Le processus était sans fin, laissant le temps nécessaire pour explorer le lieu et l'époque voulus. Le seul éclairage provenait de la petite ouverture que renvoyait la lumière filtrée de la lunette optique. Rodolpherus vit apparaître autour de lui l'Empire State Building, la lueur jaune des taxis, Central Park, et enfin les passants, ce flux humain continu dont la ville faisait sa sève. L'odeur, les bruits, toutes les sensations s'avéraient perceptibles. Cette immersion lui donnait un sentiment d'ivresse dont il se délectait sans mesure.

Quand il ressortit, des heures avaient passé. L'aube ne tarderait plus. Dianaka, désormais glacée autant qu'elle s'était montrée brûlante lorsqu'elle était venue à lui dans l'observatoire, au début de la nuit, souffrait. Il la prit doucement par la main, et l'invita à le remplacer dans le cylindre, où le cycle de formation de la vapeur se poursuivait.

« J'ai pensé que tu aimerais voir cet appareil fonctionner. »

Au point du jour, elle quitta la machine, bouleversée. Elle y était entrée en colère, frustrée comme l'est une femme, même une magicienne, dédaignée. L'homme qu'elle aimait lui préférait des objectifs lointains, des spéculations abstraites. Tous ces sentiments négatifs avaient provisoirement été absorbés dans la force de l'expérience qu'elle venait de vivre. Le spectacle auquel elle avait assisté la projetait près d'un siècle en aval, dans la ville moderne entre toutes. Remuée profondément par cette rencontre avec le futur, dominée par la science de son étrange compagnon, qui augmentait encore sa séduction, elle vint à lui, plus rayonnante du désir de s'unir à lui qu'elle ne l'avait jamais été.

« J'ai toujours pensé que la magie était plus forte que tout. L'intelligence la dépasse, s'inclina-t-elle.

— La magie n'est ni forte ni faible, Dianaka. Elle est un lien entre nous et les hommes, entre nous et la nature. La magie est une raison d'être, pas un instrument. »

La jeune magicienne se demandait-elle pour quelle raison précise Rodolpherus avait mis tant d'acharnement et de patience à construire son prototype ? Ce dernier, ne pouvant lire dans les pensées de sa jeune compagne, l'ignorait. Elle redoubla, si possible, d'efforts, cherchant à être parfaitement juste dans la séduction qu'elle exerçait, afin de le conquérir, mais son compagnon se fit plus lointain encore, si possible. Le deuxième émissaire « de la pluie », venu de Londres, était survenu une semaine après le premier, et avait été suivi le lendemain par le dernier voyageur. Rodolpherus, aux anges, explorait jour après jour le futur, modifiant les filtres du temps, quand il estimait l'opération nécessaire. Il savait que retrouver les siens n'était désormais qu'une question de jours.

Dianaka, qui fut presque trois semaines sans pouvoir, ne serait-ce qu'une fois, lui adresser la parole, le comprit aussi pour finir. Elle s'isola au niveau médian de la maison.

Quand le magicien eut réuni les informations dont il avait besoin, il s'installa à son bureau, saisit une plume qu'il avait taillée dans l'une des tiges de roseau, la trempa dans une encre qu'il avait confectionnée, enfin s'empara de cinq feuilles vierges fabriquées par ses soins. Elles ne ressemblaient en rien au papier qui servait de filtre. Plus épaisse, leur fibre d'origine était presque visible, comme celle d'un papyrus de l'Antiquité. Il écrivit cinq lettres. Leamedia, Antonius, Alvin Stenberg, Melidiane et Virginie Delondres en étaient les destinataires. Il prit un soin tout particulier à rédiger celle de sa femme qui se révéla de beaucoup la plus longue.

Il avait retenu celui des trois émissaires qui était arrivé en dernier : à ses yeux, le moins rapide devait être le plus prudent. Il lui confia les cinq missives.

« Tu devras veiller à ce qu'elles arrivent au moment voulu, et à l'endroit voulu. Toi et tes enfants en avez la charge. Je t'offre ma maison en échange de ce service. Tu y trouveras dans le premier tiroir de mon bureau suffisamment d'or pour élever les tiens et tenir ta promesse. » Le Japonais donna sa parole, ce qui signifiait, ici et en ces temps, bien plus qu'un contrat.

Plus rien ne retenait le mari de Melidiane, sinon une tâche qui lui parut plus difficile que l'ensemble de ses travaux japonais.

Il pénétra dans la partie médiane de la maison. Dianaka, étendue dans la chambre qu'elle s'y était attribuée, dormait totalement, sans qu'aucune parcelle de son être ne reste en éveil, repos luxueux que les magiciens s'accordaient rarement. Il observa durant quelques secondes la sublime dormeuse. Il se revit, sur la jonque, écoutant ses révélations qui devaient définitivement modifier la perception qu'il avait de lui-même, tandis que les côtes nippones glissaient vers le nord. C'était juste avant qu'il n'ouvre le premier grimoire.

« Votre père avait la charge, pour la guilde, d'établir la stratégie de protection des puits, comme vous le savez sans doute. Il vous emmenait partout, vous expliquait chaque raison de son combat, de son travail et de son

159

rôle. Il fut, avec Melkaridion, le dernier à bénéficier de la transmission orale de Lancelia, la fille de Merlin. »

Du bateau, on pouvait apercevoir certaines forêts côtières fumant encore des feux provoqués par le tremblement de terre.

« Comme fils du premier, adopté ensuite par Melkaridion, toute la guilde mondiale sait que vous êtes l'héritier unique de toute notre histoire. Curieusement, vous seul semblez l'ignorer. »

La magicienne japonaise avait frappé juste et fort. Rodolpherus, de nouveau, s'affrontait au paradoxe de sa mémoire personnelle perdue, à lui qui était sans conteste l'un des érudits les plus accomplis que la Guilde blanche eût engendré.

Son travail personnel commençait ici et maintenant.

Dianaka, comme une simple humaine endormie, murmura dans son sommeil et se retourna, dans un mouvement adorable. Elle était femme accomplie et jeune fille à la fois, exactement comme Melidiane à son âge. Quel âge avait celle-ci en 1923 ? Une petite soixante-dizaine d'années tout au plus, elle finissait sa période physique d'adolescence. Elle était superbe, avec ses cheveux plus noirs que le néant. Ses courbes s'affinaient, ses seins s'affirmaient, la femme en elle s'annonçait sublime. Elle était aujourd'hui à la hauteur de ses promesses. Le magicien esquissa un sourire à l'idée de la revoir bientôt.

Un jour, il devrait résoudre l'énigme que la belle dormeuse avait formulée, peu avant la nuit où le premier émissaire était revenu de New York.

« Pourquoi vous opposer à la volonté de votre père ? S'il a souhaité que nous unissions nos destins, c'est qu'au-delà des sentiments la raison en est impérieuse. »

Rodolpherus ne pouvait objecter qu'il ne se souvenait pas d'un tel pacte : il savait désormais qu'une partie de ses souvenirs d'enfance était occultée. Il ne s'agissait pas seulement du séjour au Japon, mais de tout ce qui avait trait à Sissenia, dont Melkaridion lui-même attestait l'existence.

Intelligemment, Dianaka avait poussé son argumentation :

« S'il a confié à ma famille l'emplacement du grimoire, c'était pour vous conduire jusqu'à moi. La Guilde noire aurait-elle eu vent du projet de notre union, qu'elle aurait tout fait pour me détruire. Anademe s'est employé à nous épargner avec une grande efficacité. »

Qu'est-ce que celui-ci avait bien pu manigancer ?

Il quitta la maison en courant d'un rythme régulier. Des centaines de kilomètres le séparaient du puits magique par lequel il était arrivé. Il allait enfin retrouver son temps et les siens. Là et seulement là, il découvrirait si son plan avait fonctionné.

Avant de regagner l'année 2012, il ferait une halte en 1994 dans un orphelinat de l'Illinois pour être sûr que l'Histoire se répéterait bien une seconde fois... La carte des puits qu'il conservait sur lui servirait de guide.

Il n'emportait, en abandonnant la maison qu'il avait partagée avec Dianaka, qu'une besace légère. Les fioles venues de Paris et de Londres étaient vides. Seul un récipient de New York contenait encore un peu de liquide.

III

1

« Je voudrais avant tout remercier la guerre, la maladie, les pandémies, le cancer et le sida, les accidents nucléaires, les pesticides, la pollution, les accidents de la route, le tabac, l'alcool, les catastrophes naturelles et les tueurs en série... Sans eux, notre population connaîtrait une augmentation incontrôlable, ingérable et dangereuse. Grâce à eux, nous développons chaque année une économie de la sécurité, de l'angoisse et de la peur. Quel État industriel aujourd'hui pourrait raisonnablement se passer du pire pour faire croire au meilleur ? »

En direct sur la célèbre chaîne américaine CBS, à l'heure de plus grande audience, le directeur de la Fondation 18, Guilcone, connu publiquement sous le nom de Virgil Hecate, exhiba une dentition parfaite.

Le cameraman regarda vers sa régie, pas vraiment certain des propos qu'il venait d'entendre. Sur le plateau, le journaliste politique censé titiller le patron de la Fondation 18 en fit autant et, pour une fois, ne trouva rien à répliquer.

Virgil Hecate avait remplacé, un an auparavant, le sémillant Demetrius Torque, le directeur historique de la célèbre association caritative, qui s'était bâti une réputation en donnant du travail et un toit aux mal-logés, disparu dans des circonstances énigmatiques, son corps n'ayant jamais été retrouvé. Son remplaçant affirmait un style tout aussi énergique, sans concession à la rhétorique précautionneuse que déployaient d'habitude les puissants. Il ne dédaignant pas l'art de provoquer et les émissions de télévision se l'arrachaient. Mais c'était la première fois qu'il dérapait aussi lourdement.

« Un suicide politique en direct », commenta le réalisateur de l'émission, à qui le producteur demandait s'il fallait couper l'antenne. « Surtout pas. »

Pour accentuer l'effet, le technicien zooma sur le visage de l'invité. L'intensité de son regard aimantait l'attention des cadreurs, si bien qu'aucune caméra ne filma la question du journaliste, qui n'en finissait pas de se ressaisir.

« Vous avez conscience du caractère pour le moins extrême de vos propos ? » Guileone esquissa un mouvement de cils amusé, puis se pencha imperceptiblement vers l'avant pour convaincre.

« Que diffusez-vous sur vos antennes ? Des thrillers, des séries policières, des films d'horreur, des téléréalités assassines et violentes, des jeux où chaque équipe doit se trahir et détruire, sans compter vos journaux basés sur le terrorisme, la menace et l'angoisse. Vous êtes la pierre angulaire de mon discours, le vecteur même de cette puissance économique qu'est la peur. Vous avez raison, c'est par vous que j'aurais dû commencer. » Le journaliste attendit désespérément une aide de son directeur d'antenne, mais l'oreillette resta muette.

« De là à remercier... ce que vous avez dit !

— N'est-ce pas la seule manière de me faire entendre ? Si je ne scandalise pas, je n'existe pas. Un mort n'intéresse plus. Une guerre ne captive l'opinion qu'une semaine tout au plus. Alors, que pèse une simple phrase ! Avant, il fallait penser, puis il a fallu communiquer, maintenant il faut exister dans les médias. »

Virgil Hecate garda sa position légèrement penchée vers le journaliste pour appuyer sa démonstration. Puis, en silence, il se réinstalla confortablement dans le fauteuil club réservé à l'invité. Le silence embarrassé de son vis-à-vis validait sa théorie. Ce dernier se racla la gorge pour reprendre de l'aplomb et continua :

« Il est pourtant de notre devoir de lutter contre les fléaux. »

Virgil Hecate aimait les combats rudes, mais son sparring-partner manquait tant d'envergure que l'ennui se lisait sur son visage.

« L'homme lutte depuis l'éternité contre les maux de notre société, sans jamais parvenir à les éradiquer. Il serait temps de changer de tactique. Soyons efficaces, trouvons un compromis. Ce qui n'est plus interdit excite moins les convoitises. Le contrôle est bien plus rentable que le combat. Soyons donc pragmatiques et remercions ce qui nous fait vivre. Vous comme moi. » Le journaliste ne chercha pas à creuser davantage sa tombe, et dans un silence glacial changea de sujet.

« Vous venez de remporter le marché de l'administration dans plus d'une quinzaine de pays, en dehors des États-Unis, cela veut-il dire que maintenant tous les services publics seront délocalisés en sous-sol ? »

Virgil Hecate répondit du tac au tac.

« La pollution n'est plus contrôlable, nous sommes définitivement condamnés à la subir. Alors, si nous voulons un service efficace et de qualité pour accompagner ce qui sera le plus grand flux migratoire que l'humanité ait jamais connu, il faut que tout l'encadrement soit prêt avant toute chose. Nous y travaillons. »

Le prompteur indiquait trente secondes, le journaliste posa les yeux sur le bas de sa feuille pour poser la dernière question prévue.

« Les élections présidentielles vont avoir lieu dans quelques jours, vous avez un favori ?

— Je me moque des rendez-vous électoraux. Si les politiques détenaient la moindre parcelle de pouvoir effectif, nous le saurions. Je préfère l'action à la représentation. Le banquier du futur président est bien plus puissant que le président lui-même.

— À propos de banque, la fondation finance-t-elle les républicains ou les démocrates ?

— Les deux. »

Aucune émotion ne se manifesta, ni dans sa voix ni sur son visage. Le journaliste, ébranlé par la réponse, bredouilla plus qu'il ne parla avant de formuler une dernière question :

« Et quel est votre propre banquier ? »

Dans la régie, le réalisateur afficha un sourire.

« C'est pile la bonne question, ce con se prend pour le roi du monde. Zoom sur lui. » Le plan cadra son visage au plus près. Virgil Hecate prit le temps de répliquer, affichant un sourire plein de morgue.

« La fondation se finance elle-même. »

Moins de dix minutes plus tard, le directeur de la Fondation 18, qui avait renvoyé sa secrétaire avec la limousine de fonction, arpentait le large trottoir de la 5ᵉ Avenue. Le pas conquérant, l'allure despotique, il dévisageait avec blandices les personnes qu'il croisait. Il éprouvait un sentiment de puissance inégalée. Il marchait au-dessus de son royaume. Sous le bitume qu'il foulait d'un pas régulier, les sous-sols se creusaient, s'aménageaient, et se finissaient, afin d'engloutir ces innombrables anonymes. Le secret ne servait plus à rien. La Guilde noire s'apprêtait à régner sur le monde, après avoir construit un immense empire financier et industriel, grâce à l'instrument qu'était la Fondation 18. D'abord simple association qui rachetait des immeubles en déshérence pour les rénover moyennant des aides publiques et une main-d'œuvre bon marché, à qui un logement à loyer très modique était assuré en échange, elle avait bâti au cours des vingt dernières années un empire financier considérable et pesait des milliards, désormais, que ce soit dans l'industrie, l'agriculture, les télécommunications, et les médias. Sa sphère d'influence s'étendait aux affaires publiques, à la culture, à l'urbanisme, au logement et à la santé publique.

En moins d'un siècle, profitant du chaos provoqué par

les deux dernières guerres mondiales, la Fondation 18 n'avait eu de cesse d'infiltrer tous les organismes stratégiques de la planète.

Virgil Hecate savourait cette patience, qui à l'échelle de sa caste ne représentait qu'un temps très relatif. L'éternité devenait envisageable, enfin. L'ombre depuis laquelle ses dirigeants orchestraient leurs basses manœuvres s'était maintenant dissipée. Agir au grand jour et dévoiler ses pensées donnait au maître de la guilde une perception infinie du champ des possibles. Il ne souriait plus, il riait pratiquement, engouffrant l'air frais de novembre dans sa gorge caverneuse.

C'est ainsi qu'il pénétra dans le hall gris au béton ciré de la fondation, un immeuble qui occupait presque tout un bloc dans la 34e Rue.

« Je descends au laboratoire, dites à Debs d'aller dans mon bureau et de m'attendre », fit-il à l'adresse de la cheftaine des hôtesses qui trônaient, toutes aussi sculpturales les unes que les autres, derrière la banque d'accueil.

« Mais, monsieur Hecate, le capitaine est déjà arrivé. Il a insisté...

— Plus tard, vous ai-je dit, fit le directeur avec impatience, tout en continuant son chemin.

— Permettez-moi... Il a dit que vous voudriez être informé aussitôt... »

L'ascenseur réservé à la direction venait de s'ouvrir à son approche.

« C'est au sujet de l'opération Dolce ! » fit dans un petit cri l'hôtesse, qui avait trottiné dans son sillage.

Virgil Hecate empêcha d'une main les portes de se refermer sur les reflets imperceptiblement bleutés de son costume en cachemire noir.

« Répétez-le ! » Une lueur ironique et démoniaque jouait dans sa prunelle.

« Oui... Ce sont les mots du capitaine, l'"opération Dolce". »

Au lieu de descendre vers les profondeurs, la cabine s'éleva vers le dernier étage de la Fondation 18. La pièce, terminée par une impressionnante baie vitrée, occupait l'angle du bâtiment, offrant une vision panoramique sur le sud de Manhattan et les élévations de l'Empire State Building. L'imposant bureau d'ébène supportait le poids d'un simple écran. Ni stylo, ni dossier, ni clavier, ni souris : rien que cette large plaque de verre presque translucide. Hecate se laissa tomber dans le fauteuil pivotant garni de cuir épais et son regard se posa sur la toile qui occupait à elle seule le mur anthracite. L'œuvre, signée Francis Bacon, représentait un pape hurlant. Les yeux, comme la bouche, le fascinaient. La douleur avait croisé son peintre. Il savourait, dans cette contemplation, l'une des dernières molécules d'humanité qui résistaient en lui.

Il appuya sur une touche de son téléphone portable. « Sue ? Faites venir Debs. »

En entrant, le capitaine ne se mit pas au garde-à-vous, mais l'esprit y était. Sa belle prestance paraissait chétive, comparée à la stature de colosse de son vis-à-vis.

« Notre cellule de veille a enfin relevé des mouvements, après seize mois révolus, fit-il en tirant nerveusement sur la manche droite de sa chemise, sans réussir à dissimuler un petit tatouage caractéristique.

— Bien, capitaine, fit Virgil Hecate, en s'adossant largement à son fauteuil et en joignant le bout des doigts. Je vous écoute. »

Il plissait les yeux, mais on sentait, sous l'élégant costume, la puissante musculature rouler, comme chez un fauve prêt à la détente fulgurante du bond.

« Virginie Delondres a été retrouvée à Paris.

— Virginie qui ? fit Hecate, fronçant un sourcil.

— Delondres, la fille de Philippe Delondres, un professeur d'histoire retraité. L'auteur des carnets. Il avait compris l'activité de la fondation, et qu'elle et la Guilde noire – il prononça le mot avec une révérence

170

appuyée dans la voix – ne faisaient qu'une seule et même organisation.

— Et vous l'avez... saigné, inélégamment. Je me rappelle. Un ami des Dolce. La fille était la jeune humaine qui accompagnait les Dolce dans le puits, c'est cela ? N'avait-elle pas fui avec eux ?

— Exactement. Elle a été retirée de la Seine et amenée aux urgences de l'Hôtel-Dieu, à Paris. L'ambassade a aussitôt référé au central fédéral, pour faire remonter des informations.

— Très bien, Debs. Nous contrôlons les communications internes aux services de sécurité, n'est-ce pas ?

— Comme tout le réseau de téléphonie et de transmission, puisque le contrat entre la Fondation et les États stipule que nous sommes en charge du renouvellement et de l'entretien des infrastructures, via notre filiale F18.

— Bien, Debs. Très bien, même » fit Hecate, affichant une jubilation que son subordonné n'avait pas l'habitude de lui voir. Ce dernier inspira largement, prit un air avantageux pour continuer :

« Les agents de l'ambassade venus prendre en charge la rescapée.

— Elle est un otage de premier ordre. Ne la laissez pas filer. »

Hecate, ses mains énormes et anormalement musclées griffant les accoudoirs, ses veines saillant d'une pulsation bleue, avait imperceptiblement avancé dans son assise. Sa voix était anormalement douce. Debs ne put s'empêcher de reculer de quelques pas.

« Stenberg est à Paris.

— Alvin Stenberg ? le cingla Hecate.

— Oui. J'ignore comment cela s'est fait, mais il a été aussitôt sur le site. »

L'onde de rage refluait, laissant place à l'esprit de calcul.

« Stenberg à Paris, pour l'occasion... Il devait être averti. Ils restent très forts, Debs. Et vous ne l'êtes pas assez. Vous êtes mauvais, capitaine. Je n'aime pas les gens non performants. Que pouvez-vous me dire de mieux ?

— Le sauveteur de la jeune fille est un jeune américain en résidence à Paris, mais qui a déclaré une adresse inexacte.

— Ainsi, le gamin est à Paris... Il y a toutes les chances qu'il se rapproche du puits situé dans la capitale française. Par chance, nous en connaissons l'emplacement. » Il fixa son subordonné. « Alertez nos équipes sur place. Plan rouge en vigilance maximale, autour des sites repérés. Vous tenez une chance de vous rattraper, Debs. Ne la ratez pas.

— Vous êtes trop bon, monsieur, fit humblement Debs.

— Réussissez, il n'y a pas d'autre alternative. Les Dolce sont désormais incapables de s'opposer à nos desseins, notre puissance est trop largement déployée, l'opinion publique est gagnée à notre cause, les gouvernants nous remercient de leur pourvoir solutions et moyens. Toutefois, moi et les instances supérieures de notre guilde souhaitons réduire les Dolce à néant. C'est une question, comment dire ? De principe et d'honneur. »

Son regard s'était détendu, son esprit manifestement voyageait dans le temps et dans l'espace. Debs, respectueux et inquiet, contint sa curiosité.

Après quelques minutes, Hecate revint au capitaine.

« Encore là, Debs ? »

Pour toute réponse, ce dernier tendit une enveloppe qu'il déposa sur le bois presque noir du bureau.

« C'est arrivé au *Brooklyn Daily Eagle*. Le bâtiment n'existe plus, mais le courrier suit.

— Adressée à Virginie Delondres, à ce que je vois ?

— Exactement.

— Et ?

— Plus personne n'utilise le papier de nos jours, sauf pour des cartes de vœux ou d'anniversaire. Mais on n'adresse pas celles-ci sur le lieu de travail d'une personne. Cela a attiré notre attention. De plus, c'est un papier peu courant, et l'encre est très ancienne, comme si la lettre avait été écrite et envoyée il y a des dizaines d'années, alors que Virginie Delondres n'a commencé à travailler dans ce journal qu'en juin 2011.

— Que contient-elle ?

— Nous ne l'avons pas ouverte, monsieur le directeur. J'ai pensé que vous aimeriez en prendre connaissance vous-même. J'espère avoir bien fait.

— Ne mendiez pas mon approbation, cela m'indispose, capitaine. Je verrai. À propos de papier, où en est-on de la liste pour notre zone géographique ?

— Nous détenons pour le moment une vingtaine de signatures, valant accord, maître. »

Ce dernier lut chaque nom avec précision, souriant quelquefois. Debs toussota.

« Oui Debs ?

— Si je peux me permettre... »

Il laissa sa phrase en suspens, attendant le verdict de Virgil Hecate.

« Permettez-vous », fit ce dernier, en accentuant son propos d'un geste du bras imité des empereurs romains.

« Je trouve dangereux de conserver une telle liste sur un simple bout de papier. À l'époque du numérique, pourquoi ne pas archiver tout cela dans un disque dur ?

— Rien ne remplace le papier, Debs. Sauf incendie, il survit à tous les bugs, informatiques et énergétiques. C'est finalement une matière on ne peut plus moderne. Nous avons poussé toutes les administrations, toutes les sociétés, et tous les foyers à numériser leurs données, ce n'est pas pour tomber dans le même piège. Quand le moment sera venu... *Switch off !* Nous couperons le courant assez longtemps sur cette planète pour que toutes les informations numériques disparaissent. Nous rayerons ainsi de la société la mémoire, la culture et l'information. Plus de références, sinon les nôtres.

En une génération, nous transformerons le peuple en bétail. Les étables sont presque terminées. Activez le mouvement.

— Nous espérons progresser rapidement.

— Il me faut du concret.» Il se dirigea vers Debs d'un pas ferme, se planta devant lui. «Pas d'approximations.»

D'un geste vif et précis, il porta sa main droite à la gorge de Debs et souleva l'imposant corps de son serviteur avec une facilité déconcertante.

«Quel âge a votre fils, Debs? lui demanda-t-il calmement.

— Dix-sept ans, répondit une voix à demi étranglée.

— C'est un âge suffisant pour entamer sa formation, n'est-ce pas?

— Je lui en ai déjà parlé, émit l'autre dans un gargouillis exténué.

— Parfait, Debs... Pour une fois.»

Il le relâcha comme une chiffe dont on se désintéresse et congédia d'un geste le capitaine suffoquant. Puis il se leva pour coller son front à la vitre. En bas, dans les rues, le fourmillement humain s'était un peu atténué. Une épaisse circulation, inaudible à cette altitude, alimentait encore les rues d'un ballet miniature éclairé par les lampadaires, où abondaient des taxis, comme des scarabées jaunes.

«Le spectacle de cette agitation ne me manquera-t-il pas?», fit-il rêveur.

Mais non. Il lui suffirait de descendre dans les sous-sols. Il se mit en devoir de lire la missive mystérieuse, qui était arrivée pour Virginie Delondres.

Il la relut longuement.

Puis il se dirigea vers l'ascenseur et entama la longue descente vers l'avant-dernier sous-sol du bâtiment. Les étages aériens s'occupaient de la communication, du marketing, de tout ce qui concernait les échanges avec le monde extérieur. Les sous-sols situés immédiatement sous le niveau de la rue étaient exclusivement dédiés à la direction de la Fondation : organisation, financement, recensement, planning. Plus bas encore, se traitaient les affaires intérieures et les questions afférentes aux intérêts de la Guilde noire. Le dessus et le dessous, l'ombre et la lumière ne feraient bientôt plus qu'un.

Quand les portes s'ouvrirent à nouveau, elles révélèrent un immense couloir. On était à l'avant-dernier sous-sol, juste avant la grotte obscure. Situé à plus de quatre-vingts mètres sous la surface, percé dans le socle de roches métamorphiques sur lequel était édifié Manhattan, cet étage constituait le niveau principal de communication, celui où la circulation serait la plus dense dans la nouvelle organisation de la planète. Cette plateforme communiquait avec toutes les autres couches. Comme une colonne vertébrale, elle partait du « Financial », où se trouvait Wall Street, pour s'enfoncer sous les collines de Harlem au nord. Assez profonde pour passer sous l'East River, elle filait sur la droite jusqu'à la marina de Brooklyn. Une autre branche partait de Central Park pour traverser le Bronx et le Queens, en connectant la première ligne de Brooklyn par une voie commune. La fondation s'était alignée, pour ce tracé, sur celui de la première ligne de métro new-yorkaise, hors de service depuis des années. Cette artère névralgique formait une ligne et un carré sur la droite selon les premiers principes urbains de Yona Friedman, cet architecte visionnaire du XXe siècle qui, au même titre que les maîtres de la Fondation 18, ne concevait l'utopie que comme projet. Toutes les grandes villes du monde étaient désormais prêtes, leurs sous-sols structurés comme celui de New York. Le modèle, en dehors de quelques cités compliquées comme Venise, avait été appliqué de manière identique au cours de trente années de travaux aussi secrets que profonds.

Virgil Hecate savourait la patience dont il avait fait preuve.

La faible clarté provenant de la lointaine surface par

des puits de lumière éclairait à la verticale les parois taillées dans la roche du sous-sol. Le sol avait été creusé en légère pente pour faciliter l'évacuation des eaux usées. La largeur impressionnante du corridor donnait le sentiment de se déplacer à l'intérieur d'un tunnel routier, où les pas du directeur sonnaient sur un rythme métronomique.

Perpendiculairement à cette artère majeure s'ouvrait un couloir réservé à quelques membres sélectionnés de la Guilde noire. Une console à même la roche scannait l'iris du visiteur, ses empreintes, son poids et son sang. L'impétrant posait ensuite la main sur une petite plateforme comportant une fine aiguille qui piquait la pointe de l'annulaire pour terminer le contrôle. Même le directeur de la fondation se soumettait à la procédure.

L'épaisse porte en verre dépoli du laboratoire s'ouvrit automatiquement à son arrivée, glissant dans une acoustique enveloppante. Elle révéla une débauche de technologie, sertissant le précieux trésor auquel était vouée la totalité de l'unité de recherche : un objet brun, rectangulaire, où d'aucuns auraient reconnu le grimoire dérobé au Metropolitan Museum de New York, plus d'un an auparavant, dans des circonstances jamais élucidées.

Scanners, bras articulés, caméras, robots manipulateurs, bac d'azote liquide, le tout connecté à une série d'ordinateurs puissants, aux écrans larges, et à des imprimantes spéciales, dressaient leurs silhouettes massives ou grêles dans les différents ateliers répartis sur le pourtour de la salle. Tout le fond de l'immense pièce était occupé par une plaque de verre digitale qui centralisait l'ensemble des informations par transparence. Chaque page du grimoire s'y trouvait numérisée. Une dizaine de scientifiques et de laborantins, vêtus de combinaisons blanches, s'activaient en silence parmi les appareils. À l'entrée du maître des lieux, le plus petit d'entre eux interrompit sa tâche et se dirigea vers lui. Son air bonhomme, sa tête ronde et ses cheveux hirsutes conféraient d'emblée une allure sympathique à ce cinquantenaire. Des tricheries, des usurpations de résultats et le détournement de fonds dédiés à la recherche avaient écarté ce scientifique d'une carrière pourtant prometteuse et engendré, malgré son potentiel scientifique, un être veule et servile.

« Professeur Grisme... quelle que soit l'heure à laquelle j'effectue mes visites, je vous trouve toujours à l'ouvrage. J'apprécie ce zèle. »

Tout en parlant, il ôta d'un geste sûr les deux lentilles teintées qu'il avait portées pour l'émission de télévision, afin de mieux scruter la plaque digitale, vers laquelle il s'était tout de suite dirigé. Ses prunelles révélèrent leur couleur entièrement rouge, comme si le sang affleurait juste derrière les pupilles. Le chercheur, habitué pourtant, ne put retenir un frisson.

« Quelles avancées ?

— Hélas, rien de probant. Au vu de nos tests, je dirais que, pour le moment, les cobayes sont concluants. Ils résistent, mais à chaque fois il manque un élément physique ou psychique. »

— Bref, vous piétinez, c'est cela ? » Le visiteur détourna son regard de la plaque de verre, pour le fixer sur le scientifique. Il sonda son visage et posa la main sur sa tête. Grisme sentit le froid envahir ses membres et ses entrailles. Le maître scrutait le cerveau de son serviteur, s'assurant qu'aucune information ne lui était dissimulée. Satisfait, il relâcha sa prise. Le petit bonhomme perçut la chaleur naturelle regagner son être.

« Il me faut le secret de la porte des morts, Grisme. Nous ne pouvons plus attendre.

— Ce livre-ci ne comporte que des bribes du dispositif, expliqua le petit homme avec humilité et compétence. Les informations sont tronquées, comme je vous en ai informé depuis plusieurs mois. Nous avons isolé la totalité des informations inscrites dans le grimoire, plus de trente mille. Il semble qu'un système, basé sur le chiffre trois, structure l'ensemble. Indépendamment du texte sur la fabrication du démon, encodé assez lisiblement à l'intérieur de la langue abracadabrantesque du grimoire, et que vous avez su déchiffrer vous-même, tout s'organise sur des manques : chaque signe est privé d'un tiers de sa forme, chaque phrase des deux tiers de ses mots, sur une base de deux mots sur trois ; et ainsi de suite. Reconstituer un texte définitif à partir de cette trame, malgré la puissance des logiciels et des formules sur lesquels nous travaillons, aboutit à des variantes trop aléatoires. Il est certain que chacun des trois grimoires, puisque vous m'avez signalé l'existence de deux livres supplémentaires, nourrit les autres, dans le complément des phrases et des formules comme dans la constitution de ses signes. » Il se fit encore plus petit, si possible. « Veuillez pardonner mon audace, maître. Il nous faudrait obtenir les autres grimoires. Ainsi, nous serions assurés de parvenir à des résultats plus significatifs.

— Ne maquillez pas votre insuffisance par le manque de moyens, je n'aime pas cela. Contentez-vous de ce que vous avez pour le moment.

— Peut-être avec de nouveaux cobayes ? fit, du bout des lèvres, le savant déchu.

— Vous les aurez, fit le maître d'une voix coupante. Et la page manquante ?

— Là, nous avons pu progresser grâce à l'analyse bactériologique. » Son visage s'éclaira. « Notre chef du service des organismes micro-cellulaires a inventé un procédé qui permet...

— Allez à l'essentiel, professeur. Je ne suis pas là pour écouter vos radotages.

— Bref, se soumit le petit homme, l'ouvrage est resté bien longtemps dans l'eau salée mais... enfin, nous faisons notre possible. Voici : d'après les crêtes du découpage, cette feuille a été ôtée il y a une centaine d'années. Notre marge d'erreur est d'une décennie ! conclut-il fièrement.

— Et... ?

— Comment, "et" ?

— Vous travaillez maintenant depuis plus d'un an sur le grimoire, j'attends des résultats positifs ! » Sa voix s'éleva, il parut grandir, ses ongles commencèrent à s'allonger, à se durcir comme des griffes. C'était effrayant. « Innovez, tentez, recherchez, faites des expériences, Grisme ! Nous ne pouvons nous contenter de traduire ces ouvrages ou de spéculer sur le monde des bactéries ! Il nous faut devancer leur contenu. Ce livre contient des éléments du secret qui nous intéresse... Réfléchissez professeur. Et vite !

— Peut-être...

— Votre possible n'a aucun intérêt pour moi, vos capacités limitées remettent en cause mes choix, et le temps que je prends à vous l'expliquer me retarde d'autant plus.

— Voici, se hâta de corriger le petit scientifique. Le fait que ces pages aient été longtemps accolées à leurs deux voisines pourrait nous permettre peut-être... pardon », se corrigea-t-il en hâte, « nous *permettra* de la reproduire... en utilisant les micro-dépôts provoqués par le contact des deux feuillets.

Soyez clair, Grisme, ne me noyez pas dans vos explications nébuleuses. Au fait !

— L'encre de la page manquante a marqué au fur et à mesure des siècles le papier de la page contre laquelle elle était posée. Comme un reflet imprimé en quelque sorte.

— Bien... C'est donc un jeu d'enfant. Je repasserai demain et j'escompte des résultats.

— Demain ! gémit avec effroi le savant. Mais isoler le film d'écriture ainsi généré de sa couverture organique sans précautions la détruirait en quelques jours ! Nous en avons fait l'expérience avec une page pratiquement vierge. » Sa voix s'était presque tarie, même s'il n'osait murmurer, sachant d'expérience que cela indisposerait son interlocuteur.

« Je ne peux plus attendre, Grisme, dit lentement le directeur. Faites mieux. Vous n'êtes pas irremplaçable, et vous venez de me dire qu'il faudra de nouveaux cobayes. »

Il se tourna pour sortir, sur cette sentence définitive. Le scientifique, suffoqué, fit quelques pas, mains tendues en avant, pathétique, dans le silence absolu du laboratoire, où nul ne remuait plus.

« Il y a une nouvelle information...

— Alors surprenez-moi, Grisme, soyez incisif et génial, ou faites vos prières inutiles, ce seront les dernières. » Le chef du service ingurgita difficilement le peu de salive qui lui restait et répondit sans pour autant décrocher son regard du carrelage blanc.

« La double page manquante serait... est, je veux dire, une carte... »

Intéressé, le directeur darda sur lui ses prunelles couleur de sang.

« ... une carte détaillée du monde, comportant des indications sur les puits.

— La carte des puits ? dit lentement le visiteur. Voilà qui est nouveau... et utile. Les Dolce utilisent ce réseau pour se déplacer à travers le monde. Nous en possédons un exemplaire de seconde main. Une copie grossière et approximative, réalisée par Philippe Delondres. »

Il se pencha, menaçant, à quelques millimètres de son visage pour parler très doucement : « Je vous donne trois jours, pas un de plus. »

Il entreprit de traverser la salle vers le sas de sortie, faisant claquer ses talons à chaque pas comme de légers coups de fouet. Les employés, statufiés par sa présence et la sévérité de ses propos, attendaient son départ pour échapper à l'apnée collective qu'ils s'étaient imposé. Le maître de la Fondation observa, dans le reflet de la porte vitrée qui se dérobait à l'ouverture, le visage décomposé du chef de service, et se retourna brièvement.

« Et la couverture de l'ouvrage ?

— Le mystère reste entier, s'empressa le savant, au bord de l'apoplexie. L'objet est indubitablement vivant, mais sans cœur névralgique, comme un fragment animal et autonome. Je n'avais jamais vu ça auparavant. C'est de la sorcellerie ! »

Contrairement à toute attente, cette réplique arracha un sourire à son irascible supérieur.

« Sacré Grisme ! Vous ne croyez pas si bien dire. »

Pour acidifier un peu l'atmosphère, il ajouta :

« Même si elle est approximative, j'exige une carte des cent puits après-demain sur mon bureau. J'ai changé d'avis. »

Il n'y avait pas de petit plaisir.

Il franchit sans attendre de réponse la lourde porte vitrée. Complimenter avant de menacer, faire alterner le feu et la glace pour déstabiliser et exercer une pression maximale, afin d'obtenir des résultats : le cœur des humains était décidément une mécanique simple et vulnérable. Mis en gaieté par la scène, excité par l'information qu'il venait d'acquérir, il gagna le dernier niveau, celui de l'ombre totale. Il aimait plonger dans ce noir parfait.

Les portes de l'ascenseur s'ouvraient sur un chemin étroit comme le fil d'une épée, taillé à même la roche, de part et d'autre duquel il n'y avait qu'ombre et vide. Seuls les initiés empruntaient ce passage qui, au bout de six cent cinquante-trois foulées, menait à la salle du conseil de la guilde. L'abîme qui assiégeait le passage excitait l'épine dorsale du directeur, qui mit ses pas sur l'extrême bord du chemin, pour parfaire ses sensations et sentir de plus près encore la mort lui tendre la main. Il se savait de taille à la tutoyer.

Il traversa sans s'arrêter l'immense salle du conseil,

haute comme une cathédrale. Un léger filet de lumière bleutée se reflétait sur le marbre, lisse comme une mer sans vagues, de la table centrale. Un large plateau ovale, capable d'accueillir plus de vingt participants, avait remplacé la table ronde initiale, avec ses neuf places. Dans quelques heures, les plus hautes instances de la Guilde noire y siégeraient pour la plus importante réunion jamais organisée en ces lieux, sous sa présidence. Tout au fond s'ouvrait un corridor où l'électricité venait d'être posée. Des gaines rouges serpentaient au sol de cette zone encore en chantier. Brusquement, il s'immobilisa. Rien n'attirait l'attention, la même paroi brute enserrait le couloir, à droite comme à gauche. Seul le nombre de pas l'avait renseigné. Il plaqua sa dextre à même la roche, dans un espace quasiment invisible taillé à cet effet. Un trait vert de lumière scanna la paume, puis détoura la forme de la main, déclenchant au bout de quelques secondes le bruit caractéristique d'une porte qu'on libère magnétiquement. Une ouverture se dessina dans la pierre, par où s'échappa une vapeur, qui fit brièvement flotter la chevelure brune du visiteur.

Si la salle du conseil avait les dimensions d'une cathédrale, l'espace dans lequel l'homme pénétrait possédait celles d'une crypte de forme circulaire, mais violemment illuminée, et aux murs entièrement blancs. La pièce, en comparaison du couloir, jouissait d'une finition parfaite. Le plafond et le sol, traités en matière réfléchissante, renvoyaient à l'infini leurs reflets, pour parfaire l'impression d'être au cœur d'un cylindre vertical. Le nouveau venu s'approcha d'un caisson qui en occupait le centre, taillé d'une seule pièce dans un acier brossé, et posa sa main sur le couvercle. Le métal se teinta, sous sa paume, d'un orange presque sanguin se dégradant vers le jaune pâle à l'endroit le plus éloigné. Il posa alors son autre main à un mètre de la première, provoquant une seconde source de chaleur. La couleur s'uniformisa petit à petit dans une teinte dorée sans éclat, jusqu'à l'ouverture du boîtier. Enfin, celui-ci se déplia, et un peu de gaz s'échappa, tandis que l'homme s'écartait de quelques pas. Un compte à rebours se mit aussitôt en marche à même l'acier du socle, souligné par des « bip » toutes les dix secondes.

59... 58... 57...

L'homme se rapprocha et pencha sa tête pour regarder à l'intérieur. Le gaz, insuffisamment dissipé, empêchait une vision parfaite. Le caisson dissimulait une ouverture qui donnait sur une pièce située en dessous de celle-ci.

48... 47...

Les dernières vapeurs s'écartèrent pour laisser apparaître un corps allongé dans un bassin au liquide bleuté.

41... 40... 39... 38...

Un corps d'homme, nu, relié à des sondes et à des appareils par des dizaines de câbles translucides où différentes substances rouges, vertes ou blanches circulaient sans discontinuer.

29... 28... 27...

Un corps séparé de sa tête, qui flottait dans le même liquide, à quelques dizaines de centimètres. Les yeux fermés. Elle aussi connectée au même appareillage par autant de tubes.

19...

« Arrête. Tu vas rendre sa mort irréversible. » La voix, grave mais indubitablement féminine, avait surgi de nulle part.

14... 13... 12...

Il n'y avait personne d'autre que lui dans la pièce, et pourtant il obtempéra. Il recula d'un pas, ce qui déclencha la fermeture automatique du caisson. Il restait trois secondes sur le compte à rebours.

Il songea quelques instants, sans bouger, la tête penchée vers le sol, les mains jointes devant lui.

« Je ne pensais pas que cela me ferait mal », dit-il en serrant sa mâchoire. Il éprouvait sa force et sa résistance à la douleur. Le sang commençait à perler à la commissure de ses lèvres.

« Tu n'es pas encore assez endurci, Guileone. C'est pourquoi tu n'es qu'un demi-démon, fit la voix, cinglante.

— J'ai pourtant effectué sa décollation moi-même ! Et il m'aimait », se révolta le fils de Melkaridion. Une joie féroce retroussa ses lèvres. « D'un coup de griffe j'ai détaché sa tête, je me suis couvert de son sang ! Tu me concèderas ce point, ma douce épouse ?

— Lorsque tu pourras non seulement faire mourir ton propre fils, mais t'alimenter de sa souffrance et sa mutilation, en tirer la substance de ton être, alors oui, tu réaliseras le démon en toi, lui répondit-elle d'une voix aussi douce que terrible. Nos enfants ne sont que nos instruments, nos choses. Il en a toujours été ainsi, dans la Guilde noire. Demetrius Torque, notre fils, a vécu pour te servir et a été supplicié pour te rehausser. Nul repentir, nul reste d'affection ne préside à son maintien dans l'état intermédiaire où tu viens de le contempler. S'il doit être réuni à lui-même un jour, c'est que notre grand dessein l'aura rendu nécessaire. » Elle changea de ton, son timbre s'approfondit d'une nuance plus âpre. « Et les Dolce ?

— Prends patience. Rodolpherus vient de jouer sa reine.

— Explique-toi », fit la voix, avide. Une nuance de passion avait brièvement déchiré le flux égal de son intonation.

« Une lettre est arrivée, adressée à Virginie Delondres, au *Brooklyn Daily Eagle*.

— Tu as racheté depuis des mois ce journal minable.

— Précisément. Sue a aussitôt fait transférer le courrier. Il s'agit d'une lettre, postée du Japon. »

La femme toujours postée à l'opposé de la pièce marqua un temps d'arrêt. Guileone en sourit et se retourna vers elle. Dianaka était toujours aussi belle et la contempler provoquait chez le sorcier le même désir furieux de la posséder.

« Que dit la lettre ? reprit la Japonaise.

— Elle comporte un rendez-vous. Tout est indiqué : le lieu où il faut se rendre pour emprunter les puits, la manière de procéder pour rejoindre Melidiane, qui sera en possession d'un des grimoires manquants.

— C'est absurde. Un faux grossier ! Virginie Delondres n'est pas magicienne. Jamais Rodolpherus ne trahirait les secrets de sa guilde ainsi.

— Sauf si les Dolce sont acculés. D'ailleurs Virginie est l'héritière de Philippe Delondres. Il ne peut y avoir de secret pour elle.

— Elle est une humaine ordinaire. Elle ne survivra pas à un voyage dans les puits, même bref.

— Cela reste à prouver. Elle vient d'être retrouvée, à Paris. L'ambassade a été avertie qu'une de ses ressortissantes, Virginie Delondres, avait été retirée de la Seine et emmenée aux urgences, dans un état sérieux, mais non irrémédiable.

— Tu es certain qu'il s'agit bien d'elle ?

Il ne peut s'agir d'une autre. Alvin Stenberg est dans les parages.

— C'est contraire à tout ce que je sais des puits. Cela ne peut signifier que deux choses. Ou bien Virginie est une magicienne qui s'ignore...

— Impossible, il ne reste que les cinq Dolce.

— Ou bien ils ont découvert le moyen de transférer aux humains une partie de leurs pouvoirs, et c'est ce que nous pouvons craindre de pire.

— À moins qu'ils n'aient tout simplement inventé un dispositif astucieux. Quoi qu'il en soit, la missive explique complaisamment à Virginie qu'elle devra se munir d'une combinaison de plongée et de bouteilles d'oxygène. Cela te rassure-t-il ?

— À peine. Tu m'as bien dit que Virginie était avec eux, quand ils se sont jetés dans le puits ? Alors, pourquoi

Rodolpherus fait-il comme si elle travaillait encore à New York ?

— La lettre est datée de 1924... C'est toi qui devrais en connaître les détails...

— La maîtrise du temps.. » Il ne le maîtrisait pas encore totalement... Dianaka évacua le semblant de spleen qui la traversa.

— Je pense que ce dernier ne maîtrise rien du tout. Il fait l'hypothèse que Virginie est revenue à New York.

— Si elle a réchappé des puits ! Écrire est trop imprudent. Le courrier pouvait tomber entre toutes les mains.

— Il n'avait pas le choix, Mais s'il s'agit d'un piège, dans ce cas, je vais m'y jeter tête baissée... »

Un rire de gorge, satisfait, salua ce défi.

« Prendre des risques insensés est un attitude typiquement démoniaque », commenta Dianaka.

Le demi-démon se redressa, rayonnant de cruauté.

« ... Car il y a un point que Rodolpherus n'a pas pu prévoir.

— Tu veux parler de l'alignement des planètes ? fit son interlocutrice, la voix tendue d'un imperceptible triomphe.

— Ne t'ai-je pas dit qu'il jouait sa reine ? En réalité, c'est l'enjeu de sa partie qu'il s'apprête à sacrifier. »

Un bref silence s'installa.

« Melidiane sera en possession d'un autre grimoire. Or, Grisme est bloqué.

— C'est grâce à moi que tu as récupéré le premier grimoire.

— Tu as agi par pure jalousie.

— Exact, répondit-elle en souriant. Mais le secret que tu cherches est dans l'un des deux autres livres. Et il te faudra posséder les trois ouvrages en même temps, pour décoder les deux derniers secrets. »

Guileone respira profondément, déverrouilla sa mâchoire et sortit de la pièce sans ajouter un seul mot.

L'agitation cessa immédiatement à l'entrée de

Guileone. Plus d'une quarantaine de personnes se trouvaient debout autour de l'immense table ovale de la salle du conseil. Les murmures stoppèrent, les respirations se figèrent, seuls les pas du sorcier résonnaient contre les parois en pierre brute qui s'évanouissaient vers un plafond invisible. La lumière bleue, diffuse et légère, émanait des bords de la table. Elle refroidissait le lieu malgré la chaleur ambiante, donnant à chaque présence une allure mystérieuse et ombrée. Deux rangées de dix fauteuils identiques de chaque côté attendaient que Guileone gagne le sien pour accueillir leur hôte respectif. Le chef de la Fondation 18 prit position et fit signe à l'assemblée de faire de même. Les membres permanents s'assirent de concert. De nombreuses personnes restèrent debout dans l'ombre derrière le premier cercle. Ceux qui siégeaient posèrent tous leur main droite sur l'immense plateau de marbre. Les parties du globe que chacun représentait s'illuminèrent légèrement sur la mappemonde incrustée au centre de la table. Nulle zone de la Terre ne resta dans l'ombre.

La personne qui se trouvait derrière chaque membre s'avança sur le côté droit de son fauteuil. Vingt individus debout se tenaient ainsi aux côtés des vingt assis. À l'aide d'une épingle longue d'une vingtaine de centimètres, terminée d'une petite sphère d'or martelée, chacun perça la chair de la main droite posée par le siégeant, entre le pouce et l'index. Aucun bruit, aucune plainte ni gémissement, ni même le moindre soubresaut nerveux n'accompagnait ce rituel. L'officiant enfonçait l'aiguille jusqu'à traverser la main. Quand l'aiguille rencontrait le marbre, elle retirait doucement l'aiguille, avant de regagner d'un pas en arrière l'ombre d'où elle provenait.

Un filet de sang coulait des paumes toujours plaquées sur le marbre, et rejoignait par une rigole polie, gravée dans le plateau, le centre de la carte d'où deux canaux rejoignaient la place de Guileone. Une infime pente de la table laissait glisser ces deux rus d'hémoglobine vers le magister absolu.

Le sorcier était le seul à avoir ses deux paumes posées sur le marbre. Une main féminine équipée de la même aiguille que les autres vint cette fois percer l'extrémité de chaque index de Guileone en enfonçant la pointe juste en dessous de l'ongle, là où la terminaison nerveuse était la plus sensible. Aucun sang ne coulait des deux plaies du sorcier. Il courba alors ses deux index pour que l'entaille reste en contact avec la table. Quand les deux flux atteignirent ses mains, ils pénétrèrent respectivement dans chaque index, transfusant dans le sorcier le sang de son assemblée.

Il n'y avait pas d'élection au sein de la Guilde noire. Le sang allait où il devait se rendre. C'était ainsi que les sorciers choisissaient. Le corps et l'esprit décidaient. Le plus puissant d'entre eux l'emportait. Pas d'influence, pas de volonté... L'instinct uniquement. Le règne animal dans sa toute-puissance. La durée de vie des sorciers connaissait des limites autrement plus courtes que celles des magiciens, même s'ils vieillissaient eux aussi moins vite que les humains. Le mal intérieur et nourricier finissait par ronger ceux qui le portaient. Le mal tuait le mal. L'assemblée, en donnant son propre sang à celui qui les représenterait, assurait de fait au destinataire, par cette sève renouvelée, une longévité qui leur était interdite, tant qu'ils ne se seraient pas emparés du secret de la porte des morts.

Le processus durait déjà depuis cinq minutes. Les yeux de Guileone, d'abord presque fermés, s'ouvraient petit à petit. Plus la quantité de sang absorbé augmentait, plus ses yeux rougissaient. Leur éclat rayonnait comme s'ils étaient illuminés de l'intérieur. Le sang ne cessait de l'irriguer. Guileone se leva tout en tenant les mains plaquées sur l'immense plateau de marbre. Il regarda les membres un à un. La fusion qu'il ressentait dans ses veines émergeait de son regard. Chacun des vingt attablés se sentait respirer à travers ses poumons, se confondait avec sa pensée, voyait au travers de ses yeux, et entendait ce qu'il percevait. La voix du maître résonna dans un écho commun au plus profond de leur cerveau. Il incarnait chacun d'entre eux. Il était leur pensée.

« Il est temps... Il est temps de régner. Vous tous, comme moi, sorcier depuis toujours, anciens magiciens et humains initiés, vous avez durant des générations forgé dans l'ombre l'ordre nouveau que nous nous apprêtons à imposer. Voici le dénouement d'une bataille ancestrale. Une victoire totale et définitive est acquise à la Guilde noire. Le chemin est accompli. Je rends hommage aux efforts incommensurables fournis par vous-mêmes, par vos clans, par vos ancêtres et par vos sacrifices. Il n'aura fallu que deux guerres mondiales en moins d'un siècle pour faire entrer le monde dans une récession progressive et sans précédent. Pas un gouvernement aujourd'hui ne gouverne sans qu'un de nos membres n'y figure. Pas une banque ne décide sans notre accord. Il existait trop de décisionnaires financiers ? Cette crise économique mondiale que nous avons provoquée nous a permis de racheter nos concurrents. Les banques qui n'ont pas voulu se soumettre ont plongé. Les pays qui ne nous ont pas suivis se sont engouffrés dans leur dette jusqu'à perdre leur autonomie. L'industrie s'est effondrée et, mieux encore, nous nous apprêtons bientôt à effacer les souvenirs et les mémoires en numérisant toutes les archives. En temps voulu, il suffira d'un simple clic pour faire table rase. Nous avons tout privatisé, même les religions. Nous avons créé les maladies et leurs médicaments, noué le cercle fatal qui unit l'industrie chimique, les pesticides et les laboratoires pharmaceutiques. Nous stoppons les conflits mais vendons les armes pour les relancer. Nous entretenons l'instabilité, cultivons l'angoisse, et forgeons une peur désormais acquise en laissant les discours communautaires et extrémistes dominer. Nous provoquons les pandémies, régulons la natalité et injectons de futures maladies à ceux qui se croient vaccinés. Les économistes ont succédé aux philosophes. Nous maîtrisons l'information et sa diffusion. Nous avons créé ce cycle du pire dont l'économie ne peut plus se passer. L'enfer est désormais une réalité bien terrestre. Même la nature fait désormais partie du secteur privé. Nous avons breveté toutes les plantes puisqu'il a fallu les faire résister en les modifiant génétiquement à une pollution que nous avons nous-mêmes engendrée. Nous avons accéléré le réchauffement de la planète et brisé définitivement la chaîne alimentaire. Le monde, son argent, sa nourriture, ses croyances, sa terre et ses entrailles nous appartiennent. Savourons à sa juste valeur cette domination sans précédent. Les infrastructures sont quasiment prêtes. La totalité des sous-sols est aménagée. Regardez autour de vous. Le monde est en travaux. Les grues envahissent nos villes. Tchernobyl et Fukushima ont été deux francs succès. Le champ est libre. Le premier processus de migration vers les sous-sols va pouvoir commencer. »

Guileone marqua sa première pause. Les visages autour de la table rayonnaient. Leur guilde, leur ordre avaient été bafoués durant trop de siècles. Leur temps venait enfin, comme la réparation d'une injustice flagrante. Ils avaient été exclus autrefois, ils domineraient désormais. Le sang affluait toujours des vingt mains qui alimentaient celles du maître.

« L'Amérique célébrera d'ici quelques jours son nouveau président. Que la victoire soit démocrate ou républicaine, j'occuperai le même poste de conseiller unique à la Maison-Blanche. C'est acquis. Les deux candidats auront effectué leur campagne grâce au financement de la Fondation 18. Ce poste à visibilité mondiale finira d'asseoir la domination de notre institution. Mesdames et messieurs, goûtons sans modération aux dernières élections que le monde va connaître. Dans douze mois exactement, seuls les gens autour de cette table pourront regarder le ciel et le soleil. Pour ce qui restera des autres habitants de la surface terrestre... Il ne s'agira que d'un vague souvenir, mais il leur restera la lumière artificielle ! »

Les rires, les cris et les applaudissements accompagnèrent sa dernière salve. Il pouvait enfin lever les mains. Il dirigerait le monde d'ici peu. La Guilde noire, sous la couverture de la Fondation 18, tirait les ficelles en coulisse. Elle agirait bientôt au grand jour.

« Le processus de sélection peut maintenant commencer. Nous ne pourrons enfouir les sept milliards d'humains qui pourrissent cette planète. Nous avons un an pour réduire ce chiffre de moitié. Maladies, épidémies, stérilité, catastrophes, conflits, guerres et génocides, tout sera nécessaire. Vous avez carte blanche dans vos secteurs géographiques pour préparer cette métamorphose. Nous pourrons alors lancer le programme d'enfouissement de la population qui durera douze semaines et remplir ces vides immenses sur lesquels nos villes sont bâties. » Tous se levèrent. Il salua son auditoire d'un geste imperceptible, baissant à peine son regard, et dévisagea chacun et chacune, l'un après l'autre, pour les remercier. L'adrénaline envahit ses sens. Son nouveau sang le gonflait d'une énergie sans précédent. Il était eux. Ils étaient lui.

2

Quelques minutes plus tard, elle attendait son taxi devant la grille de l'ambassade, escortée par les deux mêmes gardes qui la suivaient depuis l'Hôtel-Dieu.

Visiblement, le personnel diplomatique utilisait des voitures réservées, car le véhicule affichait sur son pare-brise un macaron à l'effigie d'un pygargue à tête blanche, l'aigle symbole de la nation Américaine. La Mercedes noire s'arrêta devant Virginie. Le premier garde ouvrit la porte arrière droite pour que la jeune journaliste s'y engouffre puis prit place à côté du chauffeur. Le second se glissa à la gauche de la jeune journaliste, et le taxi démarra aussitôt, remontant la contre-allée qui donnait sur les Champs-Élysées. En moins de deux minutes, il obliqua sur la plus célèbre avenue du monde. Virginie se souvenait mal du voyage qu'elle avait effectué avec son père dans la capitale française. Elle devait avoir sept ans au plus. Elle avait gardé en mémoire les après-midi sans fin qu'ils passaient ensemble à la Bibliothèque nationale, à l'époque rue de Richelieu. L'ennui mortel éprouvé durant ces interminables séances de recherche l'avait profondément marquée, contrairement au reste du voyage. Elle n'était même pas sûre qu'il l'eut emmenée visiter les Champs-Élysées.

Le taxi remontait sur la troisième voie en direction de l'Arc de Triomphe. Le taxi s'arrêta au premier feu rouge, comme une dizaine d'autres véhicules. La voiture redémarra. Elle n'eut pas même le temps de hurler quand une masse sombre déferla sur elle à la vitesse de l'éclair. Débouchant d'une petite rue perpendiculaire à l'artère où ils se trouvaient, un énorme 4x4 noir percuta le taxi par la droite. La déflagration fit exploser toutes les vitres de la voiture. Le choc fut si violent que la Mercedes se déplaça sur une dizaine de mètres, entraînée par l'autre véhicule qui venait de l'emboutir violemment. Virginie, maintenue sur son siège par sa ceinture de sécurité, s'affaissa sur sa gauche. Son voisin avait quant à lui été propulsé à travers la vitre arrière et gisait sur l'asphalte. La calandre avant du 4x4 s'encastra dans le taxi. Le garde qui se trouvait à l'avant avait pris le choc de plein fouet, et avait disparu sous la ferraille. Le conducteur, quand à lui, reposait inconscient sur le capot. Les cris des passants et leur course pour s'éloigner du lieu du carnage vinrent se mêler aux rugissements du moteur qui tentait de se dégager du taxi écrasé. Virginie, assommée par la collision, ne reprit conscience qu'au bout d'une quinzaine de secondes quand l'énorme engin qui venait de les assaillir réussit enfin à s'extraire, non sans arracher l'aile droite du taxi. Le klaxon de la Mercedes hurlait en continu comme un animal agonisant. Virginie, toujours bloquée dans le véhicule par l'amas de tôles froissées, regardait hébétée l'imposant véhicule noir remonter en marche arrière la rue d'où il avait surgi. Puis, quand elle remarqua qu'il fonçait à nouveau vers ce qui restait du taxi, une peur panique s'empara d'elle. Elle allait mourir broyée, ce n'était qu'une question de secondes. Ses deux mains essayaient désespérément d'ôter sa ceinture de sécurité, dont le mécanisme s'était enrayé. Une main, puis un bras la saisirent d'un seul coup ! Elle eut à peine le temps de tourner la tête vers la gauche qu'elle sentit la pression exercée par la ceinture se détendre. La sangle venait d'être sectionnée. Elle fut tirée au dehors à travers le trou béant laissé par sa vitre explosée. Ceinturée par deux bras qui se croisaient fermement sur son ventre, elle eut l'impression d'être projetée en l'air. Cambré à l'extrême, son sauveur impulsa un mouvement giratoire pour la protéger des débris du nouvel impact. Avec une rapidité surhumaine, il se rétablit sur ses pieds, soutenant toujours tant bien que mal la jeune femme.

Antonius avait de nouveau sauvé sa belle, grâce aux instructions de la lettre de Rodolpherus. Indifférent au regard des passants, il courait à toute allure en la tenant dans ses bras. En moins d'une minute, il se trouvait en bas de l'avenue de la Grande Armée. tournant le dos à l'Arc de Triomphe. Il obliqua vers la gauche en direction des boulevards des Maréchaux. Il concentrait son flux sanguin dans ses jambes pour accélérer sa fuite. Virginie, choquée mais rassurée par sa présence, se laissa submerger par l'émotion et perdit connaissance.

« Arrête-toi, pesta Mona.

— On n'a pas le temps, cria Antonius.

— Je vais vomir ! » De mauvaise grâce, Antonius se figea pour que Mona puisse glisser le long d'une de ses mèches de cheveux qu'il allongeait au fur et à mesure de sa descente.

Il ne restait à l'animal qu'une petite touffe de poil, qui ondulait à chacun de ses toussotements incontrôlables. Antonius ne put s'empêcher de sourire, avant de se reprendre.

« Dépêche-toi Simone.

— Dépêche-toi, dépêche-toi ! J'ai plus vingt ans, moi ! Depuis des siècles ! Ça allait moins vite avec ton grand père. Je n'ai plus l'habitude. » Antonius la prit dans ses mains et la reposa sur son épaule.

« Ta mèche ! lui rappela-t-elle d'un ton bourru.

— Merci Mona, répondit poliment le jeune Dolce.

— Faut penser à tout, dans cette famille... » Antonius comprit que la rongeuse avait besoin de s'exprimer et la laissa s'épancher sur le bon vieux temps, les valeurs disparues, la jeunesse désobéissante, les chats gavés de croquettes industrielles et incapables de chasser.

« Même plus moyen de mourir décemment », conclut-elle en se lovant dans le cou de son nouveau maître.

Antonius reprit sa course. Il arrivait bientôt à l'adresse indiquée sur la lettre. Il savait pertinemment qu'il ne reverrait plus Virginie avant longtemps. Sa présence la mettait constamment en danger.

Il la dévisageait sans se lasser. Rentrant dans sa mémoire éternelle tous les détails de son visage.

Ses pas ralentirent en passant devant l'écriteau de la rue de Montmorency. Son cœur se serra davantage.

Virginie perçut le son cristallin de la sonnerie. Elle ouvrit les yeux lentement. Elle se trouvait au seuil d'une grande porte en bois qui lui paraissait immense, vue du bas, et qui sentait la cire. Elle leva la tête. La porte s'ouvrit. Elle reconnut immédiatement le visage qui apparut.

« Alvin... »

« Eh bien, tu y a mis le temps ! »

La voix de Melkaridion l'enveloppa d'un seul coup, telle une onde à la fois fraîche et chaleureuse. Antonius suivant les consignes à la lettre s'était immergé dans l'eau de la Seine en plein bois de Boulogne juste après avoir déposé Virginie.

« Grand-père ? »

Antonius, très ému, avait parlé à voix haute. Une longue gorgée fade s'engouffra dans sa gorge, il toussa et éructa violemment. Les yeux écarquillés, il scrutait les alentours pour tenter de localiser son grand-père qui semblait tout proche.

« Ne te fatigue pas, tu ne me verras pas.

— Je t'entends si bien. »

Antonius envoya les mains devant lui pour le toucher et le sentir. Les dernières heures passées à lutter âprement contre une insécurité désormais constante l'avaient épuisé. Entendre la voix du plus vieux des Dolce lui redonnait l'énergie nécessaire pour ne pas perdre espoir. Mais ses doigts ne rencontrèrent que la matière visqueuse et abandonnée d'un vieux sac plastique qui dérivait comme une méduse émise par la triste modernité.

« Tu me perçois et tu me sens parce que je t'entoure. Je suis l'eau désormais, j'ai fusionné avec mon élément.

— Tu es partout, dans tous les océans, toutes les rivières ?

— Par Poséidon... Non. Je ne suis pas le dieu des mers. Je me concentre sur un espace, mais plus je m'étends, moins je peux me matérialiser. C'est logique non ? » Melkaridion avait ponctué sa phrase comme s'il s'agissait d'une évidence. Antonius n'osa pas le contredire.

« Je sens du scepticisme dans tes pensées. » Même dilué, le grand-père était d'une perspicacité redoutable.

« Quelle chance de t'avoir retrouvé ! s'épancha Antonius. Je suis venu dans cette direction totalement par hasard. J'étais... »

La voix de Melkaridion l'arrêta net.

« Ne te mets pas dans l'idée, ne serait-ce une seconde, que le hasard existe. Le hasard est le refuge des aveugles, les vrais, ceux qui croient voir avec leurs yeux ! Tout s'enchaîne, tout est logique et nécessaire, c'est un principe fondamental. C'est nous qui ne savons pas le percevoir.

— Où sont les autres ? Ma sœur et mes parents.

— Leamedia et toi vous trouvez dans le même segment temporel, mais ton père comme ta mère évoluent dans le passé.

— Ils ont sauté une année, comme nous ?

— Non, ils sont dans un passé bien plus lointain. » Melkaridion semblait avare de précisions.

« Mais comment est-ce possible, grand-père ?

— L'eau qui circule sur terre est la même depuis la création de la planète, quel que soit son cycle, quelle que soit sa forme, elle conserve en elle les traces de chaque époque dans la molécule qui la constitue.

— Alors l'eau, c'est le temps ? Et le temps procède par cycles ?

— Tu n'es pas bête, Antonius. Mais ce n'est pas le moment pour un tel apprentissage. Je suis ici pour m'occuper de ta formation basique de magicien, pour cela nous devons nous retrouver seuls et très vite. »

Quand Antonius sortit de l'eau la nuit s'installait. Le temps était compté. Il savait désormais où retrouver son grand-père, où se trouvait sa famille et avait laissé Virginie enfin en sécurité. Le temps de son initiation pouvait commencer. L'aîné des Dolce s'impatientait quant à l'idée de maîtriser enfin une magie qu'il ne faisait qu'effleurer.

« Ici on n'est pas contre toi, tu sais. Mais si tu ne nous dis rien, on ne pourra pas t'aider. » Dans la chambre de David, Leamedia, son corps fin de jeune adolescente, vêtu d'un tee-shirt trop grand pour elle et de ses longs cheveux dénoués, échoué au sol comme si elle n'avait plus la force de se lever, leva vers les Dandridge son visage où luisait un regard de petit animal têtu et terrifié. Debby, très embarrassée, ne savait plus que faire.

La gamine avait bramé qu'on ne devait sous aucun prétexte lui refaire un prélèvement, puis avait entamé un malaise non feint.

Elle avait réussi à se reprendre. David, qui s'était agenouillé près d'elle, venait de parler. De longues minutes passèrent. Leamedia, les lèvres scellées, se balançait de gauche à droite en secouant la tête. David, les bras ballants, souffrait de la voir ainsi. Son regard naviguait de sa mère à la petite Colde, puis de celle-ci à la pédiatre. Bob patientait, perplexe.

La sonnette de la porte d'entrée retentit. Le psychiatre regarda sa montre, il recevait ses patients à son domicile et, à cette heure-là, il n'attendait plus personne. Il s'approcha du seuil et regarda par le judas. Un vieil Asiatique à l'air inoffensif attendait humblement dans le couloir. Bob échangea un regard avec Debby, qui avait fait un pas hors de la chambre où était la petite malade, et ouvrit.

« Oui ? dit Bob, incapable de décider si l'autre était chinois ou coréen.

— Veuillez me pardonner de prendre la liberté de vous déranger. Leamedia Dolce habite bien ici ?

— Qui êtes-vous ? demanda le mari de Debby.

— Mon père, voici quarante ans, m'a confié une lettre, que je dois remettre aujourd'hui même à Leamedia Dolce. »

Son fort accent japonais l'obligeait à un énorme effort d'articulation pour être compréhensible. On sentait qu'il récitait sa phrase. Debby, qui avait tout entendu, s'approcha de l'entrée à son tour. Leamedia n'était pas un prénom commun. Comment pouvait-il savoir qu'elle se trouvait chez eux ?

« Il y a bien une jeune fille ici qui porte ce prénom, mais elle ne s'appelle pas Dolce. Son nom de famille est Colde. »

Le vieux Japonais embarrassé regarda la lettre qu'il tenait dans sa main.

« Non-non... Dolce. »

Pour prouver ses dires, il exhiba l'enveloppe, mais au moment où Debby allait répliquer, une voix dit :

« C'est moi. » Leamedia se tenait debout devant le vieil homme, visiblement soulagé d'avoir accompli sa mission. Elle prit la lettre. Le miracle était arrivé. Elle se plia en deux pour le remercier et l'émissaire partit comme il était venu, sans faire de bruit.

Une fois la porte refermée, Debby, Bob et David se regardèrent, muets et interdits. La situation était manifestement encore plus embrouillée qu'ils ne l'avaient soupçonné. Tout cela résonnait de manière irréelle... Personne ne pouvait soupçonner sa présence ici... Encore moins un Asiatique inconnu. Silencieux, ils observaient la jeune fille lisant la lettre qu'on venait de lui apporter, comme si tout cela était normal.

Japon. 1924

Ma chère et tendre fille. Je sais à quel point tu te sens perdue. Nous serons bientôt réunis. Fais confiance aux gens qui t'hébergent. Tu ne pourras t'en sortir sans leur aide. Ils sont fiables, loyaux et honnêtes. Retrouve le bus au plus vite. Lui seul te protégera.
Ton père qui t'aime,
Rodolpherus.

Leamedia tenait la lettre entre ses mains. Elle regarda dans les yeux Debby, David puis Bob et, en fermant les yeux, elle prit une grande inspiration et sauta à pieds joints dans l'inconnu.
« Je suis une magicienne. »
Le silence qui suivit ces mots obligea la jeune fille à ouvrir à nouveau les yeux. Le visage des Dandridge n'avait pas changé.
« Tu fais des tours avec des cartes, c'est ça ? » demanda Bob.
Leamedia ne sut même pas que répondre tant la question était incongrue. David ne comprenait toujours pas et Debby attendait la suite. Elle fixa alors le ficus qui trônait dans l'entrée, et rien qu'en le regardant, déplaça une de ses branches qui se déplia comme si elle était vivante, pour venir toucher délicatement la main de Debby. La mère de David était sans voix.
« Non, je ne fais pas les cartes », dit Léa en regardant Bob.

Au moment où l'attraction du vide était la plus forte, Melidiane, trempée par la pluie, palpa fébrilement la poche de son trench-coat. La lettre qui lui était adressée pulsait comme une petite batterie d'appoint, la toucher lui rendit un peu de force morale et physique. Quelque chose lui soufflait qu'elle devait se souvenir d'une particularité de cette lettre... Elle s'en était avisée dans un autre moment, un rêve, une autre vie ? C'était au sujet de son identité, mais avait-elle encore une identité ? Était-elle Veleonia, ou Leamedia, deux faces d'une même personne, à l'âge près, toutes deux l'appelant de toutes leurs forces pour les rejoindre quelque part, de l'autre côté de la gouttière du toit ? Mais non, elle était Rigby et Melidiane, plutôt que Veleamedia... Leonia... Maman ? Mère...

Son corps avait cessé de gémir. Il renonçait. Sa mémoire achevait de s'exténuer, sa conscience se diluait en détails insignifiants, perdait de vue le principe de centre. Un effort, venu de nulle part, des nerfs ou du monde ambiant, pas de sa volonté en tout cas, l'obligea à réinvestir l'énigme : qui, en 1963, avait déposé chez « Rigby » une lettre destinée à « Melidiane » ? Quel était cet intempestif, soucieux de distinctions inutiles ?

La vieille enveloppe, mouillée et piteuse à l'image de l'univers environnant, était pourtant revigorante, entre ses mains, comme une distinction, comme un plat chaud. Elle connaissait bien cette écriture, cette façon particulière de courber la pointe du « M » de son prénom... C'était un vieil ami... Rodolpherus. Un des amoureux de Rigby, à moins qu'il ne s'agît du fils de Veleonia. Ou de son père ? Sa mémoire s'enfuyait... La mort s'approchait. Qui était-il pour elle ? Comment le savoir ?

Était-il un Japonais ? Une partie de la suscription était rédigée en *kanji*, graphie japonaise que quelqu'un en elle avait maîtrisée. Peut-être ? Autrefois ?

Des dents, elle déchira le sceau, pour voir.

Ses prunelles de magicienne surent déchiffrer le texte, en utilisant les milliards de particules de poussières qui voletaient entre les gouttes de pluie et reflétaient les lueurs des réverbères électrifiés. L'eau ne pouvait rien sur le papier presque vivant qui communiquait chaleur et tendresse à ses doigts, ni contre l'encre, jouant de son cousinage avec l'eau du ciel pour se délaver sans perdre sa lisibilité.

Usuki, juin 1924.

Ma très chère Melidiane,
Ma tendre épouse.
Si tu lis ces mots, cela signifiera que mes calculs sont avérés. Tu es à Londres en ce moment et en grand péril. Nos vies, et nos années, se sont éloignées. L'épreuve que tu traverses me bouleverse. J'espère que tu trouveras cette lettre avant ton double, j'ai tout fait pour cela. Ton père a fait le juste choix des époques et des lieux même si tu dois être persuadée du contraire. Je suis au Japon, plus de quarante ans en amont de toi. J'ai du mal à imaginer en écrivant cette lettre que tu ne la liras pas avant longtemps. Te localiser a été difficile, la présence de ton autre corps au même moment empêche le temps de se fixer. J'aurai, je l'espère, le plaisir de te l'expliquer très prochainement.

C'était une histoire à dormir debout, un conte nippon, mais si excitant qu'il obligeait la naufragée, tenue en haleine, à résister à la fatale attraction de la pesanteur.

Ne t'inquiète pas pour nos enfants, ils sont sains et saufs. Melkaridion s'occupe de notre fils et notre fille est restée à New York où les Dandridge vont prendre soin d'elle. Ils seront bientôt ensemble, j'en ai la preuve.

Ses enfants. Les prénoms glissaient dans sa conscience. Melidiane et Guileone ? Rodolpherus et Adeliande. Elle ne trouvait plus sa place, mais évita de se crisper sur une question insoluble. La lettre était une présence amie, une main tendue dans l'obscurité.

Ton rôle est primordial. Il faudra te rendre le soir du 14 janvier devant le palais de Westminster. En le longeant par Margaret Street tu te trouveras face à la statue d'Oliver Cromwell. Facilement reconnaissable, ce notable anglais est juché sur une stèle au pied de laquelle on observe un lion. Dans sa main gauche il tient un livre. Il s'agit d'une réplique grossière de l'un des grimoires. Il est resté en sa possession quelques semaines seulement, en 1617, à la mort de son père, un de nos protecteurs à l'époque chez les humains ordinaires. Tu dois poser ta main bien à plat sur la face extérieure du livre avant que la première cloche de Big Ben ait retenti, à minuit. Au troisième coup, tu ôteras ta main pour te diriger le plus rapidement possible vers Victoria Tower Garden, à une centaine de mètres à peine dans la même direction. Ce petit parc est facile à reconnaître, il est en forme de triangle et longe la Tamise. Vers la pointe de ce parc, tu apercevras un kiosque en pierre abritant une fontaine à quatre têtes de lion (répliques de celles de la statue), disposées aux quatre coins cardinaux. Tu dois y arriver avant le douzième et dernier coup de cloche de Big Ben. Il te faudra alors poser tes mains sur la tête orientée vers le sud. Quand le douzième coup retentira, tourne-la d'un quart vers ta droite. Elle ne sera amovible qu'à ce moment précis. Si tu as respecté toutes ces étapes, le changement de réverbération des ondes sur la statue de bronze quand tu auras ôté ta main au troisième coup, la position de la lune et le rythme de chaque coup de cloche débloquera la tête de lion que tu tiendras entre tes mains. Si tu arrives trop tard ou que tu échoues, il faudra attendre un cycle de vingt ans pour que ces conditions soient exactement identiques... Je sais que tu y arriveras. Ce mouvement descellera l'une des dalles du kiosque. Soulève-la. Un escalier de pierre te mènera à une cavité souterraine qui renferme l'un des grimoires. Prends-le et mets-le en lieu sûr, car, une fois ouverte, cette tanière sera accessible pour toujours.

Mon amour te protège, mon cœur te chérit, et mes lèvres te couvrent de baisers.
Tien à tout jamais,
Rodolpherus.

Plus encore que l'écriture caractéristique ou la signature, l'extrême minutie des prescriptions, ainsi que les détails scientifiques que le rédacteur ne pouvait s'empêcher de détailler, trahissaient l'authenticité de la lettre. De phrase en phrase, la présence de Rodolpherus, cet *alter ego* qui, depuis plus de quarante ans, partageait sa vie, se reconstituait dans le champ de sa conscience. Les solidarités, les luttes communes, les enjeux et les joies partagés repeuplaient tranquillement sa perception d'elle-même, écartant un peu les tentations singulières qui la hantaient depuis son arrivée à Londres. En restituant Rodolpherus, elle se restitua à elle-même. Elle fit effort pour se redresser, décidée à réaliser les instructions de son meilleur allié. Son dos la martyrisait, ses épaules s'alourdissaient et ses genoux la portaient à peine.

À ce moment, 11 h 30 sonnèrent à une horloge voisine. Westminster était à près de deux kilomètres. Cela représentait moins de cinq minutes de course, pour une magicienne dont les performances pouvaient égaler, voire excéder celles des meilleurs athlètes olympiques, mais Melidiane n'était pas dans son état ordinaire. À un rythme de promenade ordinaire, couvrir la distance prendrait au moins vingt-cinq minutes, et elle n'était pas certaine de réussir à marcher normalement. Le dépit envahit son cœur épuisé. Loin des siens et proche de son double, elle mourrait. Tous ces efforts durant des siècles pour finir seule et isolée dans le passé... Il lui restait tant de choses à transmettre à Lea... l'essentiel. Elle ne pourrait jamais accomplir ce qu'on attendait d'elle. Fataliste, elle ouvrit la main, pour laisser la lettre s'envoler, avec son passé.

Mais la feuille de papier, au lieu de profiter du premier coussin d'air pour s'élancer dans l'espace pluvieux, chut comme une goutte blanche sur le zinc humide, où le front de Melidiane, tandis qu'elle abandonnait sa tête à la gravité, la rencontra. Ses yeux tombèrent sur le post-scriptum qui figurait au verso de la missive, pleinement en évidence :

PS. Si tu as croisé ton double, c'est fâcheux. Utilise alors les fibres de ce papier, elles proviennent de la route Zéro. En mangeant cette lettre, tu retrouveras des forces et effaceras toute trace du message.

Lentement, au prix de mille courbatures, pessimiste, elle déchira un petit bout de la lettre et la porta à sa bouche. Fermant les yeux pour ignorer la souffrance, apathique, elle mâchonna sans appétit le fragment.

Un premier flux d'énergie lui traversa le corps.

« Bonjour, ma douce. »

La voix de Rodolpherus venait de résonner à ses oreilles. Il devait se trouver à proximité. Elle regarda autour d'elle, surprise de se sentir déjà plus souple, plus forte. Personne, pas une ombre. Le timbre particulier de son époux venait de s'évaporer. Elle s'empressa de déchirer un second morceau de la lettre, un peu plus gros, et l'engloutit le plus vite possible. Le miracle se reproduisit.

« Je suis en toi, ma chérie. Mon énergie, mes mots, ma voix et ma chaleur sont dans ces fibres. Si tu manges cette lettre, cela signifie que tu es épuisée. Dès que tu auras avalé la totalité de la feuille... »

La voix s'interrompit encore une fois. Le morceau qu'elle avait ingurgité s'avérait trop petit. Ses articulations ne la gênaient déjà plus. Le sifflement dans ses oreilles disparut et ses doigts se dégourdirent. Elle porta à sa bouche un troisième fragment, et la voix reprit exactement là où elle s'était arrêtée :

« ... Tu retrouveras toutes tes forces. Suis les toits : ils te mèneront jusqu'aux branches d'un vieux chêne. Il te suffira de faire pencher l'arbre jusqu'à toi pour descendre dans la rue. »

Melidiane se leva. Les longues mèches qui jouaient sur ses épaules et sa poitrine n'étaient plus blanches, mais grises. Les forces, l'énergie regagnaient ses artères pendant que les années s'envolaient. Son équilibre et son agilité retrouvés, elle se hissa au faîte de la toiture et aperçut, entre deux pentes de zinc, un chéneau qui lui faisait signe. Ses genoux fonctionnaient à merveille, ses jambes la portaient sans douleur. En s'éloignant de son jeune double, elle récupérait une énergie qu'elle croyait perdue à tout jamais.

À l'approche de la vénérable ramure annoncée par Rodolpherus, elle prit sur sa langue un autre morceau de la lettre. Parler aux arbres, pour des magiciens confirmés, ne représentait pas une grande difficulté, à un détail près : chaque famille de végétaux possédait sa propre langue. On ne haranguait pas un sapin comme on s'adressait à un noyer. Melidiane s'embrouilla légèrement, utilisant quelques mots de séquoia, mais réussit à se faire comprendre, si bien que l'arbre ancien étendit l'une de ses branches, pour faire un chemin à la magicienne.

« Mange la totalité de la lettre pour retrouver toute ta puissance et suivre les dernière instructions. Cours ! » disait la nouvelle bouchée du papier magique.

Melidiane mâchait peu à peu le reste de la lettre. Sa vitesse augmentait d'instant en instant. Elle ne se souciait ni des passants, ni des curieux. Surgissant au beau milieu de Piccadilly Circus, elle jeta un regard éclair sur l'horloge du théâtre du Criterion, dominé par l'immense affiche de la pièce à la mode, *Qui a peur de Virginia Woolf ?*

11 h 57

Il lui restait moins de trois minutes pour parcourir Regent Street, traverser un bout du parc Saint James et rejoindre le palais de Westminster.

11 h 58

Au beau milieu du parc, deux Bobbies en patrouille firent sonner leur sifflet, mais Melidiane, filant comme l'air, franchissait déjà la barrière qui la séparait de Great George Street. Au loin, l'aiguille des minutes de l'immense horloge de la tour de Big Ben, désormais visible et suffisamment illuminée, indiquait cinquante-neuf.

Il restait moins de cinquante secondes à la magicienne pour trouver la statue. Ses yeux écarquillés, elle avala la dernière partie de la lettre. Belle, flamboyante, brune et élancée, Melidiane recouvrait toute sa personne. Rodolpherus lui parlait pendant qu'elle agissait. L'aiguille des minutes vibra quand la magicienne aperçut enfin l'effigie d'Oliver Cromwell, le lion qu'il dominait et le livre dans sa main gauche. La statue se trouvait dans un renfoncement, à quelques mètres d'elle. L'aiguille se positionnait sur le dernier chiffre au moment où elle effectua son saut pour l'atteindre. Elle n'eut que le temps de poser sa paume droite sur l'ouvrage.

Minuit.

Dong !
Elle ne bougeait pas.
Dong !
Elle regarda sur sa droite pour anticiper le chemin qu'elle allait prendre.
Dong !
En ôtant sa main à la fin du gong, elle sentit toutes les résonances accumulées par le métal de la statue se libérer et s'amplifier dès la quatrième percussion de la cloche.
Dong ! Le processus s'enclenchait. Melidiane bondit de l'ancienne douve et sprinta. *Dong* ! Elle enjamba Abingdon Street, la rue qui menait au parc. *Dong* ! L'enceinte du Victoria Tower Garden s'offrait à elle. *Dong* ! Elle franchit l'immense grille, mais fut brusquement agrippée, comme par une main qui cherchait à la retenir... *Dong* ! Son trench-coat s'était accroché sur une des lances qui constituaient l'enceinte ! Elle tira brutalement sur l'étoffe, qui se déchira. *Dong* ! C'était le neuvième coup. Elle se jeta en direction du kiosque. *Dong* ! L'édicule lui apparut, elle donna son maximum.
Dong !
Les quatre têtes de lion, qui dominaient autant de bassins de pierre, étaient devant elle. Elle posa enfin ses mains sur l'une des têtes, la plus proche de la Tamise.
Dong !
Quand le douzième et dernier gong résonna, elle fit pivoter la petite tête de la sculpture de pierre sur sa droite et attendit sans bouger. L'air finit de vibrer et un grand silence se rétablit sur le kiosque éclairé par la lune.

Rien ne s'était passé. S'était-elle trompée de point cardinal ? Déçue, elle fit un pas en arrière. La dalle sur laquelle elle s'était placée pour effectuer toutes ces opérations bougea alors légèrement. Dans un grincement caractéristique de pierres qui se frottent, elle se décala de quelques centimètres pour s'entrouvrir légèrement de quelques centimètres, comme une trappe.

Antonius leva la tête. La basilique du Sacré-Cœur dressait fièrement devant lui ses coupoles blanches, teintées d'une délicate nuance rosée par l'aube parisienne.

Il avait monté quatre à quatre les marches longeant le funiculaire, épuisant sans le savoir un groupe de joggeurs matinaux qui lui avaient emboîté le pas. Montmartre, juché sur sa butte, réclamait un minimum d'efforts de ceux qui voulaient en profiter. Le jeune magicien gravit les dernières marches menant au parvis en modérant sa cadence. Melkaridion lui avait suggéré la discrétion. Le monument était l'un des plus illuminés de la capitale mais, dans la grisaille laissée par la nuit qui s'attardait dans les moindres recoins, nul ne lui prêta attention.

L'aîné des Dolce suivait à la lettre les instructions de son grand-père. En immersion dans les eaux de la Seine, ce dernier lui avait indiqué où et comment le rejoindre. Il contourna l'édifice par son flanc ouest et longea la rue Azaïs qui entourait les réservoirs d'eau de Montmartre pour arriver sur le haut de la rue du Mont-Cenis. À gauche, les arbres de la place du Tertre étaient déjà bien dégarnis. La végétation surprit Antonius, le moindre centimètre carré abandonné par les pavés libérait une plantule, une graminée, une mousse ou un arbre. La nature était ici contrainte mais s'imposait quand elle le pouvait. Il arriva sur la placette décrite par son grand-père. Il touchait au but.

« Tu verras sur ta droite une ancienne bâtisse. C'est

une petite église. La porte de la grille sera ouverte. Franchis-la et veille à ne pas être suivi. Sur ta gauche un petit muret abrite une modeste porte en bois, pousse-la. N'aie pas peur, il s'agit d'un cimetière. Quand tu auras monté le petit escalier, je te trouverai. »

La voix de son grand-père résonnait à chacune des étapes. Qu'il ait pensé à prévenir la crainte éprouvée par Antonius face à un cimetière fit sourire ce dernier. L'enfance des magiciens, même si elle s'avérait plus longue, ne différait en rien de celle des gens ordinaires, à un détail près : toutes les histoires qu'on leur racontait étaient vraies. Nul besoin de recourir à l'imagination ou aux légendes, les parents issus de la Guilde blanche n'avaient qu'à évoquer leurs souvenirs, ou ceux des autres magiciens, pour terrifier leur auditoire. Aussi, quand Antonius avait vu pour la première fois le clip *Thriller* de Mickael Jackson, avait-il cru que tout était vrai et une méfiance résiduelle envers ces lieux de recueillement l'habitait depuis. En poussant la dernière porte en bois, l'impatience l'envahit. Retrouver son grand-père devenait une première étape vers les siens. Le sens de l'aventure devenait enfin cohérent. Il gravit les quelques degrés de pierre.

Trépignant sur son épaule, Simone cria d'allégresse en revoyant son vieux maître. Debout dans une allée herbue au milieu des tombes anciennes, Melkaridion se tenait, noble et apaisé, portant une ample chemise blanche dont les pans couvraient négligemment un large pantalon. Son manteau de cuir brun élargissait légèrement ses épaules. Il attendait, souriant, son petit-fils. Ce dernier ne put s'empêcher de se jeter dans ses bras, au grand bonheur de la souris qui s'apprêtait à en faire autant. Mais tous deux roule-boulèrent au sol, trempés de la tête aux pieds.

« J'ai oublié de te parler de certains détails... »

Antonius et Mona, intégralement mouillés, se retournèrent. Melkaridion était toujours au même endroit, intact, dans le même habit. Ils l'avaient tout simplement traversé, comme une pure illusion.

« Je suis en eau désormais, comme je te l'ai dit. »
Antonius se releva en prenant soin de porter sa souris
au creux de sa main. Elle se tenait les reins et grimaçait,
plissant le dernier poil de moustache qui lui restait.

« Je suis devenu mon élément. C'est ainsi que nous
fusionnons avec la nature, Antonius, si nous allons au
bout de notre quête. »

Il jeta un regard bienveillant vers la petite rongeuse,
déçue de ne pas retrouver la confortable crinière, ample
comme un territoire et dense comme un édredon, qui
lui avait servi de logis pendant tant de siècles. »

« J'aurais dû vous prévenir, mais j'étais tout à la joie
de vous retrouver.

— Je ne pourrai plus jamais te serrer, grand-père ?

— Par grand froid, je gèle. Tu le pourras donc cet hiver. »

Déconcerté par la réponse de son aïeul, Antonius
essora Simone entre ses deux index, elle adorait. Devant
le regard étonné de Melkaridion observant la souris
entortillée, Antonius cru bon de se justifier.

« Ça lui étire la colonne vertébrale, sinon elle se plaint
du dos tout le temps. »

Le vieux Dolce fit un signe de la tête, ces deux-là
paraissaient bien s'entendre.

« Hâtons-nous, dit-il. Nous n'avons pas tout notre
temps ! La crypte est à vingt mètres. »

Il se dirigea vers l'un des angles du cimetière, où
s'enfonçait un petit escalier. Un hélicoptère de surveillance passa au-dessus d'eux, et ils durent se plaquer à
la porte de fer qui fermait l'entrée de la salle souterraine.

« Bruyante libellule, commenta le vieillard en observant l'engin.

— C'est un hélicoptère, précisa Antonius.

— Je sais. J'ai vu Léonard de Vinci dessiner les plans
d'une machine tout à fait similaire... », dit Melkaridion.
Tout en parlant, il s'était liquéfié pour se faufiler entre
tous les interstices de l'épaisse porte de fer qui barrait
l'entrée, profitant des espaces pour couler de l'autre côté.

« Le bougre a trop fait parler de lui », continua Melkaridion reconstitué. Sa voix retentissait de l'autre côté de la porte, dans la crypte. « Lui et moi nous nous ressemblions beaucoup, à ce détail près qu'il adorait paraître vieux, même en pleine force de l'âge, à cinq cents ans. »

Pas encore blasé, subjugué par la métamorphose, Antonius secoua la porte pour tenter de l'ouvrir par ses propres moyens.

« Il était aussi un magicien ? »

La porte finit par céder, révélant une petite salle trapue, aux parois habillées de marbre.

« Pas seulement. Un être tout à fait exceptionnel de la seconde génération de notre guilde. Même s'il était trop populaire, il n'a jamais fait le jeu de la Guilde noire. Le pouvoir ne l'intéressait pas. Il a trop fait confiance aux humains ordinaires, il voulait leur transmettre notre savoir. Cela lui a coûté la vie. Nous continuerons cette conversation dans l'escalier, si tu veux bien. »

« L'escalier ? » interrogea Antonius, qui ne voyait autour de lui nulle ouverture.

Melkaridion liquéfia sa main droite pour qu'un léger filet d'eau tendu se glisse à l'intérieur d'une petite serrure qui se trouvait à même le mur devant lui. Puis son corps se versa entièrement dans cette minuscule ouverture. Il avait disparu.

« Même moi, je ne passe pas, ironisa Simone.

— Grand-père ? appela Antonius. Tu peux m'ouvrir ?

— Ah oui... Pardon. Je me disais aussi ce que je pouvais bien faire là tout seul. »

Antonius ne répliqua pas. Il venait d'entrer dans un espace totalement autre, où le temps ni les dimensions ne semblaient appartenir à la réalité ordinaire. Il laissa l'exaltation détonner en lui, alléger le poids de toute l'inquiétude qu'il avait nourrie depuis son arrivée dans la capitale.

« Un puits... », murmura-t-il émerveillé.

Melidiane souleva la dalle avec les pires difficultés, malgré ses forces revenues. Combien de quintaux pouvait peser ce bloc ?

Un mince escalier en pierre s'enfonçait dans la cavité. Elle s'engouffra à l'intérieur, fraîche désormais, se cambra pour franchir complètement l'ouverture. Elle descendit une à une les étroites marches de granit. La lumière pratiquement inexistante ne gênait pas la magicienne. Les rayons de la lune permettaient à son œil d'optimiser toutes les particules lumineuses. Arrivée sur un sol sablonneux, elle se retourna pour embrasser du regard la plus grande partie de la salle souterraine. Un socle surmonté d'un présentoir en bois se trouvait au centre. Un petit carré blanc trônait, en évidence. Fébrile, elle approcha. Elle savait ce moment crucial, une pointe d'angoisse vint serrer son ventre. Elle leva les yeux. Là où le grimoire s'était trouvé, une ironique carte de visite affichait : « Fondation 18 ».

« Bonsoir, sœurette ! »

Melidiane se tourna, effrayée, vers l'obscurité d'où provenait la voix. Deux taches rouges se révélèrent d'abord, empruntant les lueurs d'un lac de sang éclairé par l'enfer. Guileone se trouvait devant elle, le fameux livre entre ses mains.

« Tu m'as manqué », lui dit-il dans un sourire carnassier.

3

L'obscurité paraissait lumineuse à Antonius, sans doute parce que la texture des parois, blocs de grès scellés de chaux et sable naturels, où l'humidité ruisselait lentement, nourrissant mille micro-organismes, renvoyait, d'aspérité en rugosité, la moindre lueur, qui cascadait ainsi à des dizaines de mètres en profondeur, presque intacte. Sous ses pieds commençait la première marche d'un patient et interminable escalier de pierre en colimaçon, s'enfonçant dans le désert sonore.

« Paris comme la plupart des grandes capitales de ce monde est construite autour de l'un des cent puits, le précédait la voix de son grand-père. Celui-ci est immense, tu verras. Il a fallu beaucoup de travail pour le recouvrir, le dissimuler et en faire une colline.

— C'est Anademe, le père de papa, qui l'a fait ? demanda Antonius.

— En partie. Il l'a terminé, mais surtout il a eu l'idée de faire construire un nouvel édifice religieux en surface : même en cas de conflit, le culte est souvent respecté. C'était un gage de tranquillité à cette époque. La France sortait d'une lourde défaite à Sedan. » Tout en descendant les degrés, Antonius s'aperçut que la circonférence du cercle que suivait l'escalier s'agrandissait. Plus il descendait, plus le tour effectué était grand, si bien qu'au centre même de l'édifice, le vide se gonflait, entre les marches scellées aux murs. Il s'approcha pour sonder du regard la profondeur, ce qui l'obligea à stopper sa descente, pris d'un vertige plus mental que physiologique. En regardant la spirale en contrebas, il avait eu l'impression que le bas et le haut étaient inversés.

« Comment est-ce possible ? »

En levant la tête, il obtenait le même effet, comme s'il s'était trouvé au centre d'un sablier, là où le grain s'écoule. Qu'il remonte ou qu'il descende, le cercle s'élargissait en s'éloignant de lui. Les marches au loin formaient des lignes en spirales qui semblaient mouvantes.

« C'est un effet d'optique qui empêche les humains ordinaires de descendre cet escalier, clama Melkaridion. Le vertige venant de chaque côté les immobiliserait. Ne t'arrête pas. » Antonius reprit le rythme régulier que son grand-père imposait.

« Tu reverras Virginie. Sois-en certain. » La réponse de Melkaridion le fit sourire. Il avait perçu son inquiétude.

« C'est plus fort que moi, il faut que je lui parle, que je la rassure, que je la protège ! s'emballa-t-il, emporté par son amour et son impatience.

— Tu veux la protéger ? répondit froidement Melkaridion. Alors, tais-toi, fais le mort et disparais de sa vie pour le moment. Si tu as fait le bon choix, elle t'attendra. Un bon siècle d'espérance ne peut qu'alimenter le désir.

— Mais elle sera morte, grand-père ! Elle n'est qu'une humaine ordinaire.

— Mon pauvre Antonius, tu es totalement inconscient. Elle ne pourra ni porter ta descendance, ni survivre à ta longévité. La dernière fois qu'un magicien a scellé son destin à une simple humaine, notre guilde s'en est retrouvée si affaiblie que...

— Oui ? réamorça Antonius, qui craignait une absence. Tu n'as pas terminé ta phrase, grand-père.

— Quelle phrase ? »

Simone soupira en même temps que son jeune maître. Quand Melkaridion perdait la mémoire, toute lutte s'avérait inutile.

« Si tu retiens tes pensées, tu les transformes et les détournes, c'est ainsi que tu nourris la frustration », poursuivit l'aïeul. L'écho de leurs pas changeait de sonorité. Il se raccourcissait. Antonius restait silencieux malgré la perche tendue par son grand-père.

« Je ne sais par laquelle commencer, bredouilla-t-il.

— Tu as pourtant le choix ! » lui dit Melkaridion en se retournant vers lui, ce qui l'obligea à stopper. Malgré sa position plus basse, le vieux magicien semblait le dominer.

« Hésites-tu entre le fait de savoir ce que tu fais là, pourquoi tu es séparé des tiens ou encore pourquoi le temps s'est ainsi écoulé en quelques minutes ? À moins que tu ne te questionnes sur la lettre que tu as reçue du Japon ? » Sa voix resta en suspens. Melkaridion semblait diriger son monde d'une main ferme et sûre. La petite souris, lovée dans le cou d'Antonius, crut bon de rajouter :

« Et pourquoi je ne meurs pas ? », ce qui fit sourire ses deux compagnons.

« Simone, je ne peux me résoudre à te voir disparaître, c'est une partie de moi qui s'éteindrait ainsi. Tu es condamnée à rester dépressive, j'en ai bien peur. » Quand Melkaridion n'utilisait pas le diminutif de Mona, cela signifiait qu'il était sérieux. Elle se rencogna, résignée à attendre encore et toujours que son heure sonne enfin. Antonius posa alors une vraie question :

« Qu'est ce que je fais ici, grand-père ? » Melkaridion afficha un large sourire et reprit sa descente.

« Suis-moi, nous sommes presque arrivés. » Le jeune Dolce n'avait pas obtenu de réponse. Il avait pourtant été franc. Ce paradoxe l'égara dans ses pensées.

Quelques minutes plus tard, ils arrivèrent enfin à destination.

« Diffuse », lui demanda son grand-père. Cela signifiait qu'il fallait activer les cellules lumineuses accumulées sur l'épiderme durant la journée pour créer une source éclairante. Mona posa un cheveu d'Antonius sur ses yeux pour les protéger, elle détestait ça. Melkaridion et Antonius se mirent à rayonner. L'immense grotte dans laquelle ils se trouvaient ne ressemblait en rien à celle que le fils de Rodolpherus avait découverte lors de l'affrontement avec Guileone. Ici, le sol sablonneux s'étalait sur une centaine de mètres. Une eau cristalline et tiède recouvrait cette plage de quelques centimètres. La sensation, sous le pied, était étonnante. Le sable donnait le sentiment d'être sec et fin, même sous l'eau. La lumière qui émanait des deux corps se reflétait, puis s'étalait en réverbération pour s'immerger comme si elle était vivante. Plus la source de lumière s'affaiblissait depuis les corps, plus l'eau devenait éclairante. Les lumens changeaient de camp. Une minute plus tard, le transfert de rayonnement s'achevait. La lumière venant du bas se reflétait en vaguelettes étincelantes et ondulantes sur les parois du puits.

Melkaridion se retourna vers son petit-fils et posa les mains sur ses épaules qui s'humidifièrent aussitôt.

« Comme tu peux le voir, les non-limites de la nature dépassent l'imagination. Tu es ici pour terminer ton initiation. En sortant de cet endroit, tu seras un magicien accompli. Tu pourras alors commencer la quête des cent puits pour trouver ton élément.

— Quand le connaîtrai-je ? S'agit-il de la terre ? osa Antonius, se souvenant de ses sensations sur le parvis de Notre-Dame.

— Il te choisira. Il s'imposera de lui-même », répondit sans détour Melkaridion.

— Quand commençons-nous ?

— Nous venons d'entamer ta formation et cesse désormais de m'interrompre avec tes questions. » Le ton ferme décontenança le jeune Dolce, il n'avait pas l'habitude d'entendre son grand-père lui parler ainsi. Il se tut. Il fouilla dans les souvenirs encore clairs qui flottaient au-dessus de lui. Des images sorties tout droit de son cerveau se reflétaient vaguement dans l'eau qui les entourait.

« Comme ton père, tu ne cesses de poser des questions ! »

— Je ne l'ai jamais vu exercer sa magie. »

Melkaridion parut contrarié :

« On n'exerce pas la magie, ce n'est pas un sport ! On est magicien, nuance ! » Il souligna d'une pause significative son dernier mot et continua : « Ton père n'en a pas besoin. Il dépasse de loin tout ce dont ton cerveau et le mien sont capables d'accomplir. J'ai terminé personnellement la formation qu'Anademe avait entamée. Ta mère était à Londres à l'époque et il a fallu que je m'isole avec lui. Il est le seul à posséder la mémoire des gènes. S'il trouve le chemin il saura retrouver son histoire comme celle de notre guilde. C'est pourquoi jouer avec le temps le fascine. Il sait que sa voie se trouve hors des années, là où le milieu n'existe plus, là où les distances n'ont plus d'importance.

— Il le sait ? » Antonius regarda son grand-père dans les yeux pour essayer de saisir sa pensée, une image rétinienne, le moindre indice qui augurerait d'une réponse, mais Melkaridion restait une forteresse redoutable.

« Tu perçois les choses, mais si tu es ici, c'est par ma simple volonté. Ne sois pas si impatient de savoir, de connaître. Ton père est encore en vie grâce à ce qu'il ignore. C'est toi qui affronteras la Guilde noire prochainement, c'est pourquoi ton père a préféré me laisser terminer l'accomplissement de ton cycle.

— Comment sais-tu cela ? »

Antonius savait qu'il devait se taire, mais la question sortit avant même qu'il puisse la retenir.

« Si tu ne maîtrises pas ton cerveau dès maintenant, tu ne pourras jamais accomplir la tâche qui t'attend. Le temps que nous perdons ne se rattrapera pas. Ferme les yeux et écoute-moi. » Le ton bienveillant le rassura.

Le jeune magicien ne se fit pas prier. Melkaridion le rejoignit alors pour, petit à petit, envelopper le corps de son petit-fils, comme une gelée transparente, un rocher liquide. La voix de Melkaridion se fit plus diffuse, plus calme et pénétrante. Antonius avait la sensation de l'entendre par tous les pores de sa peau.

« Ouvre les yeux, maintenant », commanda-t-il. Antonius obéit. L'effet fut immédiat. Il n'avait pas l'impression d'être sous l'eau, mais devenait aquatique lui-même. Il ne voyait pas les parois du puits en transparence mais la vie de son grand-père. Les images se succédaient en s'animant comme un livre ouvert. Le Moyen Âge, les châteaux, les joutes et les batailles se chevauchaient, Lancelia, le bûcher, le dantesque affrontement sur la place de Grève, le jour de l'exécution du roi Louis XVI, et les fuites aussi. Les hommes prestigieux se succédaient devant ses pupilles dilatées. Gutenberg, Louis XIV, Voltaire, Liszt, Mazarin, Nelson, Vinci... Musiciens, inventeurs, politiciens, rois, artistes, militaires, évêques, explorateurs et philosophes... Rien ni personne ne manquait. La vie de Melkaridion s'avérait plus riche encore qu'il ne l'avait imaginé. Il fut subjugué de voir à quel point certaines avancées de la civilisation se conjuguaient avec la présence de son grand-père. Louis Blériot et son premier vol, les frères Montgolfier, papetiers du roi et leur ballon volant. Il eut le sentiment fugace que les magiciens étaient là pour montrer la voie, pour faire évoluer un monde qui ne demandait qu'à s'épanouir.

Les images s'arrêtèrent d'un coup. Plus aucune matière ne recouvrait le jeune Dolce. Melkaridion se tenait en face de lui, assis en tailleur sur l'eau. Antonius adopta la même position. Ils étaient tous les deux à fleur d'eau sans vraiment s'enfoncer. La rapidité fulgurante avec laquelle ils changeaient de point d'appui, pour transférer leur masse corporelle, empêchait leur corps de s'enfoncer. Melkaridion reprit l'initiation :

« J'ai envoyé ton père, comme ta mère, à deux endroits et deux époques différents. Ils se trouvent là où le premier et le troisième grimoire sont cachés. Il nous faut les récupérer avant la Guilde noire. Bien avant. C'est pourquoi voyager dans le passé fut nécessaire. L'un comme l'autre doivent dissimuler les précieux ouvrages.

« Où se trouve le second ? » demanda Antonius.

« Tu es assis dessus. »

Surpris le jeune Dolce regarda sous lui. L'eau avait disparu sans qu'il s'en rende compte.

« Tu dois oublier ce que tu crois savoir pour apprendre. Dans les puits, seule la nature domine. À l'origine la nature dominait tout. Les humains ordinaires, petit à petit, ont inversé le sens de la cohérence. Nous étions pourtant là pour garantir l'harmonie de son développement. Nous avons échoué.

— Mais où ?

— Sur la terre, voyons.

— Quand ?

— Il n'est pas encore temps d'aborder cette question ! » Antonius se leva, agacé, rompant la lévitation de son grand-père qui chuta lourdement sur son séant malgré le sable.

« Assez, avec les "pas encore, bientôt, c'est pas le moment et un jour tu verras" ! On a failli être séparés vingt fois. Qui m'apprendra ce que tu dois me transmettre si tu disparais ?

— Si j'avais fait ça devant Merlin, je m'en serais pris une sévère ! rétorqua Melkaridion.

— On n'est plus au Moyen Âge, grand-père ! Si je veux appeler un pote à l'autre bout du monde, je n'ai qu'à décrocher mon téléphone, excuse-moi mais c'est un peu moins galère que les puits et les labyrinthes ! Pourquoi on n'aurait pas des portables magiques avec des abonnements illimités ? Pourquoi, si on est si puissants, on ne domine pas techniquement la planète avec des supers-outils ?

— Pour quoi faire ? répondit placidement le vieux sage.

— Je ne sais pas, moi, mais ça serait plus cool en tout cas.

— En voilà une raison convaincante, dis-moi. J'en parlerai à la prochaine réunion de notre guilde ! »

Antonius pris un air moqueur et enchaîna, excédé.

« La réunion de la guilde, ça se passe où ? Dans la forêt des Carnutes, vous êtes tous en robe blanche avec une branche de gui dans les cheveux, en train de chanter autour des nouvelles potions, c'est ça ? » La claque résonna si distinctement sur la joue d'Antonius que Mona failli tomber de son hamac capillaire.

L'œil noir de Melkaridion ne lâchait pas le regard fuyant de son petit-fils. Après un silence si lourd que les épaules d'Antonius se tassèrent, il reprit :

« Excuse-moi, papy, je ne sais pas ce qui m'a pris.

— C'est rien, j'ai adoré ça ! Je trouve que votre génération manque sérieusement d'une claque ou deux. » Antonius fut si déconcerté par la réponse de son grand-père qu'il ne pipa mot.

Melkaridion reprit son apprentissage.

Antonius fourmillait de questions que Melkaridion entendait, donnant une réponse instantanément à chaque requête. Ils pensaient et parlaient en même temps. Le jeune magicien, lui, écoutait non seulement la voix mais la réflexion. Il posait des questions mentalement quand il écoutait physiquement. L'apprentissage était double et simultané, ce qui permettait au vieux mage de ne pas être interrompu durant son récit.

« Nous n'avons pas, dans un premier temps, vraiment tenu compte des sorciers. Ce fut notre plus grossière erreur. La Guilde noire n'était pas vraiment constituée, ils agissaient de manière isolée et sans grande coordination. Pourchassés, comme nous, par les humains ordinaires, ils arboraient des différences plus voyantes que les nôtres, en particulier au physique. Leur corps sécrète après la transformation une substance qui les détruit, mais qui paradoxalement les nourrit. Plus ils deviennent puissants, plus ils se rapprochent de la mort. Le jeu est dangereux, mais la tentation trop forte. Ils envient notre longévité et cherchent l'immortalité, comme les hommes d'ailleurs. Ceux qui ont peur de la mort agissent ainsi.

— Je ne dois pas en avoir peur ? interrogea Antonius.

— Aucun magicien, jusqu'à ce jour, n'est mort de vieillesse. Par le combat certes, par accident quelquefois, ou par transformation, mais jamais naturellement. Notre mortalité reste à prouver. »

Mona soupira à cette réflexion.

« Hé ben, j'ai pas fini... »

Antonius porta la main sous lui pour se saisir du second grimoire mais le vieux magicien lui fit signe de patienter.

« Je n'en ai pas terminé avec les sorciers... Quand ils se sont réconciliés avec les humains, le rapport de forces a immédiatement basculé. Nous n'étions pas prêts. Le XIXe et le XXe siècle se résument à une impitoyable chasse aux magiciens. Les guerres mondiales ont alors éclaté, accélérant ce processus. Non seulement il fallait nous cacher, mais surtout abandonner notre rôle. La dégradation du modèle naturel s'est alors révélée fulgurante et l'industrie a pris le pas. Le monde s'est conformé à une logique économique, puis financière. La recherche s'est mise au service des intérêts, l'enseignement au service du commerce, et les gouvernements aux ordres des plus puissants. Le monde s'est divisé en une somme d'individualités plutôt qu'en un peuple. Nous étions déjà vaincus, trop peu nombreux pour lutter... Encore une fois. »

Melkaridion avait cessé de penser pour se rappeler. Antonius stoppa ses questions pour le regarder, la dernière phrase entendue restait pourtant en suspens.

« Encore une fois ? », osa-t-il tout doucement. Melkaridion se reprit immédiatement.

« Il est encore un peu tôt pour aborder ce sujet. Prends le grimoire, maintenant. » Le jeune magicien nota que l'eau n'avait pas disparu, mais les entourait, formant un cercle presque vivant autour de leurs deux personnes. Le livre se tenait enfoui dans le sable, bien plus profondément qu'il ne l'imaginait. Il dut enfoncer son bras jusqu'à l'épaule pour s'en saisir. Le sable ne présentait aucune résistance, comme s'il s'agissait de vide. Il le retira aussi doucement qu'un œuf sur le point d'éclore.

« Il n'est pas si fragile, il a survécu a tant de péripéties... Tu peux t'en saisir fermement. » Malgré le conseil de Melkaridion, Antonius hésitait à le manipuler. Sa peau si épaisse semblait chaude comme un être vivant.

« Avant que tu l'ouvres, tu dois comprendre pourquoi nous avons divisé l'information en trois livres. Nous n'avions ni le souci de l'énigme, ni celui de l'intrigue. Il existe dans ce monde trois réelles dimensions. Les trois grimoires ne font qu'obéir à cette loi terrestre. Ils ne se lisent, ni de gauche à droite, ni de bas en haut, mais en profondeur. Quand les trois ouvrages seront enfin réunis, ils s'assembleront pour se découvrir comme une seule entité. Bien évidemment tu pourrais retirer des informations de chaque livre indépendamment des autres, mais il te manquera à chaque fois au minimum une dimension. Tu ne feras qu'effleurer les choses, sans jamais les dominer.

— Ils contiennent les cinq secrets ? » Antonius connaissait la réponse mais il ignorait sa réelle signification.

« Indépendamment, chaque livre porte son secret. Certains les ont qualifiés de premier, second et ainsi de suite, mais cela n'est que pure spéculation.

— Si chaque livre comporte un secret, cela ne fait que trois. Où sont les deux autres ? » Melkaridion sourit.

« Le quatrième secret s'obtient en associant le premier et le dernier grimoires. Quand au cinquième et ultime mystère, il faut la présence des trois ouvrages dans leur intégralité pour y avoir accès. »

Le silence suivit son discours. Le vieux magicien se leva d'un bond, faisant monter naturellement le niveau d'eau qui se situait presque à deux mètres du sol désormais. Le cercle aquatique qui entourait les deux magiciens se muait en véritable cylindre. D'un geste du poignet, Melkaridion en élargit la circonférence puis, en se tournant vers son élément, il continua sa démonstration en y ajoutant l'image. L'eau s'animait comme un bas-relief vivant illustrant chaque propos du vieux mage.

« Le deuxième des trois secrets concerne la fabrication du démon... » L'eau se colora d'un seul coup d'une rougeur légère pour laisser l'élément sculpter la tête de Guileone. Antonius se leva à son tour, pour toucher l'eau qui répondait aux intentions de son grand-père.

« Comment fais-tu cela ? demanda-t-il, fasciné.

— Je ne "fais" pas... Je *suis* cela. L'eau que tu vois autour de toi fait partie de moi. Je ne lui demande pas de prendre telle ou telle forme, tu ne fais qu'observer mes pensées. Tu es dans mon cerveau.

— Mon oncle Guileone serait le nouveau diable ?

— Le diable est une interprétation religieuse du mal. La métamorphose démoniaque est malheureusement accessible au commun des mortels. Visiblement, malgré l'absence des deux autres grimoires, la Guilde noire semble posséder assez d'informations pour permettre la transformation de Guileone.

— Quel est le premier secret ? » osa Antonius. L'eau se figea. Melkaridion fronça ses sourcils blancs.

« Celui-là est tout aussi délicat et dépend du premier, il s'agit de la porte des morts. » L'eau se grisa en tournant très lentement dans le sens contraire des aiguilles d'une montre.

« La porte des morts ?

— Aussi incroyable que cela puisse te paraître, il

existe une manière de faire revenir les morts dans notre monde.

— J'ai vu des tas de films de zombies », commenta Antonius, alors que l'eau, tout en tournant, ondulait de manière à déniveler la surface.

« Tu ne saurais pas reconnaître un mort d'un vivant. Il n'y aucune différence physique, à l'exception qu'ils rajeunissent.

— Comment ça ?

— Leur corps, pour revenir à la vie, subit le processus inverse, il devient de plus en plus jeune mais à très grande vitesse. Merlin, paraît-il, maîtrisait ce processus comme personne. Il se murmure qu'il était capable de stopper ce rajeunissement, mais je n'ai jamais pu le vérifier.

— Qu'arrive-t-il à ceux qui deviennent de plus en plus jeunes ?

— Vieux, adultes, jeunes, adolescents, enfants, nourrissons... et embryons. La mort reprend son dû, même dans l'autre sens. Mais en rajeunissant, leur mémoire se renouvelle constamment, il faut sans cesse leur réapprendre. Le seul souci qui nous concerne à cette heure est que le démon, s'il est correctement accompli, peut déclencher lui-même le retour à la vie, même sans maîtriser le premier secret. »

Melkaridion continua :

« La porte des morts est le plus périlleux des secrets. Tu ne peux l'utiliser que pour sauver ta lignée, si tu réveilles une âme qui n'est pas de ton sang, tu seras incapable de la contrôler. Elle cherchera avant tout à te détruire. Le dernier point à ce sujet et non des moindres : une fois que la porte des morts est ouverte, elle ne se refermera plus.

— Quel est le troisième secret ? » Antonius s'enivrait de révélations, il avait le sentiment de grandir d'un seul coup.

232

« La maîtrise du temps. C'est l'une des clefs de notre univers, et nous la détenons, ton père et moi.

— Nous, les Dolce, nous maîtrisons le temps ? » s'étonna Antonius.

— Chaque planète génère son propre espace-temps, il n'est ni figé, ni impénétrable. Ton père étudie ce phénomène depuis son enfance. Il a dépassé mes propres connaissances en la matière, comme dans beaucoup d'autres, d'ailleurs... Il ne lui manque que son enfance... Dans un avenir proche, il se déplacera dans le temps à sa guise.

— Je veux tout apprendre !

— Tu vas beaucoup trop vite. L'essentiel n'est pas de connaître nos différences mais de les maîtriser. Ne te détourne pas de ton objectif avant de le voir atteint.

— Mais le temps est universel, grand-père.

— Ça, c'est une décision de l'homme et non de l'univers. Le temps n'existe que par rapport à des limites. Dans l'infini, il n'a pas sa place. »

À peine ces derniers mots prononcés, Antonius vit la lumière radicalement changer autour de lui. Il se trouvait au beau milieu d'un champ de blé, un arc et trois flèches à ses pieds. Melkaridion manteau au vent, se tenait debout à quelques mètres de lui.

« Comment peux-tu accomplir un tel prodige ? bal butia le jeune magicien.

— J'ignorais qu'un champ de blé se rangeait dans la catégorie des prodiges », répondit malicieusement le grand-père. Nous ne sommes nulle part, tu es en train de rêver. Je suis dans ton esprit. Ramasse l'arc et les flèches. »

Antonius s'exécuta.

« Tu n'as pas plus moderne, comme arme ?

— Tu suggères un mousquet ? Melkaridion fronça les sourcils.

— Je ne sais pas, moi, un AK47, un Famas, un

M60, ou un laser comme dans *Halo*. Un mousquet... Comment veux-tu que je me batte avec un truc pareil !

— Il n'est pas question de se battre, surtout avec une arme. La Guilde noire n'attend que ça ! Tue, ne serait-ce qu'un des leurs, et tu grossiras leurs rangs ! » Melkaridion avait haussé le ton. L'énervement visible sur son visage se traduisait par un regard d'acier. Antonius baissa les yeux.

« J'ai vaincu des centaines de sorciers sans jamais tomber dans leur piège. Je les ai forcés à s'anéantir eux-mêmes, à s'entretuer pour le pouvoir, à mourir par excès de confiance. L'art de la guerre, Antonius, c'est de vaincre sans combattre. »

Un silence pesant s'abattit entre eux deux. Melkaridion avait noirci l'atmosphère, pour accentuer sa colère, comme un orage quelques secondes avant la pluie.

« Pose ta flèche, et tends ton arc. » Il n'était plus question de discuter et encore moins de commenter. « Tu dois sentir le vent, le blé, la terre et l'air. Tu dois comprendre que le vide n'existe pas. Que tout influence tout. Déplacer une masse d'air, une branche, une feuille, une plante ou même ton petit doigt influence tout ce qui t'entoure. Vois l'air comme une matière, et utilise-la. » Melkaridion se tut. Antonius le bras plié, la flèche à même la joue et la corde tendue, n'osait parler. Il bredouilla :

« Que dois-je viser ?

— Tu dois faire passer ta flèche entre chaque épi de blé sans en toucher aucun. Ton pouvoir n'est pas de détruire ta cible, mais d'éviter que ta flèche ne l'atteigne.

— Je n'y arriverai jamais, grand-père.

— Alors, ne le fais pas.

Dans la seconde qui suivit, Melkaridion et son disciple se retrouvèrent assis en tailleur l'un en face de l'autre à l'intérieur du puits. L'eau formait toujours le même cercle autour d'eux.

« Pourquoi sommes-nous partis ? demanda naïvement Antonius.

— Je n'ai pas de temps à perdre, si ta volonté ne domine pas tes actes, aucun ne sera possible. Renoncer avant d'essayer, c'est rendre les armes.

— Mais comment veux-tu éviter chaque épi de blé ?

— Comme ça. »

En un claquement de doigts, ils reprirent leur position au milieu du champ. Le ciel s'était dégagé. Antonius en conclut que son grand-père n'était plus fâché. Il n'y avait plus qu'un seul épi de blé, tous les autres avaient disparu. Melkaridion tira sa flèche qui passa sur la gauche de la plante avant d'effectuer un large cercle pour revenir mourir dans la main de celui qui l'avait décochée.

« Tu ne dois pas lutter contre les éléments, mais avec eux.

— C'est facile, il n'y avait qu'une seule tige », commenta Antonius. Melkaridion leva les yeux au ciel.

« Cela ne change rien. Avoir comme alliés le vent, l'humidité, l'air et la plante, fait de toi le maître des lieux. Impose ta volonté. Tire ! » Il avait hurlé son dernier mot de manière à faire sursauter son petit-fils.

La flèche tomba à ses pieds.

« Bravo ! » commenta, ironique, l'aïeul des Dolce.

« Comment veux-tu que je parle aux pierres ou au vent, puisque je ne comprends déjà pas la moitié de ce que tu me racontes ! »

Antonius, les sourcils froncés saisit une deuxième flèche. Melkaridion posa alors sa main sur les yeux de son disciple.

« Tes yeux ne sont là que pour confirmer ce que ton corps ressent.

— Je ne vois rien !

— Ne sois pas impatient, respire, sens l'air autour de toi, imprègne-toi des éléments. » Antonius, bercé par la voix de Melkaridion, changea le rythme de sa respiration. Il détendit ses muscles et se concentra. Durant quelques secondes, il ne se passa rien, puis il perçut le vent comme une teinte de gris dans le noir.

« Chaque partie de ton corps capte le moindre mouvement, la moindre différence, le moindre son... » Antonius écoutait. L'espace qu'il percevait par la vue quelques minutes auparavant lui apparut de plus en plus clairement, sous une autre forme, plus intériorisée, mais non moins précise.

« Tes yeux font de toi un feignant, tu peux tout percevoir en te concentrant. »

La flèche partit immédiatement sans qu'Antonius ne la maîtrise vraiment. Paniqué, il fit plier les épis jusqu'au sol, déclencha une pluie torrentielle et provoqua un vent à décorner les bœufs. La flèche s'enfonça dans le sol, plaquée par une humidité soudaine et étouffante. Melkaridion regarda Antonius.

« C'est un peu exagéré pour une simple flèche, je ne t'ai pas demandé de déplacer un château-fort... Mais tu as compris le principe.

— J'ai provoqué tout ça ? » demanda Antonius ébahi en ouvrant les yeux.

— Je t'ai un peu aidé, mais on peut dire que tu es l'auteur de ce déluge, oui.

— C'est incroyable.

— De médiocrité, certes ! Il ne suffit pas de connaître un alphabet pour bien parler. La maîtrise est ce qui compte. Tu viens d'exercer ton pouvoir, mais tu n'as rien maîtrisé. » L'émerveillement d'Antonius fit place à de la frustration impatiente.

La grotte se matérialisa à nouveau. L'eau semblait plus éloignée d'eux.

« Tu maîtrises les cinq sens propres à ton corps, le sixième qui est l'exception et qui nous distingue des normaux se nomme la nature. Elle fait partie de nous. L'eau qui circule dans ton corps vient du premier océan unique sur terre, bien avant que les continents ne se séparent. Toute forme de vie en est issue. La totalité des molécules de la flore et de la faune, même n'ayant jamais existé sur notre terre, circule dans nos veines. C'est pourquoi tu ne dois pas boire une eau autre que celle des puits, au risque de faire disparaître certaines de ces molécules. Si tu communies avec cette sixième part de toi, tu pourras communiquer non seulement avec l'animal de ton choix, avec n'importe quelle plante, n'importe quelle essence végétale, du chêne à l'ortie, mais également avec tous les minéraux.

— Les pierres ? demanda Antonius.

— Les pierres, la roche, le sable, les montagnes.

— Mais ce n'est pas vivant !

— Tout ce qui vit est en mouvement, sourit Melkaridion. Si ce mouvement n'est pas dans ton cycle de temps, il te semblera mort.

— Je ne comprends pas.

— L'arbre grandit, mais trop lentement pour que tu le voies à vue d'œil. Cependant, ses branches fleurissent et il croît suffisamment vite pour qu'au cours de ta vie, tu le remarques. Si un rocher met plus d'un millier d'années pour se déplacer d'un mètre, tu ne le verras pas, et pour toi il ne sera pas vivant. Il n'est simplement pas à la même vitesse que toi. Rien sur cette terre n'est inerte, il faut que tu en prennes conscience dès maintenant. »

Antonius regarda autour de lui et comprit enfin pourquoi le sable avait cette texture inhabituelle... Il était en vie.

« C'est cela, Antonius, les puits et la route des origines sont le théâtre d'une « surnature ». Tu pourras y accomplir des exploits difficiles ailleurs.

— Fascinant..., murmura l'aîné des enfants Dolce.

— Si tu prends conscience que tu es les éléments, comme ils sont toi, que ce sixième sens t'appartient et que tu dois seulement le maîtriser, alors tu seras plus puissant que le plus équipé des soldats. Car il se bat dans ton espace et non dans le sien. La magie n'est que cela. Les Dolce doivent fusionner avec la nature, et la pensée n'est pas la seule forme d'expression. Les minéraux n'ont pas de cerveau. Il faut donc trouver le langage de chaque chose... Le grimoire qui est entre tes mains contient le chant des matières, flore, faune et minéral. Ce n'est pas un secret, tu pourras le décrypter sans avoir besoin des trois autres livres. »

Antonius prit le grimoire entre ses mains et l'ouvrit. Les signes, le papier comme une peau, les teintes d'encre naturelle, le poids qui changeait sans qu'il ne fasse rien... il lui semblait tenir un animal entre ses mains. Il releva la tête vers Melkaridion qui l'observait silencieux.

« Tu ne m'as parlé que des trois premiers secrets. » Melkaridion hocha légèrement la tête.

« Le quatrième et le dernier secrets sont plus fondamentaux. Ils concernent notre propre histoire. L'avant-dernier secret n'a d'autre objet que le mystère de nos origines, notre provenance et nos fonctionnements.

— En quoi peut-il être aussi important que la porte des morts ? demanda, dubitatif, Antonius.

— Révéler notre histoire et nos origines bouleverserait le fonctionnement même de notre planète. Les humains ne comprendraient pas.

— D'où venons-nous ? demanda spontanément Antonius.

— De la terre. Le jeune homme afficha un léger rictus de déception.

— Qu'est-ce qu'il y a ? demanda Melkaridion

— Je me disais qu'on pouvait être... des extraterrestres !

— La télévision a fait plus de dégâts que la pire des guerres en ce bas monde..., commenta de dépit le grand-père.

— Mais si on vient de la terre, quel est le mystère, alors ? » Antonius eut le sentiment fugace de mettre la main sur un défaut. Melkaridion dissipa cette impression d'un geste du bras, que l'eau accompagna d'une véritable dispersion. L'air se transformait en vapeur, la température avait dû augmenter d'une dizaine de degrés. Un brouillard les cernait, comme s'ils parlaient depuis un nuage.

« Venir d'ici ne signifie pas que notre monde soit exactement comme on le pense. Il existe une première... »

Il s'interrompit, l'air égaré.

« Une première quoi, déjà ? »

Il avait une de ses absences. Antonius eut un théâtral gémissement.

« Ah non, grand-père, pas maintenant !

— Je suis désolé, marmonna le vieillard.

— C'est trop facile, à chaque fois que ça devient crucial, ça part en vrille ! Fais un effort, rappelle-toi !

— Il n'y a pas de hasard dans mes pertes de mémoire, si je l'oublie maintenant c'est que tu n'es pas encore prêt pour le savoir, un point c'est tout. »

Imperturbable, Melkaridion reprit le cours de l'apprentissage d'Antonius. Le temps n'existait plus. Au sein d'une durée suspendue, où passé, présent et futur se feuilletaient en une unique densité d'expérience, Antonius emmagasinait les informations comme un muscle nouveau qu'il apprenait à maîtriser.

« Si tu te concentres sur un objet, et que tu ne regardes que lui durant de longues minutes, la moindre notion extérieure disparaîtra, le vent, le jour, l'odeur, rien n'y résistera. Il n'y aura plus que toi et lui, quelle que soit la distance qui vous sépare. »

Le grand-père matérialisa dans l'esprit d'Antonius un verre d'eau. L'objet flottait au milieu de la grotte comme s'il était réel.

« Comment fais-tu cela ? murmura le jeune homme.

— Tu deviens vexant, à la longue. Ce n'est qu'un verre d'eau ! Fixe-le, plutôt. »

Antonius s'exécuta avec tant d'assiduité qu'au bout de quelques secondes il parvint à se voir au travers des reflets de l'objet. Il ignorait que sa sœur avait expérimenté sans le savoir la même technique en marchant dans les rues de Manhattan.

« La moindre source de lumière diffusant un reflet est une manière de multiplier ton point de vue. Tu peux te déplacer dans l'image, Antonius, tout en restant à ta place. »

Antonius s'observait au travers du verre, comme si son regard avait quitté son corps.

« Tu dois maintenant maîtriser ton regard et décider à volonté de la source que tu souhaites utiliser. Si ton visage se reflète quelque part, tu peux l'utiliser et y placer ton point de vue. »

Melkaridion remplaça alors le verre d'eau par une série de miroirs qui entouraient le jeune magicien sans le moindre interstice entre eux. Il n'y avait plus d'objet au centre : lui-même se trouvait être le noyau de l'expérience.

« Avant cela, tu dois t'affronter toi-même si tu veux te maîtriser. » La voix de Melkaridion s'échappa dans un écho lointain. Antonius se sentit immédiatement seul, entouré de ses propres reflets. Il était cerné par lui-même. De prime abord, il trouva cela amusant, jusqu'à noter une différence dans un des reflets. Il semblait que sur la droite, son double avait remué. Puis, de manière plus flagrante, son reflet sur le côté gauche fronça les sourcils alors qu'au centre le vrai Antonius restait impassible. Petit à petit, les innombrables images de lui-même qui le cernaient se mirent à se muer de manière indépendante.

« Grand-père ? » interrogea Antonius, anxieux. Non seulement Melkaridion ne répondit pas, mais l'un des reflets se mit à rire de l'inquiétude du modèle. Puis un autre. Il ne percevait plus la présence de son aïeul. Il était seul et le sentait. Son stress augmenta.

Les autres Antonius, autour de lui, affichaient tous désormais une attitude bien distincte. Les différents aspects de sa personnalité existaient devant lui. Les miroirs s'étaient effacés. Les regards devenaient de plus en plus agressifs, les mouvements de plus en plus nerveux, et le son de leur respiration de plus en plus net. Chacun voulant manifestement dominer les autres, ils se rapprochaient tous de leur source de manière à prendre enfin le pouvoir. Il perçut sa gentillesse poser un regard bienveillant sur lui, mais fut surpris par la violence qui le caractérisait tout autant et qui se tenait à l'opposé. Les faces les plus secrètes de sa personnalité se détachaient au fur et à mesure des reflets.

« Si tu ne maîtrises pas tous les aspects de ta personnalité tu ne domineras jamais ta puissance, alors c'est elle qui fera de toi son jouet. » La voix de Melkaridion n'eut pas l'effet apaisant escompté. Antonius, cerné, prit peur.

Au moment où la colère sauta sur lui, tout s'effaça d'un coup. Il avait fermé les yeux !

« Tu refuses de t'affronter. C'est fâcheux. » Melkaridion se tenait debout devant lui.

Il interrompit soudainement sa phrase. Les extrémités de quatre cordes épaisses venaient de toucher le sol, exactement là où ils se trouvaient. Antonius et son grand-père levèrent immédiatement les yeux. On ne distinguait encore rien dans la vertigineuse élévation du puits, mais les quatre cordes se tendirent d'un seul coup, ce qui signifiait que des individus glissaient le long de ces liens.

« Ne lâche surtout pas le grimoire. Suis-moi ! »

Antonius lui emboîta le pas. Ils se dirigeaient vers l'une des parois du puits. L'eau qui montait à mi-cheville ne faisait aucun bruit malgré leur déplacement. Melkaridion était silencieux, l'eau restait donc muette. La luminosité disparut tout aussi rapidement pour ne pas être repérable. Ils progressaient dans le noir.

« Quel est le cinquième et dernier secret, grand-père ? » chuchota Antonius dans leur précipitation.

Au moment même où il finissait de poser sa question, il se sentit partir les deux pieds en avant dans le vide.

« Bienvenue dans mon puits, fils ! Cette explication attendra », lui parvint, joviale, la voix de Melkaridion. Il glissait vers le bas et dans le noir total à une vitesse affolante, comme s'il parcourait un tube-toboggan dans un complexe aquatique. L'eau le submergea petit à petit, il se laissa envahir par ce liquide régénérateur qu'il avait goûté pour la première fois avec Virginie. Il sentait Melkaridion partout autour de lui malgré la vitesse exponentielle à laquelle il se déplaçait.

« Ne t'inquiète pas... Je sais où tu vas !

— Où *je* vais ? hurla Antonius, comprenant qu'il devrait faire une nouvelle fois cavalier seul.

— À ton âge, on ne tient plus la main de ses parents ! » La voix de Melkaridion s'éloignait.

« Grand-père ! », hurla-t-il. Il lui sembla distinguer le mot « confiance », mais la voix était si loin et le bruit de l'eau des puits si assourdissant, dans cette hallucinante vitesse de déplacement, qu'il ne distingua plus rien.

À l'endroit sablonneux où le vieux magicien avait initié son petit-fils, quatre hommes cagoulés et gantés mettaient le pied à terre après une longue glissade le long des cordes. Leurs pieds, en touchant le sol, se dérobèrent aussitôt et ils glissèrent tous les quatre simultanément. Éparpillés aux quatre coins de la salle d'initiation dans des positions improbables, ils étaient incapables de se relever ou de tenir debout.

L'eau, transformée en une épaisse couche de glace, que le groupe d'intervention n'avait pas anticipée, reflétait à la perfection les corps ridiculement positionnés pour se stabiliser. Melkaridion signait son retour.

4

Ruffalo, malgré la patience apprise au cours de ses longues années de planque, et après des heures passées à contempler son combiné, avait finalement cédé à son envie de rappeler l'ambassade.

Il tomba de nouveau sur Jefferson Bird, qui se montra plutôt embarrassé.

« Elle est encore à l'hôpital... » Le fonctionnaire avait pris sa voix la plus détachée pour énoncer l'information.

« Mais je croyais qu'elle devait arriver d'une minute à l'autre.

— Elle est bien venue... Elle s'est même entretenue avec l'ambassadeur, mais sur le chemin du retour sa voiture a subi un énorme accident. Elle a disparu dans la nature, mais quelques heures plus tard un de nos agents a retrouvé sa trace à l'hôpital américain. Pour le moment elle récupère... »

Ruffalo demeurait sans voix.

« Je ne suis pas censé communiquer sur cette affaire, meubla son interlocuteur en baissant d'un ton. Elle est désormais très surveillée. Enfin, protégée.

— Je comprends. »

La conversation laissa Ruffalo dubitatif et mal à l'aise. Il avait depuis trop longtemps mis de côté son seul talent, l'investigation. Il ne trouvait ni logique ni cohérence entre les éléments de cette histoire. Le mensonge, le maquillage et le silence en caractérisaient chaque détail nouveau. Le flair était une question de

gènes, chez les Ruffalo... Il était temps de s'en servir.
Il expira profondément.
Mais, cette fois, le découragement ou la frustration
n'y étaient pour rien. Tel un athlète, il prenait son
souffle avant d'entrer en piste.

La nuit était tombée depuis très longtemps quand Ruffalo s'aventura dans les allées de Greenwood, l'immense cimetière du sud de Brooklyn. D'épais nuages parcouraient le ciel, voilant l'éclat de la lune. Il se glissa dans l'herbe humide entre les tombes, une lampe de poche en main, cherchant le secteur 166, près de First Avenue.

Il trouva la stèle récente. Elle portait un livre ouvert sur une croix, d'où s'élevait une double flamme, dans le style des adventistes du Septième Jour, et annonçait :

James Striker
1958-2012
Resurgam

« Mer... credi. »

Il était près de minuit, et il venait de boucler la fin de sa non-enquête. Il dut convenir que les pistes se tarissaient. Sa route l'avait mené successivement au cimetière de Rosedale, à Linden, dans le New Jersey, puis à celui de Woodlawn, au nord du Bronx.

Au volant de sa vieille AMC PACER 1978 jaune délavé, un four l'été et une glacière l'hiver, toute en vitres, il avait tracé une interminable route, dans les encombrements de la fin d'après-midi, d'abord, puis dans la solitude nocturne. À Rosedale, où il était arrivé bien après le crépuscule, une pierre tombale annonçait :

À notre fils
Henry Dodeley
18-7-1966 – 12-8-2012
Tendrement.

Même chose à Woodlawn :

Jonathan Barns
6th march 1957 - 30th august 2012

Là, l'inscription recouvrait une niche d'un crémato-
rium : même plus de corps. Au moins, à Rosedale et
Greenwood, les restes des témoins disparus reposaient
en paix sous l'herbe.
Mélancolique, abandonnant sa voiture sous un réver-
bère, il marcha au hasard des rues, livré au deuil de
son aventure. Les trois gardes impliqués lors du vol
du grimoire, en juin 2011, avaient bel et bien quitté
ce monde.

Pourtant, il avait cru tenir quelque chose de solide, un signe tangible, des évidences qui deviendraient des preuves, quand il s'était engagé dans sa dérisoire croisade, un peu plus tôt dans l'après-midi, juste après avoir eu le coup de fil de l'ambassade à Paris.

La vaste hall où Ruffalo avait son poste, au service des archives, se terminait par un guichet de bois verni, datant du temps du tout-papier, où commençait le territoire de la corporation très fermée des manutentionnaires-archivistes, chargés autrefois de traiter les requêtes en documentation. La plupart avaient commencé leur carrière derrière cette banque et imaginé, jusque récemment, qu'ils y finiraient leur vie professionnelle. Ils ne géraient plus que quelques centaines de mètres linéaires de dossiers, ceux qui, déduits des dizaines de kilomètres d'antan, demeuraient provisoirement à cet étage, en attente de tri : certains seraient numérisés, sur des critères de date, de pertinence, tandis que d'autres étaient transférés vers un lieu de stockage rénové et entièrement automatisé.

L'inspecteur, à tout hasard, avait rempli une fiche de consultation du dossier de Philippe Delondres, peu après son échange téléphonique avec l'ambassade, à Paris, et déposé celle-ci dans la boîte réservée aux requêtes, désormais presque toujours vide. Peut-être qu'il aurait plus de chance avec le papier qu'avec l'informatique ?

L'employé, un quinquagénaire râblé, taciturne, s'était

prestement enfoncé dans le réseau des anciennes archives, pour revenir presque aussi vite, digne et mélancolique : « Aucun dossier à ce nom à notre étage, inspecteur. Désolé. Voyez dans les nouvelles salles des sous-sols ? »

Non loin, la cloison qui fermait l'ancien sanctuaire était éventrée d'une large ouverture qui donnait sur le labyrinthe des salles de stockage des archives. L'inspecteur s'était enfoncé résolument dans le réseau des installations démantibulées. La plupart avait dû connaître la belle époque et la prohibition, elles conservaient un parfum suranné, évocateur, insistant. Un invraisemblable bric-à-brac gisait au sol, parmi les sacs de détritus, les praticables désagrégés, toute une foule d'épaves à la fonction improbable. À l'approche des ascenseurs récemment installés pour desservir les salles modernes situées dans les sous-sols, il croisa des équipes d'électriciens, de peintres, de maçons, de manœuvres. Précis, vifs, méthodiques, il débarrassaient, transformaient, modernisaient. Les odeurs de résine, plâtre, solvants et aérosols flottaient dans cette partie du bâtiment. Tous arboraient une combinaison siglée « F18 ». Ruffalo identifia le logo d'une entreprise de bâtiment qui en quelques années s'était taillé l'une des premières places sur le marché américain. Elle était détenue par des intérêts privés, contrairement à la plupart des sociétés de ce type, dont la capitalisation était introduite sur le New York Stock Exchange.

L'ascenseur, où il badgea, l'emmena vers les profondeurs du bâtiment. Quelques minutes plus tard, il marchait dans les interminables couloirs souterrains des nouvelles archives, éclairés par un tube de néon infini qui serpentait au-dessus de sa tête, et ponctués de caméras de contrôle. Les postes de consultation requéraient l'insertion d'un badge : il introduisit le sien, suivit la procédure, et tapa le numéro de dossier : 6128 ND 455ZSCP.

Par chance, nul code d'accès n'était exigé.

Derrière une vitre épaisse, un bras automatisé sur un chariot s'engagea dans ce qui ressemblait à un petit Manhattan de métal, d'immenses perspectives, à croire que la terre entière possédait un casier judiciaire. Ruffalo essayait de matérialiser avec un certain vertige le nombre d'affaires et d'enquêtes que représentait un tel labyrinthe.

Enfin, l'appareil rapporta une boîte, et la disposa automatiquement dans un guichet.

L'écran affichait :

Dossier 6128 ND 455ZSCP.
25 pièces.
État : vérification.
Poids : 1,453 kilos.

Une trieuse validait rapidement les différentes liasses. Ces procédures de contrôle étaient censées garantir l'intégrité des dossiers.

Enfin, le guichet s'ouvrit avec un claquement sec. Tout heureux, Ruffalo en retira le paquet de documents, s'attendant à trouver les éléments de sa propre enquête sur le vol du Metropolitan Museum, et le cambriolage chez les Delondres.

Au lieu de cela, c'est une tout autre affaire qu'il découvrit. La chemise était étiquetée « Colde ».

Surpris, il vérifia la référence : 6128 ND 455ZSCP. C'était bien ce qui figurait sur la première chemise.

Une photographie s'en échappa : un bus rouge qui survolait New York, suspendu par des câbles à un hélicoptère d'hélitreuillage de l'armée. Ruffalo avait entre les mains l'affaire la plus stupéfiante de l'année 2011. Curieux, il feuilleta les liasses : il s'agissait d'une autre affaire de disparition. Les Colde étaient une famille comprenant un grand-père, un couple de parents et leurs deux enfants de onze et seize ans à l'époque.

D'innombrables témoignages avaient été rassemblés, dans les établissements scolaires des enfants, à l'Observatoire où le père avait travaillé, mais les informations incomplètes donnaient à Ruffalo le sentiment de lire une énigme à résoudre. Aux dires de la plupart des personnes écoutées lors de l'enquête de voisinage, les Colde étaient une famille totalement normale et intégrée, discrète, aux positions écologistes marquées – plusieurs témoins signalaient leur aversion pour le matériel électronique et leur régime alimentaire strict. Seule, la fille, Leamedia, plus tumultueuse, s'était démarquée par des incartades à répétition : le directeur de l'établissement scolaire qu'elle fréquentait à Brooklyn évoquait des soupçons de trafic de cannabis, une mauvaise influence, des falsifications de courriers d'absence et de bulletins. Ruffalo sourit : cela lui rappelait sa propre préadolescence. En revanche, les numéros de sécurité sociale étaient faux, les photos d'identité floues, et certains témoignages relevaient de la pure science-fiction : une maison transformée en bus dans la 53ᵉ Rue, par exemple, et disparaissant du jour au lendemain. Le témoignage provenait de Douglas K. Gladstone, profession : sans domicile. Le sourire de Ruffalo s'élargit.

Une affaire non élucidée de rodéo mettait en cause les enfants, qui avaient été poursuivis dans les rues par une BMW blanche. Les deux femmes impliquées avaient prétexté un accident. Pourtant, une affaire d'intrusion dans un domicile voisin, avec coups et violences sur deux jeunes adolescents – Ruffalo mémorisa « David Dandridge » et « Lee Levis », semblait impliquer la conductrice et sa passagère, mais, curieusement, le dossier en était resté là « faute d'éléments probants », affirmait le rédacteur. Ruffalo regarda machinalement la signature : il s'agissait d'un certain capitaine Debs. Son successeur sur l'affaire, manifestement. « Connais pas », pensa-t-il tout haut.

Enfin, venaient des photos d'un bus rouge accidenté

puis transporté dans les airs, en corrélation avec une fusillade ayant eu lieu sur le pont George-Washington, attribuée à un règlement de comptes entre mafiosi. Et une série de rapports avaient trait à l'épisode de La Guardia : le bus, transporté sur l'aéroport new-yorkais, avait réussi à déjouer la surveillance des autorités et avait filé.

Ni lui, ni ses occupants n'avaient été retrouvés.

Quelques coupures de presse complétaient la liasse épaisse, dont une page entière du *Brooklyn Daily Eagle*.

Le front chiffonné par la concentration, Ruffalo cherchait le motif logique entre tous ces faits. Il n'en voyait pas. Une famille de doux originaux, victimes d'une série de faits divers, mais cela avait lieu chaque jour à New York. Le plus troublant restait leur disparition.

En rassemblant les feuillets, il s'aperçut qu'une dernière chemise, d'une maigreur anorexique comparée au volumineux tas des pièces ayant trait aux Colde, complétait le dossier.

Sur sa page de garde figurait ce qu'il cherchait : « Affaire Delondres, Philippe ».

Mais pourquoi les deux affaires étaient-elles liées par un même numéro de dossier ?

Perplexe, il ouvrit la dernière chemise. Son propre rapport, relatif à la mort de Philippe Delondres, y figurait en bonne place. L'assassinat avait eu lieu dans une foule dense, à la nuit tombée, dans une atmosphère festive et un peu hystérique ; personne n'avait rien vu positivement. Quant à la victime, l'inspecteur Ruffalo avait pu lui rendre visite à l'hôpital, où il avait brièvement repris conscience dans la matinée qui avait suivi l'agression, mais le vieux professeur n'avait rien à lui apprendre. De nouveau, comme lorsqu'il l'avait rencontré pour la première fois sur le site où avait été volé le mystérieux grimoire, au Metropolitan Museum, Ruffalo avait eu l'impression d'une immense intelligence qui ne mentait pas, mais ne révélait pas tout.

Rien d'autre ne figurait dans le dossier papier. Si l'enquête avait été reprise, tout était porté dans le dossier numérique, auquel il n'avait pas accès.

Puisque les deux affaires figuraient sous la même référence, une explication s'imposait : elles n'en faisaient qu'une. Fébrile, il feuilleta le dossier Colde.

« Voilà. »

Le dossier scolaire des enfants comportait une adresse Poste restante, mais les recoupements avaient permis d'établir que les Colde habitaient dans la 53e Rue, au niveau du croisement avec l'avenue L.

À cent mètres de l'endroit où était mort Philippe Delondres.

Les dates coïncidaient. Les Colde avaient disparu le 22 juin 2011, le soir même du jour où le professeur en retraite avait été poignardé. Il scruta plus attentivement les photos. Une seule effigie du grand-père figurait parmi les clichés d'identité, une image prise avec un Smartphone dans un parc. La photo était floue mais, sans le moindre doute possible, il avait sous les yeux le portrait de l'homme qui avait essayé de s'emparer du grimoire, au Metropolitan Museum, le 19 juin. Les caméras de surveillance avaient saisi la forme du visage, et surtout la coiffure, léonine, magnifique, caractéristique. Des témoins avaient affirmé qu'elle était capable de s'allonger en l'espace de quelques secondes. C'était cette même photo que l'inspecteur avait mise sous les yeux de Philippe Delondres, l'érudit. Ce dernier avait passé de longues heures à étudier le manuscrit, lors de son exposition au public, il se trouvait sur les lieux avant et après le cambriolage survenu dans la nuit du 20 au 21 juin. Mais il avait nié connaître le vieillard.

Une série d'hypothèses prenait corps. Les Colde devaient faire partie d'un gang de voleurs, habilement insérés dans la vie ordinaire de Brooklyn. La première tentative de cambriolage avait échoué, mais le lendemain leur avait été plus favorable. Le professeur Delondres devait être un complice, dont on s'était débarrassé avant de prendre la fuite.

Pourtant, un fait ne cadrait pas.

Il reprit l'article de presse du *Brooklyn Daily Eagle* en date du 23 juin. C'était un bon article, fouillé, talentueux, amusant, qui jouait des hypothèses soulevées par les faits inexplicables qui avaient accompagné l'affaire du grimoire et l'assassinat de Philippe Delondres : le mini-tremblement de terre qui avait manqué détruire le musée, lors de la première tentative de vol, et le happening dans la 53e Rue, où Philippe avait été frappé. Le texte concluait à la mise en œuvre d'un mystérieux autant que spectaculaire projet artistique. Ruffalo ne retint pas l'hypothèse, pourtant intéressante : elle n'intégrait pas les données criminelles.

Il regarda le nom de la journaliste et écarquilla les yeux.

L'article était signé « Virginie Delondres ».

Il repoussa le dossier, se renversa dans son fauteuil, et se pressa la base du nez entre le pouce et l'index. Il devait s'avouer qu'il se sentait dépassé.

Il avait passé près de trois heures dans les sous-sols. En remontant, il prit une pause-déjeuner tardive pour se rendre au Metropolitan Museum. Exhibant sa carte d'inspecteur au contrôleur de l'entrée du personnel, il demanda à rencontrer le chef des équipes de surveillance. Il le trouva dans une pièce qui était plutôt un vestiaire qu'une pièce de travail. Une bonne dizaine d'hommes s'y changeaient pour la relève de l'après-midi, tout en discutant du match des Yankees qui, humiliation suprême, avaient perdu la veille contre les Mets. Le plus gros de tous s'avança vers Ruffalo qui brandit aussitôt sa plaque.

« Qu'est-ce qui nous vaut votre visite, inspecteur... ? »

Le policier ouvrit son carnet sur une page qu'il avait cornée.

« Vous êtes Rodriguez, n'est-ce pas ? »

L'autre plissa les yeux :

« On se connaît ?

— Inspecteur Ruffalo. J'ai enquêté sur le dossier du vol du grimoire en juin 2011. J'aimerais discuter avec les employés Barns, Dodeley, et Striker.

— Qu'est-ce que vous leur voulez, encore, à cette bande de lopettes ? » aboya l'homme. Le flic sourit et rangea son carnet dans la poche arrière de son jean.

« Ils étaient de garde, le jour du vol. Vous aussi, n'est-ce pas ?

— Et alors ? Je suis toujours là ! Vous savez pourquoi ?

Parce que je fais bien mon boulot. J'ai déjà raconté tout ce que je savais.

— De nouveaux éléments sont apparus. Je cherche un détail, une chose qui aurait pu vous paraître futile au moment des faits. »

Rodriguez, un sourire de défi plaqué sur sa face, le dévisagea.

« J'peux pas perdre mon temps. Moi, j'ai un vrai boulot, vous pigez ? » Il commença à se retourner vers les vestiaires.

« Et les trois autres, ils ont du temps à perdre ? »

Rodriguez prit tout son temps pour se rapprocher du visage de l'inspecteur et lui parla presque en murmurant tant sa nervosité était palpable.

« Ça, du temps, ils en ont, maintenant qu'ils sont six pieds sous terre... Rupture d'anévrisme. Accident de la circulation. Allergie foudroyante consécutive à une piqûre d'abeille.

— Navré, fit Ruffalo, plus incrédule que compatissant.

— On ne dirait pas.

— Je ne vais pas vous déranger davantage. » Il savait pertinemment qu'il ne tirerait rien de plus de son vis-à-vis. La police représentait, pour tous les employés de sécurité, la légitimité, la réussite et par conséquent leur échec. L'autre ne collaborerait pas.

« Oui. D'autant que notre interlocuteur chez les flics, c'était le capitaine Debs. Je ne me souviens même pas de vous. Qui plus est, le dossier est clos du côté de l'institution propriétaire et des assurances. Votre enquête, elle est bidon. » L'humeur brutale vira à la menace collective, chaque membre de l'équipe le fixait avec agressivité.

Ruffalo fit mine de bien comprendre le message. L'information qu'il cherchait, il venait de l'obtenir. L'affaire se révélait incroyablement ramifiée et complexe, bien au-delà d'un simple coup de main de cambrioleurs, si habile fût-il. Il n'avait plus rien à faire ici. Il bredouilla un au revoir que personne n'écouta et sortit de la pièce à reculons.

La réaction du peu subtil Rodriguez ne faisait qu'accentuer son malaise. Il lui restait à vérifier les actes de décès et à valider les dires de l'ombrageux chef de la sécurité. Quelques recherches effectuées depuis son bureau lui permirent de se procurer les informations recherchées. C'est ainsi qu'après un court après-midi il s'était lancé dans la tournée des cimetières.

En vain.

Groggy comme un homme qui a cru à l'appel de l'aventure après des mois de desséchante routine, et qui a été détrompé, il déambula dans les rues, au hasard, sous la lueur des réverbères, sinistre. L'énergie intacte des questions non résolues affrontait violemment la lucidité déprimée de l'enquêteur mis au placard, les supputations les plus audacieuses s'entrelaçaient à une noire méditation sur l'absence d'avenir dans les services de la police municipale et en général.

« Hé ! »

Une odeur insupportable d'alcool éructé le sortit de sa concentration. Il leva la tête pour voir de qui provenait cette onomatopée, et se trouva nez à nez avec un vieux clochard aux mèches grises éparses. L'homme, vêtu d'un invraisemblable assemblage d'oripeaux sales et usés, souriait, exposant dans une bouche à l'allure moyenâgeuse quatre dents rescapées.

« Je peux vous aider ? » demanda Ruffalo pas vraiment concerné.

« Cinq dollars et tu fais un homme heureux. » L'inspecteur fouilla sans même réfléchir les poches de son pantalon. Le bonheur à ce prix-là ne se refusait pas.

Devant lui, protégée par une petite barrière, une sculpture moderne figurait une explosion figée en bois, représentant une tête de mort. La sculpture avait autrefois fait office de poteau électrique, et avait conservé sa fonction : les fils étaient partie intégrante de l'œuvre, d'où ils rayonnaient comme une figuration de l'énergie, dans un style futuriste.

Ses pas avaient conduit l'inspecteur Ruffalo à l'angle de la 53e Rue et de l'avenue L., pile à l'endroit où Philippe Delondres avait été poignardé, le 22 juin, soir où la sculpture avait fait brutalement son apparition.

Il demanda à tout hasard :

« Douglas K. Gladstone, je présume ?

— Ca fait des années que j'ai pas entendu mon nom ! » confirma le soûlographe.

C'était le nom de l'improbable témoin de la fuite des Colde. Ruffalo se pressa le front. L'autre lui souffla sous le nez :

« J't'offrirais bien un coup à boire, mais je suis un peu raide en ce moment. Par contre s'il te reste un billet, j't'invite ! » Le vieux lui avait déjà tapé cinq dollars. Les affaires marchaient bien.

« Désolé, mais je ne bois que pendant les heures de service. Tu connais cette sculpture ?

— Mes voisins ! » s'empressa de proclamer le vieux sans-domicile-fixe. « L'aïeul, il avait une barbe aussi courte que mon espérance de vie le mardi, et longue comme le bras le mercredi. J'avais encore jamais vu ça ! Et je m'y connais, j'ai été coiffeur dans ma jeunesse ! J'aurais fait fortune avec un client pareil ! Y avait du beau monde dans la 53e, à l'époque. Mais depuis que la p'tite a tordu le poteau en tête de mort, y'a plus que des bourgeois qui crèchent, la sculpture comme ils disent, ça a fait monter les prix ! »

— La « petite » ?

— Ouais, une gamine du collège. Elle s'est plantée devant le poteau et zou !

— Tu l'as vue ? » fit Ruffalo, incrédule.

Défiant, le vieux *homeless* le dévisagea :

« T'es pas de la police, des fois ?

— Si peu... dit Ruffalo, mélancolique.

— J'ai *tout* vu. C'est pas parce que je fais les poubelles

que je suis débile. J'étais contrôleur aérien à JFK, moi, Monsieur. Mais quand *elle* est partie, j'étais incapable d'avancer. Alors j'ai attendu qu'elle revienne. Hé ben tu me croiras si tu veux, ça fait quinze ans, et j'attends toujours ! » Il termina son discours aussi triomphalement qu'il lui était permis de le faire. « La maison s'est ouverte : pouff ! Dedans, y avait un bus rouge à deux étages, manœuvré par une souris rose. Ils sont partis, juste avant l'arrivée de la police montée. Plus rien n'est resté.

— Ah oui ? le relança platement Ruffalo, pour voir.

— Ça ne m'étonne pas, après la tête de mort. L'ambiance devenait pesante. Le sale type qu'a saigné un gars en pleine rue, il est revenu le lendemain pour ramasser tout ce qui traînait à la place de l'ancienne maison. » Ruffalo gardait la bouche à moitié ouverte, suffoqué par les propos qu'il venait d'entendre. Amusé, le clochard conclut :

« Tu vas prendre froid si tu la fermes pas.

— Peut-être. Tu saurais le reconnaître ? »

Ruffalo avait sorti son carnet et son stylo. Suivant à la lettre les descriptions avinées mais précises, il se mit à griffonner.

La description était vague – un homme grand, fort – à un détail près.

« Il avait un petit cheval ailé, avec une corne sur le chanfrein, tatouée à l'intérieur du poignet.

— Et moi, j'ai un dragon rouge sur le front ?

— Vous me prenez pour un alcoolique ou un mythomane ? s'indigna vertueusement l'ancien contrôleur aérien. Je l'ai très bien vu quand je lui ai demandé un billet. »

À vrai dire, Ruffalo se demandait si, des deux, il n'était pas le plus délirant. Les hypothèses se heurtaient violemment dans son intelligence fatiguée. À ses quasi-certitudes de la fin de la matinée avaient succédé des interrogations complexes, d'une profondeur harassante.

Mais, quelle que fût la bonne version du problème, il était certain d'une chose : Virginie Delondres devait courir le plus grand péril, quel que soit son degré d'implication dans toute cette sombre histoire. Il se retourna une dernière fois vers le clochard.

« Vous avez été coiffeur ou contrôleur aérien ?

— Les deux ! »

IV

1

« Une fois chez vous, attendez-vous à recevoir une visite de la police, l'avait avertie Alvin Stenberg.

— Mais qu'est-ce que je leur raconterai ?

— Ce qu'il vous plaira, mais que du léger, du rationnel, si vous voyez ce que je veux dire. N'entrez pas dans les détails. Je fais en sorte que votre dossier paraisse le plus banal possible. C'est une tâche compliquée. Évitez de nouvelles amitiés. Fiez-vous à ceux-là seuls que vous connaissez parfaitement. »

Virginie l'avait écouté religieusement dans la voiture qui la conduisait à l'aéroport.

— Arrêtez de gamberger pendant un moment. Nos réserves d'émotions ne sont pas inépuisables. »

Puis ils étaient restés silencieux jusqu'à ce que le véhicule s'arrête sur le Tarmac. Il n'y avait eu aucun contrôle, aucune barrière, aucun obstacle. Dans le monde d'Alvin Stenberg, les portes fermées n'existaient pas. Le vieil homme lui adressa un regard bienveillant.

« Je vous reverrai très vite », lui avait-il promis avant de la faire monter dans un avion privé.

À l'arrivée à New York, un téléphone portable lui avait été remis, répondant au même numéro que l'ancien, ainsi qu'une petite somme en liquide pour parer au plus pressé. Puis on l'avait déposée chez elle. L'administration avait fait son travail, Alvin Stenberg aussi.

Désormais, elle était seule. Une solitude si palpable

qu'elle se muait d'heure en heure en compagne. Elle connaissait parfaitement cette impression, qu'elle avait enfouie depuis l'orphelinat. Quels autres souvenirs, à part cette sensation, avait-elle rapporté de son enfance ? Aucun.

Shelter Island restait dans la brume jusqu'à onze heures du matin, comme souvent en cette saison. Dans l'immense jardin rendu à l'état sauvage, la maison de bois aux vitres sales paraissait orpheline. Par chance, elle n'avait pas été squattée : trop loin de Midtown, au nord de Long Island, dans une île où ne menait qu'un ferry dont Virginie connaissait le capitaine depuis son enfance.

Comme chaque matin depuis son retour, Virginie se promit vigoureusement de passer l'aspirateur et de défricher le jardin. Mais une fois qu'elle eut réussi à s'extirper de son lit de petite fille, à s'envelopper d'une moelleuse et subtilement odoriférante robe de chambre, et à verser un peu d'eau bouillante sur un sachet de thé dans son *mug*... Il lui sembla que toute son énergie s'était tarie. La boisson, fade, ne revigorait aucun projet en elle.

Qui restait-il, de ceux qui avaient fait sa joie et donné du relief à sa jeune existence ? Penser à Antonius, au premier baiser qu'ils avaient échangé sous l'eau, alors qu'elle était sur le point de suffoquer, était d'une douloureuse douceur. En posant sa bouche sur la sienne, il lui avait insufflé l'oxygène, vital pour une humaine ordinaire lors d'un voyage dans les puits. Mais plus d'un an s'était écoulé depuis, aux dires de tous les calendriers. Elle aurait voulu le revoir, mais n'avait-elle pas rêvé tout cela ? Les séquences se confondaient désormais dans sa tête : le voyage avec Paula, le puits, l'hôpital, l'accident, Alvin.

Dans la maison chérie, mille détails rendaient lancinante comme une pulsation nerveuse la perte de celui qui l'avait habitée durant toutes ces années avec elle. Elle n'était entourée que d'absences, de vides laissés par les disparus. Même Humprey ne s'était pas montré. Seize mois, c'était long pour un vieux chat. Il ne devait plus être de ce monde. Nulle croquette ne manquait dans la gamelle qu'elle s'était empressée de remplir à son retour. Chaque fondation, chaque certitude vacillait, l'une après l'autre. Elle ne souhaitait plus que du temps et du calme pour se retrouver, être certaine que sa place ne se situait pas dans un hôpital psychiatrique.

Elle vérifiait systématiquement la date du jour pour savoir si elle n'avait pas encore perdu le contrôle du temps.

La bouilloire se mit à siffler. Elle s'adossa à la table de la cuisine et regarda l'immense jardin aux travers des vitres sales. Une jungle. Les herbes folles avaient conquis le territoire. Virginie ne savait pas par quel bout commencer, la maison, le parc, les dizaines de courriers à faire, les convocations à la police pour répondre de sa disparition et son job.

Trois jours après son arrivée, décidée à reprendre contact avec le monde des vivants, elle avait ouvert un compte Facebook, nettoyé son ancien e-mail et connecté son téléphone portable à ses nouveaux réseaux sociaux. Le virtuel était fait. Elle passa plus difficilement au réel. Elle s'était rendue à Brooklyn. Elle n'avait pas eu le courage de prendre la Buick, à la carrosserie et aux vitres encroûtées par seize mois de délaissement. Elle était certaine que la vieille voiture, qu'elle avait toujours connue, ne démarrerait pas en l'absence de Philippe. Elle avait marché jusqu'à l'appontement, seule, comme elle l'avait si souvent fait dans ses années d'adolescence, pour se rendre à l'école. Le soir, son père adoptif venait la chercher, en manches de chemise en juin, en gabardine et feutre en hiver. Le long trajet en bus l'avait apaisée : elle retrouvait les paysages. Les mois avaient passé, mais Long Island demeurait inchangée, avec sa végétation intemporelle, ses propriétés vieillottes, ses petites villes traversées.

Ce fut près du pont de Brooklyn qu'elle s'écroula. Un matin de juin 2011, à peine dix jours plus tôt pour son expérience du temps bouleversée, elle avait vu à cet endroit son père pour la dernière fois en bonne santé. Elle débutait dans son premier emploi salarié, au *Brooklyn Daily Eagle*, une feuille locale gérée par quatre des plus grands noms de la presse écrite historique, dont Edward Ropp. Au petit matin, en la déposant avec son sac à dos d'écolière, Philippe l'avait encouragée avec son bon sourire, au volant de la Buick, avant de s'éloigner. Ils devaient se retrouver à midi. Mais elle ne l'avait plus revu, sauf à l'hôpital. C'était la dernière fois.

Les souvenirs, si douloureux soient-ils, la trouvaient presque insensible, sa conscience à demi anesthésiée par le trop-plein des deuils. Mais en tournant le coin de la rue, lorsqu'elle découvrit ce qui avait été le *Daily Eagle*, elle fut rattrapée par le temps et par les larmes. Elle luttait contre cette douleur jusqu'à maintenant, se sentant obligée de faire son deuil après seize mois disparus en claquement de doigt. Elle y renonça et laissa tous ses chagrins la dominer devant le vieux bâtiment. Vétuste au-dedans comme au-dehors, ce building qui avait abrité ses débuts, ses premières amitiés, penchait comme un homme qui vient d'être abattu et titube encore. Ses baies vitrées, toujours aussi grises de crasse accumulée, étaient toutes éventrées. Sur une moitié du petit immeuble, les structures métalliques rouillées se dressaient comme des chicots, après que l'énorme bourrade des démolisseurs eut bazardé les moellons qui avaient fortifié l'héroïque rédaction. Les plateaux s'ouvraient aux quatre vents, vidés de leur mobilier, dont une partie, promise à la benne, avait été assemblée en un pathétique amoncellement ; les roulettes des chaises de bureau pointaient vers le ciel telles des girouettes, les tiroirs béants protestaient contre leur contenu dévasté, des porte-manteaux brandissaient leur révolte dérisoire. Tables, armoires, les quatre fers en l'air, exhibaient leurs pitoyables dessous. Au sommet, l'enseigne en tubes de néon du vieux journal, démantelée, proclamait la défaite. Cernant le site, sur la quasi-totalité du pourtour, des barrières de chantier rutilantes, siglées F18, annonçaient les travaux en cours.

Virginie contempla l'œuvre du temps sur sa vie. Ce bâtiment était à l'image d'elle : vacant, désolé, sans âme. Écorché. Où étaient Edward, Stanley, Ryan, Rob, les quatre dinosaures qui incarnaient l'honneur du journalisme américain et régissaient le *Daily Eagle* ? Ils avaient refusé de vendre le quotidien historique à la Fondation 18, elle s'en souvenait bien. Qu'est-ce qui avait pu leur arriver ?

Elle s'adossa contre une berline en stationnement. Où aller ? Les forces lui manquaient. Elle sentit que de grosses larmes roulaient au bord de ses paupières, mouillaient son écharpe, se mêlaient à l'humidité ambiante. Des sanglots géants la secouaient tout entière, comme elle n'en avait jamais poussé, même à l'orphelinat.

C'est qu'alors, elle n'avait pas goûté à la douceur des amitiés, des amours, des tendresses qui enchantaient de leurs liens fragiles une existence. Même Paula, l'ébouriffante photographe du *Daily Eagle*, la meilleure amie qui l'avait abominablement trahie, aurait été la bienvenue en cet instant : tout, plutôt que le néant de sa vie jetée parmi le désert de la foule indifférente.

« Ce n'était qu'un journal, petite mademoiselle. Il faut garder vos larmes pour des sujets sérieux. »

Une voix l'avait tirée de la tempête de désespoir qui abattait, l'une après l'autre, ses fragiles certitudes.

Une vieille dame, le visage tout ridé dans sa tenue proprette, fouillait son sac à main en filet.

« Mon père a travaillé dans ce quotidien, à l'imprimerie. Croyez-moi, c'était une feuille de chou. »

Elle trouva enfin ce qu'elle cherchait.
« Ah, voilà pour essuyer ce petit nez tout rouge. Séchez vite ces larmes. Que dirait votre amoureux ? »
Elle lui tendait un kleenex un peu chiffonné, comme une amitié imparfaite mais donnée de bon cœur. Virginie le prit en souriant à travers ses pleurs.

Pouvait-elle répondre que son amoureux était un magicien persécuté, et qu'il y avait toutes les chances pour qu'il réapparaisse dans sa vie quand elle serait à son tour une vieille femme, tandis que lui afficherait la trentaine ? C'est ce qui était arrivé à son père, Philippe Delondres, lorsqu'il avait retrouvé son ami d'enfance, Rodolpherus. Elle ferait une piteuse fiancée !

Serrant dans sa paume comme un talisman le kleenex humide, elle reprit le chemin de Shelter Island. Sa vie n'était pas dépourvue de sens, même si la solitude l'étouffait : elle avait à poursuivre les travaux et la mission de son père adoptif : protéger de toutes ses forces les Dolce.

Au *Brooklyn Daily Eagle*, aussi, Ruffalo s'était cassé le nez. Il ne restait rien du bâtiment où Virginie Delondres avait travaillé. L'immeuble avait été vendu, par une opération régulière, à la régie du nouveau Great New York, un programme d'urbanisme gigantesque, supposant une toute nouvelle mise en valeur des sous-sols. Il croyait savoir que la Fondation 18, qui affichait des ambitions humanistes et s'était donné pour mission d'affronter les enjeux démographiques, économiques et de santé du XXIe siècle, était partie prenante dans ce titanesque dessein.

Toutes les pistes s'éteignaient l'une après l'autre. Les témoins étaient morts, ou disparus ; même les bâtiments qui auraient pu parler étaient abattus. Il n'y avait rien à tirer de ce chantier de démolition. Le vieux New York disparaissait à vue d'œil, aux mains des promoteurs. Les sociétés avaient nom F18, FondOneEight, NewYorld. Ruffalo se promit de se renseigner sur ces nouveaux entrepreneurs du bâtiment. L'enquête financière n'avait jamais été son fort. Tant pis.

Encore une pause-déjeuner peu substantielle. Fataliste, il reprit le chemin du bureau, en finissant d'avaler un sandwich maigre comme une feuille de carton, et tout aussi peu goûteux. Dans la grande salle sonore des archives, le déménagement des bureaux avait commencé. La banque de bois verni avait été jetée à terre, une immense bâche translucide recouvrait la totalité du quatrième mur du plateau. Derrière, de violents projecteurs de chantier dessinaient les ouvriers en ombres chinoises. Toute une section du personnel avait été déplacée vers de nouveaux locaux, y compris la bruyante Brenda.

Ruffalo voulut ouvrir le dossier Delondres Virginie, sur son poste de travail, pour le ratisser à la recherche d'une piste pas encore épuisée. Il tapa le nom, en vérifiant bien de ne pas oublier le « s » final.

L'ordinateur afficha : « requête : Nul. »

Il traduisit que la machine n'avait pas de dossier à ce nom.

Il recommença, en prêtant mieux attention aux lettres. Il écrivit le nom en minuscules, en majuscules. Rien ne se passa.

Le dossier avait disparu des écrans.

Furieux, il s'engouffra dans les ascenseurs, badgea, et massacra le clavier du poste de consultation en tapant la référence du dossier Colde-Delondres.

Un curseur se mit à cheminer du 0 % au 100 %, signifiant que la machine recherchait le dossier. Mais, derrière la vitre épaisse, le bras mécanique ne frémit pas, et l'interface signala simplement : « le dossier n'existe pas. Veuillez recommencer votre saisie. »

Ruffalo obtempéra pour la forme, en recopiant scrupuleusement les chiffres et les lettres qu'il avait notés au dos d'une enveloppe usagée. Mais il se doutait d'avance que ce serait en vain.

Soit une panne informatique paralysait le réseau, soit les dossiers n'existaient plus. Quelle que soit l'option, il n'avait plus rien sur quoi s'appuyer.

Revenu à son bureau, il entreprit de noter tout ce dont il se souvenait. Plusieurs dos d'enveloppes furent nécessaires. Sur l'un d'entre eux figurait :

Paula – Atkins ? Lifkin ? Kinsky ? Reporter photographe. BDE.

C'étaient les initiales du journal. Sur une deuxième enveloppe, il avait écrit :

Edward Ropp. Où ?

Le *Daily Eagle* n'existait plus, mais le capitaine n'avait pas dû sombrer debout à la proue du navire. L'ancien directeur n'avait-il pas un domicile personnel ? Sur le dos d'un ticket de caisse, il griffonna :

David Dandridge ? Lee Levis ? Brooklyn.

Les deux adolescents avaient approché les jeunes Colde.
Enfin, une dernière enveloppe comportait une liste :

Licorne
Shelter Island
La Guardia

Il commencerait par ladite Paula.
Il prit son téléphone. Brenda, dans une autre vie, avait été une documentaliste hors pair.
« Allô, fit une voix qui proclamait une agonie de lassitude.
— Brenda ? C'est Ruffalo, ton inspecteur préféré, fit-il platement. Le silence ne lui transmit pas le moindre sourire.
— T'as un truc à me demander ?
— Oui, s'empressa-t-il. Une journaliste photo du *Daily Eagle*. Je n'ai que le prénom.
— Maigre.
— Il y a un *k* dans le nom. Kinsky, Lifkin, dans ce goût-là enchaîna-t-il.
— Kinski, c'est Nastasia, pas Paula. T'es sûr qu'elle

273

travaille pas à *People*, à *US Weekly*, ou à *Star* ? Je préfère, comme journal.

— Désolé. Elle bossait au *Brooklyn Daily Eagle*. Tu peux faire des recherches ? Juste le nom de famille, à partir de là, je me débrouillerai.

— Tu lui veux quoi ? demanda-t-elle. Tu es pas censé faire du tri ?

— Euh... C'est un coup privé, là », tricha-t-il.

Seul le bip lui répondit. La responsable avait raccroché.

Trente seconde plus tard, le téléphone sonna.

« Linski, fit la voix de Brenda. L – I – N – S – K – I.

— Tu es une as ! », cria-t-il en griffonnant les lettres. Ruffalo admirait sincèrement.

« Pas dur. C'est elle, la photo de l'*attorney general* Kenny portant la main aux fesses d'une employée municipale.

— Je vois... », fit Ruffalo, rêveur. En son temps, l'image avait causé la démission de l'ultra-moraliste magistrat. « Merci, fit-il sincèrement.

— Pas de quoi. »

Une bulle claqua dans le téléphone, juste avant que la communication ne soit coupée. Du moins Brenda n'avait-elle pas renoncé à s'entraîner pour les olympiades de la mastication.

Aussitôt, le téléphone sonna de nouveau. Il crut à une erreur. On ne l'appelait jamais. Mais la tonalité insistait. Il décrocha.

« Inspecteur Ruffalo ? Ici Jefferson Bird, de l'ambassade de Paris.

— Comment allez-vous ? fit le policier, soudain très en éveil. Il commençait à s'habituer à ce lointain collègue qu'il imaginait comme une sorte de « Bosley » dans « les drôle de dames ». Nourri aux anciennes séries TV, Ruffalo se payait les références qu'il pouvait.

— Pas mal, et vous-même ? J'ai cherché à vous joindre plusieurs fois sur votre poste, vous ne répondiez pas.

Enfin. C'est pour vous dire que Virginie Delondres est rentrée. Son dossier médical est parfait, son dossier a été classé.

— Classé ?.... Avec tout ce qui lui est arrivé ?

— Elle a fait son retour à New York depuis trois jours au moins. »

Ruffalo était stupéfait. Il raccrocha sans même dire au revoir.

Ruffalo fourra ses deux mains dans ses cheveux, prit une grande inspiration. Gonflé à bloc, il claqua ses tiroirs, tira à lui son trench façon Colombo, et traversa à grands pas l'immense salle vers la sortie. Tout le service était désorganisé. Personne ne se demanderait pourquoi il quittait son poste une demi-heure avant l'heure réglementaire.

La sonnette fatiguée de l'entrée dérailla légèrement pour signifier qu'une personne s'annonçait. La journée, morne, s'était tirée en vain, la nuit s'était plantée dans le jardin. Virginie, prise au dépourvu, baissa la tête. Elle portait son vieux jog gris et un tee-shirt élimé de Britney Spears datant de l'adolescence, à oublier : indécent ou honteux. La jeune fille hésita avant de coller son œil à la fenêtre du salon pour voir qui se tenait derrière la porte. Elle ne distingua qu'une silhouette filiforme, jeune, masculine. La peur s'invita sous ses côtes.

« Inspecteur Ruffalo ! » annonça clairement le visiteur en voyant le rideau de la fenêtre s'agiter.

Elle se souvenait de lui. Il avait fait les constatations après le cambriolage qui avait visé les carnets de son père.

« J'en ai pour dix secondes ! », hurla-t-elle en fonçant vers la salle de bain.

Dix-huit minutes plus tard, elle invitait le policier à entrer.

« J'ai pris un peu plus de temps.

— À peine », répondit-il, d'un ton qui pouvait être poli ou ironique, ou les deux.

Elle n'avait pas oublié la prédiction d'Alvin Stenberg.

« Vous venez pour l'enlèvement ? », demanda-t-elle en l'invitant à s'asseoir sur le canapé pas encore dépoussiéré.

« Non. Je ne suis pas en service », dit-il en se laissant tomber sur les coussins.

Un petit nuage de poussière l'enveloppa.
« Désolée.
— Pas grave. Ça me rappelle chez moi.
— Je vous offre quelque chose ?
— Un verre d'eau, ça ira. »
Dans la cuisine, elle fit couler longuement le robinet. L'eau sortait toujours un peu marron au départ. Elle revint avec une carafe et deux verres et posa son plateau sur la table basse, puis s'installa à son tour en face de lui et attendit qu'il parle.
« Je vous sers ? », dit-il poliment. Elle fit non de la tête, au vu de l'état de l'eau. Il s'abstint également et sentant la jeune fille impatiente, entama la discussion.
« Voilà, je viens vous voir pour plusieurs raisons. Ça va être assez compliqué pour moi de vous les expliquer.
— Soyez direct, on gagnera du temps.
— Je sais tout ce que vous avez traversé, mais ce que j'ai à vous dire peut changer beaucoup de choses. Maintenant, si vous ne voulez pas l'entendre... Tout a commencé un peu après la disparition de votre père, j'ai été dessaisi de l'affaire, muté plusieurs fois, maintenant je suis en poste aux archives alors que j'ai toujours mené mes enquêtes jusqu'au bout. » Sans émotion ni détour, l'inspecteur déballait ses illusions perdues. « Le 7 novembre, j'ai appris votre réapparition à Paris. À vrai dire, j'ignorais que vous aviez disparu. En faisant des recherches, j'ai découvert que le meurtre de votre père était lié à une autre affaire de disparition, celle d'une famille apparemment sans histoire de Brooklyn. Les Colde. »
Il jouait totalement franc-jeu. Que pouvait-il faire d'autre ? Tout en parlant, il la surveillait du coin de l'œil. Elle feignait l'indifférence, mais une tension palpable irradiait sa petite personne, lavée, coiffée, vêtue négligemment d'un jean propre et d'un chemisier blanc qui marquait encore ses plis.
« Pourquoi ces deux affaires sont-elles liées, je l'ignore.

Le seul lien repérable est géographique – votre père, pardon de vous replonger dans ces douloureux souvenirs, a reçu le coup fatal non loin de la résidence des Colde – et logique : vous avez écrit un article sur des événements impliquant cette famille, notamment la transformation d'un poteau dans la 53ᵉ Rue.

— La sépulture.

— Si vous voulez. »

Sa jeune hôtesse se leva lentement, bouleversée. Il se hâta de poursuivre :

« Le vol d'un grimoire au Metropolitan Museum a tout déclenché...

— M'accusez-vous de ce vol, moi ou mon père, inspecteur ?

— Loin de moi cette pensée. Voyez-vous...

— C'est pourtant ce que vous avez sous-entendu.

— Au contraire...

— Monsieur, permettez-moi de vous redire qui était mon père. Philippe Delondres a voué son existence à l'enseignement et à la science, sans la moindre intention de lucre, ni d'ambition.

— Ce n'est pas très correct d'utiliser des mots que je ne connais pas. » Cette réponse désarma totalement Virginie.

— Ah bon ? répondit-elle soudainement gênée.

— Lucre.

— C'est comme bénéfice...

— Merci. » Un silence pesant s'installa entre eux deux. Ils avaient démarré du mauvais pied. Elle reprit un ton plus bas :

« Mon père, inspecteur, a connu une vie d'honneur et de droiture. Des dizaines de personnes ont célébré dans l'émotion, ici même, ses funérailles, il y a... seize mois. Je ne tolérerai pas qu'un quidam porte atteinte à sa mémoire.

— Je comprends. Je ferais la même chose. »

Pour la première fois depuis l'entrée du policier, elle se décrispa. L'inspecteur en profita.

« Toutes les personnes qui ont approché de près ou de loin le livre exposé au Metropolitan Museum sont mortes. Je pourrais vous donner leurs noms, Jonathan Barns, Henry Dodeley, et James Striker, mais cela ne vous dirait pas grand-chose. Les propriétaires n'ont pas porté plainte. Les Colde ont quitté leur domicile de la 53ᵉ Rue peu après le vol au moment même du meurtre de votre père. Leur bus rouge n'a jamais réapparu. L'affaire est beaucoup plus complexe qu'il n'y paraît.

— Vous faites fausse route inspecteur. » Elle se leva sur ces mots pour signifier que l'entretien était terminé. Elle protégeait les Dolce à sa manière.

« Faites votre travail, inspecteur. Je vous ai transmis tout ce que j'avais à vous dire. »

Elle se dirigea vers le hall d'entrée, raide et glaciale.

Dépité, il se leva à son tour, mais en passant devant elle il se planta pour tenter une dernière pièce. Il joua son tapis.

« Où étiez-vous, durant plus de seize mois ? »

Au changement d'iris, Ruffalo comprit sans le montrer qu'il avait visé juste.

« Vous n'êtes pas en service, c'est bien ce que vous m'avez dit ? » Ruffalo ne put que confirmer.

« Cela signifie que vous n'avez pas de mandat officiel, n'est-ce pas ? Rien ne m'oblige à vous parler.

— Vous avez tort, mademoiselle Delondres. L'assassin de votre père n'a pas été arrêté. Je peux vous aider.

— Je suis assez grande, crâna Virginie. Maintenant, je ne vous retiens pas.

— Dites-moi au moins ce qu'est devenue Paula Linski. »

Le concentré d'indignation qui le poussait vers la nuit se fissura un instant, révélant une âme profondément blessée, inquiète, aussi déroutée qu'il pouvait l'être lui-même.

« Paula ? Qui vous a parlé d'elle ?

— Edward Ropp, votre employeur, a signalé votre disparition à toutes deux le 29 juin.

— Je ne la connais pas. Je veux dire, elle n'était qu'une photographe. J'ignore ce qu'elle fait actuellement. »

Il était sur le perron de bois grisé par le temps, sous le faible halo d'un luminaire qui peinait à lutter contre l'ombre, d'un combat toujours perdu d'avance. La porte se referma plus doucement qu'il ne l'aurait cru, l'ampoule grésilla et s'éteignit.

« Ne vous trompez pas d'adversaire mademoiselle, je suis de votre côté », lâcha-t-il en s'éloignant.

Trébuchant dans l'obscurité et sacrant tout bas, Ruffalo regagna sa large voiture.

Il n'était trop tard pour retourner à Long Island, puisque le dernier ferry partait à 23 h 45. Mais Ruffalo avait l'instinct du chien de garde. Il préférait veiller sur la maison, au moins ce soir-là... Même si elle ne le comprenait pas.

La sonnerie de son téléphone portable extirpa Virginie d'un sommeil de plomb à dix heures. Elle était exactement dans la position où le sommeil l'avait trouvée la veille au soir, recroquevillée sur une chaise de la cuisine, devant un mug de thé refroidi. Elle tâtonna péniblement et vit sur l'écran s'afficher « *N.Y. Times* ». De saisissement, elle faillit faire tomber l'appareil. Durant toutes ses études à Columbia, elle avait ambitionné d'intégrer la rédaction du grand quotidien américain. Tous les étudiants en journalisme en rêvaient. La veille, elle avait posté un CV sur le site, mais sans y croire. Elle se racla violemment la gorge pour répondre :

« Virginie Delondres, à votre écoute ?

— C'est Nancy. Service recrutement du *New York Times*. Je ne vous dérange pas ?

— Non-non... prétendit Virginie.

— Un poste se libère pour notre site Web, si cela vous dit. Votre rémunération est de cinq cent cinquante dollars la semaine, avec couverture sociale, pas de ticket de transport. Oui ? Non ? »

Virginie avait l'impression de parler à un robot.

« Je dois me décider maintenant, là ?

— Vous êtes la première que j'appelle sur une liste de cinquante.

— C'est oui. »

La fille de Philippe n'avait pas pris le temps de réfléchir, c'est exactement ce dont elle avait besoin.

« Super. Vous commencez à 13 heures. À tout à l'heure. »

Elle raccrocha sans plus de protocole.

Virginie dans le vide regarda l'heure sur l'écran de son portable, il était déjà dix heures quinze.

« Merde ! » Elle bondit sur ses pieds. Sa chemise était défraîchie et elle avait l'impression de sentir la poussière.

Elle regarda par la fenêtre pour savoir comment s'habiller.

La voiture de l'inspecteur était toujours là. Elle s'arrêta quelques secondes. La ridicule voiture jaune dans laquelle il patientait le rendait un peu plus fréquentable.

Elle grimpa l'escalier et se jeta sous la douche. Elle en avait la nausée. Elle avait reçu ce flic, manifestement honnête, comme un minable et un tapeur.

Robinets coupés, elle se frictionna énergiquement, cheveux compris. Dix heures trente-huit. Tailleur-jupe ou jean-veste ? Elle ne trouva qu'un *slim* pas trop délavé qu'elle assortit avec des mocassins et un haut en jersey de coton, complétés d'un cardigan.

Ruffalo était certainement honnête. Paumé – comme elle – mais droit. Simplement, elle ne pouvait se confier à lui. La décision ne lui revenait pas. Il s'agissait de protéger, à tout prix, les Dolce. Ses déductions étaient juste, seule la conclusion clochait.

Elle se glissa dans l'air frais, et se dirigea vers le vieux machin jaune pâle, pas aussi spectaculairement démodé que la Buick, mais sympathique quand même. L'inspecteur, entortillé dans son imper beige, lui cria, en poussant sa portière :

« Je peux vous aider ?

— Taxi c'est dans vos cordes ? » Ruffalo la fit monter. Il avait réussi son coup. Ses yeux de cocker avaient fait le reste.

« *New York Times !* », ne put-elle s'empêcher d'annoncer.

Le ferry de 11 h 12 part dans huit minutes, votre truc est encore capable de démarrer ? »

Ruffalo ne broncha même pas comme si sa guimbarde tournait comme une horloge. Il tourna la clef, pria silencieusement la Madone comme tout bon Italo-Américain new-yorkais qui n'avait jamais mis les pieds dans une église... Et la Pacer jaune ronronna dès le premier tour de clef.

L'espace d'une seconde il se demanda s'il ne deviendrait pas croyant.

Le New York Times Building s'imposait aux autres tours du voisinage par ses cinquante-deux étages. Seul le Chrysler Building, non loin de là, pouvait lui faire de l'ombre. The News Tower, comme l'appelaient les gens du Midtown, n'abritait pas que les journalistes du *New York Times,* mais également ceux de l'*Herald Tribune,* du *Boston Globe* et bien d'autres quotidiens renommés.

Virginie se présenta à l'accueil avec un quart d'heure d'avance. Ruffalo connaissait Manhattan comme sa poche.

« J'ai rendez-vous avec Nancy, dit-elle en souriant à l'hôtesse.

— Laquelle ? Il y a au moins vingt Nancy, ici.

— Nancy du bureau de recrutement, pardon. »

— Ça nous en fait encore trois, répondit laconiquement la fille. Nancy Woo, Nancy Tridish, Nancy Robert ?

— Euh... la Nancy pour le site Web ?

— Hé ben, voilà... Ascenseur 7, 10ᵉ étage, couloir 11, porte 113. Insistez, ils sont tous sourds dans cette division. » La jeune femme prit un appel avant que Virginie n'ait pu dire merci. Elle chercha les ascenseurs. « 7, 10, 11, 113 », elle se répétait sans discontinuer cette liste de chiffres pour être sûre de n'en oublier aucun. Elle avait le sentiment de débarquer de province.

Elle toqua au moins quatre fois au 113, avant de se décider à pousser le battant. Il n'y avait personne, sinon des petites allées comportant tous les deux mètres une paire de portes en regard l'une de l'autre, chacune précédée d'un numéro au sol.

Virginie, décontenancée, ouvrit la première sur sa droite. Une opératrice, casque sur les oreilles, effectuait dans une alcôve de moins de quatre mètres carrés de la saisie sur son ordinateur. Une chaise, un écran, un ventilateur au plafond et une bouteille d'eau : l'endroit ne pouvait contenir plus d'objets.

« Autant travailler dans ses toilettes ! », se permit-elle. L'opératrice n'entendait rien.

Elle poussa d'autres portes, pour trouver à chaque fois la même configuration. Seules variaient les coupes de cheveux des employées. Perplexe, elle pivota sur ses talons.

Une jeune femme un peu ronde, habillée tout en bleu, rouge à lèvres compris, patientait au milieu de la petite allée.

« Je suis Nancy, vous êtes Virginie ? » La journaliste hocha la tête. « Suivez-moi. »

Nancy fila droit devant elle, sans un regard vers l'impétrante. Après s'être demandé si elle ne devrait pas s'enfuir en courant, la jeune journaliste se décida à pourchasser la boule bleue, qu'elle rattrapa sans peine. Ses talons un peu trop haut perchés empêchaient la recruteuse d'avancer très vite. Le challenge résidait plutôt dans le fait de rester debout.

« Comme vous êtes diplômée, vous avez droit à six mètres carrés », dit la responsable du recrutement en stoppant devant le numéro 113.27, et en poussant une porte. Elle resta dans le couloir. L'endroit ne permettait pas que deux personnes s'y tiennent.

« Commencer par un format salle de bain, au lieu de débuter dans les toilettes, chouette ! » pensa Virginie... Lauréate de la plus célèbre école de journalisme, elle se demanda quel type de diplôme il fallait obtenir pour travailler dans une rédaction normale.

Sans fenêtre, l'endroit prenait des allures de sarco-phage, avec son mobilier thermo-moulé : une chaise, un bureau, un ordinateur et un autre écran sur la droite de l'ordinateur, et pour finir une lampe de bureau. Ce serait comme passer sa journée sous terre, sans pouvoir mesurer l'avancée du jour à la densité d'une lumière, à l'évolution d'une ombre, à l'épaississement de la grisaille vers 16 heures en hiver. Virginie évoqua avec nostalgie les locaux du *Brooklyn Daily Eagle*. Ils étaient glauques, vétustes, on ne pouvait dire qu'on y contemplait le ciel, repoussé loin par l'amas de mobilier dépareillé, et par des vitres opacifiées par la fumée grasse des millions de cigarettes. Pourtant, l'esprit soufflait et la vie du monde n'était jamais loin.

Ici, rien.

Une douleur amère lui fit fermer les yeux. Elle revoyait son premier jour au *Daily Eagle*, illuminé par la ren-contre avec Paula Linski, l'éblouissante et gouailleuse photographe qui était devenue son amie. Les souvenirs heureux étaient rongés par l'image de la trahison de Paula, vision insoutenable que Virginie s'appliquait à tenir à l'écart. Elle rouvrit ses paupières, et fit un sourire à la fille en bleu, qui n'attendait qu'un signe.

« C'est pas compliqué. Vous recevez sur cet écran des dépêches que les opératrices saisissent. À vous de leur donner une tournure plus rédigée, de les classer par catégorie et de les insérer sur la page Web du journal en direct. Derrière, un vérificateur valide votre contenu avant sa diffusion. Si vous le faites trop bosser, vous serez virée comme les personnes précédentes. C'est clair ? On a déjà une journée de retard, les abonnés sont furieux. Vaudrait mieux y arriver de suite. »

Virginie n'avait jamais rencontré une personne capable de mettre aussi peu d'émotion dans sa voix, comme un serveur vocal qui associait les syllabes pour délivrer sa communication. Elle posa son sac à côté d'elle, se glissa sur sa chaise.

La porte se referma sur elle.

Elle alluma l'écran des données, puis pressa une touche du clavier pour activer celui de l'ordinateur. L'interface s'illumina. Le tableau qu'elle avait devant elle se constituait de plusieurs catégories : sports, faits divers, culture, politique... Elle sélectionnait avec sa souris une dépêche sur l'écran de droite et le faisait glisser sur le tableau de gauche comme s'il s'agissait du même écran. Une case blanche apparaissait, elle devait alors rédiger le texte qui correspondait puis, en appuyant sur « Enter », elle envoyait l'information directement sur le site, via l'étape du vérificateur.

Ce boulot convenait parfaitement. Elle n'avait rien contre faire partie du troupeau, le temps de se reconstruire. Ne plus penser devenait vital.

2

Ruffalo épuisait son forfait téléphonique à chercher des traces de Paula.

Soit la photographe se cachait, et il n'avait aucune chance de mettre la main sur elle sans les moyens permis par une enquête officielle, soit elle était blessée, ou morte, auquel cas un dossier médical devait exister quelque part entre Manhattan, le Queens et Brooklyn... Vaste programme.

Le treizième établissement hospitalier qu'il contacta avait bien un dossier à son nom.

« Elle a été amenée par des inconnus, voici un peu plus d'un an. Le tableau clinique indiquait une addiction. Regard vide, soubresauts nerveux, démangeaisons soudaines.

— Cocaïnomane ?

— C'est cela. Mais elle cumulait, on a repéré aussi un trouble psychique : confusion, souvenirs forgés, obsessions, paranoïa. Elle a été placée sous traitement. Il faudrait que vous passiez voir le dossier médical.

— Elle est toujours chez vous ?

— Nous n'avons pas les moyens d'accueillir les malades mentaux sur une longue durée au King's County hospital. Elle a été placée au centre Saint-Barnabas de Livingston, dans le New Jersey.

— Mettez-moi le dossier de côté, s'il vous plaît. C'est du papier, hein ?

— Oui-oui, pourquoi ?
— Pour rien. Je vous remercie.
— Pas de quoi, inspecteur. »

Ruffalo arriva au Barnabas Health près de trois heures plus tard, et présenta sa plaque. Après l'avoir guidé dans d'interminables corridors, on le fit attendre dans une immense salle où un documentaire animalier à la télévision était diffusé sans le son. On entendait seulement la respiration des patients, aimantés par l'écran. Ce n'étaient pas seulement des fous mais des êtres cruellement esseulés que les murs griffés, déchirés ou tagués de l'asile abritaient. Les vêtements tombaient bizarrement sur leurs corps de guingois. Quand les âmes se déréglaient, les corps changeaient eux aussi, donnant l'impression que même les étoffes ne supportaient pas la présence des malades, cherchant à les fuir à tout prix. Ruffalo pensa à son père, qu'il avait dû mettre en maison de retraite. Il se sentit coupable de ne pas lui avoir rendu visite en plusieurs mois. Il l'aimait mais laissait le temps les séparer, sans doute pour ne pas affronter la vision de sa lente déchéance. Le rire de hyène d'un des pensionnaires le tira de ses pensées.

L'infirmier en faction, un grand aux larges épaules, ne portait pas de tee-shirt sous sa blouse blanche, ce qui lui donnait un air nonchalant malgré sa mâchoire carré. Il fit signe à Ruffalo de le suivre et ils empruntèrent un couloir percé à intervalles réguliers de portes solides. Ils s'arrêtèrent devant le numéro 101 et l'homme débloqua la serrure en tapant un code. Z467B-101, nota mentalement le policier, par réflexe. Son accompagnateur se tourna vers lui.

« Cela fait un an qu'elle est là. Mutique. Je laisse la porte ouverte, veillez à ne pas la refermer, vous ne pourriez plus ressortir. Si vous avez besoin de moi, je ne suis pas très loin, vous n'aurez qu'à siffler. »

— Vous ne préférez pas que j'utilise votre nom ? répondit sans réfléchir Ruffalo.

— Il ne vaut mieux pas qu'ils le connaissent, dit-il en faisant un large geste du bras. Sifflez-moi, et je rappliquerai. »

Il s'effaça aussitôt. Ruffalo avança de deux pas et tourna la tête sur sa gauche.

La jeune femme était assise sur son lit. Ses pieds nus chaussés de tongs se balançaient d'avant en arrière, effleurant le carrelage usé. Elle portait un long tee-shirt blanc floqué du triangle de *Dark Side of the Moon* des Pink Floyd, qui couvrait jusqu'à mi-cuisses un jean terne. Elle ne dodelinait pas. Elle regardait le mur à quelques centimètres d'elle. Ruffalo frappa deux coups à la porte. Paula ne bougea pas un sourcil, ses pieds se balançaient toujours. Il avança prudemment dans la petite cellule, s'arrêtant à deux mètres d'elle.

« Je m'appelle Ruffalo, James. Je suis flic. » Il fit une pause. Il n'attendait pas de réponse mais un signe quelconque, montrant qu'elle l'entendait. Les jambes continuèrent leur mouvement pendulaire, le regard n'avait pas bougé. Il hésita puis continua :

« Votre amie, Virginie Delondres, avait disparu en même temps que vous, mais elle a été retrouvée. J'ai enquêté, il y a plus d'un an, sur la mort de son père. Je ne crois pas une seconde à l'hypothèse d'un accident en ce qui le concerne. Mais je suis seul à m'intéresser à ce cas. J'ai besoin de renseignements. »

Il aurait pu parler à un mur. Il changea de ton.

« *Dark Side of the Moon*, c'était l'album préféré de mon père. »

Aucune réaction.

« Bon, je vais vous laisser. Je reviendrai vous voir, mademoiselle Linski. Je dépose une carte sur votre lit. » Il se pencha pour placer délicatement le petit bout de carton, puis se redressa. « Si jamais vous pensez à quoi que ce soit, n'hésitez pas à me contacter à ce numéro, quelle que soit l'heure je répondrai. » Il resta ainsi presque dix minutes puis se tourna pour s'en aller. Derrière lui, la porte se referma toute seule et claqua avec un bruit de mécanisme parfait.

Il trouva son chemin sans l'aide de l'infirmier.

Tout en marchant vers la sortie, il ne pouvait s'empêcher de penser à ce visage qu'il avait vu de profil pendant ces longues minutes. Les traits harmonieux, la courbe de son nez, son menton équilibré, tout lui plaisait. Il n'avait même pas vu son visage de face et se sentait déjà ridicule sans aucune raison. Il émergea sur le parking, prit une grande respiration.

« Bienvenue chez les fous », s'admonesta-t-il. Un contrôleur aérien soûlographe, une cocaïnomane adepte des Pink Floyd, tels étaient ses principaux témoins. Pour le moment.

« Avec ça, si j'ai pas une promo... »

Brusquement, il fit volte-face. Au pas de course, il refit en sens inverse le parcours qu'il venait d'emprunter. Z467B-101. Il fit irruption dans la pièce. Paula Linski se tenait dans la même position, simplement ses jambes avaient cessé leur balancement. Il se dirigea tout droit vers la photographe, la souleva par son bras et, sans lui dire quoi que ce soit, la fit sortir de la cellule en se tenant derrière elle, les bras tenus dans le dos comme si elle était menottée. Il la poussa pour avancer un peu plus vite. Il lui murmura à l'oreille tout en marchant : « Si vous voulez être dehors dans deux minutes, vous baissez la tête et vous ne dites rien. » Le ton était si ferme et la proposition si autoritaire que Paula, assommée par le carcan chimique des psychotropes qu'elle ingurgitait à longueur de journée, obéit.

La porte d'entrée approchait. Ruffalo savait qu'en la franchissant il commettait un délit pénal grave. Au-delà de cette limite, sa vie basculerait vraiment. Il n'hésita pas. Il savait que le métier qu'il exerçait touchait à sa fin dans sa manière de le concevoir. Il n'avait plus sa place du côté rassurant de la barrière. Les caméras avaient tout filmé. Sa culpabilité sauterait aux yeux de ceux qui enquêteraient, Ruffalo se permit de faire un clin d'œil à la dernière caméra, paraphant bien, à sa manière, sa lettre de démission.

« Je suis désolé, Papa », murmura-t-il en franchissant la dernière porte vitrée. Il avait le sentiment de trahir son géniteur, flic comme lui sur le pavé new-yorkais durant toute sa carrière.

Mais il venait de s'assurer que l'unique témoin encore en vie, en dehors de Virginie, n'allait pas disparaître d'un simple clic de la surface terrestre.

Il la poussa sur le siège passager, mit le contact, et prit la route.

Paula resta silencieuse.

Ruffalo se sentit idiot. Par son geste fou, il était passé de l'autre côté de la barrière.

« Je suis inspecteur de police. Vous pouvez me parler. »

Elle éclata d'un rire sardonique. Ruffalo sentit un frisson parcourir son épine dorsale. Pas désagréable.

Ils roulèrent pendant une heure avant d'aborder le pont de Brooklyn. Les effets des médicaments quotidiens s'estompaient et pour la première fois Paula prit la parole :

« Tu veux m'aider, alors ? Arrête-moi une minute dans Bedford Street, et donne-moi de quoi nous payer une ligne. » Il connaissait bien les junkies, il savait pertinemment que la jeune femme s'apprêtait à vivre des heures douloureuses, et qu'elle allait avoir besoin de toute son aide.

« C'est ça, et on ira la sniffer en cellule. Mon chef, Bowell, va adorer. Parlez-moi du 26 juin 2011, mademoiselle Linski. » Il y eut un nouveau silence. Elle baissa la tête. Elle était encore plus belle dans sa détresse, Ruffalo faillit heurter le trottoir.

« Il m'avait dit qu'il m'épouserait... Il est mort juste après. J'étais amoureuse du méchant. » Elle gloussa avant de retomber brutalement dans une profonde détresse.

« Ils se sont jetés dans le puits. Ils ont été aspirés.

— Qui, *ils* ?

— Virginie et toute la famille. L'autre... Le bellâtre... il a perdu la tête, pas comme moi... Lui, c'était pour de vrai. Il est sacrifié, le fils. Et moi... Moi, je suis morte ? » Ruffalo n'interrompit pas son monologue désordonné. Il s'appliquait à lui trouver un sens. Dolce, Fondation, Torque...

Sur la cartographie mentale de Ruffalo, une nouvelle connexion s'établit, mais qui brouillait davantage l'ensemble.

« Mais les morts, les morts... les morts ne s'en vont pas, se mit à chantonner la jeune femme. Les morts attendent patiemment que la porte s'ouvre.

— Vous croyez au jugement dernier ? » fit Ruffalo, pour meubler.

Elle éclata de rire.

« Ils n'attendront pas si longtemps. Ils nagent entre deux eaux, les morts, même en morceaux ils nagent. » Elle avait parlé doucement sans érailler sa voix. L'espace d'un instant elle parut totalement saine.

La photographe réfléchit. Elle reprit, très calme.

« L'herbe ne recouvre que des milliers de tombes vides. »

Gagné par une inquiétude irrationnelle, Ruffalo ne put s'empêcher de demander :

« James Striker ?

— Un comparse.

— Il est mort, d'une piqûre de guêpe. »

Elle ne répondit rien. Au bout de quelques minutes, elle se mit à murmurer un air sans parole, bouche fermée, puis reprit ses divagations. « Piqûre de guêpe,

guêpier, écran de fumée, la fumée repousse les guêpes.
Écran de fumée pour ne pas être piqué. L'herbe est un
écran de fumée. La mort est écran de fumée. Striker,
vous avez dit ? Il ressuscitera. Il fait partie des élus,
même s'il n'est qu'un second. Vous n'avez pas pensé à
regarder derrière l'herbe. Derrière la fumée. »

Paula s'endormit pendant que Ruffalo se demandait
encore dans quel guêpier il était en train de se fourrer.
Les dernières paroles de la photographe résonnaient
dans sa tête. Il freina soudainement. Il se rappela la
tombe de Striker et son inscription en latin. Il n'y comprenait rien mais « resurgam » ressemblait étrangement
à résurrection.

Se faisant l'effet d'être gagné par le délire de sa passagère, il prit la route de Greenwood.

Il parqua sa voiture sous un lampadaire cassé, de
manière à profiter d'une obscurité avantageuse. Paula
somnolait. La nuit tombait. Il patienta longtemps,
puis s'extirpa du véhicule, ne refermant pas complètement sa portière. La clef restait enclenchée dans le
démarreur.

Il tenait dans sa main droite un long pied-de-biche
et une petite pelle. Il enjamba la petite grille noire
du cimetière qu'il avait visité quelques jours auparavant, et marcha prudemment entre les tombes jusqu'à
celle de James Striker. Le souffle court, il s'efforçait
de rester calme. Une chauve-souris décolla de sa
branche, ce qui le fit sursauter. Il fixait la tombe,
pour ne rien voir d'autre. Les morts étaient maîtres
des lieux la nuit tombée, le noir appartenait au néant.
Arrivé à la sépulture qu'il cherchait, il ne tarda pas.
Il savait qu'il violait la loi de l'État : dix ans au bas
mot pour la profanation d'une tombe. Ruffalo jeta un
dernier regard aux alentours et n'hésita plus. Après
avoir déblayé la couverture herbeuse, il pesa de toute
sa force sur le couvercle scellé du caveau de béton,

pour le faire remuer. Celui-ci se déplaça dans un raclement sinistre. Le cœur affolé mais la tête froide, Ruffalo guetta un signe, un bruit. Si une ronde passait à proximité, elle l'avait certainement entendu. Mais seule la rumeur lointaine de la circulation et le remuement des dernières feuilles dans les arbres lui parvinrent, le renvoyant à sa solitude et à l'horrible geste qu'il allait accomplir.

Le cercueil de bois verni reposait dans son logement glacial. Il glissa son pied-de-biche contre le couvercle et tenta à deux reprises de le soulever, en vain. Il changea de position, se glissant en entier dans le trou pour avoir plus de force et cette fois fit craquer le bois vernis. Avant d'empoigner la pièce de bois, il hésita une seconde. Regarder un mort dans une morgue ne lui faisait plus grand-chose. Dans un cercueil, au fond d'un trou, en pleine nuit, seul dans un cimetière, ça n'avait plus rien à voir. Il alluma son téléphone portable pour obtenir un peu de lumière et souleva de l'autre main le couvercle brisé.

La faible lueur éclairait deux sacs de sable.

Ni corps, ni cadavres et encore moins de James Striker. Ruffalo ne savait pas s'il devait être content, furieux ou soulagé Les trois convenaient. De toute évidence, il n'avait pas été victime d'un quelconque délire. Sur cette tombe profanée, il acquit la certitude que ce qu'il pouvait soupçonner de pire était vrai. Soulagé de se trouver sain d'esprit, il s'inquiéta de la dimension de sa découverte. Il ne pouvait en parler à personne sous peine d'être immédiatement interné. Visiblement il ne savait pas dans quoi il mettait les pieds, mais une certitude balaya toutes les questions nombreuses qui se bousculaient : les vrais ennuis ne faisaient que commencer.

C'est alors qu'on tapa sur son épaule, fermement.

Ruffalo crut qu'il allait tomber mort dans la tombe fraîche.

« Vous aussi, vous vous intéressez au sous-sol ? »

La belle Paula l'avait rejoint. Sa silhouette sculpturale, perchée au bord du trou, semblait un joyeux défi à la mort et au démoniaque. Elle se pencha vers les sacs de sable, qu'elle remua du bout du pied.

« Salut, Torque. Jusqu'à ce que la mort nous sépare ? Ou qu'elle nous unisse ? »

Elle laissa choir dans le trou, comme s'il s'était agi d'un lit, son mètre soixante-quinze. Ruffalo eut toutes les peines du monde à la hisser sur le gazon.

« Écoutez, Paula. Les morts, ici, ne sont pas des morts. Vous aviez raison. J'ai besoin de vous. Vous, vous savez pourquoi des sacs de sable ont remplacé les dépouilles. Un sac de sable n'est pas un corps. »

Glacée, elle frissonnait spasmodiquement, mais nulle larme ne sortait de ses paupières grandes ouvertes.

Une heure plus tard, l'inspecteur, suivi de la jeune femme qu'il avait enveloppée dans son imperméable, poussait la porte de son domicile. Il se dirigea vers la cuisine, appuya sur l'interrupteur, mais n'attendit pas que le néon qui remplaçait le plafonnier s'arrête de clignoter. Il se contenta de la faible ampoule intérieure du frigidaire à la coque jaunie par l'âge, en sortant une Bud. Il se dirigea vers le salon.

« Faites comme chez vous. » Ruffalo avait entendu ça dans les films. Il trouva la réplique de circonstance.

Paula s'était affalée sur le vieux Chesterfield d'un carmin épuisé qui occupait le centre du séjour. Trois cartons, une table basse et une vieille télévision à tube posée à même le plancher complétaient le mobilier de l'unique pièce habitée. Les autres restaient vides, en dehors d'un futon toujours roulé dans son emballage, qui s'ennuyait dans l'unique chambre du logement. Depuis cinq ans, l'inspecteur dormait exclusivement sur son Chesterfield. Il en avait fait l'acquisition lors d'une vente aux enchères des studios Warner. L'animal avait, paraît-il, figuré honorablement dans le premier volet de la trilogie *Matrix*. Que Laurence Fishburne ait pu l'user avant lui ne le dérangeait pas outre mesure. La journaliste, sa tête renversée, ses longs cheveux bruns flottant sur les coussins, l'imperméable de l'inspecteur lui tenant lieu de couverture, s'était profondément endormie.

Avec un soupir, Ruffalo posa sa bière. Les questions attendraient. Il attrapa une couverture à peu près propre et la posa délicatement sur le corps assoupi puis, troublé, il se dirigea vers la chambre d'ami, en s'apprêtant à passer la plus mauvaise nuit de sa vie.

Quelques heures plus tard, les bruits d'une circulation plus pressée, plus urgente, l'avertirent que le matin approchait. Il quitta la couche raide, disposée à même le sol, regrettant âprement les bras langoureux de son sofa, et se dirigea vers la cuisine. Il n'alluma même pas le plafonnier. La cafetière faisait le travail presque toute seule.

Dans le salon voisin, Paula remuait. Il lava deux mugs, renonça à trouver un torchon propre pour les essuyer, et les emmena, ainsi que le pot de café, à côté. Le visage un peu reposé, malgré des paupières bouffies par la fatigue, la photographe lui parut encore plus belle que la veille. Assis sur un carton, il remplit les deux mugs et lui en tendit un.

« Sucre ? »

Elle ne répondit rien. Elle était de nouveau mutique, comme la veille à l'hôpital.

« Pas grave. Je vous raconte, surtout n'hésitez pas à intervenir, fit-il sans y croire. Le 19 juin 2011, la terre tremble exactement au centre du Metropolitan Museum. Lourdement endommagé, le bâtiment reste à ce jour partiellement fermé au public. Une tentative de vol avec effraction a lieu, de la part d'un très vieil homme, accompagné d'un adolescent, tous deux décrits comme ayant un comportement bizarre. Il s'agirait de deux des membres d'une famille apparemment ordinaire de Brooklyn, les Colde. »

Il la guettait du coin de l'œil. La tête détournée, lui offrant son profil, comme à l'hôpital, elle ne marquait par aucun signe qu'elle l'écoutait, mais il en était certain. Elle berçait son mug de café entre ses mains, en attendant qu'il refroidisse un peu.

« Dans la nuit du 20 au 21 juin, poursuivit-il, un grimoire ancien est volé, celui-là même qui avait fait l'objet d'une première tentative, la veille. Sur place, un certain Philippe Delondres, professeur d'histoire en retraite, qui a longuement étudié le bouquin peu avant le vol de celui-ci, manifeste un vif trouble. »

Paula, but une gorgée, exactement comme si elle était seule dans la pièce. Il continua, un peu découragé :

« Le 22 juin, au crépuscule, un poteau électrique de la 53ᵉ Rue s'invente subitement un destin. Dans la foule accourue voir le phénomène, Philippe Delondres est mortellement blessé, non loin de sa fille, qui lui a envoyé un SMS et qui est présente sur les lieux, pour le compte de son journal, le *Daily Eagle*. J'ai tout lieu de croire que vous êtes la photographe qui l'accompagne, et dont les clichés seront publiés le lendemain avec l'article de Virginie Delondres. »

Il scrutait de près la commissure des lèvres, le dessin des sourcils, les ailes du nez, il en fut pour ses frais. Paula était comme absente. Elle avait fini de siroter son café, mais conservait entre les mains son mug vide. Ruffalo reprit son monologue :

« Le même soir, les Colde, qui vivaient à cent mètres de la nouvelle sculpture, disparaissent dans des circonstances peu crédibles. Philippe Delondres décédera le lendemain à l'hôpital. Le 25 juin, les Colde sont impliqués dans un gigantesque accident sur le pont George-Washington, causé par un règlement de comptes, et disparaissent à nouveau, non sans avoir fait la une de toutes les rédactions, dans la rubrique "insolite". À ce jour, toute la famille est portée disparue. »

Paula, immobile, mais non figée, ne réagissait pas. Elle était l'image vivante du désœuvrement, un concentré d'absence. Elle aurait pu poser pour un tableau. Il prit son temps.

« Ce même samedi 25 juin, Edward Ropp déclare qu'il a envoyé à l'aéroport de La Guardia, où le bus des Colde vient d'être hélitreuillé, une équipe du *Daily Eagle*, composée de Virginie Delondres, reporter, et Paula Linski, photographe. Dans la soirée, et en l'absence de la jeune fille, un cambriolage a lieu au domicile des Delondres. Sont exclusivement dérobés des carnets, comportant le résultat des recherches du professeur Delondres. C'est là que j'entre dans la danse. »

La photographe ne manifestait toujours rien.

« Le dimanche 26 juin, le téléphone de Virginie Delondres est utilisé pour la dernière fois. Elle est déclarée disparue, ainsi que sa collègue du *Daily Eagle*, Paula Linski. La voiture de cette dernière, une Mustang bleue, a été abandonnée en rase campagne dans le New Jersey. Voilà les faits, mademoiselle Linski... Paula. Aidez-moi. Je pense que votre amie, Virginie, est en grand danger. »

Il observa une longue pause.

« Le meurtrier de Philippe Delondres, ajouta-t-il, porterait un petit cheval ailé et arborant une corne sur le chanfrein, tatoué à l'intérieur du poignet... »

Il espérait une réaction, enfin. Mais Paula se comportait comme si on s'était adressé à quelqu'un d'autre dans la pièce, et n'était pas concernée, quoi qu'il puisse dire.

À ce moment le téléphone sonna.

Impatienté, Ruffalo saisit le combiné pour le reposer violemment sur le socle. Ce n'était pas le moment. Mais à la dernière seconde, il changea d'avis. Il avait reconnu la voix qui hurlait dans le combiné. Les ennuis annoncés commençaient. Il approcha celui-ci de son oreille.

« T'es vivant ou tu fais semblant ? lâcha la voix laconique de Bowell, son supérieur.

— Jusqu'à preuve du contraire, oui.

— Alors tu t'es pris des vacances ? Pour te payer une petite enquête privée ? Paraît que tu fouilles les dossiers d'archive, au lieu de faire bien tranquillement le petit job qu'on t'a confié ? C'est pourtant pas sorcier, de saisir des données ? Mais fallait que tu te remues, hein ? Non mais, tu te prends pour qui ? »

Une désagréable sensation lui raidit la nuque. La disparition de Paula avait-elle déjà été signalée ? Impossible qu'ils soient remontés si vite jusqu'à lui, même avec la vidéo-surveillance et son signalement. Les gens ne regardaient que la plaque, ne retenaient pas le patronyme. Puis Ruffalo se revit laissant son numéro de téléphone, avec son nom, sur le lit de Paula. Stoïque, la langue collée au palais, il attendit le verdict. Encore heureux qu'on ne lui ait pas envoyé directement une escouade.

« Alors tu es mis à pied, tu m'entends ? T'étais assez averti. Assigné à résidence. En attendant un procès pour enquête illégale. Tu bouges pas de chez toi, puisque tu y es, et tu te mêles surtout de ce qui te regarde. Eu égard à tes services passés, je t'informe qu'à partir de maintenant tu es grillé ! Dans trente minutes une patrouille passe te prendre. T'as intérêt à répondre présent.

Clac !

Il venait de raccrocher... Du pur capitaine Dobey !

En moins d'une journée, Ruffalo venait de changer complètement de vie. Curieusement aucun regret n'altéra ce sentiment.

Ruffalo respira. L'autre ignorait encore le rapt de la photographe. Un peu d'amertume lui ternit cette matinée aventureuse : son éviction avait été radicale et sans appel. Manifestement, personne, dans le service, n'avait émis la moindre protestation. Les gens ne se connaissaient plus, on les changeait de bureau tous les six mois pour que les amitiés n'aient pas le temps de se former. Son statut avait été modifié en quinze secondes sans plus de protocole. Le monde marchait sens dessus dessous. Pourquoi Bowell l'avait-il prévenu... ? Tout en se posant la question, il se retourna vers son témoin. Elle s'était recouchée, le visage tourné vers les coussins. Le *mug* de café, vide, avait été reposé à côté de la cafetière.

Il se dirigea vers la douche. L'eau mit un temps douloureux avant de couler d'une chaleur régulière. Il tendit ses bras contre la paroi carrelée et prit appui sur eux, tout en baissant sa tête au maximum, pour que le jet masse ses trapèzes. Il n'avait pas le choix. Son enquête serait clandestine ou ne serait pas. Il fallait être stupide pour ignorer toutes ces menaces. Il était seul. Rien de très nouveau finalement. Il coupa l'eau, changea de tee-shirt, de sous-vêtement et conserva le même jean. Il hésita brièvement, puis attrapa un gros chandail qu'il mettait d'habitude le dimanche. Nier en cas d'interrogation. Il noua ses vieilles Tim', récupéra son carnet et enfila son holster. Il fallait faire vite avant l'arrivée de la cavalerie. Il chercha son trousseau, fit lever Paula en la prenant par le bras.

« Une douche ?... Il y a une serviette propre et la salle de bains ferme à clef... Non ?... Sûre ? ... Parce que ça risque d'être la dernière occasion avant quelque temps. »

Il avait espacé chacune de ses phrases pour écouter les silences de Paula. Il commençait à comprendre comment il fallait communiquer avec elle. Mais la proposition n'éveilla pas plus d'intérêt, de sa part, que ses précédentes révélations.

Il vérifia trois fois qu'il avait bien les clefs et ferma la porte derrière eux, sans oublier de jeter un dernier regard vers le Chesterfield. Tout ce qui était cher à ses yeux tenait dans le petit sac de sport qu'il avait rempli avant de partir. Quelques photos, un vinyle des Blues

Brothers, la plaque de son père, son flingue et le seul bouquin qu'il ait lu, *Moby Dick.*

« C'est rien une vie », dit-il en claquant la porte sur sa vie d'avant.

Quelques encombrements plus tard, il stoppait dans un quartier résidentiel de Brooklyn, devant une maison proprette que jouxtait un immense cerisier.

Paula dormait lourdement, abritée dans l'imper qu'elle s'était approprié. Une touffe luisante et brune émergeait de la petite tente où elle avait recréé une ambiance nocturne artificielle, pour contrer le jour naissant.

Ruffalo, son gros pull enfilé par-dessus son holster, sonna à la porte. La quadragénaire qui vint ouvrir, malgré sa tenue de nuit et la brosse à dents qu'elle tenait en main, arborait un faux air de Marlène Dietrich.

« Bonjour, madame Levis. Inspecteur Ruffalo. » Il présenta brièvement sa plaque. « Désolé de vous déranger au saut du lit...

— Non-non, j'allais me coucher. » Devant son air étonné, elle ajouta : « Je suis hôtesse de l'air, je rentre à l'instant d'un Singapour-New York. Je peux vous aider ?

— Je l'espère. J'enquête sur une affaire connectée avec la disparition des Colde. J'aurais voulu m'entretenir avec votre fille Lee, au sujet de l'intrusion et de l'agression qui ont eu lieu en juin 2011, alors qu'elle était seule avec une bande d'amis à son domicile, ici même.

— Lee est au collège, à moins qu'elle ne passe la journée chez son amie Valente.

— À moins que ? sourcilla Ruffalo. Le collège est en option ?

— C'est à peu près cela, fit la femme avec un geste vague de sa brosse à dents. Vous n'avez pas encore d'enfant, n'est-ce pas ? À cet âge, ils font ce qu'ils veulent. Elle s'imagine que je ne sais pas qu'elle trafique ses bulletins et ses billets d'absence. Que voulez-vous, ajouta-t-elle, philosophe, il faut bien que jeunesse se passe. Tant qu'elle ne se met pas en danger...

— À ce propos...

— Vous faites allusion à cette BMW ? Cela avait à voir avec les Colde, mais ils n'habitent plus le quartier. Lee a dit tout ce qu'elle savait à votre collègue.

— Un certain Debs ?

— Exactement. Je l'avais sur le bout de la langue. Pour aller chez Valente, vous tournez à droite sur Clarendon, puis vous continuez tout droit jusqu'à Utica Avenue, puis à gauche jusqu'à Linden Boulevard. Vous pouvez tenter votre chance quand même. »

Il avait suivi les instructions. Paula, dans la voiture, dormait toujours.

Un homme en uniforme de police claqua la porte et dévala le perron. Surpris, il dévisagea Ruffalo, qui le contemplait, bouche bée.

« Vous avez un problème avec les flics ? demanda le père de Valente.

— Non-non. » Ruffalo à son tour exhiba sa plaque. Il avait le sentiment de mentir, ce qui lui ôta momentanément tous ses moyens.

« Si vous croyez que c'est une preuve. »

Ruffalo pédalait à toute allure dans sa tête sans dire un mot. « Ben je sors de chez moi, mon vieux. Ça va ? C'est moi que tu venais voir ?

— Oui... Enfin, non, je cherche Lee, la copine de Valente. Votre fille.

— Mais oui. Seulement elle est au collège, là. » Il s'assombrit. « Qu'est-ce qu'elles ont encore fait, comme bêtise ?

— Rien-rien, s'empressa de couper Ruffalo. C'est pour cette affaire de course-poursuite, l'an dernier. Il y a peut-être un lien avec l'affaire Delondres, sur laquelle j'ai été, un temps. »

L'officier fronça les sourcils et expira de dépit.

« J'ai changé trois fois de service en un an, je ne

connais plus aucune affaire et je n'ai plus accès à aucun dossier. »

Ruffalo eut le sentiment d'entendre sa propre histoire. Cela devait se lire sur son visage car Bolsani changea totalement d'habitude, trouvant en cet inconnu un partisan de sa cause.

« Je vais pas te faire perdre ton temps. Je peux t'aider ?

— Qu'est-ce que tu peux me dire, sur les Colde ?

— Comme voisins, des gens très bien, mais je ne connais que les enfants. L'an dernier, la petite dernière a eu une affaire avec un certain Mark, une gouape. J'ai modestement contribué à dénouer l'histoire, officieusement. L'enquêteur qui a suivi l'affaire, c'est un certain Debs. Tu devrais le voir.

— Tu le connais, toi ?

— Pas vraiment. Il n'apparaît pas dans l'organigramme, je ne suis pas sûr qu'il appartienne à la police municipale. Il pourrait s'agit d'un autre service. Je l'ai rencontré, une fois, il est venu à la maison pour interroger ma fille.

— Ouais...

— Je sais, fit Bolsani, mélancolique. Moi, maintenant, j'ai l'impression de faire du secrétariat. On passe ses journées derrière des écrans pour faire des prévisions sur nos ordis, je me sens plus doué avec une souris qu'avec un flingue. On aura l'air fin, dans la rue, en double-cliquant devant un gang. »

Ruffalo soupira. L'autre reprit :

« Je l'avais jamais vu avant, ce Debs, avec son tatouage

— Un tatouage ? murmura Ruffalo.

— Ouais, et pas courant en plus. Une licorne. Bon faut que j'y aille, vieux.

— Oui-oui. » Il en avait des éblouissements. « Et tu ne sais pas où le trouver, là ?

— Il habite à deux pas d'ici, sur Clarkson Avenue, mais à l'époque il était toujours fourré à la Fondation 18. Doug, son fils, est à l'université, c'est lui qui a remplacé

Colde dans leur groupe de musique, les Dirty trucs... Valente et Lee sont tout le temps avec eux.

Il regarda sa montre.

« Ca y est je suis déjà en retard.

— Passe quand tu veux, on causera du bon temps.

— Avec plaisir », mentit Ruffalo. Il était quasiment certain que, la prochaine fois que Bolsani entendrait parler de lui, il serait équipé d'un mandat.

Ruffalo stoppa la voiture à une centaine de mètres de sa cible. Incertain, il avisa Paula. Celle-ci, bien réveillée, s'était redressée sur son siège. Aussitôt qu'il aurait le dos tourné, la première chose qu'elle ferait, il le sentait, ce serait de quitter la voiture, à la recherche d'une ligne de coque ou de quoi que ce soit à fumer.

Il n'était pas question de perdre son témoin et son imper.

« On va faire une petite visite, mademoiselle Linski », proposa-t-il.

Elle ouvrit la portière et posa ses tongs sur le macadam froid, docile. Il y avait du progrès.

Ruffalo, prenant soin de tenir Paula derrière lui, approcha la maison. Il était gêné par le gros pull-over, qui ne permettait pas d'empoigner son arme aussi prestement que d'habitude. Il espérait que ce ne serait pas nécessaire.

Un petit terrain cernait la bâtisse, un prétentieux cube de béton sans âme. L'heure n'était plus à l'action en finesse, à la planque. S'il voulait espérer se réhabiliter un jour, il lui fallait des preuves.

Tenant toujours Paula, il franchit le portillon, toqua fermement à la porte. Personne ne réagit : la maison était inoccupée pour le moment. Il longea le bâtiment en épiant les fenêtres. Une baie, sur l'arrière, dont l'accès lui parut convenable ; il fractura la serrure, et se glissa à l'intérieur. Prestement, méthodiquement, il fouilla les pièces. Curieusement, en dehors des éléments fonctionnels ordinaires, la maison était équipée d'un énorme ascenseur, presque un monte-charge, qui devait desservir des sous-sols monstrueux, à en croire les dimensions de la cabine. Ruffalo ne s'aventura pas sous terre ; il se concentra sur les endroits névralgiques, salle de séjour, bureau, cuisine, chambre, toilettes.

Un petit carnet noir attira son attention. Il jurait avec l'équipement high-tech de la demeure, où même les étagères de la bibliothèque étaient recouvertes de CD, de DVD et de lecteurs externes. Excepté dans les toilettes, le papier semblait banni de la maison.

Fasciné, il ouvrit le vieux carnet de moleskine, certain d'avance de ce qu'il venait de trouver. L'objet, poli par l'usage, légèrement parfumé du fumet des bibliothèques de recherche, avait largement servi, sans s'user, mais en se brunissant comme un vieux métal soigneusement travaillé, en se culottant comme le fourneau d'une pipe utilisée chaque jour. Chacune des pages était recouverte d'une graphie serrée, à la fois nerveuse, difficile, mais lisible, l'écriture d'un homme des livres, d'un intellectuel.

Ruffalo commença à lire.

La route Zéro – Le monde ignore l'existence de cette route, même si, sans le savoir, il arrive à certaines personnes de l'emprunter. Autrefois, il n'existait sur la terre qu'un seul chemin, une route unique qui faisait le tour du monde, celle qu'utilisaient les magiciens pour se déplacer.

Stupéfait, il tourna la page, sans même déchiffrer jusqu'au bout le feuillet.

... On les appelait au tout début de la civilisation, « les gardiens des puits ». J'ignore à ce jour la raison de cette appellation, mais de toute évidence ce secret bien gardé est une des clefs de leur pouvoir. L'eau a une importance majeure dans leur métabolisme, mais sur ce chapitre, je n'ai jamais pu en savoir plus.

« Le gardien des puits... L'eau a une importance majeure dans leur métabolisme. » Paula avait parlé d'un puits. Virginie avait été trouvée dans l'eau, bien vivante, après des mois de disparition.

La route est enfouie sous le sable, la terre, les villes et le goudron. S'ils veulent exercer un minimum de leur magie, les magiciens doivent rester à proximité. Le flux y est encore présent. Il est acquis que sur ce chemin, leurs pouvoirs sont garantis. S'ils s'en éloignent trop, ils deviennent comme les autres humains, se mettent à vieillir plus vite, et perdent leurs pouvoirs. Hors de cette route, toute tentative d'exercer la magie les réduit à néant, et les plonge dans un coma instantané.

On aurait dit un projet de roman, une fiction où des phénomènes impossibles, comme un tremblement de terre localisé sous le Metropolitan Museum ou une subite modification d'un poteau électrique, s'expliqueraient naturellement par la magie.
Pourtant, Virginie avait présenté son père comme un historien.
Il sauta quelques pages.

L'unique famille de magiciens encore en vie, à ma connaissance, est constituée par les Dolce. Il est terrible de songer qu'après eux, leur caste s'éteindra ! Chaque couple engendre un couple d'enfants. Leur nombre était censé perdurer ainsi, sans grossir, ni diminuer. Melidiane et Rodolpherus ont ainsi eu deux enfants, Antonius, né dans les années 80, qui doit sembler avoir entre 10 et 15 ans aujourd'hui, et Leamedia, sa cadette.

Leamedia. N'était-ce pas le nom de la petite Colde ? Ruffalo approcha la page de son visage : en marge était ajouté, d'une encre toute récente :

Antonius serait un grand jeune homme paraissant à ce jour 16 ans. Témoignages au Metropolitan Museum, dimanche 19 juin, recueillis par les journalistes.

Ruffalo referma lentement le carnet. En hâte, il regagna le salon. Paula s'était servi un whisky et fouillait dans la discothèque.

« *Paranoïd,* de Black Sabbah, Deep Purple, *Hotter than Hell,* par Kiss, et *Toys in the Attic,* d'Aerosmith... Que du hard rock, du metal. Pas même *Harvest* de Neil Young. »

Surpris, il la regarda.

« Ben quoi ? Tu veux ma photo ?

— Non-non, mademoiselle Linski... Paula. Venez, on s'en va. »

Elle se laissa emmener. Ruffalo était en ébullition.

« Paula. C'est important. Debs... Ca vous parle ? C'est chez lui que nous étions, à l'instant. »

Il ne coûtait rien d'essayer, inlassablement.

« Il travaille dans la police, ou à la Fondation 18, je ne sais plus. »

L'air infiniment las, la jeune femme laissa rouler sa tête sur le dossier de son fauteuil, dans la voiture non démarrée, et entama une chansonnette incompréhensible. Ruffalo avait l'impression de transporter une poupée aux piles usées. Il ne lâchait pas le précieux carnet, certain de sa trouvaille. Son cerveau en ébullition. Il cala.

« Paula ? l'interrompit-il. Votre Torque, ce ne serait pas Demetrius Torque ? »

Elle avait prononcé le patronyme, au cimetière.

La chansonnette s'interrompit. La photographe, tête basse, cheveux dans la figure, était comme un grand lévrier qui vient d'être frappé dans ses centres vitaux et entre silencieusement, calmement, en agonie.

Demetrius Torque avait été le directeur de la Fondation 18. Il s'en souvenait, maintenant. Celui-ci avait disparu du paysage médiatique depuis plus d'un an, remplacé par Virgil Hecate. Est-ce que la date de sa disparition ne cadrait pas avec celles de son affaire ? Il n'avait même pas besoin de vérifier...

Il reprit :

« Paula, faut que t'arrêtes de déconner maintenant. T'es libre et on ne joue plus. Dans quelques heures je serai une cible comme Virginie et les autres. Toi aussi. Faut vite que tu retrouves tes esprits parce je pense qu'on va vivre des moments bien pénibles. »

Paula ne bougea pas, mais Ruffalo eut le sentiment qu'elle avait entendu. Il avait interrogé des camés durant toute sa carrière.

« Je vais faire une petite visite à la Fondation 18 maintenant. Ca risque d'être compliqué pour toi, t'es pas obligée de m'accompagner. »

Paula ne broncha pas.

Elle s'était de nouveau cloîtrée dans son mutisme. Résigné, très angoissé, il tourna la clef de contact. Nul ne pouvait ignorer l'adresse de la Fondation 18, dans la 34e Rue.

Tout se bousculait dans sa tête. Il eut le sentiment d'être bien petit face à l'obstacle qu'il s'apprêtait à affronter.

Virginie, parquée dans sa cellule marron, tapait les derniers mots d'un article sur le transfert du nouveau quart arrière des Giants, l'équipe de football américain de New York, quand son écran déclara brusquement forfait. L'électricité se coupa d'un seul coup. Il devait être aux environs de 17 h 45.

Dans l'obscurité totale, elle s'appuya sur le dossier de sa chaise en attendant que la machine redémarre. On toqua à sa porte. Elle alluma la fonction « lampe de poche » de son téléphone. En découvrant le visage d'Alvin, son cœur chavira de bonheur.

« Mais comment vous m'avez trouvée ?

— Un peu trop facilement à mon goût. » Alvin tenait dans sa main droite un petit sac noir en cuir. Il referma la porte derrière lui. Ils tenaient à peine, à deux, dans la minuscule pièce.

« Nous avons cinq minutes avant qu'ils ne rétablissent le courant.

— Qui ça, ils ?

— Ici, vous travaillez pour la Fondation 18, demoiselle. Comme nous tous, désormais. » Le ton désabusé de ce dandy septuagénaire en disait long sur son impuissance.

« Vous aussi ?

— J'officie pour certains gouvernements qui désormais dépendent du bon vouloir de cette terrible compagnie. Donc oui, indirectement je travaille pour eux.

— Il faut que vous preniez le temps de m'expliquer tout ça, Alvin.

— Certes, mais le moment est mal venu et il nous reste trois minutes et cinquante secondes. Si on me voit en votre compagnie, c'est est fini de moi comme de vous. Ces murs leur appartiennent. Ils ont racheté votre ancien journal puis l'ont fermé. Ils possèdent celui-là et l'ont regroupé avec d'autres. Il va être compliqué, dans votre secteur, de leur échapper.

— J'ai besoin de vous Alvin, il faut que vous m'aidiez.

— C'est exactement ce que je suis en train de faire. Malheureusement, mes compétences ont une limite. Les gouvernements des principales puissances négocient en ce moment même avec votre employeur. J'ai tenté de les mettre en garde, je les ai incités à ne pas entamer de négociations, à conserver leur indépendance. J'ai échoué. Un triste processus, engagé depuis la fin de la Seconde Guerre mondiale, se voit aujourd'hui couronner. Il n'existe plus sur cette planète de grande puissance indépendante. Toutes sont partenaires de la Fondation 18.

— Comment ça ? Elle le tenait par le bras.

— Nous n'avons plus le temps, Virginie.

— S'il vous plaît. »

Elle le suppliait.

« En parallèle avec les travaux de votre père sur les Dolce, j'ai enquêté sur la Guilde noire depuis plus de quarante ans. Que dire ? Ils arrivent aujourd'hui à leurs fins, ce qui pour nous signifie le début de l'enfer. Suivez mon conseil, regardez bien le soleil en face, il risque de bientôt vous manquer. »

La lumière se ralluma d'un coup. L'écran se remit en route.

« Je vous retrouverai, ne vous inquiétez pas. Comme toujours. »

Il lui tendit le sac qu'il avait amené.

« Qu'est-ce que c'est ?

— La copie exacte des carnets de votre père. Je n'utilise plus la poste depuis qu'ils la contrôlent. Mettez ceci en lieu sûr, ne le rentrez jamais sur un ordinateur, leurs moteurs de recherche sont très puissants. Il faut que j'y aille, maintenant. »

Il ouvrit la porte, et se retourna vers elle.

« C'est à vous que reviendront mes travaux, je les ai habilement dissimulés.

— Où ? » Alvin regarda les murs autour d'elle, lui faisant comprendre que tout ici pouvait être enregistré.

« Je vous ai donné la clef... Pensez bien à ce que je vous ai dit. À *tout* ce que je vous ai dit. Adieu. »

Il referma la porte. Virginie tenait le sac serré contre elle. Alvin avait traversé sa vie encore une fois sans s'arrêter. Elle ouvrit le sac. Des liasses de feuilles photocopiées, agrafées entre elles, portaient toutes un numéro, comme les carnets de son père.

L'ascenseur privé s'ouvrit sur le hall, tout de béton armé et de verre, de la fondation. L'inspecteur Ruffalo patientait, installé face à Paula dans l'un des quatre sièges Le Corbusier qui, en carré, occupaient un vide soigneusement calculé, borné à une extrémité par une banque d'accueil large comme le cockpit d'un Boeing 747, et tout aussi équipée, et à l'autre bout par une magistrale œuvre d'art abstrait où dominait un rouge vif à l'énergie ambiguë.

Une jeune femme, aux formes délicates et aux cheveux blonds cendrés, s'avança vers lui.

« Je suis Sue, l'assistante personnelle de M. le directeur. Il va vous recevoir, bien qu'il soit très occupé. Je vous prie de me suivre.

Ruffalo attrapa le bras de Paula. Celle-ci, vivante statue de l'abattement, ses longs cheveux bruns ne laissant paraître la blancheur de son visage qu'à travers une fente étroite, se laissa faire, comme si elle n'avait été qu'une mécanique. La secrétaire leva un sourcil étonné.

« Ma sœur, expliqua Ruffalo. Elle est fatiguée, ne faites pas attention. Je ne peux pas la laisser seule. »

L'ascenseur les emmena vers les étages élevés.

Dans le bureau de la secrétaire, Ruffalo se tourna vers la photographe. La brune se laissa tomber dans un second fauteuil, absente.

Ruffalo, précédé par la secrétaire passa dans le bureau voisin.

Virgil Hecate s'avançait vers lui avec un sourire de politicien, au charme certain et à la franchise savamment composée.

« Je suis désolé, inspecteur, pour cette attente, comment me faire pardonner ? »

L'homme lui tendait la main.

Ruffalo hésita un moment mais ne répondit pas au geste du patron de la Fondation 18.

« Comme vous voudrez », reprit Guileone. « Vous mesurez mal la faveur que je vous fait en vous recevant si promptement. D'ordinaire il faut patienter un bon trimestre avant d'obtenir un rendez-vous. Je n'ai que peu de temps, faites vite. » Ruffalo plongea la main dans sa poche et exhiba sa plaque.

« Je sais qui vous êtes. » Le ton de son interlocuteur avait déjà changé. Moins accueillant.

« Dans dix minutes à peine la réunion la plus importante que la fondation ait jamais organisée va commencer. Je vous laisse imaginer la complexité d'un agenda comme le mien aujourd'hui. » Ruffalo jouait avec le feu. Il s'en rendit compte, séduit par le discours de son interlocuteur. Il y croyait presque. Il baissa sa garde et avança son premier pion.

« Je ne suis qu'un modeste flic de New York. Le seul point commun entre nous est un certain Debs. Cet homme se fait passer pour un policier, ou s'il en est vraiment un, n'apparaît pas dans nos organigrammes. Par contre, il travaille pour la fondation.

— Et... ? » dit Virgil Hecate, mains ouvertes, en dévisageant l'inspecteur.

Ruffalo ne le quittait pas des yeux. Rien, dans son attitude, ne laissait transparaître une quelconque implication. Il porta l'estocade.

« Il se trouve qu'il est suspecté d'avoir assassiné Philippe Delondres, dans la rue, le 22 juin 2011.

— Vous en êtes sûr ?

— Certain, sans quoi je ne me serais pas permis de vous déranger.

— Bien évidemment », ironisa son vis-à-vis. Curieusement, il semblait s'être détendu. « Mais dites-moi, inspecteur, en quoi cela me concerne-t-il ? »

Ruffalo encaissa. Il répliqua, s'accrochant à sa logique :

« Il travaille pour la fondation, donc pour vous. »

Cette seconde salve provoqua chez Guileone un sourire encore plus large que le premier.

« Ceci, dit-il en balayant d'un geste du bras l'immense bureau, appartient à la fondation, dont je fais partie, certes, mais dont je ne suis pas le propriétaire. Je n'en suis que le serviteur. Cette organisation n'existe que grâce à la générosité de ses actionnaires. Aucun n'est majoritaire, le nombre de parts maximum est égal et infime pour chaque membre. Ici, nul culte de la personnalité, de l'ambition ou de la démesure. Mon poste est remis à la terrible loi de l'élection tous les ans. Une autre question ? »

Ruffalo était K.O. debout, étourdi par le discours sans faille de celui qu'il accusait à demi-mot. Virgil Hecate acheva son adversaire.

« Je ne retiendrai en rien les suggestions que votre présence évoque sans détour. Je ne ferai pas part à vos supérieurs ni à mes avocats de vos accusations précipitées à mon égard, tout le monde peut se tromper n'est-ce pas ? Quant à M. Debs, s'il a commis ce dont vous l'accusez, il en répondra devant la justice. Je vous laisse faire votre travail, et vais retourner au mien, si vous le permettez. »

Il ne restait plus à Ruffalo, furieux, qu'à dire merci. Le directeur l'avait raccompagné au seuil, et d'un geste large, il ouvrit la porte, le précédant de quelques pas.

Paula Linski qui se trouvait toujours sur le canapé se leva en percevant la voix de Virgile.

« Je dois récupérer ma sœur », balbutia Ruffalo.

317

La jeune femme et Virgil Hecate se dévisagèrent longuement.

Celle-ci pâlit, d'un seul coup. La blancheur de sa peau était saisissante.

Guileone se tourna vers Ruffalo.

« Vous devriez conseiller à votre sœur de manger plus de viande. La langue c'est excellent. »

Paula semblait figée de terreur. Ruffalo vint à sa hauteur pour lui offrir son bras. Guileone resté dans l'encadrement de son bureau regarda le couple improbable se diriger vers l'ascenseur. Elle était plus grande que lui. Sue les raccompagna jusqu'à l'ascenseur.

Quand les deux portes se refermèrent sur eux. Guileone changea de visage, il regarda sa secrétaire.

« Morts ou vifs. »

Sue saisit immédiatement l'ordre sur la tablette numérique qu'elle portait en permanence.

Ruffalo dans l'ascenseur sentait l'air s'alourdir autour de lui Il regarda Paula, il ne restait que trois étage avant d'arriver sur le lobby.

« Quoi qu'il arrive, Paula, vous restez derrière moi. Toujours. »

Embarrassé par son gros pull-over, il réussit à dégager son arme de service.

La double porte s'ouvrit. Tirant Paula par la manche, il sprinta vers la sortie, sans un mot.

Les gardes le virent au dernier moment, ils dégainèrent, mais Ruffalo les tenait en joue, les visant l'un après l'autre, par petits mouvements successifs.

« Dégagez, ou je tire ! », hurla-t-il du ton le plus convaincant qu'il put. Les gardes ne réfléchirent pas et ouvrirent le feu.

Ruffalo, touché à l'épaule gauche, serra les dents. Il tira sur la porte vitrée de l'entrée provoquant une explosion de verre si fracassante qu'elle permit aux deux fugitifs de s'échapper du bâtiment. Les deux gardes n'osèrent pas ouvrir le feu en pleine rue. Ruffalo saignait abondamment mais son seul souci concernait la Pacer garée était au coin de la rue. Démarrerait-elle ?

Elle ronronna du premier coup. La douleur fulgurante s'annonça, il ne put se retenir de gémir, tout en enfonçant à fond la pédale d'accélérateur. Des piétons derrière eux avaient roulé au sol, blessés ou bousculés. Leurs poursuivants, entravés, disparurent du rétroviseur aussitôt qu'il eut viré dans la première rue qui s'offrit.

Paula, affalée sur son siège, était agitée de tremblements nerveux. Elle marmottait tout bas :

« C'est lui qui a tué Torque. »

Puis elle ajouta :

« Virginie... »

Ruffalo partageait son inquiétude. En quelques coups de volant secs, il rejoignit la tour du *New York Times*.

« Paula ! Je saigne comme un cochon. Je vais avoir besoin de vous, ou de mon imperméable. Il s'agit d'aller là-dedans pour chercher Virginie. J'ai un truc à lui donner. C'est mon dernier argument ! »

Paula parut, cette fois, l'entendre. Elle tourna son visage vers lui. Ruffalo fut totalement bouleversé par la beauté de ses traits, qu'il voyait en face pour la première fois. Les origines slaves de la jeune fille se marquaient dans ses yeux légèrement écartés surmontant des méplats accusés mais élégants, son nez légèrement courbé, sa bouche large. L'expression de ses yeux était un concentré de passion. Il y lut en un éclair une insoutenable solitude, un cynisme étudié, un âpre goût de la vie et de l'aventure, le tout se fondant comme les teintes d'un kaléidoscope pour redessiner un paysage sans cesse changeant, toujours varié.

Surtout, il y découvrit quelque chose comme un début de confiance, et même de la loyauté. Il perdit conscience de tout ce qui n'était pas ces fascinantes prunelles. Invinciblement attiré, il se sentait se pencher vers elle, pour mieux voir. Son dos trempé de sang le rappela à lui d'une secousse violente.

« À votre poste, numéro 27 ! » La voix métallique du haut-parleur rappela Virginie à l'ordre. Elle se rassit et recommença sans broncher l'article sur les Giants qu'elle avait entamé quelques minutes auparavant. Le temps fila moins vite, l'impatience de se replonger dans les carnets de son père la torturait. Aussi, quand 18 h 30 sonnèrent, elle se précipita hors de sa cage, pour finir d'ajuster son manteau dans l'ascenseur. Elle tenait le sac noir bien fermement. Même un grizzly dans la force de l'âge n'aurait pu lui arracher.

Dans le grand hall du bâtiment, une foule inhabituelle obstruait les portes automatiques de sortie. Les gyrophares des voitures de police se reflétaient, virevoltant dans les baies vitrées, et un brouhaha infernal résonnait dans tout l'espace. Virginie se fraya difficilement un chemin vers l'extérieur, les employés ne sortaient qu'au compte-gouttes. Les autorités installaient un cordon jaune pour empêcher les curieux de s'approcher. Un agent hurlait dans son micro l'arrivée d'une ambulance. La jeune journaliste parvint enfin à se glisser jusqu'à la sortie. Mais elle ne put faire un pas de plus.

Le corps d'Alvin Stenberg gisait au sol, allongé sur le ventre, la tête plongée dans son propre sang.

Virginie terrifiée faillit tomber en arrière en reculant d'horreur. Choquée, elle n'arrivait même pas à pleurer. Elle se sentait responsable de ce décès, un de plus. La mort se rapprochait d'elle à grands pas, écumant sur son passage tous ceux qui, à ses yeux, avaient une valeur. Elle était en équilibre. Fragile et vulnérable... refusant une réalité bien trop violente pour elle. L'ambulance arriva.

Un brancardier s'agitait seul pour éloigner la foule de plus en plus dense. Ses gestes sûrs et ordonnés se heurtaient à l'agitation environnante. Sa blouse blanche un peu courte laissait dépasser ses avant-bras et ses mains. Il s'attarda près du corps en manipulant la tête avec précaution avant de poser le corps sur un brancard d'un geste simple et fluide. Le corps d'Alvin Stenberg semblait ne plus rien peser. Les cris d'horreur et de dégoût se mêlaient au son des clichés pris par les téléphones portables des curieux amassés. Virginie ne put réprimer cette panique soudaine qui montait en elle, et s'apprêtait à hurler quand une main ferme lui saisit le bras.

« Il ne faut pas rester là. » Cette voix sonna particulièrement aux oreilles de la jeune femme. Elle se tourna vers l'homme qui la tenait.

« Edward ? » Son ancien patron du *Daily Brooklyn Eagle*, toujours aussi gros et chauve, n'avait pas lâché son bras. Il baissa la tête pour que son regard passe au-dessus de ses lunettes de repos. Il saisit l'effroi qui paralysait la jeune femme.

Il l'entraînait sur le trottoir, loin de la tragédie.

« C'est dommage de te croiser dans des circonstances pareilles. »

« Le flic a été blessé mais ils se sont échappés en voiture. » Guileone coupa la communication avec le service de sécurité d'un simple effleurement sur son écran. Assis derrière son bureau, il resta silencieux durant quelques secondes. Sue s'approcha vers lui.

« Je n'ai peut-être pas transmis l'information sur l'inspecteur assez vite », assuma-t-elle, totalement dévouée. Il la regarda puis vit défiler une colonne d'information sur son écran qui attira son attention. Informé en temps réel de ce qui se passait au sein de la fondation, le sinistre chef de la Guilde noire accueillit avec un large sourire la diffusion du mandat d'amener qui venait d'être officialisé par le procureur de la ville contre James Ruffalo. Il regarda Sue avec bienveillance.

« Je vous ai choisie pour votre loyauté morbide et votre parfaite ressemblance à Dianaka. Vous vieillissez sans perdre de votre charme. » Sue rosit sur l'instant, baissant légèrement la tête.

« Vous avez fait votre travail correctement. Cependant le terme d'inspecteur est obsolète, il faudra désormais utiliser le mot... fugitif. Nous n'aurons même plus d'alibi à fabriquer, la légitime défense suffira. Ruffalo est un mort en sursis. Faites appeler Debs. Je le verrai après la visioconférence. »

Très haut dans le ciel de Manhattan, Guileone, alias Virgil Hecate, installé dans son large fauteuil de cuir, se prépara mentalement à devenir le maître du monde.

Dans quelques instants, les plus grandes puissances de la planète, domptées, viendraient lui manger dans la main comme des braves toutous. L'heure était historique. Rien ne pouvait entacher sa jouissance.

L'heure était venue.

Il fit un signe à Sue qui se recula. Le mur qui lui faisait face accueillit une vitre transparente qui descendit automatiquement du plafond. Stabilisée, elle se chargea de lumière pour devenir un écran d'une largeur étonnante et d'une luminosité parfaite.

Le visage de cinq chefs d'État s'afficha. Au-dessus de leur effigie s'inscrivait le nom du pays qu'ils représentaient : Chine, Inde, Allemagne, France et Russie. Guileone s'assura que les cinq dirigeants l'entendaient parfaitement, malgré leur exercice de l'État, une nervosité certaine liait ce quintet. Guileone entama son discours.

« Messieurs, je vous remercie de m'accorder un peu de votre précieux temps. Vous avez tous reçu, comme la plupart des chefs d'État de votre rang, le dossier *Underground*, et vous y avez répondu favorablement. Je tiens tout d'abord à vous rassurer, cette communication est sécurisée, vous bénéficiez chacun d'un satellite dédié par ligne de communication, personne ne peut vous entendre, vous écouter et encore moins vous enregistrer. Nous passons donc à la dernière phase de notre programme, qui s'étalera sur l'année 2013 jusqu'à la grande coupure. C'est là que vous intervenez. Nos accords ne sont pas encore tout à fait finalisés, et je ne pourrai valider vos listes qu'une fois notre contrat ratifié. Si vous avez des questions je suis là pour y répondre. »

Le Chinois commença :

« Pourquoi les États-Unis ne sont-ils pas représentés dans cette réunion ?

— Parce que nous les contrôlons depuis longtemps.

— Qu'est-ce qui nous le garantit ?

— Nous avons financé les sept dernières campagnes

présidentielles, qu'elles soient démocrates ou républicaines. Nous avons employé tellement d'hommes, des centaines de milliers, pour creuser ce nouveau monde, que nous avons inversé la courbe du chômage. Nous sommes capables d'assurer la réélection de n'importe quel président. Nous avons, grâce à la crise financière que le monde traverse, fait chuter les banques que nous ne contrôlions pas, afin de réduire le nombre d'acteurs majeurs sur le marché. Nos actifs garantissent l'équilibre des banques centrales, qu'elles soient américaines ou européennes, sans parler des asiatiques. Désormais c'est à nous que les États empruntent. Les pays qui n'ont pas suivi nos préconisations se sont écroulés, ont subi une désindustrialisation massive ou, s'ils ne possédaient pas d'industrie moderne, une révolution ou une montée des fondamentalismes religieux. La foi peut s'avérer être un excellent placement quand vous n'avez pas le temps de corrompre les élites. Nos spéculateurs sur les matières premières, comme sur les ressources alimentaires peuvent créer du jour au lendemain, d'un simple clic, une famine, un exode, ou une émigration massive. Nous vous l'avons prouvé en vous faisant parvenir l'agenda de nos catastrophes en cette année 2012 avant qu'elles ne surviennent. Chute des pays européens, augmentation des prix des farines de blé, du riz, mouvements migratoires sur la zone Asie du Sud-Est, massacre ethnique en Afrique Centrale... La partition fut orchestrée à la note près. J'espère que vos oreilles de mélomanes auront apprécié. Au passage nous avons fait chuter sept gouvernements réticents et provoqué quatre révolutions dans le Maghreb... Les gens ne savent plus négocier. Nous réservons la sucrerie finale pour le 21 juillet 2012, nous avions tant ri au passage à l'an 2000. L'inversement annoncé du champ magnétique terrestre est presque un leurre... enfin pas tout à fait, mais parlons plutôt de nous... » La pâleur de leurs visages n'était pas due au mauvais réglage de l'image. Guileone souriait.

Le responsable chinois, qui s'était un peu avancé sur son siège, se recula. L'Indien ne laissait paraître aucune émotion, alors que le président français s'épongeait le front avec un mouchoir et que la chancelière allemande ne cessait de bouger son siège. Guileone reprit la parole : « La première étape, et vous le savez, consiste à réduire la population. Les différents virus que nous avons introduits au fur et à mesure des années portent leurs fruits, mais pas assez rapidement. Certes la fertilité est moins bonne grâce à notre lent travail dans l'industrie agroalimentaire, le fait de maîtriser la fabrication des semences nous a permis de stériliser plus d'un quart de la population mondiale, mais il nous faut passer la vitesse supérieure ! Les pays sous-développés sont encore trop fertiles. La désinformation sur le sida nous a permis une décroissance à deux chiffres sur certaines zones, mais c'est encore trop lent. Aussi, nous avons prévu dans chacun de vos pays plusieurs catastrophes sanitaires et sociales qui accéléreront le processus de pollution et de contamination. Des accidents bactériologiques et nucléaires majeurs sont programmés. Le test sur Fukijima s'est révélé brillant. Plusieurs marées noires s'ajouteront à une liste déjà longue de désastres écologiques, pour que les populations perçoivent l'enfouissement programmé dans les sous-sols comme un refuge et non comme une contrainte. Il s'agit de provoquer l'adhésion à notre projet. Il ne me reste plus qu'à valider la liste de vos deux cents familles. Puis nous organiserons la migration.

— Dans combien de temps ? interrogea le président de la République française, manifestement dépassé.

— Quand les structures seront terminées et la décision prise, les données exactes de la marche à suivre vous seront communiquées.

— J'imagine mal la dimension des villes souterraines, fit le Chinois.

— Un iceberg. La partie émergée est la plus petite.

De très loin... Personne n'a remarqué dans toutes les capitales du monde la prolifération des parkings souterrains, leur automatisation complète... Les gens ignorent que des niveaux inférieurs existent... Que ce ne sont que de simples plateformes d'accès...

— Ils accepteront tous sans protester ? s'enquit le Français.

— Ils auront le sentiment d'être chanceux et non punis. Cet enfer ne sera pas leur sanctuaire mais leur refuge. Du moins au début, le reste ne sera qu'une histoire de communication. En la matière nous maîtrisons cette science à la perfection, puisque les gens ne jurent plus que par l'image.

— Le choc ne sera-t-il pas plus dur à avaler que vous ne le pensez ? demanda le Russe, matois.

— Nous avons multiplié durant ces dix dernières années plus de films-catastrophe à grand budget que l'histoire du cinéma n'en avait produit en un siècle. Le désastre est devenu possible dans leur inconscient. »

La chancelière allemande objecta :

« Ne peut-on résoudre l'équation par le dialogue et la persuasion ? »

Guileone se leva pour répondre.

« L'homme n'est pas assez éduqué pour comprendre que notre geste est le seul possible pour sauver notre planète. Il ne verra que son propre intérêt et fera tout pour améliorer son ordinaire. Il ne pensera au collectif qu'en dernier lieu, s'il s'en préoccupe. L'histoire n'est qu'une inlassable répétition de ce processus, maîtrisons-le. Nous contrôlons les réseaux sociaux et les sociétés de télécommunication. Les gens qui n'ont pas été répertoriés ont tous des téléphones portables, ils publient tous des photos privées sur leurs comptes, sur internet... Nous avons désormais plus d'information qu'il n'en faut. Nous n'avons eu de cesse d'opposer les religions, les ethnies et les communautés. La division humaine est accomplie. Les gens croient communiquer entre eux, mais ils s'éloignent. Les mots ont remplacé les gestes, nous sommes prêts ! Il faut réduire la masse pour l'enterrer. Nous avons presque déjà trop attendu », conclut-il en se rasseyant.

Le président russe prit la parole à son tour :

« Ces deux cents "familles" qui auront le droit de rester en surface représentent peu pour un pays grand comme le nôtre. N'y a-t-il pas moyen de négocier une part équivalente au territoire ? »

Guileone sourit.

« Cher ami, les frontières n'ont jamais existé que sur les cartes. Il faut oublier le monde d'avant et ses structures. Nous avons scientifiquement réorganisé la planète en deux mille parcelles de valeur identique, soit deux cents par pays. Il n'y aura donc que dix nations qui accéderont à la vie suprême. Quelle que soit la onzième, si elle s'est décidée trop tard, elle manquera son tour et devra patiemment attendre qu'une des dix autres commette une erreur pour la remplacer. Vous savez que le projet *Underground* dispose de plusieurs niveaux d'enfouissement. Plus vous êtes proches de la surface, plus vous êtes accédants au groupe des dix. Le monde du dessous travaillera pour vous. Plus d'argent, plus de soucis, plus de pollution. Un nouvel âge d'or, bâti sur un âge de fer, invisible parce que souterrain. Une planète préservée et réservée aux élites. Pour ça, vous n'avez qu'à nous donner les clefs. D'autres questions ? » Les cinq chefs d'État n'hésitèrent pas une seconde, ils s'empressèrent de taper sur leur clavier pour signifier leur accord, soulagés de faire partie du carré VIP. Chacun livrait à la Fondation 18 les codes confidentiels de leurs armes tactiques ou nucléaires. Ils déposaient leurs armes aux pieds de Guileone. La Guilde noire n'aurait plus qu'à intégrer ses propres codes pour maîtriser la défense de chaque pays.

« Bienvenue au jardin d'Eden, messieurs. »

La communication se coupa d'un coup. Guileone se

leva, satisfait et repu comme après un bon repas. Il se tourna vers Sue qui l'avait silencieusement rejoint.

« Il n'y a personne au-dessus de nous, Sue. Personne. » Il s'avança vers elle et l'enlaça sans l'embrasser. Elle se laissait faire sans effort.

« J'aime votre dévotion, mais il faudra faire bien plus si vous voulez m'appartenir. » Il approcha son visage à quelques millimètres du sien. Il ne sentait aucune peur ni appréhension. « Il faudra mourir pour que je vous ressuscite. Là, et seulement là, vous m'appartiendrez vraiment. » Elle répondit à son regard, s'offrant de toute son âme.

Il l'écarta de lui.

« Les affaires de famille m'attendent.

— Pas tout de suite, monsieur le directeur », fit la secrétaire, d'un ton ferme. « Vous souhaitiez voir le capitaine Debs.

— Très juste. Vous m'êtes précieuse, Sue. Je vais le voir dans votre bureau. »

Un homme mince et grand d'une trentaine d'années, vêtu d'un costume gris, une oreillette à droite et une bosse sous sa veste de costume au flanc gauche, patientait dans la salle voisine, à la place de Debs. Les deux mains bien en évidence, il s'avança d'un pas.

« Ray Scheuermann. Je suis l'un des trois lieutenants formés par le capitaine Debs. Lui-même est au PC sécurité pour traquer vos agresseurs. Je suis chargé de vous annoncer que nous avons eu la peau de Stenberg.

— Alvin Stenberg ?

— Précisément. Devant le New York Times Building. Deux balles, il y a une vingtaine de minutes.

— Le piège a donc fonctionné. Il a cherché à voir Virginie Delondres, notre nouvelle employée... et notre meilleur appât, n'est-ce pas ?

— Le réseau électrique a été coupé durant dix-huit minutes. En empruntant les escaliers, l'ascension vers le 10ᵉ étage, où travaille mademoiselle Delondres, plus le parcours dans les couloirs, prend entre 5 et 9 minutes, selon la condition physique du coureur. Stenberg était un homme âgé, mais remarquablement en forme. A condition de savoir exactement où trouver l'appât, il a pu avoir un entretien avec elle pendant un bref laps de temps.

— Et lui donner quelque chose...

— La jeune Delondres est en effet sortie, à l'heure réglementaire, portant une sacoche qu'elle n'avait pas à son arrivée.

— Et ?....

— Des nouvelles seront disponibles dans quelques minutes. »

Virgil Hecate, visiblement satisfait, se tourna vers Sue.

« N'avais-je pas annoncé à Debs, lorsque la petite Delondres est réapparue à New York, que les quelques poignées de dollars que nous coûterait son embauche pourraient se révéler, et de loin, notre placement le plus productif des dernières années ? » Il se tourna vers le lieutenant de Debs. « C'est parfait, Scheuermann. Une réunion de famille, qui ne peut attendre, me requiert. Néanmoins, je vous verrai aussitôt après, pour connaître la pêche miraculeuse que nous aura rapportée notre petit poisson de Paris... ou Delondres... Ha ! ha ! ha ! »

Les deux autres frétillèrent, tout heureux de ce moment d'hilarité, presque intime, en dépit de la pauvreté du jeu de mots. Il les figea d'un regard glacial, il était sans transition le tout-puissant directeur de la plus puissante entreprise au monde :

« On a récupéré les archives de Stenberg ?

— C'est en cours, annonça Scheuermann.

— Disposez. Je vous verrai ensuite. »

Le regard du directeur escorta l'employé.

« Cet homme porte le nom d'une maladie, il ira loin chez nous. A-t-il déjà été soumis au test ?

— Pas encore », le renseigna l'omnisciente assistante, une nuance de componction dans la voix.

Une seconde ambulance, toutes sirènes hurlantes, arriva sur les lieux du crime d'Alvin alors que la foule commençait à se dissiper. Elle stoppa devant le building du *New York Times*. Une camionnette d'entretien de la ville s'employait à nettoyer le sang répandu sur la chaussée, pendant que les policiers cherchaient sans convictions des témoins pour leur rapport.

« Il est où, le blessé ? » demanda l'infirmier en sortant de son ambulance. L'homme en uniforme à qui il s'était adressé parut surpris.

« Il vient de partir, les pieds bien devant... », ironisa, placide, le flic encore étonné par la question.

— Mais où ?, insista l'homme en blanc.

— Dans une ambulance, pour le County... Enfin je suppose.

— C'est quoi ce merdier ? », grommela-t-il en tournant les talons. Il regagna l'ambulance, ouvrit la portière et se réinstalla près de son collègue qui n'avait pas quitté le volant.

« Ils font n'importe quoi au central... On rentre. »

Un peu plus loin, Virginie, bouleversée, n'arrivait pas à articuler une phrase. Les sirènes de la deuxième ambulance, les sifflets des policiers et les commentaires des curieux envahissaient tout son espace intérieur. Edward la serra paternellement contre lui.

« Je le connaissais, murmura-t-elle.

— Je sais, ma petite Virginie. Il est venu nous voir au journal, quand ta disparition est devenue officielle. Je le connaissais aussi. Tout le monde le connaissait. » Elle essayait de respirer plus calmement tandis que son ancien patron l'entraînait loin de la scène du crime, en remontant à contre-courant la foule affolée.

« Tu veux que je prenne ton sac ? » Virginie refusa, pour rien au monde elle ne l'aurait confié à quiconque, pas même à Edward.

À ce moment, une grande fille sauvage en imperméable et en tongs, son épaisse chevelure brune s'agitant autour de son visage comme une couronne de serpents, lui toucha le bras, du côté où était la sacoche.

Virginie se retourna violemment, comme si elle répondait à une agression.

« Paula ! », cria-t-elle en la reconnaissant. Les deux femmes restèrent, le temps d'une courte absence de raison, à se regarder. Ni Edward, ni Ruffalo un peu plus loin ne pouvait s'immiscer dans cette bulle invisible qui venait de se créer en elle.

C'était à Virginie de pardonner.

Paula ne pouvait lui ouvrir les bras. La fille de Philippe prit la photographe contre elle, se serrant pour retrouver un bout de ce passé évaporé dans une trahison encore présente.

« Pardon, Virginie, pardon... » Paula ne cessait de s'excuser malgré l'étreinte sincère de son amie. « Je n'ai rien vu venir... je me suis laissé séduire comme à mon premier bal, je ne savais rien de lui... » Elle parlait lentement, pour être certaine de ne rien oublier des sensations étranges qu'elle exprimait pour la première fois. « ... Il m'avait hypnotisée, je ne contrôlais plus rien. Quand il a été tué, j'étais si bas, si vide... J'ai essayé de mourir, mais là encore, par faiblesse, j'ai échoué, alors j'ai choisi la méthode douce. » Elle releva ses manches pour dévoiler deux avant-bras dévastés par d'anciennes traces de piqûres.

Virginie revivait, en même temps, l'atroce moment où elle avait vu Paula, sa meilleure amie, sa confidente, à qui elle avait avoué le secret de l'existence menacée des Dolce, enlacée par Demetrius Torque, le directeur de la Fondation 18 et le pire ennemi des magiciens, d'après les dernières paroles de son père. Mais elle revoyait aussi le moment où l'amant adoré de Paula, au faîte de sa puissance, avait perdu la vie des mains de celui qu'il révérait, le nouveau démon Guileone, dans la grotte, juste avant que les Dolce ne se jettent, l'entraînant avec eux, dans le puits. Un rugissement d'émotions et de sensations la charriait dans un temps et un espace qui n'étaient plus la 34e Rue. Elle ne savait qu'une chose : l'épreuve qu'elles avaient vécue ensemble forgeait dans leurs esprits ce sens de la survie.

« Euh... Excusez-moi... On devrait pas traîner trop par ici. »

L'homme qui parlait portait un gros pull-over de laine verte, maculé d'une énorme coulure noire au niveau du bras et de l'épaule. Virginie savait très bien qui il était.

« Vous êtes ? demanda Edward, intrigué.

— Celui qui a organisé l'évasion de Paula, répondit placidement l'inspecteur Ruffalo.

— Un gentleman-voyou, c'est cela ?

— Un ex-flic, rectifia-t-il.

— C'est bien ce que je disais ! »

Ruffalo sourit, pour la première fois depuis d'innombrables semaines.

Tous quatre se dirigèrent au pas de course vers un drôle de véhicule trapézoïdal et démodé, très près du sol, stationné non loin d'eux.

« On dirait un flan aux œufs – je veux dire, la couleur », dit bêtement Edward.

En grimaçant de douleur, il tourna le contact. Pour la deuxième fois en une heure, miraculeusement, le vieux moteur démarra à la seconde. Virginie oscillait entre le choc provoqué par la mort d'Alvin et Paula qui resurgissait du néant. Les âmes se croisaient dans ce New York qui ressemblait de plus en plus à Babylone.

Il ne fallut pas plus de deux minutes à Guileone pour se rendre dans ses appartements personnels. La porte à reconnaissance digitale s'ouvrit sans qu'il ralentisse son pas. Son immense loft se situait sur l'aile opposée du dernier étage. Haut de plafond, les murs n'étaient constitués que de baies vitrées donnant sur le sud de Manhattan et qui s'opacifiaient d'un simple claquement de mains. Quelques canapés dépareillés aux teintes rouges, un bar, un immense écran plat suspendu qu'on pouvait regarder de chaque côté comme une simple plaque de verre, et le vide habillait l'endroit d'une élégance certaine. Un verre de whisky à la main, il s'installa sur un immense siège noir facilement comparable à un trône par la hauteur de son dossier. Il regardait fixement un rideau rouge suspendu par le plafond et formant un cercle fermé au sol. Il posa sa main sur la petite desserte en verre qui accompagnait son siège. Au contact de ses doigts, l'écran de la desserte s'activa et devint tactile. Il appuya sur un bouton virtuel et le rideau se leva, tracté par deux chaînes qui le replièrent à quelques mètres de haut.

Melidiane tête baissée, se tenait assise et attachée sur un siège en métal. Deux chaînes ancrées au sol l'obligeaient à tendre les bras vers le bas. Vêtue d'une robe faite en peau et pieds nus, elle n'esquissa pas le moindre geste au lever de rideau.

« Bonjour, sœurette. » Il attendait un geste ou une

réponse mais elle resta immobile. Il l'observa encore quelques secondes et enchaîna : « Tu as toujours préservé la famille, mais tu vois c'est moi qui la reconstitue, paradoxal n'est-ce pas ? Alors donne-moi des nouvelles de Papa. Toujours aussi irascible ? » La sœur de Guileone ne releva pas la tête vers lui, ses yeux, noirs de colère, restaient invisibles. Elle essayait de garder son calme.

« C'est vrai que c'est moi qui l'ai vu la dernière fois. Visiblement, je suis incorrigible, je ne sais pas d'où me vient cette habitude de retenir prisonniers les membres de ma famille. » Guileone laissa exploser un rire sonore, il avala son whisky et continua :

« Il s'est bien battu, je le reconnais, quoiqu'un peu trop humide à mon goût. Notre père est passé maître dans l'art de s'enfuir, tu ne trouves pas ? » Melidiane se remémorait cette bataille courte et violente au cœur du premier puits. Son père avait fusionné avec son élément se transformant en eau. Melidiane se mit à rire doucement, ce qui intrigua immédiatement son frère. Elle prit la parole sans toutefois lever la tête :

« Tu t'es fait avoir par un vieux. Tu es excessivement puissant, dis-moi. » La remarque cynique de sa sœur le crispa légèrement, cependant il ne souhaitait pas lui faire cadeau de son agacement.

« Le plaisir de te posséder est bien trop grand pour que je me laisse entraîner par ta sournoiserie.

— Parce que je suis attachée, tu me possèdes ? Si en plus tu es devenu naïf, la partie va être encore plus facile que je ne le pensais. » Elle restait immobile.

« Je suis toujours aussi impressionné par toi finalement. Déjà petite tu dominais les conversations par ton venin, tu n'as pas su évoluer. C'est dommage. » Elle ne répondit pas. Elle essayait de deviner le chemin dans lequel il voulait l'entraîner, mais atteindre son cerveau lui semblait pour le moment interdit comme si une bulle le protégeait. Il plongea sa main dans la poche intérieure de sa veste.

« Tu ne te demandes pas comment je t'ai trouvée ?
— Tant qu'on y est. » Elle ne voulait pas montrer à quel point cette question la taraudait. Il sortit alors une vieille enveloppe de sa poche. Elle portait le nom de Virginie Delondres. Guileone l'ouvrit avec une lenteur qu'il savait insupportable pour sa sœur. Il entama la lecture à haute voix :

« Japon 1924, Chère Virginie, nous ne nous connaissons pas encore très bien, mais je sais combien vous êtes attachée à notre famille et blablabla et blablabla... » Il la regarda avant de continuer : « Cette lettre après tout ne t'est pas adressée, il serait assez mal venu de te la lire. Cependant Rodolpherus a commis une erreur grave, sans injurier ton mari, il a envoyé cette lettre à l'endroit où travaillait cette fille et non à son domicile. Grâce à lui nous avons pu la récupérer. Il n'a pas lésiné sur les détails. À l'intérieur y figure le puits qu'il faut trouver, à quel moment il faut le prendre, à quelle époque tu te trouvais, dans quelle ville et surtout où se cachait le dernier grimoire... Un jeu d'enfant. » Il laissa tomber la lettre au sol. Melidiane à quelques mètres aiguisa son regard et zooma sur la feuille. Il s'agissait bien de l'écriture de Rodolpherus.

« Comment a t il pu commettre une erreur pareille ? », pensa-t-elle avant de se reprendre et de ne plus penser. Guileone esquissa un sourire, il venait de l'entendre. Il reprit, jovial et plus cynique encore :

« Je t'avoue que ma première motivation fut de te retrouver, bien que le livre m'attirât aussi, je ne te le cache pas. C'est pourquoi j'ai insisté pour faire le voyage moi-même. Quelle déception... Non pas de te croiser à nouveau, mais de ne pas y trouver le livre. » Il marqua un silence plus long que les précédents et pouffa d'un rire léger.

« Tu es assez forte pour brouiller ton cerveau, je ne t'entends même plus râler », lui dit-il comme s'il avait deviné sa dernière réflexion. Cette remarque anodine la rendit encore plus méfiante. Elle prit la parole de manière à l'agacer toujours un peu plus :

« Pour pénétrer les pensées d'un autre, il faut être magicien, Guileone. La filiation ne suffit pas. Et malheureusement pour toi notre père n'a jamais pu te décoiffer, tu as été capturé avant.

— Tu vois, tu te trompes encore une fois. » Il dégrafa sa chemise noire et dévoila un petit pendentif en argent en forme d'amphore qui pendait au milieu de son torse.

« Regarde, tu ne seras pas déçue. » Melidiane releva la tête doucement pour l'observer. Guileone ouvrit d'un geste délicat le capuchon du bijou, et exhiba à sa sœur le cheveu blanc que tout magicien portait sur lui durant ses cent premières années. Melidiane n'en revenait pas, elle ne put cacher sa surprise et s'efforça aussitôt de brouiller son cerveau. Elle n'était plus certaine de rien. Il valait mieux ne pas être lue en ces circonstances que de deviner l'autre. Il replaça délicatement son cordon, comme le surnommaient affectueusement les magiciens dans son pendentif. C'est elle cette fois qui prit la parole :

« Tu ne peux être décoiffé que par un membre de ta famille, le plus vieux. C'est la règle, c'est ainsi. Tu ne peux y déroger. Si notre père avait commis un tel acte, il me l'aurait dit. C'est du bluff, Guileone, tu es pitoyable. » Avant de lui répondre son frère prit bien soin de la fixer pour guetter sa réaction.

« Notre père, non, tu as raison, il te l'aurait dit... Mais notre mère ? » Au dernier mot de Guileone la magicienne se décomposa. Elle était incapable d'imaginer un tel scénario. Sa mémoire la renvoya à sa naissance. Elle ne l'évoquait jamais. Le nom de Veleonia était banni de toute conversation. Les images se bousculaient en elle, Melidiane se sentait happée par son propre passé. L'éclair long et violent résonnait dans sa tête, la pluie battante. Octobre 1850, au cœur

de la forêt de Trente. La dernière maison du village...
Elle regardait sa mère au centre de ce patio, vaincue
par le ciel, absorbant la violence de l'éclair qui venait
de la frapper.

À l'abri derrière une colonne, elle clignait à peine des
yeux pour ne pas perdre de vue Veleonia. Elle croisa
le regard de sa mère une dernière fois avant qu'elle
ne bascule définitivement vers l'obscurité. Melidiane
portait avec douleur ce souvenir qu'elle avait promis
mille fois à l'oubli. Sa mère devenue sorcière hantait
son vide. Elle ouvrit les yeux à nouveau. Elle avait
besoin de s'extirper de ce passé. De s'échapper de
cette mémoire suffocante. Une larme perla de son œil,
pour exploser sur le parquet d'ébène. Le visage de sa
mère apparut quelques secondes dans la petite vapeur
provoquée par l'éclatement du sanglot, et s'évapora
pour laisser la place quelques mètres plus loin... à la
véritable Veleonia.

Melidiane ne pouvait croire à ce qu'elle voyait. Sa
mère, auguste et dominante, se tenait droite et fière
devant sa fille. Sa robe noire laissait éclater une chevelure plus blanche qu'une neige fraîchement tombée.
Elle illuminait son visage au regard ferme et bleu.
Guileone s'était levé pour l'accueillir. Il regardait sa sœur
totalement effondrée devant son siège, genoux au sol,
les bras tendus vers ses chaînes comme les pénitentes
de Tolède. Malgré son corps déployé vers sa mère,
Melidiane baissait la tête, sa nuque offerte comme une
condamnée à mort résignée par la fatalité. Elle offrait
sa reddition. Une capitulation sans concession où la
vie ne donnait plus guère de raisons.

Veleonia s'approcha doucement de sa fille. Elle fit
signe à son fils de la libérer. Guileone toucha à nouveau la petite console. Les deux bracelets métalliques
qui reliaient Melidiane à ses chaînes s'ouvrirent automatiquement faisant basculer la magicienne vers le

sol, pour tomber dans les bras de sa mère qui s'était agenouillée devant elle.

« Ma fille, Guileone a réuni à nouveau la famille. Nous avons beaucoup à nous dire. Bienvenue au sein de la Guilde noire. »

« Je suis heureuse de vous revoir », avoua Virginie, les yeux rougis par le chagrin.

On ne savait si elle s'adressait à Edward, à Paula ou à Ruffalo, ou aux trois à la fois. Tous firent comme si c'était cette dernière option. Un courant d'amitié passait dans l'habitacle de la vieille voiture jaune pâle, qui roulait en direction de Brooklyn, comme par réflexe.

« Vous nous emmenez où... ? Pardon, je n'ai pas saisi votre nom, fit Edward, de son ton placide.

— Inspecteur Ruffalo, compléta le policier fatigué par sa blessure.

— Je voulais dire le prénom, cher ami...

— James. Il faut que je m'occupe de cette fichue balle d'abord. Vous avez un meilleur plan ?

— Quitter la planète ? » risqua Edward.

« Vous devez beaucoup souffrir, réagit Virginie avec tact. Comment vous êtes-vous trouvé là ?

— J'ai essayé de travailler sur la mort de votre père et je le paye très cher. Je n'habite plus chez moi, et j'ai même plus d'imper, ironisa-t-il. Je me suis trouvé seul au point de ne plus avoir le droit de retourner à mon bureau. J'ai été mis à pied aujourd'hui même pour enquête illégale. En sortant de la Fondation 18 où je venais demander des comptes sur un certain Debs, je me suis fait tirer dessus.

— L'homme à la licorne », murmura Virginie. Elle échangea avec Paula un regard infiniment douloureux.

Virginie ne posa aucune question malgré le silence, laissant l'inspecteur continuer. Il profita d'un feu rouge pour retirer de sa poche arrière, à l'aide de son bras valide, un carnet de moleskine noire, qu'il lui présenta.

« Il n'y aucune plaisanterie dans ce que je vous raconte. J'ai la ferme conviction d'avoir identifié l'assassin de votre père... »

Avant même de s'en saisir, elle reconnut l'objet et s'en empara. Elle l'ouvrit au hasard et reconnut l'écriture de Philippe. Elle referma l'ouvrage aussitôt, comme si l'âme de son père y était enclose et pouvait s'en échapper et le serra contre elle presque douloureusement.

« Où l'avez-vous trouvé ? demanda-t-elle doucement.

— Dans l'appartement de son assassin.

— Vous avez découvert qui il est...

— Oui. Un gars qui travaille pour la Fondation 18 et se fait passer pour un policier.

— ... Mon père l'avait deviné.

— Vous devez m'expliquer ce que vous savez à ce sujet.

— Vous l'avez lu ? »

Elle attendait la réponse avec une pointe d'angoisse. Elle espérait que non.

« Le carnet ? Oui, je l'ai lu. C'est pourquoi je vous parle de tout ça. »

Elle ne le lâchait pas du regard.

« Vous y croyez ?

— Pour ce qui est du carnet... Disons plutôt que je ne crois plus en rien... Je crois ce que je vois...

— La Fondation 18 a racheté le *New York Times*, et toute la *News Towers*, intervint Edward Ropp.

— Comment vous le savez ? fit Virginie, surprise.

— Je fais partie du conseil d'administration depuis trente ans, comme mon père précédemment, jusqu'à mon arrière-grand-père qui participa à sa création en 1851. La Gray Lady n'est plus indépendante. Tous les articles subissent une censure et un filtrage impitoyable. Il y a plus de contrôleurs que de journalistes. En général, c'est mauvais signe ! Les gens ne savent plus vraiment ce qui se trame dans ce pays, et ce depuis un moment. J'ai appris ton retour. J'avais mieux à te confier que le boulot de gratte-papier dont on t'a gratifiée dans ce pseudo-journal qui n'est plus qu'une officine de communication vouée à la célébration des nouvelles puissances. C'est toi que je venais voir, quand Alvin Stenberg a été tué, sous mes yeux.

— Vous l'avez vu ? » intervint nerveusement Ruffalo. « Quand nous sommes sortis de la voiture, tout le quartier était en ébullition.

— Non seulement je l'ai vu... », commença Edward, avant de changer de sujet. « Virginie, tu es diplômée de Columbia. Pour le moment, Internet reste un espace de relative liberté, capable d'atteindre la planète entière. Le journalisme tel que nous l'avons connu ne peut se perpétuer que dans cette dimension. Tu vas créer ton propre blog. Tu rédigeras dans des termes moins techniques le contenu de ce dossier... » Tout en parlant il farfouillait dans un cartable démodé en cuir qui ne le quittait jamais, et en retira un dossier relié par trois attaches parisiennes, qu'il tendit à Virginie. Elle feuilleta les quelques pages.

« ... Il s'agit d'une enquête sur la vente des semences dans le monde.

— Passionnant, ironisa en elle la journaliste.

— Bien plus que tu ne peux même l'imaginer, répondit avec assurance l'ancien directeur du *Brooklyn Daily Eagle*. Il n'existe pratiquement plus aucune semence reproductive naturelle... » Pour parer au scepticisme, il précisa : « Des graines récoltées sur des pieds issus de semences industrielles, capables d'engendrer à nouveau une nouvelle plante-fille, source des futurs cycles agricoles.

— C'est incroyable, dit Virgine. Je m'étais toujours imaginé que les agriculteurs mettaient de côté une partie de leur récolte, pour la semer au printemps, afin d'assurer le renouvellement des cultures !

— Tu l'as dit. C'est ainsi que les paysans agissaient depuis le néolithique, et jusqu'au début du second millénaire. Le moindre exploitant est obligé maintenant d'acheter sa semence de blé ou de maïs à des sociétés qui le transforment génétiquement d'année en année, sous prétexte de le rendre résistant aux divers ravageurs et aux maladies. Toutes les graines nourricières sont désormais brevetées. Ce qui appartenait au patrimoine naturel de chacun sur cette terre, non seulement n'existe plus, mais fait partie du domaine privé. Dix enseignes vendent ces semences dans le monde, mais toutes appartiennent plus ou moins directement à un seul groupe, la Fondation 18. Elle fabrique donc la quasi-totalité des produits céréaliers de base, et pèse par là sur la production laitière et de viande, bref, elle est à la source de toute notre alimentation, si l'on excepte quelques zones autonomes, très marginales. Si par malheur elle décidait d'injecter un poison, un virus ou quoi que ce soit d'autre dans les aliments, personne ne pourrait l'en empêcher. Depuis trois ans maintenant il existe de très curieuses similitudes entre les différentes pathologies qui apparaissent sur la planète. Les pandémies se propagent à une vitesse étonnante. Le plus curieux est que pour pallier à ces nouvelles maladies générales, on utilise à travers le monde le même type de médicaments, fabriqués par les mêmes laboratoires qui créent aussi les semences, puisque les groupes chimiques et pharmaceutiques font aussi partie de la Fondation 18. Ils gèrent la maladie et le vaccin qui la guérit. Quoi qu'il arrive, ils sont certains de vous inoculer ce qu'ils veulent. Cela t'intéresse un peu plus maintenant ? »

Chacun restait bouche bée.

« Inutile en effet, dans ces conditions, d'apporter l'enquête au *New York Times*, résuma Virginie. Mais qui consultera mon blog, si je le créais ? »

La sonnerie stridente d'un téléphone l'empêcha de guetter une réponse. C'était un carillon sur trois notes, comme les sonneries préenregistrées qu'on s'empresse de remplacer, dès l'appareil acheté.

Chacun regardait les autres, attendant que l'un d'eux atteigne son portable, mais nul ne réagissait. Enfin, le visage de Virginie vira de l'expectative à la gêne.

« Euh... J'ai un nouveau téléphone, qui m'a été donné par l'ambassade. Personne ne m'appelle jamais. Ça doit être pour moi, qu'est-ce que c'est que cette sonnerie trop nulle ? »

Nerveusement, elle appuya sur la touche verte, surtout pour être débarrassée de la stridulation ridicule. Elle venait de recevoir un message sur sa boîte mails.

« Comment on consulte ce truc ? » Elle appuyait sur tous les boutons nerveusement. Personne ne lui avait envoyé d'e-mail depuis seize mois...

Se rencognant dans le fauteuil passager avachi de la vieille AMC Pacer, dos tourné à ses amis, leur opposant le faible rempart de ses courts cheveux châtain foncé et de ses frêles épaules émouvantes, elle lut le nom de l'expéditeur avec une ineffable douceur :

« Antonius... »

Arpenter les rues de New York à nouveau rassura Antonius. Les odeurs se transformaient en parfums, les bruits en mélodies et les passants en danseurs. Rien ne parlait plus au jeune magicien que ce cocktail particulier de sensations offert par cette ville hors du commun. Ces trottoirs un peu gras recevaient son pas ferme et déterminé. Il se sentait chez lui. Les gouttes hasardeuses tombées des blocs d'air conditionné qui habillaient chaque mur de Manhattan ne le gênaient plus. Il courait presque, se sentant revivre.

« Moins vite ! » hurla Melkaridion.

« Excuse-moi », répondit Antonius en réduisant l'allure.

« C'est ridicule ! » La voix de Melkaridion résonnait d'une voix étrange comme s'il se trouvait dans une autre pièce.

« Je t'assure, grand-père, c'est beaucoup mieux ainsi !

— Je suis à l'étroit, à mon âge c'est une honte de voyager ainsi ! Si la guilde l'apprend un jour, je suis ridiculisé à jamais ! Quelle fin pitoyable !

— Mais Papy, la Guilde, c'est nous ! »

Antonius marchait sur la 7e Avenue, en plein cœur de Manhattan, Mona dans les cheveux et une gourde en bandoulière dans laquelle Melkaridion flottait.

« Dès que je peux je te verse dans une baignoire. C'est promis ! » Mona, aussi heureuse que son maître de retrouver le parfum de New York, se lécha les babines en passant devant l'enseigne multicolore de Sbarro. Melkaridion râlait, Mona savourait son nouveau hamac de cheveux et Antonius retrouvait ses marques. Il se sentait puissant, nouveau et enfin magicien. Tout lui semblait accessible. Son œil décortiquait le moindre détail d'une photo ou d'une affiche sans qu'il ait besoin de s'y attarder. Il percevait ce qui était naturel et ce qui ne l'était pas. Il s'efforçait de reconnaître le langage de chaque arbre qu'il croisait, n'omettant pas de saluer par la pensée chacun d'eux, surtout quand ils étaient isolés au milieu d'un champ de bitume, coincés entre un feu rouge et un magasin de téléphonie mobile.

« N'oublie jamais que les racines des arbres contournent les obstacles sous terre. Ils communiquent entre eux... La terre est unique et totale.

— Totale ?

— C'est un tout. Une seule et même matière comme l'eau. » Antonius ne put s'empêcher de sourire en écoutant son grand-père.

« Qu'est-ce qu'il y a encore ?, maugréa-t-il, agacé.

— La gourde c'est mieux qu'une chaise roulante.

— Attends que je sorte et je te tsunamise !

— Dis-moi grand-père, comment j'ai pu mettre seize mois pour aller à Paris et quelques minutes pour en revenir par les mêmes puits ?

— Utiliser les canaux ancestraux seul ou à plusieurs change tout. Il faut séparer le flux pour chaque personne. Nous avons décidé ton père et moi, afin de contrer la Guilde noire, de l'envoyer loin dans le passé, ainsi que ta mère. Pour compenser ces flux négatifs il fallait en créer d'autres positifs. C'est pourquoi, ta sœur, ton ami et toi-même avez fait un bond de seize mois chacun. Le calcul du temps n'est malheureusement pas qu'une simple histoire de chiffres, ton père te l'enseignera. »

Alors qu'Antonius profitait de l'immobilisation de son grand-père, Mona jouissait de ses deux maîtres, le vieux et le nouveau. Elle se sentait de mieux en mieux, elle décida de le faire savoir et se permit une note d'espoir. Ça ne lui était pas arrivé depuis 1854.

« C'est la première fois que je n'ai pas envie de mourir ! » Melkaridion ne put s'empêcher de commenter : « Tout fout le camp... » Mona et Anto sourirent. Melkaridion râla encore un peu puis s'apaisa. Au fur et à mesure des pas, le calme et la sérénité gagnèrent l'équipage. La nuit tombait, le flux humain se clairsemait, Antonius accéléra légèrement la cadence. Il équilibrait ses pas de manière à compenser les inégalités du bitume en rallongeant une jambe quand cela s'avérait nécessaire pour que son grand-père, aussi confiné que râleur, ne bouge pas trop. Il se dirigeait vers Brooklyn sans vraiment savoir précisément où. Il avait besoin de retrouver ses fraîches racines et ses parfums familiers.

« J'ignorais que le mal de mer était possible dans une gourde... », maugréa-t-il. Melkaridion espérait faire rire son petit-fils, mais c'est tout juste si le jeune magicien réagit. Le vieil homme ne put s'empêcher de scruter les pensées de son filleul. Il soupira.

« Cesse de penser à elle, crut-il bon d'ajouter.

— Grand-père tu avais promis de ne pas m'écouter ! Ça, c'était avant la gourde ! »

— Je n'y peux rien... », reprit plus bas Antonius. ... C'est plus fort que moi, il faut que je lui parle, que je la rassure, que je la protège !, s'emballa-t-il, emporté par son amour et son impatience.

— Tu veux la protéger ? répondit froidement Melkaridion.

— Évidemment.

— Alors, tais-toi, fais le mort et disparais de sa vie pour le moment. Si tu as fait le bon choix elle t'attendra. Un bon siècle d'espérance ne peut qu'alimenter le désir.

— Mais elle sera morte, grand-père ! C'est une normale... une humaine.

— Tu es inconscient, mon pauvre Antonius, elle ne

pourra ni porter ta descendance ni survivre à ta longévité ! La dernière fois qu'un magicien a scellé son destin à une normale notre guilde s'en est retrouvée si affaiblie que...

— Que ? » Antonius attendait que son grand-père continue, mais plus aucun son ne sortait de la gourde. « Grand-père ?, demanda-t-il, inquiet.

— Oui ?

— Tu n'as pas terminé ta phrase.

— Quelle phrase ? » Mona soupira en même temps que son jeune maître. Quand Melkaridion perdait la mémoire, toute lutte s'avérait inutile.

« Et toi, Mona, tu sais ce qu'il voulait dire ?, questionna Antonius.

— Moi je ne suis pas une clef USB ! Je n'ai que trois ans de mémoire et toutes mes archives sont dans le bus. La dernière fois que je me suis « reseter » c'était en arrivant à New York. Pour tout ce qui précède il faut que je consulte. » Antonius soupira, son pas s'alourdit et la gourde se mit de nouveau à tanguer de droite à gauche, arrachant des râles continus au grand-père.

Ils déambulèrent jusqu'à Washington Square et ses grands drapeaux violets de New York University.

« Il faut que tu trouves ta sœur avant toute chose ! » reprit Melkaridion.

— Mais où ? Papa n'en a pas parlé dans sa lettre.

— Tu la connais mieux que moi ! Elle est à New York. Réfléchis !

— Lee ou Valente... Je ne vois que ça. Je suis sûr qu'en allant chez l'une des deux on la trouvera.

— Autant taper à la porte de la Guilde noire ! S'ils ont réussi à nous trouver à Paris, ils auront fait surveiller ces maisons. Il faut trouver un autre moyen. Connais-tu les arbres qui bordent ces habitations ?

— Non.

— Tu es déjà allé chez elles ?

— Oui.

— Alors fouille ta mémoire et observe-la. Concentre ton attention sur la végétation qui entoure leurs demeures. » Antonius s'exécuta immédiatement. Il visualisa les deux maisons et reconnut sans mal, des bouleaus pour celles de Valente et des platanes pour celle de Lee. Le grand-père aux aguets visualisait les souvenirs de son petit-fils en même temps que lui, mais se garda bien de le lui dire, et attendit qu'Antonius lui décrive les différentes essences d'arbres.

« Notre guilde est brouillée avec les bouleaus, ils ne nous aideront pas. Par contre les platanes sont très coopératifs, mais sourds comme ce n'est pas permis, ça va prendre des jours.

— Laisse, Papy... j'ai trouvé ! » Antonius s'arrêta de marcher. Il se trouvait pile devant un cybercafé. Il entra sans même en référer à son aïeul. « Je sais comment les contacter. »

Les ondes wifi qui parcouraient l'endroit étaient si nombreuses qu'Antonius faillit vomir, avant de perdre complètement l'équilibre. Il s'étala de tout son long devant le propriétaire des lieux. Un geck si obèse que son ventre cachait presque ses genoux. Une casquette des Yankees vissée sur le crâne, un bouc qui masquait difficilement son double menton ; l'homme et demi lui indiqua un ordinateur libre.

« Trois dollars la première demi-heure », dit-il en tendant la main pour recevoir son dû.

Antonius, encore à l'envers à cause des ondes, ne put pénétrer le cerveau du commerçant pour l'influencer. Melkaridion, immunisé grâce à son état liquide, lui, ne se gêna pas. Le fan des Yankees reprit :

« Pour vous ça sera gratuit. »

Antonius, constatant la légère manipulation cérébrale, crut bon d'ajouter en souriant :

« Tu sers bien ton maître en faisant un petit signe de la main.

— Pourquoi dis-tu ça ? demanda immédiatement Melkaridion.

— Pour rien », répondit son petit-fils en s'installant devant l'ordinateur. Il réduisit son champ cérébral pour éviter les perturbations. Il n'utilisait pas toutes ses capacités cérébrales, mais ce qui lui restait de possibilité suffirait largement pour envoyer un simple mail. Il se connecta, chargea le site de Facebook et trouva immédiatement la fiche de Valente. Il s'apprêtait à lui laisser un message quand il aperçut sur son profil un onglet qui mentionnait dans l'humeur du jour un concert universitaire pour fêter Halloween. Il se déroulait à partir de 21 heures sur le « Ground Parade » de Prospect Park, et les Dirty Devils devaient s'y produire. Son cœur fit un léger soubresaut.

Il regarda sa montre, son horloge interne était réglée sur le soleil. 20 h 55. Le concert commençait bientôt. L'espace d'un instant il se redressa, complètement hagard, puis se pencha à nouveau sur le clavier comme un hystérique et tapa à la vitesse de l'éclair le nom de Virginie Delondres. Il ignorait si elle avait un compte quand son profil s'afficha sous ses yeux. Son cœur se mit à battre si fort que la gourde trembla. Même Mona faillit tomber de son hamac capillaire.

« Qu'est-ce qui se passe ? interrogea Melkaridion.

— Rien, on n'a pas le temps ! » hurla presque Antonius qui venait de se lever. Il pouvait rallier Brooklyn en moins de dix minutes en courant à fond sans se soucier des normaux !

Sur l'écran de l'ordinateur qu'ils venaient d'abandonner, le curseur de l'écran clignotait encore. Antonius avait oublié de mettre un point final au message qu'il venait d'envoyer à Virginic.

« Je suis au concert de Prospect Park ce soir. Je t'aime. Antonius. »

Il était 20 h 55. Le concert commençait bientôt. Il fonça vers le Parade Ground.

Coincé dans sa gourde, Melkaridion ne put protester que pour la forme. La course effrénée que son petit-fils venait d'entamer lui donnait une voix remplie de bulles, qui empêchait tout échange construit et cohérent. À l'intérieur, le chaos régnait. « Qu'on m'amène sur-le-champ l'inventeur de cet objet démoniaque ! Que je bascule enfin du côté de la Guilde noire ! » Antonius sentait littéralement la gourde vibrer.

« Arrête, grand-père, si tu tombes dans la pelouse, comment je fais ? »

Le Parade Ground était un terrain immense où plusieurs stades se côtoyaient. Foot, baseball, soccer, tous les sports de plein air s'y pratiquaient. Mais pour une fois la musique était à l'honneur. Le concert de clôture des festivités d'Halloween se déroulait traditionnellement à Union Square aux portes de Greenwich Village, mais d'année en année le public devenait plus nombreux. Il avait fallu changer.

« Pour une fois que ceux de Manhattan passent le pont de Brooklyn », pensa Antonius. Dans la rivalité entre les différents quartiers de New York, ceux de Manhattan affichaient une supériorité arrogante. « BK », comme la surnommaient ses habitants, tenait enfin sa revanche. Malgré le froid d'automne et les pluies régulières de novembre, le concert avait été programmé en plein air. La météo clémente offrait une soirée plutôt douce mais surtout sèche. Tout ce que New York pouvait compter d'étudiants s'était donné rendez-vous sur le site et des dizaines de milliers de jeunes s'amassaient autour de la scène où trois filles reprenaient les standards des Supremes. « *You can't Hurry love* » restait une valeur sûre pour chauffer un public gavé à l'électro.

Une onde colorée, sur la tablette de verre, signala un appel interne. D'un claquement des doigts, Guileone prit la communication. Chaque employé du groupe utilisait un portable fonctionnant sur un abonnement dédié, la fondation possédait ses propres satellites de liaison. La personne qui l'appelait disposait de son code sur le réseau.

Le visage de Ray Scheuermann se montra.

« Monsieur ? Nous tenons une piste. Le téléphone qui a été fourni par nos soins à Virginie Delondres par l'ambassade a enfin été utilisé pour un mail entrant. »

Sur l'écran, Scheuermann s'effaça, bousculé par la face avantageuse du capitaine Debs.

« Vous serez content, monsieur le directeur. Ils ont rendez-vous à Prospect Park, dans moins d'une demi-heure.

— Qui, ils ?

— La petite Delondres et Antonius. Il semble qu'il y ait une idylle.

— C'est tout ? Et la sœur ?

— Hélas, nous sommes sans nouvelles pour le moment, elle n'a été signalée sur aucun de nos lieux de surveillance.

— Et je devrais être « content », comme vous dites ? » Le ton était cinglant. « J'ai besoin des deux enfants, Debs !

— Le frère nous permettra de remonter jusqu'à l'autre

Dolce, protesta l'autre, affichant une assurance qu'il espérait crédible.

— C'est quoi, ce rendez-vous ?

— Un concert pour Halloween.

— Deux jeunes gens parmi des dizaines de milliers. Pitoyable, Debs. Rappelez-moi quand vous aurez écumé la foule.

— J'ai peut-être un atout, monsieur.

— Dites toujours, répondit-il, dubitatif.

— Celui qui a remplacé le fils Dolce dans leur groupe de musiciens n'est autre que mon propre fils. Doug. Il me communiquera tout.

— Vous êtes déroutant, Debs. Parvenir à me surprendre force mon admiration. Vous méritez de rester en vie », conclut ironiquement Guileone, qui rajouta un menaçant ! « Ramenez-les ! » avant de couper sèchement la communication.

Il se tourna alors vers Melidiane et Veleonia, qui avaient écouté l'échange. D'un geste, il alluma le gigantesque écran qui divisait la pièce. Sous les yeux de Melidiane, une salle apparut, filmée par un mouvement de caméra panoramique, qui pivotait lentement, donnant une vision complète du décor, composé d'innombrables loges carrées contenant chacune un trophée de chasse. Des centaines de têtes d'animaux naturalisées avaient échoué là.

« J'ai pensé personnellement le style de cette pièce, commenta Guileone, et je l'ai réalisée moi-même. Toutes les espèces que tu peux admirer ici ont disparu ou sont sur le point de s'éteindre. Je ne chasse que les races en voie d'extinction. Crois-moi, il en faut, de la patience, pour éteindre une espèce, pour défaire d'un simple coup de fusil ce que la nature a mis des millions d'années à engendrer. Pourquoi je te montre cela ? Je vais te le dire. Vois-tu cette case vide, où ne figure nulle tête ? Eh bien, cet espace est réservé à ta descendance. Les

Dolce sont la dernière lignée de magiciens au monde, il est normal qu'ils aient leur place dans ce panthéon. »

Il fit une pause, pour bien laisser Melidiane comprendre ce qu'il venait de dire.

« Tu remarques qu'un seul emplacement est disponible. Il me faudra donc faire une sélection entre ton fils ou ta fille. Comme tu l'as sans doute compris, Antonius est sur le point de tomber en notre pouvoir. Leamedia viendra ensuite. »

Veleonia prit alors le relais :

« J'ai pensé, ma fille, que cela te ferait sûrement plaisir de choisir en personne qui, de Leamedia ou d'Antonius, devra vivre. Une fois que tu auras jeté ton dévolu sur celui ou celle que tu aimes le moins, il ne te restera plus qu'à l'éliminer toi-même. Ta mutation de sorcière, que tu refoules tant, sera ainsi pleinement achevée. Alors, il te reviendra de diriger, aux côtés de ton frère, la Guilde noire. Le survivant de tes enfants devra aussi se joindre à nous, en devenant à son tour un sorcier... ou une sorcière. Nous y veillerons.

— Et si je refuse de me prononcer ? »

Veleonia répondit du tac au tac :

« Alors vous mourrez tous, toi, ton père, ton mari et tes deux enfants. Mais si tu fais ce choix, il restera un Dolce vivant, présent à tes côtés. »

Guileone la regarda avec compassion avant de faire signe à Veleonia de s'éloigner. Juste avant de tirer le rideau, Guileone lui dit :

« J'adorerais être à ta place. »

« Je descends ici, excusez-moi », cria Virginie en ouvrant la porte de l'AMC Pacer, tandis qu'ils venaient de passer l'intersection de Flatbush Avenue et d'Atlantic Avenue. Elle venait de lire le message d'Antonius, et avait saisi sa sacoche, avant d'actionner le dispositif de déverrouillage.

Ruffalo n'eut que le temps d'écraser la pédale de frein, tout en se rapprochant du trottoir. Paula et Edward bloquèrent la jeune fille avant qu'elle n'ait le temps de bondir et disparaître dans les rues.

« Lâchez-moi ! Je vous remercie mille fois de tout ce que vous avez fait ! Je ne vous oublierai pas. Mais je vous en supplie, laissez-moi partir. J'ai un rendez-vous urgent, fit-elle en se débattant.

— Antonius est à Brooklyn ? » demanda Paula, qui retrouvait peu à peu ses marques dans le chaos des dernières vingt-quatre heures.

Virginie, surexcitée, se lâcha.

« Il y a un grand concert à Prospect. Son groupe joue ce soir, il me demande de le rejoindre ! Laissez-moi aller le retrouver. Je n'ai plus que lui au monde... en dehors de vous, mais vous n'êtes que des amis ! Lui... je ne peux pas manquer ça, vous comprenez ? Lâchez-moi. »

Les trois autres se regardèrent, stupéfaits.

« Tu es sûre que ce n'est pas un piège ?

— Je n'en sais rien... J'ai besoin de savoir ! » Une seule chose comptait : Antonius l'avait contactée. Dans l'immense désert où elle avait cru sombrer, l'aimé venait de nouveau à elle. Il ne l'avait pas oubliée. Plus rien n'existait, en cet instant, que de voler vers son ami, de s'approcher tout près de lui, plonger ses yeux dans les siens et revivre sous son regard tendre.

« Ruffalo ? » Edward prenait les choses en main. « Vous ne pouvez pas sortir, dans votre état. Vous resterez dans la voiture avec Paula pour vous suppléer. Elle prend le volant au besoin. Emmenez-nous à l'angle de Parkside Avenue et d'Ocean Avenue : les abords de Parade Ground seront certainement fermés à la circulation. Moi, je vais accompagner Virginie.

— Mais non, Edward, supplia cette dernière. Je n'en ai pas besoin, je vous assure. »

Elle craignait d'être ralentie par le vieil homme bedonnant. Il la coupa d'autorité.

« Ma petite, je pourrais être ton père. Tu la fermes et tu m'écoutes. On va rejoindre ton amoureux, c'est ce que tu veux, non ? James, quelque chose me dit qu'on va avoir besoin de votre voiture tout à l'heure. Paula, vous vous débrouillez pour faire un bandage serré à notre ami en nous attendant.

— Je le fais avec votre dossier, patron ? ricana la photographe. Elle n'avait sur elle que les vêtements qu'elle portait à sa sortie de l'hôpital, plus l'imperméable du policier.

Mélancolique, Edward se sépara de sa cravate et donna aussi son large mouchoir à carreaux.

« À tout à l'heure. » Virginie avait déjà disparu entre les arbres. Résigné, il courut à sa suite.

Antonius était encore à une cinquantaine de mètres de la scène. S'approcher du *backstage* devenait de plus en plus difficile, la foule se condensait et chacun souhaitait être au plus près des musiciens. Profitant de ce que personne ne prêtait attention à lui dans ce magma humain, Antonius jouait de la souplesse et de l'intelligence de son corps pour se faufiler entre les maigres centimètres qui séparaient les gens, se haussant, s'amincissant, faisant varier presque à chaque enjambée la taille de ses jambes. Il s'étonna de la facilité avec laquelle il se métamorphosait. Sa formation même accélérée s'avérait efficace.

« Tu te contentes de bien peu », ironisa le grand-père qui ressentait les émotions de son petit-fils. Il fut surpris d'entendre l'animateur de la soirée annoncer les Dirty Devils pour deux titres.

Les premiers accords de « *Sympathy for the Devil* » réveillèrent mollement le public, alors qu'il lui restait encore vingt mètres à parcourir. Deux immenses *linebacker* protégeaient l'entrée des artistes. À l'abris derrière des barrières en métal, les deux gardes avaient tout loisir de contrôler le flux. Antonius s'approcha d'eux et, au lieu d'essayer de négocier, fronça les sourcils et prit sa voix la plus autoritaire :

« J'ai répété cent fois que je voulais des badges visibles ! » Les deux gardes se regardèrent, ni l'un ni l'autre ne le connaissaient. Bruce Ryan, le chef de la sécurité sur l'événement, ne leur avait rien dit. Antonius n'attendait que cela, de les entendre penser.

« Vous attendez que Bruce vous mâche le travail ! »

L'affaire était pliée, Antonius franchit le barrage sans encombre. Quand il arriva vers les escaliers qui menaient à la scène, le groupe plaquait l'accord final de la première chanson. Il reconnut immédiatement la mèche ineffable de Brian, les Creepers noires et bleues d'Elton, et le tatouage en forme de tête de mort de David, qui portait un tee-shirt sans manches. Un inconnu de dos faisait le quatrième.

Alors, David claqua quatre fois ses baguettes et le groupe s'engagea sur l'intro de « *Let's die together* ». Le jeune magicien en avait composé toute la partie musicale quand David lui avait montré le texte. Le guitariste qui le remplaçait n'était pas mauvais, mais son jeu un peu trop laborieux rendait la chanson moins électrique. Derrière lui, l'un des deux gardes parlait au téléphone. Il fallait prendre une décision maintenant. Le jeune magicien n'hésita pas. Il monta les marches et saisit une guitare semi-acoustique qui attendait sagement sur un présentoir. Elle devait appartenir au groupe suivant. Il se tenait à quelques mètres derrière David qui, penché sur son micro entamait le premier couplet. Il brancha le fil de son Ibanez au premier ampli qu'il trouva et fit signe au régisseur de monter sa ligne. Le technicien actionna la piste alors que le premier garde montait les marches. Sur « *No leaves no green* » Antonius ne laissa pas le temps à son remplaçant de plaquer son accord en *ré*. Il claqua un son si pur, que les quatre membres du groupe se retournèrent simultanément. David l'aperçut en premier et faillit lâcher une de ses baguettes. Brian, la main droite bloquée sur son accord, ne laissait à son habitude aucune émotion traverser ses cheveux, alors qu'Elton lâchait un sincère « Anto ! ». Le remplaçant avait carrément arrêté de jouer. Le léger flottement sur scène s'effaça immédiatement au profit d'un premier solo digne de Jimi Hendrix. Les doigts d'Antonius couraient sur la six-cordes comme un cheval au galop. Les notes se chevauchaient dans une harmonie parfaite et un rythme endiablé. Même le garde s'était arrêté, subjugué par la magie de son jeu. Plus un bruit ne perturbait la performance d'Antonius, même Melkaridion enfermé dans sa gourde appréciait. Le public, saisi par la pluie des notes, commença à soutenir avec les mains la performance d'Antonius. L'aîné des Dolce fit vibrer sa plus basse corde pour qu'Elton puisse reprendre son rif en *fa*, ce qui donna à David l'impulsion de marquer à nouveau le rythme de leur chanson. Doug, le remplaçant s'était totalement arrêté sans que les autres ne le remarquent. Il saisit son téléphone portable... Le style imposé par Antonius ne souffrait pas l'ombre d'une autre six-cordes ! Le magicien jouait sans penser à rien d'autre. Tout son corps se concentrait sur ses dix doigts, nerfs, muscles, os et sang s'harmonisant aux couplets dans une mécanique parfaite. Peu importait la discrétion, Antonius se sentait renaître ! Il ne se protégeait pas, il ne faisait plus que vivre sa musique, emportant les dizaines de milliers d'étudiants les yeux rivés sur les « flying fingers » du guitariste. L'ovation qui suivit le dernier accord fut à la mesure de l'émotion. Brian, Elton, David et Anto sautèrent dans les bras les uns des autres, ivres d'une joie simple et d'un triomphe énorme. Antonius revenait à lui-même petit à petit alors que le public hurlait des « encore » à tout rompre. Doug, en retrait, tapotait sur son téléphone portable. Il n'arrivait pas à intégrer cette communion. Antonius, soucieux de ne pas le vexer, lui fit signe de les rejoindre quand il saisit la pensée de David.

« Je suis au courant, Anto. Je sais qui tu es. Lea nous a tout dit. »

Antonius resta bouche bée. David n'avait pas parlé. Il avait appris par la sœur du magicien que ce dernier était capable de l'écouter penser. Il le regardait dans les yeux, bienveillant, sans amertume aucune. Antonius comprenait qu'il pouvait mettre enfin un visage pur de toute tricherie sur le mot amitié. David ouvrit les bras à son ami pour qu'ils se serrent l'un contre l'autre.

« Tu m'as manqué, lui confia le batteur.

— Toi aussi », lui répondit le magicien.

« On fait un troisième morceau ? » proposa Elton, surexcité. Au premier rang, Lee et Valente, en délire, leur envoyaient des baisers du bout des doigts. Brian, dans un moment d'égarement, remonta sa mèche. Des milliers de portables immortalisaient l'instant.

« Non... Attends... »

Antonius, distrait par son émotion, venait de s'aviser que les pensées que nourrissait Doug n'étaient pas seulement un peu de dépit et de frustration. Ses yeux s'écarquillèrent presque. Il scruta la foule avec une précision et une rapidité foudroyantes. Il entendait toutes les pensées de l'auditoire dans une cacophonie joyeuse qui se mêlait aux cris déclenchés par la fin du morceau. En suivant la direction de la pensée de son remplaçant, il aperçut des individus en train de converger à travers la foule, suivant un schéma opérationnel concerté. Parmi eux, sans l'ombre d'un doute, figuraient deux visages qu'il aurait préféré ne jamais revoir. La dernière fois qu'il les avait eus en face de lui, c'était derrière le pare-brise d'une grosse cylindrée de couleur blanche qui s'apprêtait à les écrabouiller, lui et Leamedia. D'autres physionomies, aperçues à la sortie du Metropolitan, surgissaient à la fois sous ses yeux et des heures les plus violentes de son jeune passé.

Mais deux autres personnes fendaient la presse, un tandem qui fonctionnait de manière autonome, sans lien avec les autres chasseurs : un petit visage clair et chiffonné par la fatigue, mais radieux d'une joie très pure, suivie d'un petit éléphant en col de chemise, qui se servait de sa corpulence pour écarter sans ménagements les autres spectateurs. Antonius, ému, sentit que sa vue, son ouïe, son odorat, tout convergeait vers elle. Son corps chavira de joie. Sa peau se tendit d'émotion. Leurs regards se croisèrent.

Melkaridion, soûlé de musique et à l'étroit dans sa gourde, sentit l'énergie de son petit-fils irradier. Virginie regardait Antonius. Celui-ci lui rendait son regard. Les bras qui s'agitaient autour, les cris des autres, les mouvements, les hurlements, plus rien n'existait.

Eux. Comme un seul.

Antonius posa sa guitare. Les derniers mètres semblaient infranchissables pour la jeune femme tant la barrière humaine était dense. Il lui fit signe alors de le rejoindre par l'arrière où l'accès semblait plus accessible à leur impatience partagée. Virginie changea de direction en obliquant un peu plus sur sa droite.

Le groupe suivant pressait déjà le mouvement pour les remplacer sur la scène : le programme, chargé, s'enchaînait apparemment sans anicroche. Elton et Brian, tout heureux de signer des autographes, s'étaient écartés.

« Tu fais quoi, là, Anto ? » demanda David.

À ce moment, le noir se fit totalement. La scène comme les éclairages extérieurs du campus s'éteignirent d'un seul coup, arrachant un murmure commun aux milliers d'étudiants présents.

Sans même réfléchir à ses actes, il envoya un message mental à son ami, puis se jeta en direction de Virginie.

Virginie avançait, le cœur battant, au milieu de la foule dense et agitée. Elle reconnut Antonius de loin. Sa gorge devint instantanément sèche. Elle était aussi impatiente qu'heureuse et en colère. Elle avait le sentiment de rejoindre une partie d'elle-même. Elle respirait à peine, avançant en apnée comme si sa vie en dépendait. Antonius plaquait les derniers accords d'un morceau qui mobilisait l'ensemble de l'auditoire, suspendu aux mouvements de ses doigts sur la six-cordes.

Elle devait le quitter des yeux pour progresser vers lui, ce qu'elle trouvait insupportable. Elle avait tant espéré et attendu ces retrouvailles, qu'abandonner le contact visuel lui réclamait un effort surhumain. Derrière elle, elle entendait le ahanement et les onomatopées rageuses de son ancien patron. Il ne l'avait pas lâchée d'une semelle.

À ce moment, tout devint noir. La première fusée explosa, éclairant de mille feux dorés la foule surprise et émerveillée par le feu d'artifice qui commençait. À sa lueur mourante, Virginie vit un objet qu'elle ne comprit pas. Il n'existait pas, ne pouvait être dans le contexte de l'expérience qu'elle vivait. Il s'agissait d'un orifice noir, cerclé d'un pâle reflet métallique, prolongé par une main crispée sur une crosse. Juste après, un petit animal s'agitait d'une vie autonome : une licorne jouant sur la peau interne du poignet. Virginie comprit que le tressaillement nerveux des tendons, sous l'épiderme, expliquait cette illusion d'optique. La licorne n'était qu'un tatouage.

D'ailleurs, elle le connaissait.

À qui appartenait-il, déjà ? N'est-ce pas de cet homme que Demetrius Torque, juste avant de mourir, lui avait dit qu'il était l'assassin de son père ?

Virginie ne fut pas surprise en comprenant que la gueule du pistolet était pointée droit dans sa direction.

Alors, la deuxième fusée explosa de mille feux bleu et orange. Sa détonation couvrit le bruit particulier du huit-millimètres de Debs.

L'amplitude lumineuse énorme qui oscillait entre le noir profond et l'extrême luminosité des fusées éclatantes empêchait Antonius de régler sa vue correctement.

« Messieurs les Anglais, tirez les premiers ! » s'exclama Melkaridion depuis sa gourde, persuadé, au son du feu d'artifice, d'être au cœur de la bataille de Fontenoy.

Le reflet de la première fusée sur la foule permit à Antonius de distinguer l'éclat particulier du métal. Debs tenait son arme pointée en direction de Virginie, son index sur le point de presser la détente. A moins de cinq mètres d'elle, le capitaine ne pouvait la manquer. À la vitesse de l'éclair, Antonius se saisit d'un médiateur qu'il fit partir à la vitesse d'une balle. Tout autre objet aurait blessé d'autres spectateurs, dans la foule.

Le coup de feu partit dans les nuages. La main du capitaine venait de se briser sous l'impact du minuscule objet envoyé, avec une force et une adresse plus qu'humaines, par le jeune magicien.

Edward saisit le bras de Virginie et, profitant d'un moment de flottement dans la foule, il l'entraîna à l'écart.

La troisième fusée s'ouvrit en plein ciel comme une fleur argentée aux ramifications parme et tournoyantes.

Melkaridion, percevant le malaise de son petit-fils, s'installa sans la moindre autorisation dans le cerveau de ce dernier afin de voir par ses yeux. Il y avait désormais deux regards en un seul être pour affronter l'ennemi.

« Il faut fuir ! » hurla le vieux magicien. « Ils sont trop nombreux. Tu vas y perdre ta mémoire ! »

Toute peine physique infligée à un humain se payait au prix fort. La mort était prohibée sous peine d'amnésie totale et permanente. Les blessures infligées, même involontairement, vidaient l'auteur de son énergie et provoquaient des douleurs aussi violentes que paralysantes.

La quatrième fusée répandit alors ses centaines d'étoiles éphémères, qui métallisèrent toute la foule d'un éclat argenté.

« Mais ils la tueront, grand-père !

— À genoux !, ordonna-t-il. Enfonce tes mains dans la terre ! »

L'aîné des Dolce, bondissant au pied de la scène, s'exécuta sans même réfléchir, il sentait en lui l'assurance de son grand-père.

Nageant littéralement dans la presse, entre les jeunes qui déambulaient, incertains si le spectacle était sur l'estrade ou au ciel, poussée vigoureusement par Edward, Virginie cherchait à contourner la scène. Antonius n'était plus en vue.

Derrière elle, à moins de dix mètres, ses poursuivants se hâtaient, ils échangeaient des ordres brefs dans leurs oreillettes.

À un moment, la foule s'ouvrit brièvement, et la jeune fille aperçut à nouveau le magicien, qui venait de sauter. Elle le vit littéralement disparaître : il était tombé. Poussant un cri, comme si elle était elle-même blessée, elle força son chemin

Antonius, à genoux, avait les mains littéralement plongées dans la pelouse. Fascinée, Virginie sentit le temps s'arrêter.

Derrière elle, Edward murmura.

« Mais qu'est-ce qu'il fait ? »

Antonius sentait la matière s'ouvrir sous ses doigts. La terre, compacte pour le commun des mortels, s'ouvrait comme du sable fin pour un magicien, dont le sang, nourri de l'eau primitive, contenait toutes les molécules de faune et de flore que la planète avait, dans sa longue existence, engendrées.

Ils ne faisaient qu'un. Antonius avait désormais ses mains totalement enfouies dans le sol.

« Sens le pas de tes ennemis, les innocents sont immobiles », lui murmura son grand-père. Antonius perçut alors les corps des hommes de Debs converger vers lui comme s'ils marchaient sur sa propre chair. Il arrivait à capter leurs mouvements comme s'ils s'étaient déplacés, sous ses yeux, sur une nappe blanche. La foule leur interdisait toute rapidité. Mais quelques mètres à peine les séparaient de lui.

Antonius n'eut plus besoin de Melkaridion. Il appliqua les leçons apprises à Paris, et changea la texture du sol qui recevait les pas de ses adversaires. Ceux de la guilde s'enfoncèrent alors dans le sol jusqu'à la poitrine, comme dans des sables mouvants. Puis le substrat se raffermit et reprit la consistance d'une terre de pelouse normale, immobilisant les envoyés de la Fondation 18.

Autour de chacune de ces « plantations » d'un genre nouveau, les jeunes faisaient cercle, surpris et charmés, toutefois un peu inquiets aussi. La fête prenait une dimension pour le moins inattendue.

L'effort avait été tel qu'Antonius faillit s'endormir sur place. Melkaridion dut employer toute son énergie pour que son petit-fils ne sombre pas dans un sommeil réparateur. Il se réveilla dans les bras de Virginie, qui venait de le rejoindre et l'avait empêché de tomber en arrière.

La pelouse du campus contenait au bas mot dix mille autres témoins mais la fille de Philippe Delondres s'en fichait désormais éperdument, et d'ailleurs le courant n'était pas encore revenu. Elle sentait l'amour s'échapper de tous les pores de sa peau. Son sentiment pourtant nouveau irradiait à des lieux à la ronde. Plus rien n'existait sinon lui, eux. Leurs lèvres se rencontrèrent brièvement, illuminant leurs visages.

« Il faut partir ! » cria Edward, s'invitant aux retrouvailles improvisées alors qu'une multitude de serpentins rouge vif tournoyaient hystériquement au-dessus de leurs têtes. Antonius ne chercha pas à comprendre davantage, il sentait que le nouveau-venu ne voulait qu'une chose, la sécurité de Virginie. Il se tourna alors vers David, qui avait bondi derrière lui.

« Tu m'as dit que tu sais où est ma sœur ? »

Dans un état second, le fils Dandridge ne s'aperçut même pas qu'Anto s'était adressé à lui sans ouvrir la bouche. Il répondit en formant une pensée, certain d'être entendu. Les images montraient Debby, Bob son mari et Leamedia en route vers le New Jersey, et un ancien corps de ferme situé en bord de littoral, composé d'une maison d'habitation, d'une ancienne écurie et d'une immense grange en bois, qui avait dû abriter les récoltes de cette ancienne exploitation agricole.

« C'est pour ça qu'ils ne sont pas venus ce soir. Ils sont allés récupérer votre bus. »

Virginie, lovée contre Antonius, sourit, les yeux illuminés par le souvenir du vieux bus rouge à impériale, indissociable de sa première rencontre avec son aimé.

« Vous êtes en voiture ? » demanda Antonius à Edward.

Il n'attendit même pas que le vieux journaliste lui réponde. Percevant la pensée de David, il se dirigea immédiatement en direction de Parkside Avenue. En chemin, ils manquèrent piétiner le capitaine Debs, planté dans le sol comme un soldat de terre.

« Euh... comment vous avez fait ça ? s'enquit l'ex-directeur du *Brooklyn Daily Eagle*, intéressé.

— Je vous expliquerai dans la voiture. »

Leamedia, Bob et Debby avaient roulé pendant cinq heures. Il avait fallu faire un choix : aller au concert de David, ou chercher d'urgence le bus, comme le préconisait la lettre de Rodolpherus. Personne n'avait hésité. Les Dandridge, subjugués par les révélations de leur invitée, se sentaient investis d'une confiance et d'une amitié qu'ils n'avaient pas envie de décevoir.

« Je suis vraiment désolée de vous faire louper ça, j'aurais bien aimé y assister moi aussi », fit Lea, en réaction aux pensées de Debby, qui venait de regarder son téléphone portable.

Celle-ci ne la laissa même pas terminer :

« Tu plaisantes, Lea, il ne se passe jamais rien dans notre vie ! »

Bob jeta un regard vers sa femme, un peu surpris.

« Tu exagères, quand même.

— Excuse-moi, chéri, mais entre tes consultations de psy pour des traders qui se demandent si c'est bien de provoquer une famine au Bangladesh et mes ordonnances pour la scarlatine en hiver, c'est pas la grande évasion non plus ! Regarde la route. »

Bob ne se résigna pas aussitôt.

« L'amour, c'est une aventure, non ? »

Il ne trouvait jamais la bonne branche pour se rattraper, c'est pour cette raison que Debby l'aimait.

« Tu es pitoyable, chéri.

— Je sais. C'est ma principale qualité. »

Leamedia, curieuse, observait ce couple normal. Les choses ne se passaient pas vraiment ainsi chez les Dolce. On parlait moins, la parole ne servait qu'à ceux qui n'entendaient pas les pensées. Il pouvait y avoir au sein de la famille de magiciens d'hallucinantes disputes dans un silence monacal. Même si l'air se chargeait de tension difficilement tenable, l'animosité ne se jugeait pas aux décibels. Leamedia n'avait plus connu vraiment d'insouciance depuis sa tendre enfance. La fuite, la menace, et la discrétion avaient orchestré une grande partie de sa vie. Les rires s'étaient raréfiés au fur et à mesure de sa croissance, alors elle savourait cette petite joute amicale entre deux vieux amoureux. L'amour devait ressembler à cela, au bout d'un moment : piquer l'autre pour voir s'il est toujours en vie. Debby se retourna vers elle et ne put s'empêcher de lui poser une question en regardant sa poitrine. Elle se pencha vers l'arrière pour que Bob n'entende pas. Leamedia avait devancé sa pensée, mais elle attendit de voir comment Debby allait formuler ça.

« Dis-moi, Lea, en étant tout à fait indiscrète, tu t'es fait opérer ?

— Opérer ? »

Malicieuse, elle faisait mine de ne pas comprendre.

« Les euh... Enfin, des implants, quoi. Je sais que tu es partie depuis plus d'un an, mais, crois-moi, tu t'es développée de manière stupéfiante, et tu n'as encore que douze ans. »

La jeune magicienne sourit :

« Non, je fais ça moi-même. Une fois décoiffés, nous pouvons modifier notre corps. »

Intéressée, Debby défit son chignon, lâcha ses cheveux et observa sa poitrine.

« Ça ne marche pas ! »

Leamedia sourit, heureuse de taquiner la pédiatre.

« Décoiffer, pour nous autres, signifie une cérémonie

au cours de laquelle on est initié et on devient vraiment magicien.

— Chez nous, c'est juste détacher les cheveux... Quelle tristesse ! »

La mère de David avait l'art de la simplicité et de l'autodérision, ce qui changeait agréablement de Melidiane et de sa perpetuelle gravité.

« Elle va me tuer quand elle entendra ça. »

Leamedia venait de mettre le doigt sur ce qui l'étouffait. Depuis toute petite, elle avait constamment subi la surveillance, y compris mentale, de ses parents. Sa mère écoutait ses pensées et il lui suffisait de regarder dans ses yeux pour apprendre, de manière détaillée, son emploi du temps des derniers mois. Leamedia, à cause des pouvoirs de sa famille, paradoxalement, ne connaissait pas la liberté. La compagnie des Dandridge, humains ordinaires, lui convenait à merveille.

« On y est presque », annonça la magicienne, en reconnaissant le croisement où le grand-père avait disparu. Elle indiqua à Bob la direction à suivre. Depuis leur échange sur la poitrine de Leamedia, Debby n'osait plus poser de questions, de peur de paraître trop stupide. Leamedia les entendait réfléchir et pouffait de rire.

« Non, il n'y a pas d'université de magiciens comme Poudlard, pas de balais volants non plus, ni de voie 9 ¾ à Saint Pancras qui n'est d'ailleurs même pas une gare, et encore moins de baguette magique. Franchement ça m'aurait plu, j'ai adoré ces films ! Nous, c'est beaucoup moins l'éclate. On ne peut agir que sur les matières naturelles. En forêt, c'est parfait, mais à Times Square, ça ne sert plus à grand-chose.

« Il y a des magasins bio, maintenant ! » argumenta Bob, sous le regard dépité de Debby. Leamedia par contre riait franchement.

« Tu vois que j'ai de l'humour ! »

Bob en profitait pour rajouter des points à son profil.

« C'est là ! » dit Leamedia, en vue d'un petit bois.

Bob parqua le véhicule en bordure de la chaussée et coupa le contact. La magicienne se précipita hors de la voiture.

« Je vais prendre la lampe de poche dans le coffre », proposa le psychiatre en sortant à son tour. La route était environnée de collines verdoyantes et il n'y avait aucun éclairage aux alentours.

« Inutile, moi j'y vois parfaitement », répondit Leamedia en scrutant l'obscurité sans difficulté. Elle se souvenait de l'endroit où ils avaient laissé leur véhicule avant de se diriger à pied vers l'usine désaffectée qui recouvrait le puits par où ils s'étaient ensuite échappés. Un bref chemin menait dans le bosquet, elle s'y engagea.

« Oui, mais tu es la seule », maugréa Bob en avançant à tâtons.

Leamedia, décontenancée, ne retrouvait pas le bus. Là où l'imposant véhicule aurait dû se trouver, il n'y avait rien, que des broussailles.

« Il devrait être là », dit-elle à mi-voix, comme pour une incantation capable de faire apparaître leur maison sur roues. « On l'avait garé au bout de ce chemin, pour le dissimuler. »

« Quelqu'un l'a peut-être enlevé, la police ou des voleurs, que sais-je ? » Debby faisait ce qu'elle pouvait pour rassurer la jeune fille, visiblement inquiète.

Elle se retourna vers la mère de David.

« On ne peut pas voler notre bus. Il est vivant. » Devant la mine des Dandridge, elle ajusta son discours : « Il est fait en matières naturelles vivantes. Tout vient de la route Zéro, c'est trop long à vous expliquer mais... » Elle s'interrompit, tous ses sens en alerte.

« Qu'est-ce qu'il y a ? » interrogea Bob.

Leamedia lui fit signe de se taire, elle n'était pas sûre du bruit qu'elle venait de percevoir. Quand le silence fut total, elle l'entendit à nouveau. Un miaulement provenait des broussailles. Elle se précipita en avant, et ne fut pas surprise de voir les ronces s'écarter devant

elle, les branches basses des arbres anciens désentrela-
cer les lacis qu'elles avaient spontanément formés, les
troncs s'incurver légèrement. Elle avait fait la même
expérience, dans Central Park.

Les Dandridge, en revanche, avançaient dans un
monde enchanté.

Leamedia, guidée par un insistant « miaou », franchit
les premiers frênes qui cerclaient le cœur du bosquet.
Le vénérable bus rouge, amoureusement emmêlé à
une abondante végétation qui avait pris à cœur de
le camoufler aux regards, semblait endormi. Et sur
le marchepied de la porte arrière, Docteur Green, le
chat en peluche, pelé, sale comme un peigne, miaulait
de toutes ses forces. Il avait senti sa maîtresse et son
approche l'avait ranimé. Leamedia ouvrit ses bras, ivre
de bonheur.

Les Dandridge, qui n'en étaient plus à un étonnement
près, virent la vieille peluche élimée sauter contre le
cœur de la jeune magicienne.

Au premier pas dans le véhicule, l'éclairage intérieur
se déclencha. La dernière-née des Dolce retrouvait enfin
son univers. La lumière émise par le bus rassura les
adultes, qui entrèrent à leur tour.

« C'était plus grand la dernière fois, non ?

— Attendez que je vienne, cria l'adolescente du
fond du bus. Il faut qu'un de nous soit là pour dilater
l'espace. »

Elle s'était précipitée vers l'arbre de la famille pour
voir si aucune branche ne manquait. Green se frottait
à ses chevilles, hystérique, il essayait de ronronner mais
sa gorge de laine ne produisait qu'un son digne d'une
bouilloire électrique.

Elle revint sur ses pas.

« Bienvenue à la maison. Surtout vous me suivez, si
jamais vous restiez dans une pièce sans que j'y sois,
l'espace se rétractera sur vous. »

Les Dandridge frissonnèrent.

« Ça me rappelle *Evil Dead*, ironisa Bob.

— Ça pourrait être une des chansons de David »,
ajouta Debby qui reconnut à peine la pièce dans laquelle
ils avaient dîné une fois. Elle regarda son téléphone,
mais elle ne captait rien ici. David avait dû commencer
à jouer.

« Comme il n'y a que moi, on est obligés de rester
ensemble à l'intérieur. Quand vous êtes venus, c'était plus
grand, parce qu'on était tous là. Chacun développe un
espace suivant son expérience, qui influence les matières
de la route Zéro. Melkaridion, mon grand-père, peut
générer à lui seul plus de trente mètres carrés d'espace
alors que moi, je rame pour en avoir dix.

— On fera la visite plus tard, Lea, si on veut respecter
le programme, il faut qu'on se mette en route maintenant. Deux heures de route au moins nous attendent, et
il est impératif de rouler de nuit, vu que votre « magic
bus » est une petite célébrité sur la toile.

— Je vais me mettre au volant et je vous suivrai,
répondit la jeune fille.

— Tu sauras manœuvrer ce mastodonte ? s'étonna Bob.

— Sans problème. Il n'a besoin de personne pour
rouler, tout se fait par la pensée, mais il vaut mieux que
quelqu'un soit derrière le volant, pour faire semblant.

— Ça ne t'ennuie pas, si je reste avec toi ? » lui
demanda Debby.

Leamedia lui sourit, contente d'avoir de la compagnie.

Paula roulait depuis des heures. Sur le siège avant, Edward, tel un bouddha serein, faisait la vigie. Sur le siège arrière s'entassaient les autres. Virginie, épuisée, s'était endormie comme un bébé dans les bras d'Antonius. David, au centre, avait étendu ses grands bras au sommet du dossier de la banquette arrière, pour occuper moins de place. Il guidait la conductrice par des indications brèves. Ruffalo, blême de fatigue, somnolait, l'épaule sanglée dans ce qui avait été une cravate et un mouchoir. La balle n'avait fait que percer le gras du muscle, rien de vital n'était atteint, mais il avait perdu beaucoup de sang et les antibiotiques qu'Edward les avait forcés à acheter l'assommaient. Debby Dandridge saurait s'y prendre pour panser la plaie, mais dans l'immédiat, stopper un potentiel début d'infection pouvait s'avérer vital.

Ils descendaient le long de la côte en direction de la maison de campagne des Dandridge, située aux alentours de Forked River, au bord de l'océan. Au corps de logis était accotée une immense grange où Bob avait suggéré de cacher le bus, une fois qu'ils l'auraient retrouvé.

« J'ai toujours su que tu étais différent, murmura David. Ça m'a éloigné de toi un moment parce que je savais, au fond de moi, que tu me mentais. Les leçons que tu connaissais par cœur sans avoir pris la moindre note, rien qu'en écoutant pendant le cours, les erreurs que tu commettais exprès, pendant les contrôles, pour éviter d'être le premier... Et le pire, en répétition, tes fausses notes volontaires, comme si tu craignais de passer pour la réincarnation de Jimmy Hendrix alors que n'importe lequel d'entre nous en rêverait.

— Je n'avais pas le choix, David. Tu n'imagines pas comme il m'en a coûté. Un soir, à la maison, j'ai même essayé de te parler, mais tu étais concentré sur le disque qui passait, tu ne m'as pas entendu. Et c'était mieux ainsi : nous sommes en danger, et nous mettons les autres en danger.

— Les tireurs, tout à l'heure, c'était pour toi ?

— Tu les as vus ?

— Oui, j'ai suivi ton regard, et j'ai constaté ce que tu as accompli, avec le médiateur.

— Alors voilà. Bienvenue parmi les proies. Quel effet cela te fait ? »

David n'en savait trop rien. Pour l'instant, il n'avait pas encore vraiment expérimenté, mis à part le face à face plutôt désagréable avec les deux femmes qui traquaient les jeunes Dolce.

« En fait, je ne suis pas sûr de faire le poids. Quand on a voulu empêcher les tueuses qui vous poursuivaient de monter, chez Lee, on a été mis K.O. avant même le premier round, avoua piteusement le batteur. Leamedia nous a expliqué, mais je ne suis pas sûr de comprendre ce qu'ils vous veulent, au juste.

— Moi non plus, à part nous détruire. Je saisis mal les enjeux. Il faudrait que mon père soit là. Il nous éclairerait sur le fond. »

Ruffalo intervint, d'un ton ensommeillé : « Le père de Virginie aurait pu vous répondre, lui aussi. Je suis sûr qu'il a été tué parce qu'il avait compris qui étaient les Dolce et qu'il tentait de les protéger.

— Vous le savez ? s'étonna Antonius.

— J'ai lu des extraits d'un des carnets que le vieux savant avait rédigés. Trop fatigué là, pour vous raconter. Plus tard. »

Antonius se promit de demander à Virginie ce qu'étaient ces mystérieux carnets, quand ils auraient épuisé toutes les choses personnelles qu'ils avaient à se dire.

David changea de sujet :

« C'est nouveau de jouer les rockstars avec une gourde ? Comme look, c'est *overstrange*. À la première photo sur Facebook, tu vas exploser ou lancer une tendance.

— Tu ne comprendrais pas, dit Antonius en souriant.

— On n'en a pas fini avec les cachotteries ? se renfrogna David. D'ailleurs, j'ai trop soif. Tu me files une gorgée ? »

« JAMAIS ! » hurla Melkaridon dans la pensée d'Antonius. « Je refuse de finir dans le gosier de ce malandrin ! »

Cela se traduisit par un gémissement caverneux qui fit vibrer l'air dans l'habitacle.

« C'était quoi, ce bruit ? fit David, inquiet, la main suspendue à quelques centimètres du récipient.

— Tu vas me croire ? Mon grand-père est dedans.

— Tu as fumé quelque chose avant de venir au concert ?

— Non-non. C'est compliqué de t'expliquer, mais maintenant que tu connais notre différence, il faut que tu sois prêt à admettre certaines choses.

— Comme quoi, par exemple ?

— Que mon grand-père est effectivement dans cette gourde.

— Copperfield, c'est de la daube à côté », s'ébaubit David. Il sortit de sa poche son téléphone portable. « Je vais envoyer un SMS à maman pour lui dire qu'on sera plusieurs. » Antonius s'empara de l'appareil, extirpa la puce, détruisit le portable et jeta l'ensemble par la fenêtre.

« T'es malade ?

— Je suis désolé mais je viens juste de te rendre ta liberté. Si tu fais ça, ils nous auront retrouvés avant qu'on arrive. Fini les téléphones. À partir d'aujourd'hui tu changes de vie.

V

1

Le bus s'était glissé sans problème sous le portail, haut de près de six mètres, de la grange qui avait eu l'habitude d'accueillir, plutôt que des véhicules urbains londoniens rouge vif, des charrettes surmontées de montagnes de paille.

Les Dandridge, exténués, étaient allés se coucher. Alors que le soleil dormait encore pour quelques minutes, Leamedia, elle, goûtait à l'insomnie. L'incompatibilité d'humeur qu'elle alimentait régulièrement avec les membres de son corps lui pesait. Autant de transformations en si peu de jours révoltaient aussi bien les nerfs que les muscles. Les ligaments s'en mêlèrent pour la première fois, rouillant volontairement toutes les articulations de la jeune magicienne. Elle peina comme une octogénaire et dut se résoudre à s'asseoir sur un vieux banc en pierre, adossé à la grange qui cachait le bus. Docteur Green ronronnait sur elle, goûtant aux joies d'une maîtresse retrouvée. Une famille de coccinelles avait élu domicile dans la peluche, à la faveur d'un petit trou provoqué par le frottement félin du faux matou contre l'arbre de la famille.

Debby déjà habillée vint s'asseoir près d'elle. Elle attendait son fils.

« Il devrait être là depuis des heures. » Il avait été convenu entre eux qu'après son concert il devait rejoindre au plus vite le reste de la famille.

« Il arrive toujours en retard, il viendra. » Debby sourit

devant l'assurance de la jeune fille. Elle regardait cette magicienne en mesurant l'improbabilité d'une telle situation. Depuis qu'elle connaissait la véritable nature des Dolce, toutes ses fondations culturelles vacillaient dans une joyeuse pagaille. Ses croyances, ses connaissances, sa foi cherchaient un second souffle. Les quelques mots échangés durant la route qui les avait amenés ici lui apprirent tant de nouveautés sur le monde, la nature et ses règles, qu'elle se sentait totalement démunie. Bob et elle n'avaient cessé de discuter sur ce qu'ils croyaient appartenir aux légendes. Ils finirent par s'endormir sur l'existence de Superman. Ce qui fit pouffer de rire Leamedia.

« Qu'est-ce qui te fait rire ? » demanda Debby intriguée.

« Enfin, madame Dandridge, les superhéros quand même, c'est que dans les *comics* !

— Excuse-moi, Lea, mais les magiciens et les sorciers c'est dans le même rayon ! » La magicienne savait que leur norme et celle des humains ne pouvaient être les mêmes. Debby reprit, légèrement découragée :

« J'ai l'impression d'avoir été éduquée avec le mauvais manuel », dit-elle avec une pointe d'ironie.

« Moi, je rêve d'être comme vous », dit Léa

Comme l'aurore avançait, baignant l'atmosphère du littoral d'une splendeur noble et sereine, un tacot jaune pâle, semblable à un flan dont il imitait le tremblement convulsif, s'engagea dans le chemin d'accès aux bâtiments, et stoppa dans la petite cour, à côté de la berline de Bob.

Une grande femme brune, osseuse et toute en muscles, en sortit, ainsi qu'un gros type à la mise défraîchie. D'autres personnes s'échappaient des portes de la petite voiture, comme si une escouade y avait pris place. Deux garçons, que Leamedia connaissait bien. Elle cria de joie, incertaine si elle se jetterait d'abord au cou de son frère, ou à celui de David. Elle choisit de les presser tous les deux en même temps contre son cœur, son regard allant alternativement de l'un à l'autre. C'était si bon de les retrouver. La chaleur, l'odeur et le contact d'Antonius la sécurisèrent pour la première fois depuis son réveil dans Central Park.

« Madame Dandridge est à la maison, Lea ? demanda son frère, inquiet, après les premières embrassades. On a un blessé. »

Virginie et Paula soutenaient un grand trentenaire, au teint aussi brouillé que son pull-over. Il avait manifestement de la fièvre.

Debby, déjà habillée, accourut.

Leamedia, accaparant David, le regardait droit dans les yeux. Au collège, elle n'arrivait pas à remonter plus de quinze minutes, maintenant qu'elle était magicienne les limites semblaient bien plus lointaines. Elle parvint à scruter toute la bataille. Elle se permit même d'aller jusqu'au concert, histoire de voir si Marietta Chin ne faisait pas partie des groupies !

Bob, apparu entre-temps, prenait les choses en main, affairé et compétent, sans se laisser démonter par le nombre d'invités-surprise.

« Je suis psy, on va installer dans la cuisine une antenne psychologique afin d'évacuer tous les traum... »

Son beau-fils l'interrompit :

« Bob... c'est bon. On a juste besoin d'un bon petit déj'. »

Le mari de Debby se reprit sans se vexer :

« Je suis toujours psy, mais on va plutôt installer dans la cuisine des bols et un bon café ! » ce qui fit sourire le reste de l'assemblée. Debby, aidée des deux jeunes femmes, avait emmené le blessé à l'intérieur.

Le frère et la sœur éprouvèrent le besoin de se retrouver à part, ils s'éloignèrent de quelques pas. Ils joignirent l'extrémité de leurs doigts qui se collèrent presque instantanément. Les terminaisons nerveuses communiquaient entre chaque famille de magiciens.

On s'échangeait les souvenirs ainsi, comme si les corps n'en faisaient plus qu'un.

« Tu leur as tout dit, n'est-ce pas ? interrogea le jeune magicien.

— C'était les instructions de papa.

— Toi aussi tu as eu une lettre ?

— Oui. C'est étrange, elle est arrivée pile au moment où je ne savais plus quoi faire. Il me manque.

— Plus pour longtemps ? »

Un nouveau visiteur, venu à pied du côté de la mer, s'avançait vers eux, une mince besace en bandoulière et une simple canne de marcheur à la main.

La voix de Rodolpherus avait résonné comme un angélus. Ce qu'il avait de plus cher au monde courait vers lui avec l'enthousiasme que seule l'enfance savait produire. Antonius et Leamedia l'étreignirent avec force, ivres de bonheur.

Les Dolce se retrouvaient à nouveau. L'énergie qui se dégageait de leur étreinte fit éclore les fleurs aux alentours bien avant le printemps. Une petite flaque d'eau à leur pied s'évapora en quelques secondes. Un couple de mésanges tournoyait autour du trio magique. Virginie, qui ne connaissait pas ce que la famille signifiait au-delà du chiffre deux, s'émut en observant les trois magiciens réunis.

« Mes enfants... mes chéris », répétait Rodolpherus dans sa tête, soucieux par pudeur de ne pas étaler son émotion devant des humains ordinaires.

« Doucement ! » hurla Melkaridion dans sa gourde, compressé par l'embrassade. Leamedia et son père reculèrent de quelques centimètres ne comprenant pas d'où provenait la voix du grand-père.

« Papy est dans la gourde, précisa Antonius.

— Si vous ne me trouvez pas une baignoire dans les cinq minutes, je vais exploser ! rugit l'aïeul.

— Je vous raconterai », ajouta Antonius.

Edward, David et Bob virent avec stupéfaction Docteur

Green gambader comme si de rien n'était vers une petite chose rose, une vieille souris aussi défraîchie que la peluche, qui se laissa chatouiller avec un plaisir certain par des dents en mousse. La normalité ne signifiait plus rien en cette heure. Tous, l'espace d'une seconde, eurent la même sensation en regardant ces gens extraordinaires, celle de vivre un rêve d'enfance.

« Et où est maman ? » demanda Antonius.

Rodolpherus respira profondément.

« Votre mère a été capturée par Guileone. La Guilde noire la retient vivante. » Lea fut si choquée par la nouvelle qu'elle vacilla sur ses jambes, s'accrochant aux bras de son père. Ils savaient tous que le basculement à l'état de sorcière lui ôterait tous ses souvenirs.

« Il n'y a pas une minute à perdre », ajouta Rodolpherus, puis il regarda sa fille. « Tu as pu récupérer le bus ? » Lea, encore choquée, se contenta de montrer la grange du doigt. Le père de Léa arrêta son pas qui l'emmenait vers le véhicule pour se retourner vers la maison des Dandridge. Il percevait les souffrances de Ruffalo.

Sans rien dire aux autres, il pressa son pas vers la source des plaintes muettes qu'il percevait, quand Debby sortit à, sa rencontre.

Très émue de revoir Rodolpherus, elle expliqua :

« Je lui ai administré un sédatif, tout ira bien. Il va se reposer. Paula reste auprès de lui.

— Vous avez bien fait, ça ne vous dérange pas que je l'ausculte ? » Le magicien lui demandait son avis, ce qui la perturba totalement tant elle se sentait inférieure.

« Bien sûr que non, s'empressa-t-elle de répondre.

— Restez avec moi, j'aurai certainement besoin de vos conseils.

— Vous m'entendez penser ? lui demanda-t-elle, gênée.

— Je n'ai pas ce privilège, mais c'est vous le médecin. » Flattée elle l'accompagna. Rodolpherus était un fin psychologue. Tout dans le visage de Betty respirait le manque de confiance, son enfance avait dû s'avérer compliquée, mais Rodolpherus décida qu'il en avait appris déjà suffisamment en regardant le contour de ses yeux et ses oreilles.

Il se présenta à Ruffalo qui, malgré le médicament administré par Debby, avait du mal à cacher ses souffrances.

Il pausa sa main sur son épaule afin de l'irradier de chaleur.

« Je vais changer la température de votre épaule afin que localement vos chairs changent de texture, puis j'extirperai la balle avec mes ongles que je vais rallonger pour la circonstance. Aussi quand j'aurai terminé cette phrase, cette balle sera extraite. » Il sourit en la montrant dans le creux de sa main droite. Hypnotisé par sa voix, Ruffalo n'avait rien senti. Les ondes transmises par la fréquence de ses mots avaient travaillé la zone nerveuse de son cerveau et détourné son attention en provoquant une concentration factice.

« Un tour de magie, commenta Ruffalo dont la douleur diminuait à chaque seconde.

— Précisément », sourit Rodolpherus. Debby, elle, n'avait pas fermé la bouche depuis le début tant elle était soufflée. Elle enchaîna en bégayant :

« J'ai une réunion académique qui m'attend en début d'après-midi et je ne peux malheureusement pas rester, mais je serai de retour tard ce soir. »

À contrecœur elle prit rapidement la route de New York. Déçue d'être obligée de quitter cet endroit devenue une source d'enchantements. Leamedia aurait voulu lui faire un signe, la regarder et sourire, mais ses yeux, sa bouche, ses lèvres, ses bras et ses mains en avaient décidé autrement.

Debout devant l'immense vitre qui donnait sur la 5e Avenue, Guileone vérifiait dans son reflet le tombé de sa veste. Apparemment satisfait, il fit signe aux deux personnes qui attendaient depuis cinq minutes d'entrer dans son bureau. Sue, à son habitude, se tenait quelques pas en arrière, prête à prendre des notes sur sa tablette. Ray Scheuermann, le visage contusionné, et Doug, le jeune guitariste remplaçant des Dirty Devils, pénétrèrent dans la vaste pièce lumineuse. Guileone commença par le plus jeune.

« C'est fou comme tu ressembles à ton père. Vous ne trouvez pas, Sue ? », dit-il sans se retourner. Elle approuva. « Quelle merveilleuse idée il a eue de te faire apprendre la guitare. Allons, je t'écoute, Doug Debs.

— Hier soir, durant le concert, Antonius est monté sur scène. Ils sont partis dès la fin des morceaux, au moment où mon père et ses hommes étaient sur le point de s'emparer d'Antonius et de son amie.

— Qui ça, "ils" ?

— Antonius, Virginie et David Dandridge. D'habitude, David reste avec nous pour boire un coup ou discuter, mais là deux minutes plus tard, il n'y avait plus personne. J'ai essayé d'appeler David depuis, mais son portable ne répond plus. »

Scheuermann prit la parole.

« Il nous a littéralement enterrés vivants, sans nous faire de mal. C'était de la sorcellerie. Le sol, sous nos pieds, a fondu comme si nous marchions sur l'eau, et s'est refermé au moment où nous allions y être totalement engloutis. Heureusement, il a consolidé la terre avant que nous ne disparaissions totalement.

— Et... ? demanda froidement Guileone.

— Rien. Le concert s'est poursuivi. Nous étions impuissants, bousculés par les milliers de jeunes qui ne voyaient pas sur quoi ils marchaient, dans le noir. Ce n'est que plus tard dans la nuit que les services de sécurité nous ont délivrés, avec des bêches. Le capitaine Debs est en train de se faire opérer, il a reçu un projectile qui lui a quasiment sectionné un ligament.

— Une balle ?

— Euh... mon père a été blessé par un médiator, intervint Doug.

— Un quoi ?

— C'est un petit morceau de corne qui sert à jouer de la guitare. »

Guileone éclata d'un rire homérique.

« Une escouade entière, lourdement armée, défaite d'un petit morceau de corne ! C'est totalement ridicule. » Soudain très grave, il ajouta : « Ils ont donc repris des forces. Et Antonius a visiblement été initié entre-temps. C'est très ennuyeux. » Il se tourna vers Doug : « Tu es sûr qu'il était seul ?

— Absolument, monsieur. Je dois dire que c'était dantesque. Il a seulement plongé ses mains dans la terre. Sans difficulté. Personne, sinon les hommes de mon père, n'a été visé. C'était comme s'il avait été sous eux, capable de savoir qui exactement absorber.

— Foutaises ! grogna Guileone. Il s'est seulement concentré sur les personnes qui marchaient.

— Cela n'explique rien ! » protesta le jeune homme, avec l'inconscience de la jeunesse.

Guileone lui jeta un regard ambigu.

« Dis-moi, puisque tu es si malin... rien de particulier sur Antonius ? »

Doug réfléchit avant de répondre.

« Je ne vois pas. Il jouait comme un maître. On a tous été saisis. J'étais en train d'envoyer un texto à mon père, quand j'ai vu qu'il regardait intensément la foule. Après, c'est ce que je vous ai raconté.

— Et vous, Scheuermann ? Comment ont-ils pu disparaître ?

— Un vieux type accompagnait Virginie, le même qui l'a prise en charge hier soir, après le meurtre d'Alvin. Il y a lieu de croire qu'ils ont rejoint les deux personnes qui vous ont agressé hier à la fondation.

— Ils étaient en voiture ?

— Devons-nous faire chercher le véhicule ?

— Ce n'est pas encore fait ? fit Guileone, menaçant.

— La mère, la doctoresse, a passé un appel téléphonique d'une station service ce matin pour signaler à son académie qu'elle serait en retard.

— Nous avons aussi trouvé sa résidence secondaire, sur la côte, au nom de Debby Dandridge et Bob Robinson. Nous pouvons envoyer des équipes d'intervention rapide, en hélicoptère, dans moins d'une demi-heure. »

Guileone ne répondit pas aussitôt.

« Pas encore... Nous sommes si près du but. Calculez la route de la mère. »

Guileone le remercia d'un signe avant de s'éloigner. Puis commenta vers Sue :

« Un efficace jeune traître... Déjà plein d'arrogance. »

Le triomphal accomplissement de la Guilde noire l'attendait. Il s'engagea dans l'ascenseur, avec le sentiment d'avoir fait un pas supplémentaire vers le triomphe. Après l'habituelle longue descente, il franchit le pont de pierre, pour gagner le haut bout de l'immense table ovale du conseil. Tous les principaux sorciers de la guilde s'étaient levés pour l'accueillir. Dans un silence religieux, il entreprit de signer les accords du jour. Veleonia se tenait à la droite de son fils. Le siège de gauche était inoccupé. Tous les regards convergeaient vers lui. La délégation des États membres du projet, la prise de parts majoritaires dans les derniers groupes énergétiques et le démantèlement du pouvoir militaire figuraient à l'ordre du jour. Chaque semaine, la Guilde noire, sous l'étiquette de la Fondation 18, tissait une toile désormais visible, sur un monde empêtré dans ses crises économiques. Le schéma dicté depuis la fin de la Seconde Guerre mondiale suivait son cours sans connaître de véritables contretemps. Guileone releva la tête, posa son stylo, et laissa Sue emporter le parapheur. Il dévisagea chacun des vingt membres qui siégeaient. Il posa sa main sur la table ovale qui s'éclaira d'un halo bleuté, avant de s'adresser à son assemblée.

« Chers membres de la guilde, nous touchons au but. Le processus devient officiel à partir de ce jour et prendra une année complète avant de s'achever. La liste des dix pays choisis pour vivre en surface vient d'être finalisée. » Les noms des dix nations apparurent en surimpression sur la table de conférence. Le Brésil, la Russie, les États-Unis, la France, l'Allemagne, l'Inde, la Chine, le Japon, l'Australie et l'Afrique du Sud figuraient seuls au nombre des accédants à l'air.

« Le Royaume-Uni, la Corée du Sud et la Turquie ont vivement protesté, mais leurs négociations ont été trop longues et indécises. La fondation ne dérogera jamais à sa règle, elle entend faire comprendre aux différentes nations qu'elle restera fidèle aux engagements pris. Je ne négocie rien, je propose. Ils acceptent dans le délai imparti, ou non. Quand le Premier ministre britannique est revenu à la charge quelques jours plus tard sous l'impulsion de la Reine pour accepter nos conditions, la date limite était dépassée. Ma réponse a été aussi courte que limpide : « Je vous laisse le soin de lui annoncer vous-même qu'elle dormira désormais au sous-sol. »

Le bon mot déclencha l'hilarité de l'assemblée. Guileone continua, sur un ton plus sérieux :

« Les différents États doivent désormais choisir dans le plus grand secret les deux cents familles qui bénéficieront d'un tel privilège. Chaque chef de gouvernement recevra des parcelles situées à travers le monde, qu'il s'engagera à redistribuer. Ces emplacements contiennent tous un accès maritime, un fleuve majeur et les sources d'énergie nécessaires et renouvelables. Chaque famille est constituée de mille membres chargés d'administrer et entretenir le territoire reçu. Les nations ont une année pour organiser leurs équipes et chacune doit nous envoyer la liste exacte et nominative de ses deux cent mille ressortissants. La Terre ne conservera plus alors que deux millions d'habitants en surface, contre dix milliards aujourd'hui... Soit cinq mille fois moins d'êtres humains. Le reste sera mort ou enterré... vivant, cela va de soi ! »

Les rires reprirent de plus belle.

« Le projet *Underground* contient dix niveaux de sous-sol. Le dixième et plus bas sera exclusivement consacré aux détenus, délinquants, opposants et rebelles qui accompliront les tâches les plus pénibles. Les quatre niveaux suivants seront consacrés aux travailleurs chargés de fournir les denrées nécessaires à la survie des cinq dernières couches et de la surface. La Terre ainsi dépeuplée retrouvera sa pérennité et son air le plus pur en moins de cinq ans. »

Un sorcier se leva, il s'agissait de Sih, l'un des plus jeunes de la Guilde noire. Il posa sa main sur la table pour signifier qu'il réclamait la parole. Guilcone la lui accorda.

« Quand nous aurons récupéré les trois grimoires et que les sorciers pourront enfin se reproduire, quelles seront les parcelles qui nous seront attribuées ? » Le maître de la Guilde noire arbora un sourire carnassier avant de répondre :

« Les parcelles des humains, bien entendu. *Underground* concerne la totalité de la race humaine sans exception, sinon nos alliés au sein de la Guilde noire. Mais nos partenaires l'ignorent encore. »

La nouvelle carte du monde s'afficha sur la table ovale qui imitait une mappemonde. Les deux cents parcelles y figuraient, effaçant de fait les frontières connues.

« Dans un an jour pour jour nous procéderons à la grande coupure énergétique, les humains épargnés par les catastrophes à venir entameront leur transhumance vers les profondeurs, et nous régnerons alors au grand jour. » Les vingt sorciers se levèrent comme un seul homme pour rendre hommage à leur guide. Guileone, en digne leader charismatique, leur fit signe de s'asseoir pour conclure son allocution.

« Vous savez tous comme moi que notre guilde ne récupérera tous ses pouvoirs qu'à l'unique condition qu'une famille de sorciers soit reconstituée sur trois générations. Ce sera bientôt le cas. » Des murmures d'étonnement traversèrent l'assistance. Le maître continua :

« Torque, mon fils, est toujours en attente de la formule exacte du secret de la porte des morts, ma mère siège à mes côtés depuis le début et ce fauteuil vide sur ma gauche sera bientôt occupé par ma sœur... Melidiane Dolce, ici présente. » Les murmures se transformèrent en grondement d'admiration. Deux colosses amenèrent la magicienne épuisée, amaigrie dans sa robe en peau, la tête pendante. Sa présence attisa une intense et maligne curiosité chez tous les membres. Leurs yeux s'injectaient de sang, les veines se gonflaient et les ongles acérés s'aiguisaient sur le marbre de la table. Jubilant, Guileone calma l'assemblée.

« Dans deux jours, cette magicienne qui nous a causé tant de tort effectuera sa chrysalide. Le 13 de ce mois, la Lune, le Soleil et la Terre seront parfaitement alignés, condition des plus dangereuses, comme vous le savez, pour une magicienne qui, loin des siens, ne pourra lutter contre elle-même. L'assemblée salua d'une ovation, insupportable pour Melidiane, l'aboutissement d'une lutte entre les deux guildes qui datait de plus de trente siècles.

Debby, retardée par des bouchons, s'engagea vers midi quarante-cinq dans le Lincoln Tunnel, qui reliait le New Jersey à l'île de Manhattan en passant sous le fleuve Hudson. Le flux des automobiles, ralenti par des travaux urbains, provoquait un concert de klaxons. Docilement, elle emprunta dès l'entrée de l'ouvrage la déviation que des ouvriers casqués indiquaient avec de grands drapeaux orange. Il n'y avait plus qu'une seule voie. Elle ne connaissait pas cette route fraîchement goudronnée. Puis on la changea de file encore une fois. Juste après son passage, les ouvriers déposèrent une batterie de plots pour empêcher d'autres véhicules de continuer sur la même artère. Debby continuait de rouler à basse vitesse, ravie de s'apercevoir que la circulation s'était d'un seul coup fluidifiée. Les néons de cette voie souterraine défilaient en reflet sur son pare-brise sans qu'aucun panneau de direction ne lui indique la direction qu'elle suivait. Quelques secondes plus tard une immense barrière posée sur le bitume l'obligea à stopper. Les travaux s'arrêtaient là. Les deux parois du tunnel qui entouraient la route étaient si proches, qu'un demi-tour s'avérait acrobatique. Elle avait dû se tromper quelque part, prendre un mauvais embranchement.

Il ne lui restait plus qu'à faire le chemin inverse en marche arrière. Elle était certaine maintenant d'arriver encore plus en retard qu'elle ne le craignait.

« C'est pas vrai ! Il n'y a qu'à moi que ce genre de truc arrive.

— Je vous le confirme. » La voix provenant de nulle part la fit sursauter. Elle coupa son moteur, pas vraiment sûre de ce qui lui arrivait. Un silence pesant flottait autour d'elle. Elle s'entendait respirer, plus vraiment certaine que la voix qui l'avait surprise ne vienne pas de son imagination. Après, elle expira un grand coup, Il ne se passait rien. Les néons au-dessus d'elle grésillèrent un peu.

« Tu deviens folle, ma fille. » Debby tourna à nouveau la clef dans le démarreur, et en orientant son rétroviseur pour reculer, elle aperçut le visage de Guileone assis sur la banquette arrière ! Son effroi fut tel qu'elle ne put même pas hurler tant elle demeurait tétanisée par la surprise. Elle se cogna à son pare-brise dans son mouvement de recul spontané. Incapable d'ouvrir sa portière, empêtrée dans sa ceinture de sécurité.

Le démon à figure d'ange et aux pupilles rouge sang prit la parole :

« Inutile de vous affoler, madame Dandridge, vous n'avez rien à craindre. » La voix caverneuse de Guileone, son visage angulaire que son ossature dessinait, et ses cheveux si noirs qu'aucun reflet n'osait s'y poser, glaçaient la doctoresse. Sa main gauche cherchait désespérément à saisir la poignée de la portière.

« Où voulez-vous vous enfuir, et quel crime ai-je commis pour provoquer une telle réaction ? » Son débit calme et régulier impressionnait la mère de David, incapable de répondre.

« Certes je suis entré dans votre véhicule, mais vous parler en public compliquerait notre entretien. » Debby n'arrivait pas à le regarder en face. Les yeux orientés vers le bas, elle refusait de fixer ce regard rouge sortant tout droit de ses pires cauchemars. Elle ne répondait rien.

« Votre calvaire est presque terminé. Je vais être

clair, concis et direct. Vous hébergez actuellement les enfants de la famille Dolce. Nous retenons prisonnière leur mère, Melidiane. Je vous laisse le soin de leur délivrer ce message : nous échangerons notre otage contre les deux derniers grimoires le treize de ce mois, dans deux jours. Les deux enfants de la famille Dolce seront présents pour conclure ce commerce équitable. Ils porteront chacun un grimoire. Une vie contre deux livres. L'échange aura lieu dans nos locaux au siège de la Fondation 18 à onze heures du matin précisément. Ai-je été clair ou dois-je répéter ? » Debby leva péniblement les yeux sur lui en opinant légèrement de la tête pour lui faire comprendre qu'elle avait bien enregistré le message. Guileone prit une grande respiration, satisfait de son entrevue.

« Bien. Je suis personnellement ravi d'avoir fait votre connaissance, madame Dandridge. Cependant, si je peux me fendre d'un conseil... À l'avenir choisissez mieux vos fréquentations. Sur ce, bonne réunion. » Les néons au-dessus de la voiture grésillèrent à nouveau, clignotant durant quelques secondes. Quand la lumière se stabilisa définitivement, le maître de la Guilde noire avait disparu. Sans bruit de portière et sans mouvement, laissant Debby livrée à elle-même. Son corps se décrispa alors, membre par membre. L'épouse de Bob fondit en larmes épuisée par ce qui venait de lui arriver.

Un petit monticule de téléphones portables réduits en miettes obstruait la poubelle. Chacun avait dû renoncer à son Smartphone.

« C'est une question de survie, avait assuré Ruffalo, ils vous repéreront où que vous soyez, portable éteint ou pas. Il va falloir apprendre à communiquer autrement. » Paula enroula le sac poubelle avant de l'emmener jusqu'au container d'ordures.

« Adieu, monde moderne ! », avait-elle hurlé en jetant le sac.

L'après-midi touchait à sa fin. Dans la grange, tous les Dolce, ainsi que les humains valides, s'affairaient autour du bus. Les travaux avaient été entamés dès le départ de Debby. Rodolpherus, qui en connaissait la conception, dirigeait les travaux.

« Il nous faudra fuir d'ici peu, nous ne pouvons plus rouler à bord d'un engin reconnaissable par tous et partout. Il doit changer d'aspect », avait-il annoncé autour de la table de la cuisine, où les humains se restauraient d'un bol de café.

Antonius et son père avaient élaboré plusieurs plans, mais David était l'auteur de la solution retenue.

« Transformez-le en truck, comme un camion de concert ! Il y en a des milliers sur la route. » Il avait accompagné sa proposition d'une maquette Kenworth qui datait de son enfance.

« On est capable de faire ça ? avait demandé Antonius, séduit, en regardant son père.

— Avec ces matériaux, on peut tout faire, fils ! »

Une grande partie de la journée avait été consacrée au démantèlement du premier étage. Néanmoins, le premier geste avait été de délivrer Melkaridion. Bob, aidé d'Edward, avait gonflé une ancienne piscine ronde en plastique dans laquelle David s'ébattait quand il était enfant. Antonius avait pu y vider sa gourde sous les yeux éberlués de tous les humains. Le flux sortant du récipient en plastique ne cessait de se déverser, comme s'il provenait d'un tuyau d'arrosage. Melkaridion occupait tout l'espace qu'on lui offrait. À partir d'une modeste gourde d'un litre, la piscine fut aisément remplie, aux hurlements de soulagement du grand-père qui pouvait enfin se dilater. Virginie commençait à s'habituer à ce genre de miracle. Paula trouvait ça plutôt rock'n'roll, selon ses propres termes, mais Ruffalo, qui venait de se lever et, malgré un reste de fièvre, tenait à se joindre aux autres, n'arrivait pas à s'en remettre. Bob non plus, qui avait confié à son beau-fils, quand le plus vieux des Dolce après une bonne heure de baignade, s'était matérialisé :

« Il faut que je me trouve un psy. »

Même David n'en revenait pas.

« On dirait un effet spécial ! »

Tandis que tous œuvraient sous la férule de Rodolpherus, Melkaridion évoluait à son gré dans le bus, humidifiant tout ce qu'il touchait. L'inspecteur, de son côté, n'osait même plus faire couler l'eau du robinet de la cuisine, de peur d'en voir surgir un fantôme ou un cousin éloigné des magiciens. Le pire avait été quand Simone, la souris, en couinant, avait protesté contre le démantèlement d'une plinthe.

« Sa bibliothèque d'archives est juste derrière », avait expliqué Antonius. Il ne faut pas y toucher.

L'archiviste pluricentenaire parcourait ses coursives,

satisfaite de voir que tout était en ordre. Elle et Green avaient conclu un pacte provisoire de non-agression. En temps de guerre les querelles intestines n'étaient pas nécessaires. Ruffalo décida qu'une nouvelle poussée de fièvre l'attaquait quand il crut voir la petite souris, au seuil de sa tanière, chausser de microscopiques binocles, pour épousseter et feuilleter un cahier non moins infinitésimalement petit, et fort ancien.

Le repas de midi avait été rapidement avalé autour d'une table dressée dans la cour. Antonius et Leamedia n'avaient cessé de rire en entendant les humains penser. David regardait la sœur de son meilleur ami sans oser vraiment l'aborder. Leamedia le sentait et cette rédemption un rien chrétienne lui convenait quand même. Les questions se bousculaient, chacun se demandant s'ils n'étaient pas en train de rêver collectivement. C'était la première fois qu'une souris mangeait avec eux. L'air, l'humeur, le soleil lointain de novembre donnaient à cette journée un parfum de vacances que tous s'empressaient de savourer. Chacun savait pertinemment que le pire allait venir, ils ignoraient par contre que Debby en serait la messagère.

À la nuit tombée, Virginie s'était endormie sur la table. Paula et Edward travaillaient ensemble sur la partie moteur du futur camion des Dolce. Les roseaux de la route Zéro, qui par chance passait non loin de là, permettaient d'imiter parfaitement une calandre en métal, mais trouver de la peinture argentée s'avérait déjà plus complexe. Rodolpherus attendait le retour de Debby pour savoir s'il pouvait utiliser la ménagère en argent massif héritée de ses aïeux, et qui dormait dans le grenier de la vieille demeure.

Sa voiture, peu après la tombée de la nuit, s'arrêta à l'entrée de la demeure. Elle n'avait pu assister à sa réunion, traumatisée par ce qui lui était arrivé dans le tunnel. Elle était restée des heures indécise, apeurée et immobile, à se demander où tous ces événements mèneraient sa propre famille. Elle avait mis un temps infini à sortir du tunnel puis à faire la route inverse. Elle n'osait plus regarder dans son rétroviseur.

Quand elle sortit du véhicule, soulagée d'apercevoir son fils David en vie, Rodolpherus comprit tout de suite ce qui venait d'arriver. Une grande tristesse nuança la fin de la journée et chacun redoubla d'efforts, pour parachever la transformation du bus.

Ruffalo, jamais loin de Paula, tentait de se rendre utile, malgré son bras en écharpe. Virginie avait accompagné tous les gestes d'Antonius quand Leamedia et David n'osaient pas encore parler de sentiments. Rodolpherus, lui, avait regardé ces ballets nocturnes de la vie se dérouler sous ses yeux sans en goûter vraiment la saveur. Melidiane semblait si loin. Il ne sentait pas l'air chargé de leurs énergies communes.

Puis les bruits de scie, de marteau et de clous stoppèrent petit à petit, chacun s'était endormi sur son propre atelier.

Enfin seuls, les trois Dolce s'étaient retrouvés autour de leur arbre de vie. Cette solitude nécessaire leur avait manqué lors de leurs retrouvailles. Simone, enfoncée dans le ventre moelleux de Green, récupérait. Le jour peinait à se lever. Chacun observait avec attention la branche qui représentait Melidiane. Ses feuilles jaunissaient à vue d'œil.

« Elle est encore vie. C'est l'essentiel, commenta Rodolpherus, forçant son optimisme.

— Nous sommes vraiment les derniers sur la terre, papa ? demanda Leamedia.

— Il semblerait, oui. Quand j'ai quitté le Japon il y a presque un siècle, il restait encore treize familles de magiciens unies. Ce chiffre est dérisoire face au progrès, à l'industrialisation et à la démographie. Si nous sortons un jour vainqueurs de cette lutte, il faudra repenser notre enseignement et travailler sur sa transmission aux normaux. »

Antonius fronça les sourcils.

« Tu veux dire former des humains à la magie ?

— Pourquoi pas ? répondit son père.

— C'est ridicule, rétorqua Antonius.

— C'est exactement ce qu'on a répondu à Albert Einstein en 1905 quand il a, pour la première fois, présenté sa théorie de la relativité restreinte.

— Papa... T'es lourd, tu ne peux pas utiliser des exemples de maintenant ? J'ai l'impression d'être la fille d'une momie ! »

Rodolpherus, rodé à l'adolescence depuis plus d'une décennie, ne releva pas.

« Je ne me souviens pas vraiment des critiques sur le premier morceau de Britney Spears, mais ça n'était pas très élogieux. » Leamedia et Antonius se déridèrent un peu. Rodolpherus conclut :

« Cela dit, elle a eu beaucoup moins d'influence sur le progrès scientifique qu'Albert Einstein. »

Les sourires se figèrent dans le silence, Antonius reprit le cours de la conversation.

« Nous ne sommes pas faits comme les humains, ils ne pourront jamais devenir magiciens. » Melkaridion qui flottait dans un énorme vase, gentiment proposé par Bob, s'immisça dans la conversation.

« Ton père a raison, Antonius, il ne s'agit pas de transformer les normaux en magiciens, mais de leur enseigner la magie. C'est différent.

— Nous reparlerons de tout cela plus tard. » Les yeux de Rodolpherus se durcirent. « Tu as le livre ? » Antonius ôta le sac à dos qui ne le quittait plus depuis sa formation et en extirpa le grimoire qu'il avait trouvé à Paris. Rodolpherus le regarda avec un immense respect et le mania avec des gestes délicats.

« Nous n'avons que peu de temps pour préparer l'échange.

— Mais où est le dernier grimoire ? » demanda Antonius. Son père jeta un œil vers le vase, Melkaridion, dont le visage se devinait dans les reflets de l'eau, acquiesça. Rodolpherus se racla la gorge :

« En fait... Il est entre les mains de la Guilde noire.

— Quoi ? » Leamedia et son frère avaient parlé simultanément, leur père ne laissa pas planer plus longtemps le mystère.

« Mais ils l'ignorent. Votre mère le porte sur elle. Elle s'est volontairement fait capturer à Londres.

— Comment cela ? » questionna Antonius, désorienté.

« Votre grand-père et moi avons défini cette stratégie ensemble lorsque j'étais au Japon. Je suis allé lui rendre visite en décembre 1923. Il m'attendait, c'est lui qui a décidé de nos destinations lors de la fuite du premier puits. Il savait que je le consulterais. Depuis l'atelier que j'ai fabriqué là-bas, j'ai pu visualiser votre avenir et les lieux où vous vous trouviez. Il ne restait plus qu'à vous écrire pour vous indiquer la marche à suivre. C'est ainsi que j'ai pu contacter votre mère. Au cas où la lettre aurait été interceptée, j'avais préparé une double lecture pour qu'elle connaisse exactement la mission qui lui revenait. Les fibres du papier contenaient ma voix et mes instructions.

— Mais comment a-t-elle su qu'elle devait la manger ?

— Il fallait qu'elle n'ait pas le choix... C'était le cas. » Antonius et Leamedia s'engouffrèrent dans la mémoire de leur père rendue consultable par ce dernier. Ils retrouvèrent la lettre et l'écoutèrent résonner dans leur cerveau.

... Si tu manges cette lettre, cela signifie que tu es épuisée. Dès que tu auras avalé la totalité de la feuille, tu retrouveras toutes tes forces. Suis les toits : ils te mèneront jusqu'aux branches d'un vieux chêne. Il te suffira de faire pencher l'arbre jusqu'à toi pour descendre dans la rue. Mange la totalité de la lettre pour retrouver toute ta puissance et suivre les dernières instructions. Cours ! Tu devras te précipiter à Westminster comme prévu. Tu seras seule. Une fois le grimoire récupéré, tu auras une journée pour en extraire toutes les pages et t'en confectionner une robe. La peau qui constitue ces pages ne devrait pas te poser beaucoup de problèmes. Quand tu assembleras chaque feuille, elles fusionneront. Cette matière est vivante, elle provient de notre premier monde. Elle te protégera et tu en auras besoin, car dès le lendemain, le 15 janvier 1963, tu devras effectuer exactement le même rituel à Westminster, comme si c'était la première fois, habillée de ta nouvelle tenue. Dans la cache du grimoire, Guileone t'attendra et te capturera. Il aura au préalable intercepté une lettre destinée à la fille de Philippe Delondres, volontairement envoyée à une adresse caduque. Il se doutera qu'il s'agit d'un piège, mais il ne pourra résister : il a besoin des trois grimoires. Ainsi, au cœur même de l'ennemi, nous pourrons connaître la nature exacte de leur projet. De plus, tu seras à proximité du premier grimoire. Il te faudra aussi le récupérer. Au contact de ta robe, le premier livre fusionnera avec le second, épaississant ainsi ta tenue. La guilde proposera un échange que nous accepterons pour te récupérer. Nous leur donnerons alors un livre factice. Le temps qu'ils s'en aperçoivent, nous serons déjà loin. L'épreuve que tu traverseras sera difficile. La peau de grimoire qui te protégera t'empêchera de basculer vers la Guilde noire. Je t'aime. Fais-moi confiance.

La lettre n'était pas tout à fait terminée, mais Rodolpherus en bloqua l'accès en forçant ses deux enfants à sortir de ses souvenirs.

« Le reste est d'ordre privé », se justifia-t-il.

Antonius regarda son père.

« Il faut que je fabrique deux faux grimoires ?

— C'est déjà fait, Antonius, j'ai eu un peu de temps pour nous préparer. Tu garderas sur toi le véritable. On ne sait jamais, il te protégera en cas de coup dur. »

Leur père sortit alors d'une sacoche deux livres à l'aspect identique.

« Il ne reste qu'à utiliser la peau du second pour recouvrir les deux répliques. Il touchera la texture de l'objet en premier, c'est ce qui le fera plonger... ou pas.

— Et s'il ne se laisse pas leurrer ? » demanda Leamedia.

- - Il faudra alors vous enfuir le plus vite possible. Nous serons à proximité, prêts à vous récupérer. »

Melkaridion choisit ce moment pour se matérialiser.

« Et comment va se dérouler l'échange ?

— Ça, on l'ignore encore, mais dès que vous serez dans la même salle que Melidiane, elle vous communiquera toutes les informations qu'elle aura récoltées. Cette fois ça se jouera sur leur terrain, et non le nôtre. » Rodolpherus termina cette longue discussion.

« Il nous reste à peine vingt-quatre heures pour terminer notre nouveau véhicule. Au travail ! »

Ils se séparèrent tous pour continuer les travaux.

Depuis sa piscine, Melkaridion héla Rodolpherus. Il s'assura que les deux enfants Dolce ne puissent saisir la fréquence de ses paroles.

« Tu es allé dans le Massachusetts ?

— Oui. Je suis allé à l'orphelinat.

— Il s'agit bien d'elle ?

— Je n'ai pas encore toutes les informations pour le certifier. »

14 h 00

Guileone avait actionné la capsule d'ouverture, il regardait Torque paisiblement allongé dans les brumes d'azote liquide, qui garantissaient une température suffisamment basse pour le conserver. Le compte à rebours d'une minute s'était déclenché comme à chaque fois. Le front du maître se plissa légèrement. Il évacua le doute qui venait de l'effleurer et profita du court moment.

« Je n'aime pas quand tu attends la dernière seconde pour refermer. »

Guileone resta les yeux rivés sur son fils. Il aurait tout le temps de regarder vers elle une fois refermé le couvercle.

« Une minute par semaine, c'est si peu.

— L'éternité te tendra bientôt les bras, patiente et tu ne risqueras pas de compromettre ta lignée. »

« 5 secondes. » La voix de l'ordinateur central avait parlé. Guileone se redressa et appuya sur la fermeture. Le processus prenait trois secondes. Une fois la capsule refermée, la femme sortit de l'ombre dans laquelle elle se tenait.

Dianaka n'avait pas changé. Son allure féline, ses yeux en amande et ses cheveux aux reflets presque bleus définissaient les contours d'un corps absolument parfait. Le temps n'avait de prise sur elle que pour affirmer une féminité épanouie. Guileone prit un plaisir animal à la voir avancer vers lui.

« Je me demande encore comment Rodolpherus a pu renoncer à toi, je ne le remercierai jamais assez », dit-il en allant à sa rencontre. Il la saisit par la taille et la pressa contre lui. Le baiser qu'ils échangèrent mêlait l'envie, la force et l'affrontement. Leurs lèvres se chevauchaient, leurs peaux s'aimantaient, et leurs corps glissaient l'un contre l'autre. Leurs gestes se coordonnaient à l'unisson comme un tango parfait.

« Tu comptes rester dans cette pièce combien de temps encore ? demanda avec une pointe d'agacement le maître de la Guilde noire.

— Tant que mon fils ne sortira pas d'ici vivant, je hanterai cette pièce.

— Demain, ma beauté, demain.

— Et si tu échoues ?

— Je n'envisage pas cette éventualité.

— C'est ta faiblesse.

— C'est ma force ! Les Dolce ne font que reculer

413

l'échéance, ils n'ont jamais été en mesure de lutter. Demain, pour eux, sonne le glas. »

Dianaka s'assit à côté du couvercle de la capsule. Elle caressa le métal comme s'il s'agissait du visage de Torque.

« L'aimes-tu ? questionna-t-elle, curieuse d'entendre la réponse de son compagnon.

— De qui parles-tu ?

— De notre fils, Guileone. Éprouves-tu des sentiments pour lui ?

— Et toi ? lui dit-il subtilement.

— On m'a éduquée de manière à ne jamais répondre à une question par une autre question.

— Je n'ai pas reçu ton éducation, Dianaka, je me fiche des protocoles et je dicte moi-même les règles.

— Ma question t'embarrasse donc ? », insista-t-elle. Guileone s'éloigna, agacé.

« Je ne sais si les sorciers sont capables d'éprouver des sentiments. J'ai du désir pour toi mais pas d'amour, et je n'en attends pas. J'ai de l'ambition pour nous mais pas d'affection. Quant à mon fils, j'aime qu'il me permette de constituer ce qu'aucun sorcier n'avait accompli avant nous, une famille.

— C'est un mot ambitieux, tu ferais mieux de parler d'association. »

Une pointe d'acidité s'échappa de ses derniers mots. Guileone esquissa un sourire. Tout ce qui pouvait provoquer l'embarras, la gêne ou la douleur provoquait chez lui cette alchimie jouissive qui le rendait à chaque fois plus puissant. Il s'agenouilla à côté d'elle, épousant la position du prétendant. Il murmura au creux de son oreille :

« Tu sais aussi bien que moi que l'amour est un sentiment que nous ne pouvons ressentir. Ne joue pas les mères ou les épouses effarouchées. Tu ne provoqueras chez moi que rires et sarcasmes. Tu es une sorcière,

je me suis personnellement occupé de ta conversion...
À ta demande, si jamais tu as un trou de mémoire. »
Il se releva satisfait de sa tirade.

« Tu serais bien plus puissant si tu acceptais la pointe
de sentiment que la vision de ton fils égorgé provoque à
chaque fois en toi quand tu regardes son corps déchiré ! »
Elle libéra d'un seul coup cette colère accumulée en
elle, se relevant en même temps qu'elle parlait. Guileone
regarda Dianaka dans les yeux.

« Je hais mon fils pour la dépendance qu'il provoque
en moi. » Il se dirigea alors vers la sortie, sans lui
adresser le moindre regard, ignorant de fait le sourire
qu'elle arborait.

22 h 00

Edward n'arrivait plus à se plier, son dos le faisait
hurler. Paula s'était tordu une cheville sous le poids
d'une portière mal vissée. Virginie n'avait plus de bras
tant elle avait porté des matériaux toute la journée.
Debby ne tenait plus debout et David tentait d'éviter
l'éclatement de la colonie d'ampoules qui peuplaient
ses mains.

« Les normaux sont de nature fragile... », commenta
Rodolpherus.

«... Et les magiciens plutôt agaçants », répliqua Bob.
Les deux hommes sourirent, heureux du travail accompli. Quant à Melkaridion, à force d'avoir donné ses
instructions toute la journée, il avait la gorge sèche,
ce qui constituait, pour un être d'eau, une sensation
incompréhensible.

De bus, il n'y en avait plus.

Un superbe camion typiquement américain avait vu
le jour. Il restait encore quelques finitions à terminer
mais son allure globale impressionnait. L'absence de
fenêtres extérieures, contrairement au bus, avait grande-
ment facilité la conception et la fabrication de l'engin.

Pour conserver une lumière extérieure, toute la toiture de la remorque avait été vitrée, ce qui ne pouvait se remarquer qu'en survolant le véhicule. L'intérieur ne ressemblait plus à une maison traditionnelle mais à un loft.

« Pas sûr que maman aime bien », commenta Antonius.

« Si elle n'aime pas, ça signifiera qu'elle est vivante et avec nous. On changera ce qu'elle voudra ! argumenta sa sœur.

— C'est elle qui avait choisi la forme du bus impérial en souvenir de son passage à Londres », termina Rodolpherus.

Il ne s'agissait finalement que d'un immense rectangle derrière une cabine de pilotage. Mais quel rectangle ! David et l'ex-patron de presse avaient soigné une couleur verte jungle qui se dégradait vers le très sombre. Simone avait insisté pour qu'on teinte les vitres à l'avant, cela lui éviterait à l'avenir de s'épuiser à gonfler un chauffeur virtuel si elle devait à nouveau prendre les commandes du bus.

« Le problème, c'est qu'il ne fera aucun bruit en roulant », avait justement remarqué Antonius.

« On expliquera que c'est le premier truck hybride », avait répliqué son père. David, qui détestait la Prius de son beau-père, avait croisé les doigts tel un exorciste à l'énoncé du mot hybride. Il avait négocié longuement avec le père de son ami pour ajouter un accessoire qui finissait le tout : une énorme cheminée d'évacuation couleur inox. Il s'était confié à Antonius :

« Tu nous imagines en train de faire des tournées dans un truc pareil ?

— T'oublies que c'est aussi la maison de mes parents ! » avait rétorqué Antonius.

— C'est pas grave, on leur prêtera celle-ci !, avait précisé le batteur en désignant la vieille demeure.

« Elle roule beaucoup moins bien... » Antonius avait

eu le dernier mot, mais une tournée de concert restait son rêve le plus inaccessible.

L'arbre de la famille avait été replanté à l'intérieur. Le camion était prêt à fonctionner. Ils s'alignèrent tous pour admirer leur œuvre. Les sifflements d'admiration, et les superlatifs ne manquèrent pas. Le camion avait fière allure.

Autour d'une immense salade préparée par Debby, les neuf convives se retrouvèrent. Melkaridion déplora son état liquide qui l'empêchait d'avaler quoi que ce soit. « C'est de loin ce que je regrette le plus depuis que j'ai fusionné. » Seuls les normaux burent sous l'œil toujours curieux des magiciens. Leamedia était particulièrement méfiante. Ruffalo donna quelques conseils sur les détails qui pouvaient trahir un comportement suspect, mais il s'agissait à chaque fois d'humains.

« Pour les sorciers, j'ai pas suivi la formation. » Paula riait à toutes les blagues de l'ancien inspecteur. Virginie observait ces deux êtres glisser l'un vers l'autre sans vraiment s'en rendre compte. Elle aimait l'idée qu'un homme comme James soit amoureux d'une femme devenue fragile.

« Il aura la force », avait-elle confié à Antonius.

La nuit plus froide que la veille s'était installée. Les humains se couchèrent avant les magiciens. On répéta encore une fois à haute voix toutes les étapes de l'opération. Cela ne servait pas à grand-chose pour des êtres à la mémoire parfaite, sinon renforcer la conviction que le miracle était possible. Tous les Dolce étaient allés voir l'arbre et la branche de Melidiane. La plupart des feuilles étaient tombées, il n'en restait plus que deux toutes jaunies, prêtes à s'envoler...

« Dans quelques heures elles seront vertes. » Rodolpherus rassurait ses enfants comme lui-même.

« Allez vous coucher maintenant », avait-il ordonné. « Faites une vraie nuit, demain vous aurez besoin de toutes vos forces. »

Le frère et la sœur entrèrent dans la grande maison, Debby avait préparé une chambre pour chacun des convives, Melkaridion occupant la baignoire.

Seul Rodolpherus était resté dans le camion, les yeux rivés sur la branche de son aimée. Il tenait les deux feuilles dans sa main pour être sûr qu'elles ne tomberaient pas.

Quand Antonius arriva au deuxième et dernier étage, Virginie l'attendait devant sa porte. Sans mot dire, elle prit délicatement sa main, puis, après un long regard, l'entraîna doucement avec elle pour le faire descendre au premier. Elle lui ouvrit sa chambre. Une fois la porte refermée, elle posa un doigt sur la bouche d'Antonius pour qu'il ne dise rien. Il empêcha alors ses yeux de s'adapter à l'obscurité. Il voulait vivre la promesse d'un tel instant exactement comme elle. Le magicien ne pouvait pas entendre réfléchir celle à qui il avait offert son cœur. C'était une de leurs règles. Il se sentit ému. Elle le regardait si profondément, si intensément que le magicien devina les larmes se former à la commissure de ses yeux. Elle posa ses lèvres sur les siennes et expérimenta un baiser qui pour une fois ne devait rien au manque d'oxygène. Elle aimait son odeur, la texture de sa peau, la forme de ses épaules et l'impression que, dans ses bras, rien ne pouvait lui arriver. Leurs visages approchés dans ce baiser long et de plus en plus nerveux fit naître le désir dans le ventre de chacun. La maladresse céda à l'assurance, et les questions à l'envie.

Antonius prit le temps de savourer le moindre de ses gestes. Plus rien autour d'eux ne pouvait les empêcher de s'aimer.

Ils s'allongèrent sur le lit en s'enlaçant. Leurs lèvres ne se décollaient plus. Leurs mains se croisaient sans cesse, découvrant les formes de chacun. Antonius épris du parfum de cette peau de soie, s'emparait avec délice du désir sexuel qui montait en lui.

« Je ne me suis encore jamais donnée à un homme »,

lui murmura-t-elle à l'oreille. Antonius prit cette confidence comme une caresse supplémentaire.

« Tu seras la première et l'unique femme », lui répondit-il avant de l'embrasser avec plus de vigueur encore. Il la mordait presque par appétit, s'empêchant à chaque respiration d'être agressif tant l'énergie qui montait en lui débordait. Les yeux grand ouverts, Virginie regardait son aimé devenir son amant. Aucun détail ne lui échappait. Elle se trouvait spectatrice et actrice de son propre désir. Les bras d'Antonius se tendaient autour de ses hanches, elle caressait du bout de ses doigts ses muscles anguleux qui l'entouraient comme des liens de soie. Les vêtements glissèrent petit à petit le long des corps, laissant à leur peau l'ivresse de découvrir une nudité que réclamait leur impatience. L'amour esquivait la pudeur, et le désir empêchait la timidité de freiner la course de deux corps prêts à fusionner.

L'un comme l'autre savaient que ce moment rare et précieux risquait de ne plus jamais se produire.

Antonius et Virginie prirent soin de détailler la nudité de leur autre moitié. Elle osa regarder le sexe de son amant se tendre d'envie. Son contact contre sa peau. Le tenir dans sa main. Sentir le poids, la chaleur. L'ivresse gagnait leur geste. La maladresse se dérobait sous la puissance de leurs sentiments.

L'enfance s'enfuyait à jamais, l'adolescence s'effaçait pour de bon, laissant place à la douce indécence de l'intimité. Virginie laissa la bouche d'Antonius glisser le long de son corps. Elle sentit ses seins presque douloureux se tendre au passage de ses lèvres. Il disparut entre ses cuisses goûtant au fruit des origines. Les premiers gémissements, leurs deux respirations saccadées, l'impatience de leurs gestes de plus en plus coordonnés, donnaient à leurs corps reliés un équilibre parfait.

Il remonta le long de son ventre pour embrasser son visage à nouveau. Elle s'offrit sans même redouter la moindre douleur et sentit Antonius pénétrer en elle.

Le cri de plaisir qu'elle ne put empêcher témoignait de son abandon total.

Ils faisaient l'amour pour la première fois comme si c'était la dernière.

Antonius, submergé par ces sensations nouvelles, vit des images se bousculer dans son esprit. Il était en symbiose parfaite avec l'amour de sa vie, bougeant légèrement son bassin sans saccade pour rythmer leur plaisir commun à chaque seconde plus grand.

Mais un phénomène étrange se déroulait au cœur de son esprit durant cette fusion corporelle. Différents visages défilèrent devant ses yeux à une vitesse fulgurante, il n'en reconnut aucun, des paysages, une maison isolée, une plage, un cimetière... Aucune cohérence. Il tentait d'évacuer cette impression bizarre qui fissurait l'amalgame de leurs corps. Le visage de Virginie enfant vint soudain se présenter à son esprit, provoquant presque un mouvement de recul d'Antonius. Il ne la connaissait que depuis quelques jours... à peine une année. Elle le sentit et se serra alors davantage contre lui, entourant les hanches de son amant de ses cuisses ouvertes. La chaleur de Virginie pris le dessus sur les visions d'Antonius, il se replongea alors dans les voluptés de son amante pour exploser de bonheur quelques secondes plus tard.

Ils restèrent tous deux ainsi sans bouger durant des heures, scellant à jamais leur amour.

Antonius et Leamedia se tenaient debout tendus et concentrés devant tous les autres. L'AMC Pacer, prête à partir, les attendait. Debby embrassa le frère et la sœur.

« Ramenez-nous votre maman », murmura-t-elle, tendue et inquiète. Virginie déposa un ultime baiser sur les lèvres de son aimé.

« Reviens-moi », lui dit-elle, les yeux rougis. David n'osait pas embrasser Leamedia devant son père mais la serra chaleureusement avant de lui souhaiter bonne chance.

Chacun encouragea d'un mot ou d'un geste le frère et la sœur. Paula et James se tenaient la main, tendus par l'événement. Rodolpherus acheva de verser Melkaridion qui flottait dans le vase à l'intérieur d'une bouillotte, plus discrète, trouvée dans la maison, que son fils porterait à même la peau. Rien ne devait alerter ni inquiéter les sorciers lors de la délicate transaction qui s'annonçait. « Ils savent que nous ne buvons pas », avait plaidé Rodolpherus.

« J'en parlerai au prochain comité de la guilde, ce genre de procédé est intolérable, pourquoi pas une fiole ! » Rodolpherus sourit, Melkaridion n'était pas très doué pour les adieux. Il s'adressa cependant à lui :

« Veillez sur eux, père. Notre avenir se décide en ce jour. » Melkaridion grommela avant que Rodolpherus ne visse le bouchon en plastique. Il fixa le regard de son fils avec une rare intensité.

FRÉDÉRIC PETITJEAN

« Tu auras besoin de lui dans un moment pareil. Il est le plus puissant d'entre nous. Écoute tout ce qu'il te dit, mon enfant, sa parole est toujours juste. Je vous suivrai à distance avec le camion. Nous ne communiquerons plus. Il ne faut en aucun cas que la guilde noire repère notre véhicule... Et n'oublie pas que je t'aime. » Antonius, ému, ne put répondre à son père. Il envoya un petit baiser à Simone qui se tenait, les yeux rougis, sur l'épaule de Rodolpherus.

« On se revoit tout à l'heure », lui glissa Antonius par la pensée, puis il se dirigea vers la voiture en faisant un signe vers David. Leamedia s'apprêtait à le suivre quand son père la prit contre elle pour lui parler doucement.

« L'épreuve que tu vas traverser sera plus difficile pour toi que pour ton frère. Crois-moi. Sois forte. Sois plus forte qu'eux. Ne laisse pas l'émotion et la colère te submerger, quelle que soit la personne qui la provoque. Arme-toi, ma fille. Je t'aime, ma Lea.

— Moi aussi papa. À tout à l'heure. »

Ruffalo s'avança près de la vitre baissée d'Antonius.

« L'embrayage est fragile, fais attention.

— J'en prendrai soin, ne t'inquiète pas. »

Au bord de la route, ils regardèrent la voiture de Ruffalo s'éloigner longtemps, jusqu'à ce qu'elle disparaisse totalement de leur champ d'horizon. Ils restèrent pensifs et silencieux durant une bonne dizaine de minutes à tournoyer dans la cour, cherchant une raison d'espérer. Le seul magicien qui restait préparait lui aussi son départ. Il entrait et sortait du camion, intégrant ses derniers accessoires. Une fois les préparatifs achevés, il leur demanda de se réunir tous dans la cuisine de Debby.

Autour de la table, tous les regards convergeaient sur Rodolpherus resté debout.

« Je ne sais pas si nous reviendrons. Je l'espère mais je ne peux le promettre. Par chance, le portable de Debby était déchargé quand elle est revenue de son entretien avec Guileone. Je pense cependant qu'il est plus prudent pour vous de quitter cet endroit. Nous n'avons pas encore une idée exacte du projet de la Fondation 18, mais il est probablement en train d'aboutir. Je vous ai préparé une liste de maisons vides que nous empruntons parfois lors de nos périples. La nature entière sait déjà que vous existez, nous vous avons décrits. La faune et la flore sont désormais de votre côté. Respectez-la. Elles vous aideront. Vous n'aurez pas besoin de clef dans ces demeures. »

Il donna le papier à Ruffalo.

« Apprenez cette liste par cœur et brulez-la. » Il respira longuement avant de continuer. Il savait qu'il ne les verrait plus avant longtemps.

« Le monde change, votre vie va être modifiée, tous ces travaux d'envergure financés exclusivement par la guilde ne concernent que les humains. Ne vous trompez pas. Nous sommes leur obstacle mais vous êtes leur cible. Melidiane, une fois sauvée, pourra nous informer plus précisément à ce sujet. L'acharnement dont ils font preuve pour nous éliminer est flagrant et s'accentue de jour en jour. » Rodolpherus jeta un coup d'œil à la vieille pendule française que le grand-père de Debby avait ramenée du débarquement de Normandie en juin 1944. Le temps passait, il lui fallait, lui aussi, se mettre en route.

« Nous vous avons entraînés sur notre chemin et j'en suis désolé. Vos vies, affectées par notre existence, seront à jamais différentes. Je reste cependant persuadé que vous êtes du bon côté. La magie est nouvelle pour vous, sachez qu'elle n'a pour but que de sauvegarder notre planète. C'est notre raison d'être, afin que le chaos ne se reproduise jamais plus. Nous avons besoin de vous, alors que nous avons cru durant des siècles que c'est vous qui aviez besoin de nous. » Il plongea sa main dans la besace qui ne le quittait pas depuis son périple japonais. Il en sortit trois carnets qui semblaient être recouverts de la même peau que les grimoires. Il en donna un aux Dandridge, un autre à Ruffalo et Paula et enfin confia le dernier à Virginie.

« Ce sont des carnets de communication. La fibre qui constitue les pages est la même pour tous ceux que je viens de distribuer. Antonius, Leamedia et moi-même en possédons un également. Il vous suffit d'écrire dessus et de poser votre carnet à même le sol en inscrivant bien le nom du destinataire. L'eau, les minéraux, la végétation, et la terre transmettront votre message, il s'inscrira alors sur le carnet du destinataire quand il le posera à son tour sur un élément naturel. » Rodolpherus amorça un sourire en constatant leur étonnement. Ils osaient à peine toucher l'objet. Seule Virginie s'en était saisie.

« Il n'y a pas de magie, mais la force de notre nature. Prenez-en conscience. Tout vit tant que la terre tourne. »

Il respira profondément, il était temps de partir. Il referma sa besace, regarda ces humains qu'il aimait dans leurs différences et quitta la pièce sans plus de protocole.

Avant de regagner le camion, Rodolpherus jeta un dernier regard vers le ciel. La position de la lune l'intrigua. Le jour se faisait attendre. Il fixa Orion un long moment, puis dirigea son regard sur Cassiopée, pour déterminer enfin la position exacte de la lune. Par acquis de conscience, il fouilla rapidement sa mémoire tout en marchant pour consulter l'agenda stellaire, sans pour autant changer d'un iota son point de vue. Puis s'arrêta carrément. Le premier rayon de soleil pointait à la cime des arbres.

« Non... » Il ferma les yeux pour nettoyer sa vision et recommença. Il regarda à nouveau la position de la lune et celle du soleil qui s'opposaient pratiquement à la perfection. Il recalcula à la vitesse de l'éclair les données stellaires qu'il avait dénichées dans sa mémoire. En ce jour du 13 novembre 2012, la lune, le ciel et le soleil étaient parfaitement alignés. Dans moins de quatre heures une parfaite éclipse du soleil débuterait. La configuration du ciel terrien venait d'achever un cycle qui avait commencé exactement le 13 octobre 1850, le jour où Veleonia, dans la forêt, s'était transformée. Rodolpherus se précipita alors vers le camion. Il fallait absolument les rattraper et remettre l'affrontement au lendemain. La Guilde noire ne serait jamais aussi forte que durant l'éclipse. Personne ne pourrait lutter. L'alignement parfait et si rare de la terre, de la lune et du soleil figeait la nature. Pour quelques minutes, les magiciens perdaient leurs pouvoirs et leurs différences. Les plaies seraient mortelles, et les stigmates éternels. Il jeta sa besace dans le véhicule, oubliant au passage que Mona y séjournait, et démarra en trombe.

Leamedia et Antonius venaient de bifurquer sur Columbus Circle, ils longèrent les imposants bâtiments qui bordaient le sud de Central Park. Le ciel s'obstruait de plus en plus malgré un horizon sans nuage. La jeune magicienne se remémorait ces jours derniers et sa sortie confuse de l'immense parc new-yorkais. La Mustang tourna sur la droite à l'angle de la 5e Avenue. Il ne restait plus qu'à descendre l'artère sur une trentaine de blocs avant d'arriver à la fondation.

« J'ai hâte de voir maman. » Leamedia avait prononcé ces mots dans une tension si présente qu'Antonius dut baisser sa vitre, pour laisser l'air s'échapper.

« Elle me manque aussi. Je m'en veux de ne pas en avoir plus profité avant.

— Tu parles comme si elle allait mourir !

— J'en sais rien, elle, et nous peut-être. »

Leamedia regarda son frère en fronçant les sourcils.

« Tu bugues ou quoi !? Il est hors de question que je traîne dans leur boutique ! On leur file les bouquins et on se tire avec Maman.

— Si ça pouvait être aussi simple ! »

Antonius venait de stopper la voiture. Il se gara sur le trottoir d'en face. Le frère et la sœur s'échangèrent un regard complice, se serrèrent l'un contre l'autre puis joignirent leurs mains par l'extrémité de leurs dix doigts. Ils restèrent dans cette position plus d'une minute, c'est ainsi que les magiciens du même sang partageaient leurs pouvoirs pour un court moment. Ils sortirent en même temps du véhicule. Antonius tenait dans sa main son sac à dos, il contenait les deux faux grimoires. Il portait à la ceinture sa gourde, Melkaridion restait muet, encore secoué par le trajet. L'énorme garde caucasien qui surveillait l'entrée les repéra immédiatement, il empoigna aussitôt son talkie-walkie. Antonius avait une meilleure ouïe que sa sœur, car plus âgé. Les sens chez les magiciens se développaient sans interruption jusqu'à la mort.

« Tu as entendu ? » lui demanda-t-elle par la pensée.

« Il vient juste d'avertir de notre arrivée, c'est tout. » Leamedia et Antonius attendirent que deux taxis jaunes passent et traversèrent l'avenue qui les séparait de la fondation. Le garde s'effaça à leur arrivée sans leur demander quoi que ce soit.

Les Dolce marchaient dans l'immense hall bétonné de la Fondation 18. Il était vide. Aucune hôtesse d'accueil. Les caméras de surveillance suivaient invariablement leurs déplacements en s'orientant au fur et à mesure. Un cordon avait été placé pour barrer l'accès à l'imposant escalier en colimaçon. La porte de l'ascenseur elle, par contre, était ouverte. Quand ils en franchirent le seuil la cabine se referma aussitôt, entamant une lente descente vers l'inconnu. Leamedia se tourna vers son frère.

« Tu sais quoi ?.... Je kiffe. » Antonius, surpris par la réflexion de sa sœur, la regarda à son tour.

« T'as laissé ton cerveau dans la voiture ?

— Tu rigoles, c'est la première fois que ça nous sert à quelque chose d'être magicien. Y'en a marre de se planquer au collège. Là, au moins, on vit des aventures. » Antonius respira de dépit.

« C'est pas gagné... Quand je pense que tu nous as fait une crise il y a dix jours pour faire du golf miniature à Myrtle Beach...

— Y'a plus d'un an de ça ! Je te signale que j'ai dix-sept ans, maintenant.

L'ascenseur descendait toujours.

« Ça ne vous dérangerait pas de vous concentrer un minimum ? » Melkaridion venait de se réveiller. Leamedia et Antonius stoppèrent immédiatement et, en silence, attendirent que l'ascenseur s'arrête enfin.

Quand les deux portes s'ouvrirent, Sue les accueillit.

« Suivez-moi. »

Impassible, elle se retourna et ouvrit le chemin. L'immense grotte habituellement plongée dans une totale obscurité était cette fois éclairée par de minuscules balises rouges qui bordaient le tracé à suivre. Leamedia marchait derrière Antonius, les reflets lui permettaient de voir à quel point la grotte naturelle dans laquelle ils évoluaient était gigantesque. Ils entamèrent la traversée du pont en pierre que Guileone affectionnait tout particulièrement. Les deux adolescents furent impressionnés par le précipice avec lequel ils flirtaient à chaque pas. Puis, après une petite dizaine de minutes de marche, les balises rouges disparurent pour céder au noir profond. Lea et Anto avaient beau dilater en permanence leurs iris, ils ne voyaient plus rien. Le jeune magicien posa sa main sur la gourde, il avait besoin de se rassurer. Rodolpherus leur avait interdit toute communication télépathique à l'intérieur du bâtiment. Melkaridion ne répondit pas à la sollicitation de son petit-fils. Il resta muet, bien qu'impatient de lui transmettre sa confiance. Sue s'arrêta soudainement de marcher. Le frère et la sœur guidés par le bruit de ses pas.

« Votre oncle vous attend. » Le mot les déstabilisa. Ils ne voyaient plus Guileone comme un membre de la famille mais comme l'ennemi principal de leur guilde. Leur rappeler le lien familial modifia leur équilibre psychologique avant même que l'affrontement ne commence. La porte en pierre glissa, déchirant l'obscurité d'un halo bleuté qui provenait de l'imposante table ovale. Les deux enfants tenaient à peine sur leurs pieds.

Rodolpherus ne pouvait avancer plus vite sur la 5ᵉ Avenue. Le soleil commençait à s'obscurcir, l'éclipse ne durerait pas plus de cinq minutes. Il aperçut enfin la Pacer jaune de Ruffalo qu'un agent de la voie publique attachait aux chaînes d'une dépanneuse de la fourrière. Il stoppa son camion à quelques mètres. Les portes de la Fondation étaient fermées. Le garde caucasien avait disparu. Aucune lumière dans les étages ne pouvait laisser supposer que l'immeuble était occupé. Il arrivait trop tard. Sortir en plein jour l'exposerait inutilement et compromettrait leur fuite en cas de réussite. Il passa de la cabine à la remorque et se dirigea droit vers l'arbre de la famille.

Il ne restait plus qu'une feuille à la branche de Melidiane.

*

Antonius et Leamedia entraient dans la salle du conseil. Guileone se tenait debout, droit et fier, et fixait les membres de la famille Dolce sans cligner. À sa droite se trouvait Veleonia. Aucun des deux enfants ne la connaissait. À sa gauche, Melidiane, tête baissée, semblait dormir sur son siège. Elle portait sa robe fabriquée avec les pages du grimoire, ce qui les rassura. Ils prirent garde à ne pas l'évoquer dans leurs pensées, de peur que leur fréquence cérébrale ne soit interceptée.

« Asseyez-vous. Nous sommes en famille, vous n'avez rien à craindre. » La porte en pierre s'était refermée, et Sue était restée de l'autre côté.

Leamedia gardait les yeux rivés sur sa mère. Son corps semblait onduler légèrement comme une flamme agitée par un souffle ténu. Elle ressentit pour la première fois de sa courte vie le poids des âges. Celui de l'histoire sur leur famille. Elle avait la sensation nouvelle de posséder dans ses gènes une partie de l'humanité. L'air était rempli de pensées, de regards, de violence, de larmes et de sang. Une telle assemblée avait été réunie par la souffrance. La nuit, l'ombre et l'insondable se mariaient en cet endroit, comme si les noces funèbres du genre humain se déroulaient là.

« Ne sois pas effrayée, ma fille. » Leamedia perçut la voix si distinctement qu'elle craignit de ne pas avoir été la seule à l'entendre. Mais personne ne bougea. Elle prit la main d'Antonius pour lui transmettre par le bout de ses doigts la vibration du son de sa pensée.

Antonius tourna la tête vers sa sœur. Même si l'opération déformait quelque peu la voix, il reconnut immédiatement sa mère. Leamedia suivit son conseil et fixa du regard les protagonistes du drame qui était en train de se jouer.

Elle n'avait encore jamais vraiment vu de sorciers. Certes, Guileone se trouvait dans la grotte, mais il faisait partie de la famille. De ce fait, il n'était pas doté de cette étrangeté angoissante que ces êtres possédaient à ses yeux depuis que, petite, ses parents s'en servaient pour la menacer quand elle était désobéissante. Le mal, comme dans la fable du portrait de Dorian Gray, laissait des stigmates. Les visages étaient cruels, anguleux, féroces, et parfois carnassiers, le charme hypnotique palpable. Ce curieux mélange, diaboliquement élaboré, leur conférait une puissance redoutable.

« Ma nièce et mon neveu, je suis ravi de vous présenter enfin votre grand-mère, Veleonia. » La sorcière aux cheveux gris arbora un sourire engageant, tandis que ses traits fermes et durs rendaient sévère son visage harmonieux. Les siècles avaient séché son corps, mais son regard était resté le même, et elle portait la même robe bleu-verte dont Antonius et Leamedia avaient entendu parler. Melkaridion, à l'énoncé du nom de sa femme, s'était mis à bouillir. Antonius plaqua cette fois sa main contre la bouillotte pour empêcher le bouchon de sauter.

« Maintenant que les retrouvailles sont passées... avez-vous les livres ? » demanda Guileone. Antonius plongea la main dans son sac et sortit les deux grimoires. Le véritable ouvrage s'était caché sous ses vêtements, plaqué contre son flanc par sa ceinture. La chaleur de la peau vivante de sa couverture l'irradiait.

« Pose-les sur la table », ordonna le maître des lieux. Antonius ne se fit pas prier. Une fois les deux ouvrages déposés, le cercle extérieur de la table pivota alors que son centre restait immobile, comme si l'objet était fabriqué de deux anneaux indépendants l'un de l'autre. Le cœur de deux enfants se mit à battre plus fort. Melidiane se leva et se dirigea vers eux. Ils ne pouvaient distinguer son visage incliné vers le sol.

*

Rodolpherus se tourna alors vers le ciel, dont la toiture vitrée de la remorque du camion permettait une vue parfaite. La première éclipse totale s'apprêtait à se produire. New York passa du jour à la nuit en quelques secondes, provoquant une rumeur sourde dans toute la ville. Rodolpherus hurla de douleur en jetant un œil à la plante familiale. La dernière feuille de la branche, Melidiane venait de tomber par terre.

*

Leur mère n'était plus qu'à une dizaine de mètres d'eux. Leamedia contenait son impatience comme le lui avait conseillé Rodolpherus. Elle avait déjà commis des erreurs dramatiques pour sa famille. Elle voulait prouver à sa mère qu'elle avait grandi.

Veleonia et son fils se saisirent chacun d'un ouvrage. Antonius ne parvenait plus à avaler sa salive. Les sorciers parurent se satisfaire de leur monnaie d'échange, l'enveloppe des livres faisait illusion. Les adolescents continuaient de brouiller leurs pensées.

« Dépêche-toi, maman » murmura Guileone, pressé de conclure l'affaire. Quelques secondes encore et la Lune comme le Soleil s'aligneraient avec la Terre dans un axe parfait. Guileone leva alors les yeux vers le plafond qui se fondait à l'obscurité. Son sourire intrigua Antonius, qui regardait toujours sa mère approcher lentement. Alors que le noir plongeait New York dans une nuit diurne et éphémère, une lumière violente illumina soudain le centre de la table ovale, éclairant toute la salle. Melidiane se figea et regarda ses enfants. Ces derniers furent pétrifiés à la vue de ses deux yeux rouges injectés du même sang que ceux de leur oncle.

L'éclipse devint totale. Antonius et Leamedia, qui ressentaient d'habitude la rotation de la terre, eurent alors l'impression étrange qu'elle ne tournait plus. Antonius tenait toujours la main de sa sœur mais leur liaison cérébrale était rompue. Aucune pensée ne circulait entre eux.

« Ca va ? » lui glissa-t-il. Elle aussi se trouvait dans le même désarroi, et se serra davantage contre son frère. Alors que la nuit avait gagné New York à l'extérieur, la grande salle baignait dans une lumière diffuse. Les éléments s'inversaient, le silence devenait bruyant et la douleur plaisante... Les deux enfants Dolce aux prises avec ces sensations nouvelles furent envahis par la peur : leur part obscure prenait le dessus, l'effroi ouvrait grande la porte aux sentiments les plus vils.

Leamedia restait muette, incapable même de communiquer par la pensée. Le terrifiant spectacle qu'elle contemplait dans cette débauche de lumière l'empêchait d'agir. Melidiane ne répondit que par un regard encore plus acerbe à sa fille, et partit d'un rire si démoniaque qu'il leur glaça le sang.

Veleonia, qui feuilletait les pages du grimoire, le laissa tomber tout à coup. La clarté nouvelle soulignait chaque imperfection de l'ouvrage. Elle connaissait leur texture et certains de leurs passages. Seule la couverture semblait authentique. Elle glapit à l'adresse de Melidiane.

« Les livres sont faux ! » Aussitôt, la mère de Leamedia et d'Antonius tordit ses mains comme de véritables serres, ses yeux se plissèrent, son cou s'allongea légèrement et ses épaules s'écartèrent. Elle n'avait plus que trois pas à faire avant d'atteindre sa progéniture. Ses ongles longs et aiguisés fouettèrent le visage de son fils, qui tenta d'esquiver son geste au dernier moment. Une énorme balafre saignante découpait sa joue droite sur toute sa largeur. Antonius n'arrivait pas à admettre que sa propre mère avait été capable d'une telle sauvagerie contre lui. Les deux adolescents reculèrent de quelques mètres, sans essayer de se défendre, jusqu'à se cogner à la paroi de la salle du conseil.

« Maman, je t'en prie ! » hurla Antonius afin qu'elle revienne à elle. Melidiane fit un nouveau bond vers ses enfants et blessa cette fois sa fille, dont l'avant-bras se déchira. Toute cette chair mise à nue réjouissait l'assemblée : Guileone jubilait et Veleonia riait aux éclats.

« Fais ton choix, ma sœur ! cria le sorcier. Choisis celui qui selon toi mérite de vivre. Montre-leur que tu as toujours eu une préférence ! »

Antonius sentait les doigts acérés de sa mère fendre l'air, près de son visage. Il entendit alors la voix de son grand-père :

« Bois-moi ! »

Sans plus réfléchir, acculé par Melidiane et Veleonia, qui les rejoignait de l'autre côté, Antonius dévissa le bouchon et avala tout le liquide que contenait la gourde ? L'énergie qui coulait en lui l'irradia immédiatement de molécules, d'atomes, de puissance et de lucidité. Melkaridion prenait le contrôle de son anatomie.

Guileone, qui avait remarqué le mouvement d'Antonius, s'en étonna : il savait pertinemment que boire était interdit aux magiciens.

Le jeune magicien sentait le corps de son grand-père se surimposer au sien mais restait capable de voir, d'agir, de penser, de se battre, d'esquiver, d'anticiper et de parler de manière totalement autonome et simultanée. Les attaques de plus en plus agressives de sa mère paraissaient désormais se dérouler au ralenti. Tout en évitant plus aisément ses assauts, il essayait d'entrer en contact avec elle.

« Fuyez... » La véritable voix de Melidiane se muait petit à petit en une autre, démoniaque. Les hurlements de rage recouvraient les prénoms de ses enfants, qu'elle tentait de prononcer. Son ombre gagnait la partie, détruisant les dernières traces de la magicienne qu'elle avait été.

« Fuyez... » répéta-t-elle une dernière fois avant de succomber à la force sombre. Aussitôt, d'un geste fulgurant, elle voulut crever les yeux de son fils. Protégée par son frère, Leamedia assistait tétanisée à la transformation de sa mère en sorcière, comme une petite fille perdue. Les silhouettes s'évaporaient dans le bain aveuglant de la lumière dont la terre était privée et qui rejaillissait dans la salle. Le nombre des sorciers augmentait à vue d'œil, venant de toutes parts. Des reflets métalliques se mêlaient aux ombres titanesques. Antonius vit une dague se planter dans le mur sur lequel il s'appuyait. Il bougeait sans cesse, Leamedia dans son dos, et tentait d'apprivoiser la lumière irradiante. Melkaridion parlait aux minéraux pendant qu'Antonius repoussait comme il le pouvait les attaques de sa mère et des autres sorciers. Melkaridion cherchait le langage pour communiquer avec la pierre qui constituait la porte d'entrée. Il parvint enfin à dégager une ouverture de quelques centimètres, suffisante pour qu'Antonius et Leamedia fuient la salle maudite. Antonius, qui tenait fermement sa sœur contre lui, frappa d'un mouvement violent sa mère qui leur bouchait l'issue. Il esquiva in extremis l'attaque de Veleonia, dont le sabre japonais façonné par Dianaka trancha un coin de la table ovale.

Antonius s'engouffra en dilatant son corps dans la brèche ouverte par son grand-père, Il tirait sa sœur, qui n'eut pas le temps de s'aplatir elle aussi et se retrouva coincée. Assaillie par la horde de sorciers, elle finit par se dilater à son tour. Alors qu'elle passait de l'autre côté, une lame se ficha dans sa main restée du mauvais côté de l'issue. Elle hurla de douleur. Elle entendait ses nerfs et ses muscles sectionnés pousser des cris atroces, ses ligaments ne répondaient plus, et le sang n'arrivait pas à articuler correctement à cause de l'hémorragie. Même si la clarté semblait diminuer, la force d'Antonius était enfin suffisante pour qu'il se mette à courir de toute sa vitesse. L'éclipse touchait à sa fin, la rotation terrestre semblait opérer de nouveau, et les pouvoirs d'Antonius se démultipliaient. Portant sa sœur à demi inconsciente, il rejoignit rapidement le pont de pierre. Les balises rouges avaient disparu et la lumière commençait à s'estomper. À l'extérieur, l'éclipse vivait ses dernières secondes, le jour reprenait ses droits, quand la grotte retournait à son obscurité naturelle. Antonius, en plein milieu du pont, au-dessus d'un gouffre de plusieurs centaines de mètres, ralentit sa course. Il reconnut au bout du passage un homme qu'il avait distingué dans la foule le soir du concert. Ray Scheuermann le tenait en joue, braquant sur lui le canon menaçant de son pistolet.

Il ne pouvait pas le rater : le pont était à peine plus large qu'Antonius. Le doigt se tendit sur la détente de l'arme avant de se replier sur la gâchette. Une flamme fusa du canon en même temps que la balle. Quand il entendit le coup de feu, le magicien sauta dans le vide en amplifiant sa gravité pour prendre de vitesse le projectile. La balle effleura sa tempe. Suspendu au-dessus de l'abîme, il s'accrochait au pont de sa seule main droite, tandis que la gauche tenait sa sœur évanouie. Heureusement, la force de Melkaridion irradiait dans son corps, mais Melidiane, suivie de sa mère et de son frère, arrivèrent à leur tour, lui interdisant toute retraite. Car les magiciens ne savaient pas voler.

Antonius était coincé. Vaincu. Et avec lui la dynastie des Dolce. Sa suspension dans le vide avait soulevé son pull sur son ventre, laissant apparaître la partie supérieure du grimoire qu'il cachait. Une lueur brilla dans les yeux de Guileone qui s'avança sur le pont fragile en faisant signe aux siens de rester en retrait. Il dominait désormais Antonius.

« C'est le moment d'abdiquer. Tu as joué, tu as perdu. Si tu me donnes le grimoire, tu auras la vie sauve. »

Pour s'assurer que le magicien obéirait, il posa un pied sur la main du jeune homme et l'écrasa de tout son poids.

« Je sécurise ta prise. Si tu lâches, mon pied te retient. » Le fils de Rodolpherus ne répondit pas au maître de la Guilde noire.

Guileone appuya alors si fort sur la main d'Antonius que les os de ses phalanges se brisèrent dans un bruit de verre pilé.

La douleur fut foudroyante, Antonius n'eut même pas la force de hurler. Mais Melkaridion, qui partageait toujours son corps, vint à son secours : il solidifia les fractures en un instant.

« Attrape le grimoire pour moi et finissons-en », ordonna le démon, agacé Seule la clarté de ses yeux rouges éclairait la lutte inégale. Antonius plia le bras qui retenait sa sœur, la fit remonter un peu et la serra entre ses jambes. Quand il fut sûr qu'elle ne tomberait pas, il libéra sa main droite et se saisit du livre.

« Que je tienne ou non mon engagement, tu n'as pas le choix. Tu t'exécutes ou tu mourras. » Antonius ne doutait pas que Guileone mettrait à exécution ses menaces. Il lui tendit donc le grimoire, pour prouver sa bonne foi. Avant de relâcher l'étreinte de son pied, le sorcier vérifia qu'il s'agissait bien du véritable ouvrage. Une fois satisfait, Guileone, au lieu de retirer son pied, appuya encore davantage.

« Tu ne vas pas tenir longtemps. Ta chute durera presque une minute tant cet ancien puits est profond. Quelle belle mort, Antonius ! »

« Guileone ! » Le sorcier se tourna vers Scheuermann, qui gisait à terre. Rodolpherus l'avait mis K.-O. Le magicien tenait désormais son arme et tenait Guileone en joue. « Lâche-le, ordure, ou je te tue.

— Tu feras alors partie des nôtres, tu pourras rejoindre ta femme ! répondit tranquillement le maître de la Guilde noire, sans bouger.

— Je me fiche de devenir sorcier, tant que mes enfants restent en vie ! » Pour lui prouver qu'il ne plaisantait pas, Rodolpherus tira une balle aux pieds de Guileone, qui reçut quelques éclats de pierres. Il recula alors d'un pas, libérant la main d'Antonius. Melkaridion déploya sa force dans les doigts paralysés de son petit-fils.

« Remonte, dépêche-toi ! » hurla son père. Antonius, aidé par son grand-père, se hissa avec sa sœur, qui n'était toujours pas revenue à elle, sur le pont. La douleur le ravageait mais l'espoir lui donnait des ailes. Le maître des sorciers, sous la menace du pistolet, ne bougeait pas. Antonius et sa sœur étaient enfin de l'autre coté du pont quand Guileone saisit la pensée que Rodolpherus et Melkaridion échangèrent.

« Non ! » hurla le maître de la fondation. Antonius,

dirigé par son grand-père, et Rodolpherus sautèrent à pied joint sur l'entame du pont en pierre, concentrant leurs deux masses sur le même point d'impact. L'édifice se craquela et s'ébranla. Guileone, Melidiane, Veleonia et les autres sorciers eurent tout juste le temps de se sauver par le côté opposé avant qu'un vacarme terrifiant se fît entendre, et que le pont s'écroulât sous leurs yeux. Guileone fixa Rodolpherus dans les yeux, brandissant le livre en l'air, puis partit d'un grand éclat de rire :

« Merci pour le deuxième grimoire ! »

Il n'y avait déjà plus personne pour l'écouter. Rodolpherus, qui portait désormais sa fille, et Antonius s'engouffraient dans l'ascenseur. Les portes se refermèrent. Le jeune magicien ruisselait, non pas de sueur, mais de l'eau qui était son grand-père. Telle une écharde que le corps rejette au bout d'un certain temps, Antonius rejetait son aïeul.

« Attend un peu », commanda Rodolpherus qui voyait avec inquiétude la flaque augmenter aux pieds de son fils. Il enleva sa chemise pour éponger son beau-père.

« Je déteste le coton ! » pesta le grand père quand les portes de l'ascenseur s'ouvrirent.

Melkaridion et Rodolpherus usèrent en même temps d'une fréquence cérébrale assez haute pour donner une migraine foudroyante à la quinzaine de gardes prévenus de leur fuite par Guileone. Tous lâchèrent leurs armes. Enfin, les Dolce étaient libres.

Alors que la lumière inondait à nouveau Manhattan de ses rayons dorés, Rodolpherus s'arrêta de courir en apercevant Dianaka qui fonçait droit sur eux. Il se tourna vers Antonius pour s'adresser au résidu aquatique de Melkaridion qui n'avait pas encore été transpiré.

« Emmène-les dans le camion. » Le vieil homme n'était plus que l'ombre de lui-même, mais il mit en œuvre la vaillance qui lui restait pour faire mouvoir le corps de son petit fils et l'obliger à continuer sa route.

Dianaka arrivait à la hauteur de Rodolpherus.
« Enfin seuls », émit-elle de sa voix si particulièrement douce et aigue. La sublime fée japonaise avait traversé le siècle avec brio et resplendissait de beauté. Elle regardait son promis dans la même pause d'abandon qu'auparavant.
« Je suis tienne. Tiendras-tu enfin ta promesse ? »
Rodolpherus contemplait cet hymne à la féminité, oubliant presque la chrysalide qu'elle avait effectuée.
« Tu n'es plus une magicienne, tu es une sorcière désormais.
— Tu t'es enfui la première fois. Pour la seconde, il me fallait d'autres atouts. » Rodolpherus savait que le temps jouait en sa défaveur, à chaque seconde qui passait, Guileone se rapprochait d'eux. Dianaka sourit.
« Si tu veux rester en vie, tu dois t'enfuir. Pour t'enfuir, tu dois me tuer et tu deviendras un sorcier... et si tu deviens sorcier je t'aurai vaincu... »
S'il s'était agi d'une partie d'échec, Dianaka aurait mis Rodopherus échec et mat. Elle souriait fièrement, affichant sa victoire, quand le camion des Dolce surgit derrière elle. En entendant le klaxon assourdissant, elle bondit sur le côté pour ne pas être écrasée par le Kenworth. Rodolpherus s'engouffra sur le siège passager en agrippant la portière ouverte, s'envolant presque sous les yeux de sa prétendante, plaquée au sol par le souffle du mastodonte mécanique.

Rodolpherus prit le volant des mains d'Antonius. Le garçon était affaibli par ses blessures. Leamedia, quant à elle, reprenait peu à peu conscience. Le véhicule s'engouffra en direction de Washington Square avant de bifurquer rapidement vers la droite pour relier deux blocs plus loin la 7e Avenue.

Épuisés, vaincus et meurtris, les Dolce pansaient leurs blessures aussi bien physiques que morales en s'éloignant à jamais d'une ville où ils ne pourraient jamais plus vivre sereins. Leamedia avait perdu beaucoup de sangs. Évanouie, elle n'avait pas lancé le processus de cicatrisation. Rodolpherus demanda à Simone de surveiller la route. Il avait besoin de toute son énergie pour soigner sa fille. Antonius de son côté finissait de se détacher de Melkaridion : il s'essuyait régulièrement le front avec un mouchoir qu'il essorait au-dessus d'une bassine, redonnant corps, petit à petit, au plus vieux des Dolce.

Chacun pensait à Melidiane dans un silence pesant. Leamedia, blessée dans sa chair et dans son cœur, ne cessait de pleurer. Les larmes de la magicienne s'éclataient au sol en laissant le visage de sa mère s'évaporer autour d'elle.

Rodolpherus et Antonius regardèrent ensemble l'arbre de la famille. Il n'y avait plus de feuilles sur la branche de Melidiane mais celle-ci n'était pas tombée.

« Elle est morte ? interrogea Antonius, effrayé par les réponses possibles.

— En tant que magicienne... pour le moment, oui. » Son fils baissa la tête, une douleur insurmontable grandissait dans sa poitrine.

Il ne pouvait se résoudre à la perte de sa mère. Il pensait à toutes les questions qu'il n'avait pas eu le temps de lui poser, aux moments qu'ils n'avaient pas partagés, à tous ces instants qu'il n'avait pas jugé utile de savourer. Son père, face à cette tristesse, continua :

« Elle porte sur elle le dernier grimoire... Sa métamorphose en sorcière ne peut s'accomplir totalement tant qu'elle le gardera, mais je ne connais malheureusement pas les effets de l'éclipse. »

Aucun mot ne pouvait soulager une telle détresse ou apaiser une souffrance comme la leur. Antonius et Leamedia sentaient qu'une partie d'eux était morte, et que même leur corps avait vieilli.

« La perte d'un être cher nous fait avancer en âge, mes enfants. C'est ainsi. » À ces mots, ses propres cheveux se grisèrent et une ride se creusa sur son front. Il avait perdu ce qu'il avait de plus précieux, l'autre moitié de lui.

La nuit était à peine tombée que, dans le camion, la petite troupe s'était assoupie, épuisée par les émotions et les épreuves de la journée. Tous étaient plongés dans un sommeil réparateur, sauf Rodolpherus, qui roulait, absorbé par ses pensées. Il savait que, à partir de cette minute, il ne s'arrêterait plus avant un long moment.

RÉALISATION : NORD COMPO À VILLENEUVE-D'ASCQ
IMPRESSION : CPI, FIRMIN-DIDOT À MESNIL-SUR-L'ESTRÉE (EURE)
DÉPÔT LÉGAL : NOVEMBRE 2012. N° 106497 (114474)
LOI N° 49-956 DU 16 JUILLET 1949
SUR LES PUBLICATIONS DESTINÉES À LA JEUNESSE
Imprimé en France